한국 전후소설과 전도적 상상력

이부순 지음

새미

머리말

이 책은 1950년대 일부 소설의 문학적 특이성에 주목하여 그 특징적
인 현상을 규명하려는 노력의 일환으로 쓰였다. 1950년에 발발한 6·25
전쟁의 영향력 하에 있었던 50년대라 하더라도 그 구체적인 소설적
양상은 하나의 범주로 포괄할 수 없을 만큼 다양한 스펙트럼을 형성하
고 있다. 따라서 '전후'(戰後)라는 시대적 개념과 '전후소설'이라는 문학
적 개념의 상관관계를 어떻게 규정지을 것인가의 문제가 제기된다. 이
에 필자는 일단 전후소설을 전후기의 보편적 양식으로서가 아니라 일
부 작가들에 의해 선택된 '의식적 매너리즘'으로부터 나온 특수한 미적
양식으로서 규정한다.

하여 이 책에서는 전후소설을 전후소설이게 하는 변별적 자질('전후
성'), 달리 말해 전후소설의 소설적 패러다임이란 과연 어떤 것인가라는
물음을 제기하고 그 해답을 탐구한다. 그리고 그 탐구의 귀납적 결론으
로 '전도적 상상력'(the Inverted Imagination)을 제시한다. 상상력은 작가
의 현실 인식의 '눈'(시각)과 작품 내적인 표현의 질서 두 차원에 걸쳐서
작용하기 때문에 전후소설의 문학적 특이성을 규명하는 데 유효한 통
로일 수 있다. 여기서 '전도적 상상력'이란 <기존의 일상적이고 관습적
인 가치질서 내지 의미체계의 가면 벗기기(inside out)이자 뒤집기(upside
down)>로 특징지어지는 상상력의 경향성을 가리키기 위해 고안된 조
어이다.

전도적 상상력은 작가의 개성에 따라 다양하게 변주된다. 이 책의 제2장(장용학), 제3장(손창섭), 제4장(김성한)은 작가마다 변주되는 개별적 양상에 대한 보고이다. 장용학 소설에서 전도적 상상력은 일상적 현실에 대한 관념적 해부의 과정에서 작용하는 반논리적 사유의 방식과 그로부터 도출되는 <인간이 인간이기 위해서는 인간이 아니어야 한다>는 '비인'(非人)의 역설로 특징지어진다. 반면에 손창섭의 소설에서 그것은 인간 및 삶에 대한 야만적인 회화화의 방식으로 작동하면서 우스꽝스럽고도 공포스러운 삶의 희화, '정물적 무위'(無爲)의 그로테스크 이미지를 창조한다. 마지막으로 김성한 소설에서는 우상 파괴적인, 즉 급진적이고 과격한 풍자의 방식으로 해결의 전망이 전무한 현실과 의식의 왜곡상을 형상화한다.

　이 책의 제5장은 세 작가가 공유하고 있는 동질성, 즉 전후소설의 공분모로 귀납된 전도적 상상력의 의의와 효과에 대해서 논의한다. 장용학의 '비인', 손창섭의 '목석', 김성한의 '생물' 등 전후의 세 작가가 제시한 인간의 초상화, 그리고 인간의 존재론적 근거인 언어와 행위, 그리고 의식 등에 대한 근본적인 부정의 논리, 환멸과 냉소 대 성찰과 탐색의 이중적 동인 등으로 구체화되는 전도적 상상력이 전쟁 체험과 전후 현실에 대해 어떠한 서사적 대응 논리를 산출하는지를 집중적으로 탐구한다. 그리고 그 해답은 '역설적 허무주의'이다.

그러나 이 연구의 결론으로 제시된 '전도적 상상력'은 여전히 가설에 지나지 않는다. 그것은 보다 많은 전후작가의 소설로써 보완되어야 할, 혹은 수정될 수밖에 없는 잠정적인 결론인 것이다. 다만 이 연구가 전후소설을 바라보는 하나의 의미 있는 관점일 수 있기를, 그리하여 전후소설의 일면적 진실이라도 규명한 작업일 수 있기만을 바랄 뿐이다.

　전후소설을 읽으면서, 그리고 이 글을 쓰는 동안에도 줄곧 내 아버지의 신음소리가 귀에 들리는 듯했다. 내 아버지는 '다리병신'이었다. 점잖게 말한다면 전상자(戰傷者). 총상 입은 다리의 통증은 아버지에게 하루도 편안한 잠자리를 허락하지 않았고, 밤새도록 새어나온 아버지의 신음소리는 건넌방의 내 잠자리도 불안하게 만들곤 했다. 어쩌면 전후소설에 대한 나의 학문적 관심은 내 아버지의 고통스러운 신음에 대한 연민에서 비롯된 것일지도 모른다. 이 책이 이미 고인이 되신 내 아버지를 비롯하여 6·25의 상흔으로 고통 받는 모든 이에게 작은 위안이 되기를 바라면서 이 책을 그들에게 바친다.

　늘 그렇듯이 이 초라한 결실을 맺는데도 참으로 많은 분들의 도움을 받아야 했다. 나의 학문적 인도자인 모교의 은사님들, 특히 이재선 선생님과, 학문적 동지로서 함께 해준 선·후배님께 감사드린다. 또한 어려운 여건에도 불구하고 흔쾌히 이 책의 출판을 맡아주신 국학자료원의 정찬용 사장님과 편집부 가족들에게도 감사드린다. 끝으로 늘 마음으로 응원하시는 양가의 가족과, 공부하는 아내로 인한 많은 불편을 기꺼이 감내하는 남편, 그리고 최소한의 보살핌밖에는 받지 못하면서도 씩씩하게 커 주는 딸아이의 도움이 아니었다면 이 책은 세상에 나오지 못했을 것이다. 모두에게 고마운 마음을 전한다.

2005년 11월
이 부 순

목차

제1장 서론

1. '전후'와 '전후소설'

이 연구의 목적은 50년대 한국 전후소설의 문학적 패러다임을 1950년에 발발한 6·25전쟁 체험을 재현하는 문학적 상상력의 특질로서 밝히는 데 있다. 시대 개념으로서의 <전후>가 사회의 제반 현상들이 전쟁의 직접적인 영향력 속에 있는 역사적 시기로서의 과도기를 가리킨다면, 그에 상응하는 <전후소설>의 문학적 패러다임은 무엇일까? 이 연구는 바로 이런 의문에서부터 출발한다.

1950년의 6·25전쟁은 사회의 총체적 변화뿐만 아니라 정신사적인 맥락에서의 <인식론적 단절 Epistemological Break>[1]을 초래한다. 그것은 어떤 이론이나 이념 체계가 어떤 문제를 제기하고 해답을 추구할 때 그 문제 제기와 해답 찾기의 유효성을 보장해 주는 준거틀, 즉 <패러다임 Paradigm>[2]의 변화를 의미한다. 환언하자면, 그것은 인간과 인간

---

1) <인식론적 단절>은 바슐라르(G. Bachelard)가 『과학적 정신의 형성』에서 사용한 개념을 원용한 것이다. 바슐라르는 이 용어를 <관념들 ideas>의 전과학적(前科學的) 세계로부터 과학적 세계로의 도약을 설명하기 위해 사용한다. 이때 <도약 leap>은 전과학적·이데올로기적 개념들의 모든 패턴 및 준거틀과의 근본적인 단절, 그리고 새로운 패턴의 건설을 내포한다. Louis Althusser, 『마르크스를 위하여』, 고길환·이화숙 역 (백의, 1990), p.291에서 재인용.

2) <패러다임 paradigm>이란 용어는 과학철학자 토마스 쿤(Thomas Kuhn)이 그의 저서 『과학혁명의 구조』에서 과학사의 전개를 설명하기 위해 사용한 개념이다. 여기서 그는 과학사의 축적적 과정이 형성되는 것은 자연이라고 하는 보다 광범위한 세계 속에 존재하는 사실과 구조들의 형태, 즉 과학자의 작업을 제약하고 안내하는 모종의 형태에 의해서 결정된다고 전제하고, 과학적 연구가 진행되는 일련의 "암묵적 전제

경험 및 현실을 이해하고 설명하는 인식론적 관점의 근원적인 변화를 의미하는 것이다. 이와 같이 정신사적 영역에서 전쟁의 충격이 인식론적 패러다임의 변화로 구체화되듯이 문학의 영역에서도 그 같은 패러다임의 변화를 확인할 수 있을 것이다.

따라서 전쟁 및 전후의 혼란으로 규정되는 50년대는 일반사적으로나 문학사적으로나 하나의 특수한 시대 단위로 파악될 수 있다. 그것은 전대(前代)와의 관계에서는 변화와 단절로서, 그리고 후대(後代)와의 관계에서는 지양과 극복의 대상으로서, 또한 당대의 내적 동질성으로는 폐허와 재건으로서의 시대적 징표를 간직하고 있기 때문이다. 이와 같은 <전후>의 획시기성과 부합되는 문학 현상의 한 예가 <전후소설>이라 할 것이다.

이와 같은 맥락에서 볼 때, 전후소설에 대해 일차적으로 제기되는 문제는 <전후>라는 시대적 개념과 <전후소설>이라는 문학적 개념의 상관 관계일 것이다. 그것은 전후소설을 전후기의 보편적 양식으로 볼 것이냐, 아니면 일부작가들에 의해서 선택된 <의식적 매너리즘 conscious mannerism>[3], 즉 전쟁 체험과 그것에 기초한 전후적 의식에서

들과 믿음들"을 패러다임이란 용어로 개념화한다. 다시 말해 "어느 특정한 시기 특정 분야의 역사를 조사해 보면 여러 이론의 개념, 관찰, 장치 등에 적용되는 준-표준적인 설명이 반복됨을 발견하게" 되는데, 그와 같이 "어느 특정 기간 동안 전문가 집단에게 모형 문제와 해답을 제공하는" "하나의 수용된 모형 또는 유형"이란 의미로 패러다임이란 개념을 사용하는 것이다. Thomas Kuhn, *The Structure of Scientific Revolutions* (Chicago U.P., 1962), pp.10-22. 김경수, 「한국 세태소설 연구」(서강대 박사논문, 1992), p.47에서 재인용. 이와 같이 토마스 쿤이 과학사 기술의 과정에서 제기한 패러다임의 개념은 오늘날 인문학의 분야에서 광범위하게 차용되어 <세계를 바라보는 시각>으로 일반화되고 있다. 필자는 이 패러다임이란 개념을 특정 영역에서 작용하는 <문제 제기와 문제 해결의 전과정을 통제하는 인식론적 준거 틀 frame>의 의미로 수용하고자 한다.
3) 스펜더(Stephen Spender)는 특정 시대의 미적 전통이 하나의 본질적인 경향으로 나타나는 것이 아니라 두 개의 대립적인 경향으로 나타난다고 말한다. 그는 이것을 <현대성 moderns>과 <당대성 contempories>으로 설명하는데, <현대성>은 우리가 살고 있는

결과된 특수한 미적 양식으로 볼 것이냐의 문제를 말한다. 이와 관련된 필자의 입장은 전후소설을 그저 전후라는 특정 시대의 문학현상을 포괄적으로 지칭하는 시대적 개념으로 보기보다는 당대의 공시적 문학 현상에 있어서나 문학사적 관련 속에서나 어떤 변별성을 지닌 특정의 작품군을 의미하는 문학양식적 개념으로 보는 데 있다.

바꿔 말하자면, 전후소설을 그 자체가 독립적인 의미 체계를 지닌 <문학적 패러다임 literary paradigm>으로 보는 것이다. 파이퍼(Pfeiffer)에 따르면 "소설이 플롯, 서사적 관점(narrative perspective), 논평과 현실을 질서화하는 패턴을 가지고 있는 한", 그것은 일종의 패러다임으로 기능한다고 한다. 왜냐하면 경험에 대한 일관된 질서화는 명시적이든 암묵적이든 세계관과 관련되어 있기 때문이다.[4] 또한 조나단 컬러(J. Culler)는 장르라는 개념을 "경험을 과호(encoding)하고 해호(decoding)하는 코드들, 곧 의미를 창조하는 가능성을 허용하는 규범적인 관습"으로 파악하고, 그러한 맥락에서 "장르는 다분히 과학에서의 패러다임처럼 기능하고 있"다고 주장한다.[5]

결국 <문학적 패러다임>이란 문학 양식이 전제하는 미적 코드들을 통해 형상화된, 현실 및 인간 경험을 새롭게 보는 인식의 틀, 즉 문학적 세계관을 의미한다. 따라서 그것은 경험 현실의 단순한 반영이 아니라 경험 현실에 대한 문학적 해석과 의미화의 논리와 관련된다.[6] 필자는

시대가 여러 점에서 역사상 유례가 없는 시대라는 점을 깨닫고 과거의 문학과 예술의 모든 인습에서 벗어나 의식적으로 새로운 문학을 창조하려는 경향을 뜻하며, <당대성>은 현대적 상황의 존재를 부분적으로나마 깨닫고 있긴 하지만, 그 상황을 예술과 특별한 관계가 있는 문제로 보지 않는 경향을 의미한다. <모더니즘>과 관련한 스펜더의 이 같은 통찰은 우리의 <전후소설>을 논의하는 데 있어서도 유효한 관점으로 적용될 수 있다.

4) Pfeiffer, "The Novel and Society", (PTL 3, 1978), p.49.
5) Jonathan Culler, *Structuralist Poetics*, (Ithaca: Cornell U.P., 1977), p.11.
6) 파이퍼는 소설이 사회와 맺고 있는 관계를 밝히기 위하여 <일상적 패러다임 everyday

전후소설이 전후 현실을 구조화하고 의미화하는 독자적인 논리를 지닐 것이라는 가정 하에서 그것을 일종의 패러다임적 소설로 보는 것이다.

따라서 전후소설의 문학적 특수성은 전쟁체험과 밀접하게 관련되어 있는 문학적 상상력의 차원에서 탐색될 수 있을 것이다. 왜냐하면, 전쟁 체험은 <전후>의 역사적 특수성을 규정하는 원천일 뿐만 아니라 <전후소설>의 양식적 새로움을 낳은 근원적인 동인으로 보이기 때문이다. 문학적 상상력은 한편으로는 현실 및 작가 의식과 관련되고, 다른 한편으로는 작품의 창조적 질서와 관련된다. 그것은 전쟁 체험 및 전후 현실의 자장 속에서 형성된 작가 의식과 구체적인 문학 현상 간의 매개적 요인으로 작용하기 때문에, <전후소설>의 친족적 유사성, 그리고 문학적 특수성을 밝히는 유효한 통로가 될 수 있을 것이다.

요컨대 전후소설은 전후의 역사적 특수성을 규정하는 원천인 전쟁 체험이 작가의식과 문학적 상상력의 구심점으로 작용하면서 텍스트화의 원리에 지배적인 영향을 끼쳤다고 보이는 일련의 소설들로 범주화될 수 있을 것이다. 전후소설을 이와 같이 규정할 때, 전후소설은 <전쟁소설>, 또는 <분단소설>의 개념과 변별적 자질을 지닐 수 있게 될 것이다.

---

paradigm>, <문화적 패러다임 cultural paradim>과의 역학적 관계 속에서 문학적 패러다임의 특징적 현상을 문제삼는다. <일상적 패러다임>이 일상적 삶의 양식을 통제하거나 그것에 영향을 주는 사회적 관습이나 관례 등을 가리킨다면, <문화적 패러다임>은 일상적 패러다임들의 내적 관계나 심층 구조, 또는 모순들을 드러내 보임으로써 일상적 패러다임에 통일성을 부여하는 패턴을 의미한다. 이 경우에 소설은 인지할 수 있는 리얼리티, 경험들과 행위들의 다양함을 재현한다는 면에서 <일상적 패러다임>의 특성을 공유하며, 인물화나 플롯, 서술 양식 등 현실을 질서화하는 패턴을 갖는다는 점에서 <문화적 패러다임>의 특성과 유사하다. 그러나 소설은 일상적 삶의 가치들과 문화적 패러다임의 가정들에 대해 이의를 제기하고 그것의 결점을 드러낸다. 따라서 소설은 나름대로의 <문학적 패러다임>을 형성하여 역으로 <문화적 패러다임>을 교정하고 새롭게 볼 수 있는 인식틀을 제공하는 것이다. Pfeiffer, 앞의 논문, pp.47-50.

전쟁소설이나 분단소설의 개념도 확실하게 정립되어 있는 것은 아니지만, 대체적으로 전쟁소설은 전쟁의 현장성이 전경화되는 개념으로, 전쟁의 실상에 대한 고발과 휴머니즘적인 주제의식의 표명을 주된 자질로 갖는다. 반면 분단소설은 6·25전쟁에 대해 분단상황의 인식이란 관점에서 문제를 제기하는 개념이다. 즉 6·25전쟁 자체가 분단상황에서 기인했을 뿐만 아니라 분단상황을 고착화하는 결과를 가져왔다는 인식 하에 문제의 초점을 분단상황의 현실적 체험, 또는 분단 극복 의식의 반영이란 면에 두고 있는 개념인 것이다.[7] 따라서 전쟁소설, 분단소설의 개념은 분단, 또는 전쟁 이후부터 오늘날에 이르기까지의 문학사적 지속과 변화를 살피는 데 유용한 개념으로 사용될 수 있을 것이다.

이와는 달리 전후소설은 전쟁 그 자체를 소재적 차원에서 수용하지 않는다고 할지라도 현실 인식과 의미화의 논리가 전쟁체험의 직접적인 파장 속에서 형성되었다고 보이는 작품들을 내포할 수 있다. 이와 똑같은 논리로 전쟁 및 분단의 상황을 소재적 차원에서 수용한다고 하더라도 그것을 초점화하는 논리가 전대나 후대와의 관계에서 어떤 변별적인 자질을 보이지 않는다면 그 작품들을 배제할 수 있을 것이다.

따라서 전후소설은 전쟁소설 및 분단소설과는 상이한 문제틀을 소유한 것으로 볼 수 있고, 그것을 전쟁체험을 재창조하는 문학적 상상력의 특질과 텍스트화의 논리에 있어서의 변별점을 통해 규명해 볼 수 있을 것이다.

---

7) 전쟁소설의 개념 규정과 관련된 기존의 논의는 다음과 같은 것들이 있다.
　백　철, 「전쟁문학의 개념과 양상」(세대, 1964.6.)
　곽종원, 「전쟁문학이란 무엇인가」(월간문학, 1969,10.)
　조병락, 「전쟁문학의 개념 규정에 관한 연구」(육사논문집 제3집, 1965)
　윤병로, 「전쟁문학 시론」(성균관대학교 논문집 제24집, 1977)
　분단문학에 대한 논의로서는 다음과 같은 논의를 들 수 있다.
　임헌영, 「분단문학의 새전망」(한국문학, 1985.6)
　전영태, 「6·25와 한국소설의 재발견」(한국문학, 1985.6)
　김병익, 「6·25와 한국소설의 관점」(현대사 창간호, 1980)

이런 맥락에서 이 연구는 한국 전후소설에 있어서의 전쟁 체험의 문학적 상상력의 특질에 대한 규명을 주된 목적으로 하면서 다음과 같은 것을 논의의 중심적인 초점으로 삼고자 한다.

첫째, 전후소설에서 지배적으로 나타나는 <인간>의 이미지를 중심으로 논의를 전개한다. 새로운 유형의 <인간>을 형상화한다는 것은 서사체를 형성하는 기본적인 동력인 리얼리티와 상상력에 있어서의 어떤 변화를 전제한다고 할 수 있다.[8] 마틴(W. Martin)은 문학에 있어서의 <낯설게 하기>를 수행할 수 있는 한 방법으로 인물의 선택을 제시한다.[9] 그것은 새로운 유형의 인물을 선택하는 것 자체가 새로운 소설 양식의 출현을 알리는 강력한 징후일 수 있다는 것을 의미한다.

특히 50년대 전후소설에 있어서 <인간>의 이미지는 특별한 의미를 지닌다. 환언하자면, 전후소설은 소설적 탐색의 대상으로 인간 존재를 중심에 놓고 있는데, 이것은 전쟁 체험과 무관하지 않다. 전쟁 체험은 인간 삶의 안팎을 지배하는 전면적인 존재 조건의 변화를 의미한다. 일상이 파괴되고 의지할 만한 그 어떤 규범도 남아 있지 않으며, 미래에 대한 전망도 가질 수 없는 상황에서 문학은 인간의 존재 조건과 본질에 대한 근원적인 물음을 제기할 수밖에 없을 터이다. 필자는 바로 이와 같은 문제를 당대의 작가들이 어떻게 문학적으로 형상화하고, 그럼으로써 인간과 삶에 대하여 어떤 통찰을 제시하는가를 탐구하고자 하는 것이다.

---

8) 리오 로웬달에 따르면, 어느 시기에 있어서나 문학은 독자에게 인간 유형의 의미 있는 초상화를 제공해 주지만, 인간의 이미지는 시대에 따라 변화한다고 한다. 그것은 인간 경험이 사회적 연계를 지니고 있기 때문이며, 또한 작가들이 각기 다른 시기를 내다보거나 되돌아 볼 수 있지만, 기존의 혹은 예견할 수 있는 현실의 한계 내에서만 가능하기 때문이다. Leo Lowendal, *Literature and the Image of Man*, 윤준 역 (종로서적,1983), pp.3-6.
9) W. Martin, *Recent Theories of Narrative*, 김문현 역 (현대소설사, 1991), p.61.

둘째, 전후소설에서 각각의 사건들을 결합하면서 작중인물의 행동을 지배하는 소설적 <동기화 motivation>, 즉 의미화의 논리를 중심으로 논의를 전개한다. 동기화란 사건들 간의 인과관계와 작중인물의 다양한 행동 논리를 통어함은 물론, 전체의 서사적 틀인 <플롯>을 결정하는 요인일 뿐만 아니라 작가의 체험 현실에 대한 서사적 대응 논리를 함축하고 있다. 이와 관련지어 필자는 전후소설에 있어서의 허무주의의 문제를 중심적으로 검토하고자 한다.

이런 목적을 수행하기 위한 이 연구의 실질적인 대상은 장용학, 손창섭, 김성한의 소설 작품들이다. 대상 선정의 근거는 다음과 같다.

첫째, 그들이 전후소설의 대표적인 작가로 평가되기 때문이다. 그들은 50년대의 전후기에 활발한 창작활동을 하다가 60년대 이후에는 작품을 거의 발표하지 않거나, 그들의 문학적 본령과는 부합되지 않는 세계로 변질되어 가는데, 이것은 그들의 소설이 '전후'의 역사적 시기와 운명을 같이 했음을 의미한다. 달리 말하자면, 50년대에 추구했던 그들의 문학적 특질이 60년대에 이르러서는 더는 어떠한 문학적, 사회적 유효성도 지니지 못하게 되었을 가능성을 짐작할 수 있다는 것이다. 이러한 맥락에서 그들의 소설이 일차적으로 '전후'의 시대적 징표로서의 과도기적 단명성(短命性)을 담고 있을 것이라 추정되며, 그 조건 위에서 '전후'의 문학적 징표들이 확인될 수 있을 것이다.

둘째, 그들이 소위 전후의 신세대 작가라는 이유 때문이다. 문학에의 입문과정에서 전쟁을 체험한 그들은 누구보다도 전쟁체험과 관련한 정신적 외상을 간직하고 있을 가능성이 크다. 즉 그들의 전쟁체험은 "가장 감수성이 예민하고 사고 방식이 어떤 카테고리에 고정화되지 않은 정신 발육기에 얻은 체험"[10]이기 때문에 그것이 그들의 문학을

---

10) 이봉래, 「신세대론」(문학예술, 1956.4), p.133.

결정짓는 중요한 요인이 될 수 있을 것이다. "동란으로 입은 상처 그 자체"[11]란 평가를 받는 신세대 작가들은 한국전쟁의 획시기성을 자각함으로써 '전통과의 단절'을 문학적 자의식으로 표명하고 있다. 이러한 점으로 미루어 볼 때, 그들의 작품들은 문학적 상상력의 차원에서 전쟁 체험과 유기적 관계를 지닐 것으로 보인다.

셋째, 그들 문학의 '새로움' 때문이다. 소설의 형식과 내용은 인간의 삶을 규정하는 외적, 내적 상황의 변화에 대응하여 달라질 수밖에 없다. 소설에 있어서의 '새로움'이란 개인과 사회가 만나 부딪치는 조건과 방식의 필연적인 반영으로서의 역사적 불가피성[12]이다. 말하자면 기존의 전통적인 소설 형식으로는 새로운 인간 경험의 내용을 수용할 수 없게 되었을 때, 소설은 새로운 형식에 대한 탐구를 통해 부단한 자기 변신을 꾀하여 사회와의 긴장 관계를 유지하게 되는 것이다. 이러한 맥락에서 그들 세 작가가 보여 준 문학적 새로움을 <전후>의 역사적 특수성에 대한 대응논리로 읽을 수 있으며, 따라서 그 논리를 틀짓는 문학적 패러다임의 발견이 가능할 것이라 볼 수 있다.

넷째, 그들 소설의 주된 초점이 '인간의 맨얼굴 드러내기'에 있다는 점 때문이다. 소설의 본질적인 대상이 인간과 인간의 삶이라는 사실은 이론의 여지가 없다. 모든 소설은 의식적으로는 아니라 하더라도 인간의 삶과 본질에 대한 논평이다. 따라서 어떤 한 작품이 소설로서의 완결성을 갖추려면 그의 작품에 형태를 부여하고 해명하고 통합하는 인간에 대한 일관성 있는 견해를 전제해야만 한다.[13] 그런데 그들 세 작가는 인간과 인간성에 대해 상당히 부정적인 시각을 보여 준다. 인간의 문화적 존재론에 대한 회의나 환멸로 보이는 이러한 특징은 전쟁 체험과

---

11) 김병익, 「분단의식의 문학적 전개」(문학과지성, 1972.2)
12) Theodor W. Adorno, *Asthetische Theorie*, 홍승용 역 (문학과지성사, 1984), p.43.
13) Edmund Fuller, *Man in the Modern Fiction* (New York: Random House, 1949), p.7.

관련한 인간관의 변화를 암시한다. 따라서 그들에 의해 형상화된 인간의 이미지를 통해 전후적 의식의 일면을 살펴 볼 수 있을 것이다.

2. 전쟁체험과 전도적 상상력

필자는 앞에서 <전후>의 역사적 특수성을 규정하는 원천일 뿐만 아니라 <전후소설>의 문학적 새로움을 낳은 근원적인 동인으로 6 · 25 전쟁 체험을 지적하였다. 그렇다면 작가의 원체험으로서의 전쟁 체험이 촉발한 인간 경험에 대한 문학적 문제 제기와 해결의 틀은 무엇인가? 요컨대, 대상 작가들이 그들의 전쟁 체험을 재창조하는 문학적 상상력, 문학적 의미화의 논리는 무엇인가?

소설이 "예술적 심성의 시와 외적 세계의 산문과의 적대적 관계를 구현하는 장르"로서 "의식과 사회의 대립관계를 창조적 의식의 영역으로 끌어들인 것"[14]이라고 한다면, 전쟁은 그와 같은 대립의 가장 첨예하고도 구체적인 드러남이라고 할 수 있을 것이다. 즉 적대적 세계의 구체적인 재현 상황으로서의 전쟁은 그에 대해 반응하고 갈등을 겪는 소설적 자아와의 관계를 통해 독특한 소설 내적 구조를 형성한다.

대상 작가들의 작품들에서 그들의 전쟁체험으로 환기된 현실의 문제적 상황은 일상적 질서의 갑작스러운 파열로 폭로되는 낯설고 공포스러운 <극한상황>의 세계로 나타난다.[15] 그리고 그러한 세계가 노출시

---

14) Alan Swingewood, *The Novel and Revolution* (London : Macmillan Press, 1975), 송호근, 「소설 사회학에 대한 비판적 접근」(문학과 지성, 1980, 여름), p.436에서 재인용.
15) 이런 점에서 '거꾸로 선 세계'는 이데올로기적 세계의 '잔혹성'과 '허구성'을 환기시키는 문학적 표상이라 할 수 있을 것이다. 요컨대 '거꾸로 선 세계'는 작가들의 문학적 상상력에 의해 해석되고 구조화된, 그리고 친숙하고 낯익은 일상적 세계가 낯설고 의심스러운 비일상적 세계로 전이된 재난 상황의 그로테스크 이미지인 것이다.

키는 적대적인 힘, 즉 공포는 <생에 대한 폭력 force to life>과 <진실에 대한 폭력 force to trurh>으로 문제화되고 있다.

이와 같은 문제 제기는 6·25전쟁 그 자체의 성격과 무관하지 않다. 6·25전쟁은 현대화된 무기의 등장과 그로 인한 대량 살육, 동족 상잔의 카니발리즘, 제도화된 이데올로기의 대립 및 폭력으로 특징지어진다. 역사적 인과성과 인위성이 두드러진 재난으로서의 전쟁은 <파괴의 무차별성>(잔혹성)과 인간이 인간을 합법적으로 살상하는 <논리적 범죄>[16](허구성)로서의 성격을 갖는다.

전쟁 상황 아래에서 인간은 평상시보다 훨씬 더 많은 죽음, 훨씬 더 고통스러운 죽음을 경험한다. 따라서 그러한 죽음은 낭만적인 것도, 심미적 완성의 경지를 이루는 비극적인 종말도 될 수 없다.[17] 그것은 오직 "한 사람의 죽음에서 여러 사람의 죽음으로, 또 다시 집단의 죽음으로, 그리고 거기에서 집단 자체의 전멸의 과정으로"[18] 확산되는 <부적절한 죽음 inappropriate death>의 체험으로 다가올 뿐이다. 이와 같은 전쟁은 한 사회, 혹은 국가 단위로 겪게 되는 전면적인 재난이며, 동시대의 누구도 그러한 상황으로부터 비켜설 수 없다. 따라서 이런 상황 속에서 인간의 정상적인 삶은 영위될 수 없을 것이다.

다른 한편, 6·25전쟁이 재난의 인위성뿐만 아니라 특히 좌우익의 제도화된 이데올로기의 대립과 갈등으로 야기된 전쟁이었다는 점과 관련해 볼 때, 그 같은 전쟁 수행을 합리화하기 위한 명분의 허구성이 문제될 수 있을 것이다. 그것은 인간이 "개인을 살해할 권리, 혹은 개인이 살해되는 것에 동의할 권리를 가지고 있는가"[19], 그리고 <인간이

---

16) Albere Camus, 『반항인』, 김붕구 역 (을유문화사, 1965), p.15.
17) 이재선, 『우리 문학은 어디에서 왔는가』(소설문화사, 1986), pp.274-276.
18) Lawrence Langer, *the age of atrocity* (Boston : Beacon Press, 1978), p.12.
19) Albere Camus, 앞의 책, p.15

집단과 이념의 이름으로 다른 인간을 살상하는 것이 정당화될 수 있는가>라는 절망적인 물음의 형태로 제기된다. 여기서 전쟁은 가장 잔혹한 형태로 드러나는 문화적 폭력으로 인지되며, 문화적 질서는 그 같은 폭력성을 은폐하고 있는 자기 기만적 허구로 문제화된다.

<잔혹성>을 체험하는 사람들에게 있어서 세계는 갑작스러운 원시적인 공포의 상태로 환원되고, 문명화된 것으로 간주되어 왔던 인간의 본질은 사라진다. 특히 <부적절한 죽음>의 만연은 문명화된 삶이 기초하고 있는 전통적인 인간 가치들에 대한 믿음을 동요시킨다.[20] 이와 같은 재난 상황 하의 위기는 그것을 체험하는 사람들에게 전적으로 새로운 <상상적 세계 imaginative cosmos>를 창조하도록 한다.[21] 그러므로 잔혹성의 세계 체험과 밀접화된 문학은 모든 문명화된 삶이 기초하고 있는 전통적인 가치들을 손상시키는 위험을 무릅쓰고서라도 <더 이상 참을 수 없는 세계>의 공포를 환기시키는 문학적 상상력으로 구현된다고 할 수 있을 것이다.

전술한 것처럼 이 연구의 목적은 전후소설을 6·25전쟁 체험 및 전후 현실을 구조화하고 의미화라는 독자적인 논리를 지닌 일종의 패러다임적 소설로 보고, 그것의 문학적 패러다임을 전쟁 체험과 밀접하게 관련되어 있는 문학적 상상력의 특질로서 밝히는 데 있다. 이런 관점에서 살펴 본 결과 필자는 대상 작가들의 작품들 속에서는 <전도적 상상력 the Inverted Imagination>이 전쟁 체험을 소설화하는 가장 중심적인 동력으로 작용하고 있음을 발견하였다. 즉 대상 작가들의 소설 세계는 <인간과 비인간(inhuman), 삶과 죽음, 그리고 일상적 질서와 가치 체계에 대한 전도적 재정의>로 특징지어진다. 그것은 기존의 일상적이고 관습

---

20) Lawrence L. Langer, 앞의 책, p.12.
21) George P. Landow, *Imagies of Crisis* (Boston, London: Routledge and Kegan paul, 1982), p.5.

적인 가치 질서의 가면 벗기기(inside out)이자 뒤집기(upside down)이다.

따라서 필자는 전후소설의 문학적 패러다임을 <전도적 상상력>과의 관련 속에서 살피기 위하여 구체적인 방법론적 준거 개념으로 <그로테스크성 Grotesqueness>과 <편집증적 시각 Paranoid Vision>, <생명중심성 Biocentricity> 등을 상정하고자 한다.

먼저 <그로테스크성>은 그로테스크 현상 및 그것에 내재된 미적원리를 말한다. 그로테스크는 가장 원시적인 사회로부터 가장 문명화된 사회에 이르기까지 예술과 생활의 전영역에 걸쳐서 광범위하게 나타나는 일종의 미적 현상이다. 맥클로리(Mc Elory)는 이 미적 현상으로서의 그로테스크의 존재적 특성을 다음과 같이 설명한다.

> 우리가 '그로테스크는 여기서 끝나고 여기서부터는 다른 어떤 용어를 사용해야 한다'고 말할 수 있는 정확한 지점은 있을 수 없다. 왜냐하면, 그로테스크는 하나의 작품이 속하거나 속하지 않는 장르가 아니기 때문이다. 그것은 어떠한 특별한 학파나 예술이론에서 생긴 것이 아니라 모든 학파와 이론에 앞서 존재하는 것이다. 그것은 또한 전적으로 나타나거나 나타나지 않는 절대값이 아니다. 오히려 그것은 근본적으로 상이한 작품들 속에서 다양하게 나타날 수 있는 연속체이다.[22]

이와 같이 그로테스크는 어떤 특정한 작품군을 지칭하는 장르, 그 자체가 구조적 완결성을 지닌 폐쇄적 양식이 아니라 상이한 양식들 속에서 다양하게 나타날 수 있는, "기괴한 것 속에서 독특하고도 유력한 매력을 발견하고 표현"하는 미적 현상이다. 이와 같은 미적 현상으로서의 그로테스크에 내재된 원리를 필자는 다음과 같이 규정하고자 한다.

---

22) Bernard Mc Elory, *Fiction of the Modern Grotesque* (Hampshire and london: The Macmillan P.LTD, 1989), pp.1-2.

첫째, 역사적 용법상의 차이라든가 인접 용어와의 불분명한 경계에서 볼 수 있는 것처럼 광범위한 의미 영역을 지니지만[23], 그림과 조각에서 연원한 그로테스크의 미학적 원리는 "이상하게 만들기, 즉 상(像)의 변형이고 왜곡이고, 과장이며 또한 강등과 비하요, 일상세계의 전도"[24]이다. 요컨대 그로테스크는 변형과 왜곡, 과장과 전도, 그리고 예기치 못한 결합과 같은 방법을 통해 <기형(畸形)>, 즉 기괴한 형상을 창조하는 것이다.

그러나 보다 더 중요한 것은 그로테스크가 단지 표면들을 결합해서 기괴한 형상을 창조하는 것이 아니라 그러한 왜곡이 가능한 맥락을 창조한다는 데 있다. <기괴함monstrocity>을 상상하는 것은 그러한 기괴함을 산출할 수 있는 세계를 상상한다는 것이다. 그래서 그로테스크는 바로 "우리가 어떠하다고 친숙하게 알고 있는 세계가 아니라 우리가 어떠할지도 모른다고 두려워하는 낯선 세계"를 재현한다.[25] 카이저가 말한 대로, 그로테스크는 "우리에게 친숙하고 자연적인 요소들이 낯설

---

23) <그로테스크>라는 용어와 관련해서 우리가 대면하는 첫 번째 문제는 그것이 역사적으로 그리고 의미론적으로 매우 다양한 의미를 갖는다는 것이고, 두 번째 문제는 유사하긴 하지만 동의어는 아닌 다소 상관적인 말들(bizarre, macabre, fantastic, Gothic, arabesque)과 전체적으로 뒤얽혀 있다는 것이다.

　　그로테스크는 원래 "고대 로마에서 발견되고 라파엘과 핀투리치 같은 15세기 말엽 이태리 르네상스 예술가들에 의해 모방된" 장식미술의 한 유형을 가리키기 위하여 고안된 <그로테스카>에서 파생된 회화 용어이다. 즉 그로테스크는 어원적으로 "인간과 동물의 형태의 부분들이 잎이나 꽃들과 환상적으로 결합되어 있는 장식미술이나 조각의 한 종류"를 의미한다. 그 이후 그로테스크란 용어는 18, 19세기까지만 해도 <격한 부조화>, 또는 익살적 풍자나 회화(caicature)라는 희극적인 것의 조잡한 형태로 간주되어 왔으나, 20세기에 들어서서 그것은 단순히 과장된 익살이거나 우스꽝스러운 공상 정도가 아니라 근본적으로 양면적인 어떤 것으로, 대립적인 것들의 격렬한 충돌로, 그리하여 존재의 근원적, 문제적 성격에 대한 적절한 표현으로 간주되었다. Philip Thomoson, *The Grotesque*, 김영무 역(서울대출판부, 1986), pp.16-19.

24) 이재선, 앞의 책, p.33.

25) Bernard Mc Elory, 앞의 책, p.11.

고 불길한 것으로, 그리고 친숙한 우주에 대한 우리의 일상적인 지각을 부정하는 것으로 전환된 소외된 세계의 반영"26)인 것이다.

둘째, 그로테스크는 공포스러운 내용의 희극적인 표현이다. 그로테스크에 대한 대부분의 현대적인 논의들은 그것이 "무섭게 소름끼치는 내용과 희극적 표현 양식 사이의 충돌"27), 즉 '끔찍스럽고 공포스러운 것과 우스꽝스럽고 익살스러운 것의 기묘한 결합'이라는 주장으로 귀결된다. 존 러스킨의 <공포와의 유희 the mind's play with terror>28), 카이저의 <부조리와의 게임 a game with the absurd>29), James Schevill의 <매혹과 혐오의 이상한 혼성>30) 등의 개념들은 그로테스크가 세계의 공포를 희극적 맥락으로 다루는 특수한 양식임을 말해 준다. 즉 자아와 적대적 세계 간의 관계를 구조화하는 하나의 원리로서 그로테스크가 갖는 본질적인 특징은 "양립할 수 없는 것들의 해결 안 된 충돌"이다.

맥 클로리(Mc. Elory)는 그로테스크의 본질적인 성격을 <공포>와 <유희>의 특수한 결합으로 규정하고, 그것의 다양한 형식상의 차이를 결정짓는 가장 중요한 요인이 <어떤 종류의 공포인가>가 아니라 <어떤 수준과 정도의 유희인가>에 있다고 말한다.31) 그것은 공포스러움과 결합된 희극적인 요소의 기능이나 그로부터 야기되는 웃음의 성격이 그로테스크의 변이를 가져오는 근원적인 요인이라는 점을 말해 준다.

카이저에게 있어서 그로테스크는 <부조리와의 게임>, 다시 말해 부조리에 대한 조롱의 성격을 지닌 일종의 유희이다. 그래서 웃음은 그로

---

26) Wolfgang Kayser, *The Grotesque in Art and Literature* (trans by Ulrich Weisstein, New York Toronto: Indiana U.P., 1963) p.184.
27) Philip Thomson, 앞의 책, p. 37.
28) John Ruskin, *The Stones of Venice* (vol 11 of Works, ed. E.T. Cook and A. Wedderburn, London: George Allen, 1904), p.45.
29) Wolfgang Kyser, 앞의 책, p.187.
30) James Schevill, *Notes on the Grotesque*, (Twentieth Century Literature, Vol 23, 1977), p.233.
31) Bernard Mc Elory, 앞의 책, pp.14-15.

테스크의 희극적이고 희화적인 가장자리에서 생겨나며, 그 웃음은 공포로부터 완전히 벗어난 해방의 기쁨이기보다는 오히려 여전히 공포의 무게에 눌려 있어 조소적이고 냉소적이며, 궁극적으로는 풍자적인 성격을 띠게 된다.[32] 이와 같이 공포스러운 내용이 유머러스하고 희화적이며 풍자적인 맥락에서 나타남으로써 <웃음>이 유발되긴 하지만, 순수한 희극적 양식에서 체험되는 웃음과는 그 성격과 양상이 다르다. 즉 그로테스크에 있어서 '공포스러운 내용'과 조화되기 어려운 희극적인 요소의 개입은 공포스러움을 부정하거나 희석시킨다기보다는 오히려 그것을 부채질하고 강화시키는 역할을 담당한다.[33]

셋째, 그로테스크의 미적 효과는 일종의 <소외 효과 alienating impact>에 있다. 그로테스크는 어떤 한 문화가 확립한 '자연스러움'이나 '친숙함', '정상적임'을 왜곡이나 전도, 강등의 방법으로 이상스러운 것으로 변형시킴으로써 형성된다. 그렇게 함으로써 그것은 일상적 세계의 이면에 감추어져 있던 적대적이고 악의적인 힘을 폭로하고 풍자할 뿐만 아니라 문화 공동체의 구성원들이 공유하고 있는 관습 및 가정들, 또는 합리적이고 체계적인 사고에 대한 근원적인 물음을 제기한다. 즉 그로테스크는 친숙한 현실의 면모들을 돌연히 특이하고 어리둥절한 조명 속에 끌어들임으로써 충격적인 효과를 유발하는 방법으로서 공격

---

32) W. Kyser, 앞의 책, p.187. 카이저의 견해와는 달리 바흐찐에게 그로테스크는 <카니발의 정신 the spirit of carnival>이다. 그것은 공식적인 세계관이 지배하는 일상의 공포스러운 요소들을 즐겁거나 익살스러운 기괴함으로 변형·왜곡시킴으로써 공포로부터 해방되는 민속적 웃음의 세계이다. 즉 공식적 세계관의 구호들을 몰아내고 그 자리에 풍요와 재생의 카니발 정신을 대체함으로써 두려움을 쫓아내는 사람들의 승리에 찬 웃음인 것이다. 김욱동, 『대화적 상상력』(문학과 지성사, 1988), pp.243-246. 이러한 맥락에서 볼 때, 카이저의 개념이 현대소설을 이해하는 데 유용한 관점으로 활용할 수 있다면, 바흐찐의 개념은 민중이 참여하는 카니발이나 축제와 같은 민속문화라든가 희극적인 문화에 대한 이해틀로서 수용될 수 있을 것이다.
33) Philip Thomson, 앞의 책, pp.7-11.

성과 과격성을 한 특징으로 갖게 되는 것이다.

이상의 논거를 바탕으로 해서 필자는 대상 작가들의 작품들에서 다양하게 나타나는 '기형'이 어떻게 세계에 대한 전도적 재현의 유력하고도 결정적인 힘으로 작용하는지를 살필 것이다. 그런데 대상 작가들의 작품들 속에서 그로테스크는 초점화자(작중인물 또는 서술자)의 <편집증적 비전>으로부터 연원하고 있음을 볼 수 있다. 요컨대 그것은 초점화자의 편집증적 상태에서 경험된 세계의 이미지로 나타나고 있는 것이다.

필자가 사용하는 <편집증적 비전>의 개념은 사고의 연쇄에 있어서는 그 자체가 유기적인 논리(coherence)를 갖고 있지만, 그 내용에 있어서는 근본적으로 낯선 세계관(a radically alien world-view)을 보여 주는, 현실과 사물에 대한 전도된 시각을 의미한다.[34] 현실에 대한 이 같은 편집증적 비전은 <투사적 사고 projective thinking>, <적대감 hostility>, <의혹감 suspicousness>, <자기 중심성 centrality>, <과대 망상 delusion> 등을 세부적인 특징으로 가지며[35], 그 결과는 경험 내용 및 세계에 대한 전체적인 왜곡과 변형으로 나타난다.

이 같은 성격의 편집증적 비전은 대상 작가들의 작품들에서 '기형'이 산출되는 원천으로 작용하며, 세계의 숨겨진 진상을 폭로하고 파헤치

---

34) Bernard Mc Elory, 앞의 책, p.31.
35) 스와슨, 보넷, 잭슨 등은 <편집증적 비전>의 구성 요소를 다음과 같이 설명한다. <투사적 사고>는 본질적으로 내적인 문제들, 예컨대 비합리적인 두려움이나 갈등, 죄의식 같은 것들이 악의적인 사람들이나 환경에 의해 그에게 강요된 문제로 보고, 모든 것을 외적 세계의 탓으로 돌림으로써 자신을 정당화하는 정신적 장용을 의미한다. <적대감>은 자신이 전적으로 적대적인 세계에 살고 있다는 느낌을 말하며, <의혹감 hyper-alertness>은 자신을 둘러싼 주변의 모든 현상이 자신에 대한 공격 의도를 감추고 있다고 의심하고 지나치게 경계하는 심리적 상태를 가리킨다. 이와 같은 경계 심리에는 자신이 외부 세계의 사람들에 의해 늘 관찰당하고 평가받고 있다는, 즉 자신이 외부적 세계의 지속적인 중심이 되고 있다는 <자기 중심성>이 놓여 있다. David Swason & Philip Bohnert & Jackson, *Thw Paranoid*, (Boston: Little, Brown, 1970), p.8.

는 전도적 의미생성의 중심적인 동인으로 작용한다. 그런데 대상 작가들의 작품들에서 초점화자의 편집증적 비전을 특징짓는 내용은 <생명중심성>과 관련되어 있다. 따라서 필자는 <생명중심성>을 또다른 비평적인 준거 개념으로 상정하고자 한다.

생명중심성은 노리스(M. Noris)의 <biocentricity>[36]에 상응하는 개념으로서, 필자는 그것을 '문화/자연', '인간/동물', '정신/육체', '의식/무의식', '합리적 이성/본능, 충동, 열정', '도덕적 가치/생존' 등과 같은 대립적 체계 가운데 후자의 계열을 삶의 원동력으로 간주하고, 그것을 지향하는 존재 방식이나 관점에 내재된 원리로 본다. 그것은 바로 <문화적 피조물 cultural creature>로부터 <동물적 피조물 animal creature>로의 전이를 뜻하는 것으로서 인간에 대한 근본적으로 전도된 관점이다. 노리스는 자연적 존재방식이 함축하고 있는 구체적인 특질들이 '인간'의 문화적 존재론의 그것들에 대해서 지니는 차이점들을 다음과 같이 밝힌다.

> 동물의 욕망은 직접적이고 전유적(專有的)인 반면에 인간의 욕망은 간접적이고 '타자'의 인식을 향하고 있다. 동물의 자연적 힘은 그것의 종류에 따라 충족적이지만 인간의 생물학적 힘은 인식을 획득하고 위신을 성취하는 데 부적합하기 때문에 기표들과 상징들로 보완되어야만 한다. 동물은 자기목적적이고 그의 존재적 충만 속에서 스스로 살아가지만 문화적 인간은 '타자'의 욕망의 모방 속에서 살아간다. 동물은 생물학적이고 진화적인 운명을 그대로 따르지만, 인간은 주어진 그대로의 육체성을 무시하고 '타자'의 시선 속에서 자신의 운명을 읽는다.[37]

---

36) 노리스에 의하면, '생명중심성'은 문화적 피조물로서의 인간 중심적 사고, 즉 문화적 존재론에 대한 반명제로서, 인간 중심적 사고에 의해 억압되어 왔던 '동물성', 또는 '육체성'에 대한 절대적인 긍정으로부터 출발하는 새로운 삶의 방식이다. Margot Noris, *Beastes of Modern Imagination* (Baltimore and London : The Johns Hopkins U.P., 1985), p.4.

위 예문에서 볼 수 있듯이 '자연'(동물)과 '문화'(문화적 피조물로서의 인간) 사이의 변별적 자질은 '본능적/ 자의식적', '직접적/매개적', '자기 목적적/제도적'인 욕망의 실현과 힘(power)의 사용으로 나타난다. '본능 적·직접적·자기목적적'인 욕망과 힘의 사용은 바로 자연적 존재방식 의 <근원적인 충만함>을 드러내는 징표들이다. 동물은 그것의 종류에 따라 '본능'이라고 하는 기성 장치(생물학적 힘)를 가지고 있기 때문에 다른 것(타자)을 매개로 하지 않고서도 자기 삶을 실현할 수 있다. 그러 나 인간은 생물학적인 힘과 본능에 있어서 열등하고 허약하기 때문에 그것을 보완하기 위한 대리물, 즉 문화적 형식들(상징적 질서symbolic order)을 산출함으로써 살아간다38)

이런 구분은 '인간'과 '동물'에 대한 전통적인 위계를 전도시킨다. 전통적으로 인간은 이성이나 언어, 영혼, 도덕적 정당성이나 신성성을 지닌 완전하고 우월한 존재이지만, 동물은 그것을 갖지 못한 열등한

---

37) 위의 책, p.4.
38) 문화적 존재방식이 자연적 존재방식에 대해 갖는 변별적 특징은 그것의 <매개성 mediation>, 또는 <타자성>에 있다. 이런 점은 르네 지라르의 <삼각형의 욕망 이 론>이나 자크 라깡의 <주체 형성 이론> 등에서도 확인할 수 있다. 지라르에게 있어서 욕망의 주체와 대상 간의 관계는 직접적인 것이 아니라 중개자를 사이에 둔 삼각형의 구도로 나타난다. 즉, 욕망의 주체는 자발적으로 욕망하지 못하고, 타자 의 욕망을 모방함으로써만, 타자의 중개를 통해서만 대상을 욕망한다. Rene Girard, 『소설의 이론』, 김윤식 역 (삼영사, 1977), p.19 참조.
라깡에게 있어서 인간 주체(subject)는 선험적으로 존재하는 실체가 아니라 타자와의 동일시 과정을 거쳐 구성된 결과물이다. 그는 이런 주체 형성의 과정을 <거울 단 계>와 <상징적 단계>로 설명하는데, 거울 단계에서는 거울 속에 비친, 본질적으로 자기 아닌 것(작은 타자)을 자기로 오인함으로써, 그리고 상징적 단계에서는 <아버 지>란 이름으로 대표되는, 언어와 문화로 짜여진 보편적 질서(큰 타자)를 받아들임 으로써 비로소 하나의 주체로 형성된다. 따라서 주체는 타자들로 구성된 이질혼성 적인 존재라는 것이다. E. Sullivan, *Lacan and Philosophy of Psychoanalysis* (Illinois U.P., 1987), 우찬제, 「현대장편소설의 욕망시학적 연구」(서강대 박사논문, 1992), p.15에서 재인 용.

존재로 간주되어 왔다. 그러나 생명중심적 관점에서 <근원적인 충만함>으로 존재하는 동물은 '타자'(the other)의 매개를 통해서만 살아가는 인간보다 우월적인 지위를 차지하게 된다. 여기서 동물에 대한 인간의 전통적인 우월성을 주장할 수 있었던 징표들, 예컨대, 언어, 이성, 도덕성 등은 오히려 '근원적 충만함'의 결핍을 드러내는 부정적인 징표들로 강등된다.

특히 니이체는 <합리적 의식>에 논리적 우선성을 부여해 왔던 데카르트식 어법, 즉 <나는 생각한다. 그러므로 존재한다 cogito ergo sum>를 <나는 살아 있다. 그러므로 생각한다 vivo ergo cogito>로 전도시켜, <살아 있는 자연>에 존재론적 우선성을 부여한다. 즉, 그는 생각 없이 살 수는 있지만, 살아 있지 않고서는 생각할 수 없다고 말하고 있는 것이다. 이와 같이 그는 인간중심주의적인 전통 속에서 인간을 '전체'(the whole), 또는 '완전한 것'으로 만드는 본질적 요소로 간주되어 왔던 합리적 의식을 인간의 본능적 결핍에 대한 대리물로 인식한다. 그에게 있어서 합리적 의식이 문제되는 이유는 그것이 '동물', 또는 '동물성'을 부정·억압함으로써 인간을 생명력이 거세된 기계적 인간으로 만들어 버렸다는 데 있다. 즉 그에게 있어서 '동물성'의 거세는 삶의 보호나 방어가 아니라 삶의 쇠퇴이며, 무력화일 뿐이다.[39]

---

39) M. Noris, 앞의 책, pp.8-10. 참조.
니이체 사상에 있어서 모든 진리의 척도는 유기체적 생명력의 확장이라 할 수 있다. 그는 삶의 본래적인 작용원리를 (1)우리 삶에 도움이 되고 힘에 플러스가 되는 것은 동화시켜 받아들이는 것, (2)우리 삶에 마이너스가 되거나 힘을 방해하는 것들은 배척하거나 정복하여 스스로를 강화시키는 것으로 본다. 그리고 이런 욕구는 의식 이전의 작용으로서 삶의 본능적인 힘의 속성이라고 말한다. 따라서 진리나 선은 삶을 강화시키는 것, 힘의 감정, 힘에의 의지를, 힘 그 자체를 고양시키는 모든 것이지만, 허무주의나 악은 삶을 약화시키는 것, 또는 약함으로부터 유래되는 모든 것을 말한다. 이런 맥락에서 동물적 폭력은 초도덕적인 디오니소스적 순수성으로 회복된다. 그것은 그 자신의 안전을 위한 힘의 사용으로, 풍부한 에너지와 강인함의 확장으

이와 같이 <문화적 피조물>로서의 인간에게는 본원적으로 결핍되어 있는 '본능적', '직접적', '자기 목적적'인 욕망의 실현과 자기 확장적 생명력을 구유한 자연적 존재로의 전이를 추구하는 <생명중심성>은 그 자체가 기형적일 수밖에 없다. 왜냐하면 자연이란 인간이 잃어버린 에덴이거나 특별한 근원(origin)도 아니고, <자연적 인간성 natural humanness>이란 결코 존재한 적이 없기 때문이다.[40]

또한 <생명중심성>이 내포하고 있는 '인간'과 '비인간'에 대한 재정의 속엔 '문화적 인간성'에 대한 허무주의적 부정이 가로놓여 있다. 그것은 인간에게 부여되어 왔던 모든 문화 가치들을 <생에 대한 폭력>으로 간주, 그것을 파괴하며, 궁극적으로는 '인간'을 폐기하는 것이다. 따라서 그것은 재난, 또는 '잔혹성'의 체험과 밀접화되어 있는, 그 자체가 인간의 분열과 전락을 보여 주는 것이라 할 수 있을 것이다.

이런 맥락에서 필자는 대상 작가들의 작품들 속에 나타난 그로테스크 현상과 생명중심성으로 특징지어지는 초점화자의 편집증적 시각이 어떻게 교호하면서 의미작용하는지를 살피고자 한다. 논의의 주된 초점은 대상 작가들에 따라 특징적으로 나타나는 다음과 같은 현상에 맞추어질 것이다.

로 기능한다. 그러므로 그것은 오직 전유적(專有的)이며 생물학적 운명의 단순한 실현이다. 때문에 동물적 폭력은 억압되어야 할 부정적인 가치가 아니라 오히려 확장되고 긍정되어야 할 가치로 전도된다.

이와 같이 니이체는 유기체적·생물학적 삶의 원리로서의 <권력에의 의지>를 최고의 가치로 간주하며, 그것을 구현하고 있는 새로운 인간형으로 <초인(超人)>을 제시한다. <권력의지>는 세계를 형성하는 근본적인 에네르기, 모든 존재의 근본 원리로서 삶의 성장을 가능케 하는, 즉 생존의 원동력이다. 권력의지가 인간에게 나타나는 최초의 자연적인 형식은 육체를 구성하는 <힘>이며 동시에 본능적 욕망이나 <충동>, <열정>이다. 합리적 의식이나 이성은 권력의 도구들일 뿐이다. 강대석, 『니체와 현대철학』(한길사, 1986), pp.70-97. 참조.

40) M. Noris, 앞의 책, p.22

대상 작가들에게 있어서 전도적 상상력은 상이한 양상으로 나타나고 있다. 장용학의 경우 그것은 관념적 인물의 반논리적 사유의 방식 및 내용과 밀접한 관련을 갖는다. 여기서 <반논리 anti - logic>는 규범적인 관점을 일그러뜨림으로써 관습적인 가치를 급진적으로 전도시키는 것이다. 즉 형식적으로는 합리적 사고를 닮아 있지만, 그것의 내용은 언어도단적으로 보일 만큼 기괴한 과정에 의해 달성되는 것을 말한다. 그것은 단지 합리적 세계의 논리를 부정하는 것에 그치지 않고, 그것보다 더 내적으로 조리가 닿고 설득력이 있는 반논리로 대체함으로써 그것을 파기하는 것이다.[41] 이와 같은 특징적인 현상은 그의 소설이 관념소설적인 형식을 취하고 있는 것과 관련된다.

장용학이 관념적 인물의 반논리적 사유를 빌어 일상적 세계로부터의 갑작스러운 소외와 단절의 체험, 그리고 그것을 강제하는 세계의 문제적 상황을 소설화하고 있다면, 손창섭은 그와는 상이한 방법으로 전도적 세계를 창조한다. 그의 소설에서는 매우 풍부한 육체적이고 시각적인 이미지들을 발견하게 되는데, 그로테스크가 많은 부분 "즉각적이고 생생한 육체적 실재성"[42]과 관련되어 있다는 점에서 볼 때, 손창섭의 소설은 그 같은 특성과 가장 잘 부합하는 예들을 제공한다. 기실 그의 소설에서 그로테스크는 <야만적인 희화화 the savage caricature>, 특히 <생명 거세>와 관련되어 나타난다. 여기서 필자가 사용하는 <생명 거세>의 개념은 '살아 있는 것', '운동성을 보유한 것', 또는 '의미 있는 것'으로부터 생명력과 운동성, 의미를 박탈하는 것을 의미한다.

다른 한편, 김성한 소설에서 전도적 상상력은 가치 왜곡의 현실 및 인간 상황에 대한 풍자적 비판의 과정에서 작용하는 <우상 파괴적 공

---

41) Bernard Mc Elory, 앞의 책, p.27.
42) Philip Thomson, 앞의 책, pp.11-12.

격>으로 구체화된다. 그것은 그의 풍자가 급진적이고 과격하며, 풍자의 대상에 대한 경멸적인 웃음과 혐오감 내지 거부감을 최대한으로 유도하기 위하여 그 대상을 극단적으로 희화화하는 그로테스크적 요소, 그리고 현실에 대한 급진적인 공격을 수행하는 풍자가의 편집증적 비전 등과 관련되어 있다. 이와 같은 경우, 현실에 대한 풍자적 비판에 있어서 이면적으로 전제되어 있어야 할 긍정적인 지향점, 즉 당위적 이상은 매우 모호해지거나 상당 부분 굴절되게 된다.

마지막으로 <제5장>에서는 앞서 작가별로 논의한 것을 토대로 그들에게 공통적으로 나타나는 특징들을 종합적으로 검토하면서 전도적 상상력이 내포하고 있는 전후소설의 문학적 패러다임이 무엇인지를 규명하고자 한다. 특히 전쟁 체험의 문학적 상상력에서 지배적으로 나타나는 현상이 <인간 이미지>의 부식화와 미래에 대한 전망 상실이라는 점에 주목하여 대상 작가들이 어떤 유형의 인간상을 제시하고 있는가, 그리고 그러한 인간상을 창조함으로써 당대의 체험 현실에 대해 어떤 서사적 대응 논리를 제시하는가의 문제를 중심으로 논의하고자 한다.

제2장 '비인'의 환상과 반논리적 해부 : 장용학

1. 현실의 파편화와 관념적 '횡설수설'

관념적 난해성과 형식적 실험성 때문에 등단 직후부터 많은 비평적 논란을 불러 일으켰던 장용학의 문학에 대한 기존 논의는 크게 주제적 측면과 형식적 측면이란 두 관점에서 이루어져 왔다.

장용학 소설의 주제적 측면에 대한 논의는 (1)전쟁으로 인한 민족의 수난, 특히 한국전쟁에 있어서의 이데올로기의 횡포, 이데올로기로 인한 인간의 비인간화 과정에 대한 증언과 고발,[1] (2)기성세대의 윤리의식과 도덕적 가치 개념, 현대의 물질중심주의적 문명, 이데올로기적 세계의 양자택일적 사고에 대한 실존적 자각을 통한 저항,[2] (3) 인간 존재의 근원적 의미에 대한 형이상학적 탐구, 또는 새로운 인간 윤리에 대한

1) 김우종, 『한국현대소설사』(성문각, 1978)
   ──── , 「전쟁의 상처와 그 철학적 극복」, 『한국현대문학전집』 28, (삼성출판사, 1978)
2) 천이두, 「안타오스의 자유」(현대문학, 1969.11)
   임헌영, 「장용학론 - 아나키스트의 幻歌」(현대문학, 1966.3)
   김 현, 「에피메니드의 역설」, 『현대한국문학전집』 4 (신구문화사, 1972)
   ──── , 「인간이라는 기호의 모습」(세계의 문학 25, 1987, 가을)
   이철범, 「소외된 인간의 비극」, 『현대한국문학전집』 4 (신구문화사, 1972)
   이선영, 「아웃사이더의 반항」(현대문학, 1966.12)
   서수생, 「사르트르와 장용학의 비교 연구」, (경북대학교 논문집 제16집, 1972)
   권영민, 「전후의 현실과 문학의 분열」(한국문학, 1985.6)
   김용균, 「장용학 소설에 나타난 抵抗의 문제」, 『한국현대소설사 연구』, 전광용 외
      (민음사,1984)

실존적 탐색3) 등으로 보는 긍정적인 평가와 "우화 속으로의 자기 함몰"4), "이데올로기의 허구성에서 탈각하려다 실존과 허무의 중간항에 머물게 되"5)었다고 보는 부정적인 평가로 대별된다.

형식적 특징에 대한 논의에 있어서도 전통적인 플롯의 전개, 객관적인 묘사, 액션의 극적 전개라는 "종래의 소설적 미학을 대담하게 초극한 새롭고 특이한 소설"로서의 의의와 가치를 탐구하는 긍정적인 관점6)에서 이루어진 논의가 있는가 하면, 반면에 "소설 같지도 않은 소설, 발자크의 관을 걸머지고 다니기를 거절한 소설, 관념의 유치한 유희라고 말해 버릴 수도 있는 소설"7)로 치부해 버리거나, 또는 새로운 기법의 시도가 아니라 리얼리즘 이전의 소박한 관념의 진술형태에 불과하여 소설적 형상화가 이루어지지 않은 소설 이전의 '관념적 소설'로 전락하고 말았다8)는 부정적인 관점에 선 논의도 있다.

그런데 장용학 소설의 형식적 특성으로 논의되는 '스토리의 약화'나 '플롯의 해체'와 같은 현상은 기실 비유기적인 단편들의 조합이라 할 수 있는 구성상의 특징 때문이라 할 수 있다. 유기적 관련이 없는 단편적인 조각들의 병치로 나타나는 이 같은 구성은 현실의 총체성을 부정

---

3) 김 훈, 「존재의 자각과 탐구-실존주의사상을 중심으로」(국어국문학 88,1982)
   이준재, 「존재의 고뇌와 자유의 의미」(세대, 1963.12)
   김상선, 『신세대작가론』(일신사, 1962)
4) 김윤식, 「장용학론 - 우화성과 이데올로기 비판」, 『속 한국근대작가론고』(일지사, 1980)
5) 전영태, 「6·25와 한국소설의 재발견」(한국문학, 1985.6) p.306
   _____, 「사차원적 세계의 실상과 허상」(광장, 1983.8)1
6) 이어령, 「주제와 방법」, 『현대한국문학전집 4』(신구문화사, 1965)
   천이두, 『한국소설의 관점』(문학과 지성사, 1980)
   김윤식, 『한국현대문학사』(일지사, 1976)
   구인환, 『한국근대소설연구』(삼영사, 1977)
7) 이준재, 앞의 논문, p.280
8) 김교선, 「심리적 지적 사색과 소설적 혁명」(현대문학, 1964.5)

하는 방법이라 할 수 있다.[9] 총체적인 전망 상실의 세계 체험을 소설화하는 형식적 방법은 인과 관계의 고리들을 해체하여 무질서한 부분들로 제시하는 것이다. 이 같은 형식은 세계로부터의 단절, 소외, 고독이라는 현대적인 체험을 형상화하는 강력한 방법이 된다.

예컨대, 「요한시집」은 거의 인과적 관련이 없는 이야기들의 조합으로 이루어져 있다. 이 작품은 '토끼'의 우화, '누혜'의 이야기, '누혜'의 유서, '누혜'의 어머니를 찾아가는 '동호'의 이야기들로 구성되어 있다. 그러나 이들 이야기들은 긴밀한 인과적 구성을 취하지 않는다. '토끼'의 우화는 물론 비유적인 의미를 띠고 있지만, 동물우화란 점에서 작품의 나머지 부분과는 이질적으로 덧붙여진 느낌을 준다. '누혜'의 이야기와 '누혜'의 유서는 다른 장(章)으로 나뉘어 있을 뿐만 아니라 전자는 '동호'의 회상의 형식을 빌리고, 후자는 유서의 내용을 전재(全載)하는 형식을 취하고 있어서 그 이질성을 더해 준다. 또 '누혜'의 어머니를 찾아가는 '동호'의 이야기는 그가 왜 그녀를 찾아가야 하는지, 그 이유가 분명하게 제시되지 않는다. 즉 '동호'의 이야기와 '누혜'의 이야기는 '포로수용소'를 매개로 하고 있지만, 서사적 전개의 인과성을 갖추지 못하고 있는 것이다. 이와 같이 「요한시집」의 전체적 구성은 파편화된 조각들의 모자이크적 조합으로 나타나고 있는데, 이 같은 이유로 해서 <플롯의 해체>, <스토리의 약화>란 평을 받게 된다. 「요한시집」뿐만 아니라 「비인탄생」, 「현대의 야」의 경우도 마찬가지이다.

또한 작품의 비유기적 구성의 또 다른 현상으로 관념적 사고의 편린들의 병치를 들 수 있을 것이다. "관념의 과잉", "관념의 덩어리"[10]란 평가를 받을 만큼 장용학 소설에 있어서는 인물의 관념적 사유 내용들

---

9) 페터 뷔르거, 『전위예술의 새로운 이해』, 최성만 역 (심설당, 1986), p.30.
10) 이철범, 「소외된 인간의 비극」, 『현대한국문학전집 4』(신구문화사, 1972), p.452.

이 편재되어 있고, 그것들 사이에는 인과적 논리가 작용하지 않는다. 그의 인물들은 어떤 새로운 사실이나 경험을 접할 때마다 기나긴 사색 속에서 독백적 진술을 토해내고 있다.

말하자면, 장용학 소설의 형식적 특성으로 논의되는 <플롯의 해체>는 스토리가 텍스트화되어 가는 과정에서 나타나는 극심한 서사적 일탈과 지연에 기인하며, 그것은 작중인물들의 단속적인 형이상학적 상념들이나 <의식의 흐름> 등을 구체화하는 데 기여한다. 이 같은 관념의 비대화는 작가의 의도가 독립적으로 살아 있는 인물의 창조를 통한 환경과의 상호작용을 그리는 데 있다기보다는 오히려 피조물을 통한 <질문으로 가득 찬 명상의 구상화>에 있다는 것을 말해 준다. 이러한 점은 장용학의 창작 방법론에서도 확인된다.

> 題材中心으로 주인공을 행동하게 하고 그때 그때의 환경이나 상황
> 에서 할 수 있는 말을 횡설수설하게 한다. 그렇게 해서 草稿가 이루어
> 지고 나면, 주인공이 그때 그때 한 말들의 촛점, 귀일점을 찾아내는
> 일이 있게 되는데, 이것이 本題名을 찾아내는 작업이면서 동시에 주
> 제를 파악하는 일이기도 하다.11)

위 예문에서 볼 수 있는 바와 같이 장용학의 소설화 방법은 인물과 환경 간의 상호작용과 그것에 기초한 행위와 사건의 극적 전개와 같은 플롯짜기라기보다는 인물들의 '횡설수설'로 구현되는 형이상학적 문제의식을 드러내는 데 초점이 주어져 있다. 특히 인물들의 관념적 '횡설수설'은 그 자체가 "말의 과잉"이며, 그 말의 합리적 논리를 파괴하는 방법이다. 따라서 그것은 인간의 '말'을 기형화할 뿐만 아니라 합리적 의식에 의해 억압되는 무의식으로 하여금 말하도록 하는 역할까지도

---

11) 장용학, 「창작여담」(사상계, 1962, 문예증간호), p.278.

수행한다. 말하자면, '횡설수설'은 어떤 단일한 질서로 통합되지 않고 서로 충돌하고 마찰을 빚는 합리 이전의 세계를 드러내는 듯한 느낌을 불러일으킨다는 것이다.

또한 작중인물들의 관념적 사유방식과 내용에 있어서의 특징적인 국면은 <반논리>(anti - logic)로 나타난다. 여기서 반논리란 규범적인 관점을 일그러뜨림으로써 관습적인 가치를 급진적으로 전도시키는 것을 의미한다. 요컨대 결론 자체는 형식적으로는 합리적 사고를 닮아 있지만, 그것의 내용은 언어도단적으로 보일 만큼 기괴한 과정에 의해 달성되는 것을 말한다. 그것은 단지 합리적 세계의 논리를 부정하는 것에 그치지 않고, 그것보다 더 내적으로 조리가 닿고 설득력이 있는 반논리로 대체함으로써 그것을 파괴하는 것이다.[12] 이러한 반논리적 사유가 '횡설수설'의 발화법으로 재현되는 것이겠다.

이런 방법들을 통해 장용학 소설은 시간의 외적 연속성을 파괴하고, 환경과의 갈등을 인물의 관념 속에서의 내적 갈등으로 전이시키며, 논리적 인과관계를 왜곡하는 등 현실을 파편화한다. 단적으로 말해 그의 소설 형식은 인물, 사건, 배경 등의 서사적 요소들 사이의 유기적 균형과 조화에 기초한 객관적 구상화의 전통적인 서사 원리에 대한 반재현주의적 전도이다. 즉 장용학 소설의 기법적 낯섦은 인물과 환경 간의 상호작용으로서의 갈등의 극적 전개가 의미생성의 주된 요인으로 작용하는 리얼리즘 소설미학의 해체에 기인하는 것이다.

그것은 또한 리얼리즘 문학이 전제로 하는 총체성이라든가 전망의 제시를 부정하는 것이기도 하다. 오히려 그것은 외부세계와의 소통이 아니라 외부세계와의 단절을 의미화함으로써 현실의 질서와 가치 체계에 대한 부정의 논리를 강화한다. 이 같은 양식적 특성은 더 이상 외부

---

12) Bernard Mc Elory, 앞의 책, p.27.

환경과 의미 있는 관계를 맺을 수 없다는 비극적인 세계 인식과 더불어 외부 환경이나 타자들과의 유대관계를 파괴당한 <잔혹성>의 세계 체험을 재현하는 것일 수 있다.

2. '거꾸로 선 세계' 와 인간의 '동물' 체험

(1) 극한상황 : '거꾸로 선 세계'의 이미지

장용학의 비교적 초기 작품들 - 「찢어진『윤리학의 근본 문제』」, 「인간의 종언」, 「부활미수」 - 은 인간의 문화적 존재방식의 근거인 가치 체계와 생물학적 기초로서의 생존 본능의 괴리 현상으로 나타나는 <극한상황>의 체험을 형상화하고 있다. 극한상황은 친숙하던 세계의 갑작스러운 돌변으로 나타나고, 그 속에서 작중인물은 자신들의 일상적 생활을 구성하던 모든 낯익은 것들로부터 소외된다. 작중인물들 사이의 유대 관계는 파괴되고, 개인적인 신념이나 꿈이 더는 의미를 갖지 못하고 사라진다.

「찢어진『윤리학의 근본 문제』」의 '인공치하', 「인간의 종언」의 '문둥병', 「부활미수」에 나타나는 '망망대해에서의 표류'라는 상황은 양상은 달라도 그 의미에 있어서는 동질적이다. 그것들은 모두 일상적 세계의 이면에 잠재되어 있던 놀랍고도 공포스러운 힘의 폭로로 작용한다. 「찢어진『윤리학의 근본문제』」에서 '인공치하'의 상황은 '상주'와 '반장 아주머니', 그리고 '상주'와 '영애' 사이에 맺고 있던 이웃사촌, 또는 사제지간으로서의 정감적 유대 관계를 상호 적대적인 관계로 치환시켜 버린다. 그들은 제 각각 자신의 안위를 위해서 행동하고, 그러한 생존을 위한 투쟁은 <만인에 대한 만인의 투쟁>의 형태로 제시된다.

이 점을 '상주'와 '반장 아주머니'의 관계에서 확인할 수가 있는데, '반장 아주머니'의 행위의 연쇄는 상황의 변화에 따라 자신의 안위를 지키기 위한 필사적인 <변신의 논리> 그 자체로 나타나며, 이것은 '상주'의 안위를 위협하는 적대적인 환경으로 작용한다.[13) '상주'와 '영

---

13) '반장 아주머니'가 보여 주는 <변신의 논리>는 다음과 같은 예문들에서 확인된다.
   (1) 상주가 집을 떠나야 했던 전날 밤이었다.
   『그런 말 그만 하시구 안되는 말입니다. 아들님은 내일 아침 동회로 내보내야 합니다. 모든 청년이 다 나가는 것입니다. 도망하려구 해도 골목마다 파수가 섰으니 못합니다.』
   『왜 하필 우리집에 와만 그럽니까』
   『눈 앞에 있는 것까지 노치면 이 반장의 입장이 어떻게 됩니까. 내놔야 합니다! 무슨 일이 있드라도 내놔야 합니다!』(136면)

   (2) 마당에 내려서면서 이번에는 어머니를 위로하는 것이었다.
   『조금도 걱정하지 마십시오. 아들님은 교육도 있고 해서 지금 평양에서 정치 훈련을 받고 있답니다. 머지 않어 높은 사람이 되어 올겁니다.』
   ------------- 중   략 ------------------
   『미군이 내일모레면 들어온다는데 언제 어디로 높은 사람이 되어 올수 있는 지 ······』
   『과히 염여할것업습니다. 똑똑한 남자는 다 도중에서 도망쳤다니까 댁의 아들님도 어려니 자기 할 일을 안하였으라구 ······』(237면)

   (3) 『날 붙잡혀 가라고 이짓이었오!』
   반장은 방에 올라와서 영애의 손을 끌어당기면서 어머니를 흴책하는 것이었다.
   『안가구 견딜테냐! 어서 가서 반장은 정말 아무것도 몰랐다구 네 입으로 해야 해!』(144면)
   (4) 그런 밤도 지나 날이 밝으니 오늘은 九월 며칠인지, 解放이었다.
   상주는 대문 앞에서 반장을 만났다. 희색이 만면해진 그는 유복스러운 귀부인 예대로의 모습이었다.
   『어머나? 집에 계셨읍니까.』
   ------------- 중   략 ----------------
   『이렇게 선생님까지 무사히 만나게 되었으니 참 반갑습니다.』(146면)

그녀의 변신은 인공치하의 서울에서 살아남기 위한 한 방법이다. 그런데 그녀의 생존은 '상주'의 생존과 대립적인 관계를 갖는다. 그녀는 '상주'를 찾아내

애'의 관계 역시 마찬가지이다. 은신을 위해 스승의 집에 와 있는 '영애'의 입장과 '반장 아주머니'의 감시를 피해 숨어 있어야 하는 '상주' 사이의 상호 배타적인 관계는 더 이상 스승과 제자로서의 만남을 가능하지 않게 만든다.

이와 같은 극한상황 속에서 <살아 남기>와 <인간으로 살기>가 더는 같은 것일 수 없다. 요컨대 인간성을 지킬 수 없는 상황 속에서 살아 남는다는 것은 <인간>이길 포기하고 <동물>이 된다는 것을 의미한다. 윤리와 생존이 극한적으로 맞선 상황 속에서 <인간>으로 산다는 것은 궁극적인 공포가 될 뿐이며, 오직 <동물>로 살아남는 것만이 최우선적인 과제로 대두된다.[14)

　　대포알이 야무지게 밤하늘을 도리어내면서 머리위를 지날때마다 뱃속에서 간이 땅에 달라붙는다. 그 소리가 어디에 가서 퉁 中止符를 찍고 발산하여버리면 『내 차례가 아니었구나---』死神에게 무한한 감사를 드리면서 다음번 준비를 하는 것이었다.
　　『도대체 이게 무슨 짓이냐!』
　　이래도 하늘에는 달이 구름 사이로 여전하겠구나 생각하니 분한 생각이 왈칵 이는 것이었지만 저쪽에서 모기 우는 것같은 소리가 나타나기 시작하면 모든 것을 팽개치고 간은 다시 한번 뱃속에서 땅에 달라붙는 것이었다. 날이 밝으면 홍두께같은 포탄은 자자지나 사람은 몸을 햇빛아래 내놓는 것을 두려워했다. 집집마다 서로 떨어진 孤島의 生活이고 땅바닥을 의지하는 穴居生活이었다. 地上의 主人公이 바뀌어진 것이다. 人道가 없어지고 彈道가 그물을 쳤다. 『自由를 위하여 正義를 위하여 恒久的 平和를 위하여......』 그러나 이런

　　야 하고 '상주'는 그녀의 눈을 피해 숨어 있어야 한다. '반장 아주머니'와 '상주' 간의 이러한 관계는 기존의 유대적 인간 관계를 적대적인 관계로 치환시키며, 개인주의적인 <만인에 대한 만인의 투쟁>으로 몰아 넣는 <극한상황>의 의미를 잘 드러낸다.
14) Alfredo Bonadeo, *Mark of the Beast* (Kentucky U.P.,1989), p.3.

소리가 들리지 않는 孤島나 洞窟 속에서 사람들은 시시각각으로 動物로 動物로 돌아가고 있었다. (145면)

　죽음의 공포 앞에 직면하여 고도(孤島)나 동굴 속에 '갇힌 존재'가 <동물>로 퇴화하는 모습을 묘사하고 있는 이 예문에서 <극한상황>이란 결국 <인간>을 <동물>로 전이시키는 힘으로 작용하고 있음을 알 수 있다. 다시 말해, 인공치하로 상징되는 극한상황의 체험은 "자유나 정의, 평화"와 같은 문화적 가치가 거세된 생물학적 생존본능의 동물적 삶, '찢어진 윤리'의 체험으로 형상화되는 것이다.
　「인간의 종언」[15]에서 '문둥병'은 현실을 기형화하는 병리적 상징으로 나타나며, 세계의 악의에 찬 돌변으로 의미작용한다. 특히 '아내'를 초점화자로 하여 세계의 갑작스러운 변화와 그로 인한 공포와 불안의

---

15) 「인간의 終焉」의 텍스트 상의 배열은 다음과 같다.
　(1) 아내는 꽃도적의 출몰로 공포와 불안한 나날을 보내면서, 뒷산으로 올라가 돌아오지 않고 있는 남편을 원망스러워 한다.
　(2) 달빛을 온몸에 받으며 사나운 짐승의 체취를 풍기며 들어온 남편은 양주의 등마루를 꽃송이로 문질러 대면서 "이 문둥이 새끼"라고 울부짖고, 그 남편의 잔인한 모습에 아내는 불안과 두려움을 느낀다.
　(3) 보름 전 미국유학의 꿈에 부풀어 있던 상화는 자신이 문둥병 환자라는 사실을 알고는 절망하여 화초밭의 꽃을 닥치는 대로 뜯어내는 행위에 재미를 느낀다.
　(4) 어린 자식도 문둥병에 걸려 있다는 것을 알게 된 상화는 그때부터 상습적인 꽃도적이 되고 그 행위로부터 긴장된 삶의 쾌감을 느낀다.
　(5) 상화는 아내에게 양주의 등어리에 있는 뾰루지와 자기 등의 뾰루지를 보임으로써 둘 다 문둥병 환자라는 사실을 확인시키고, 동시에 아내의 등에 있는 붉은 반점으로 아내마저 문둥병 환자임을 알게 되는 순간 아내와 횡포한 포옹을 한다.
　(6) 상화는 집 안에 장작더미를 쌓아 번제의 제단을 쌓고 그 위에 올라 앉아 동반자살을 기도한다.
　(7) 장작 더미의 화염은 곧 잦아들고 상화는 반구워진 고기로 살아남아 자식의 간을 꺼내 먹다가 연기 때문에 밖으로 나오려는 순간 문지방에 쓰러져 죽는다.

징조를 제시함으로써 '문둥병'의 서사적 기능과 의미는 더욱 더 명확하게 드러난다. "꽃도적의 출몰"과 남편의 몸에서 풍기는 "사나운 짐승의 체취", 그리고 "이 문둥이 새끼"라는 남편의 울부짖음이 서로 반향하면서 친숙하고 안전하던 '아내'의 세계가 낯설고 공포스러운 것으로 변해감을 암시한다.16) 그리고 초점화자가 '남편 상화'로 교체되면서 암시적으로만 환기되던 불안과 공포는 '문둥병'으로 표면화된다.

따라서 '문둥병'은 일상의 얇은 막을 뚫고 나온 세계의 적대적인 힘을 상징한다. 자신이 '문둥병' 환자라는 사실을 알고 난 '상화'는 갑작스럽게 변한 세계 속에 자신이 던져져 있음을 깨닫는다.

> 모든 것이 이상하고 모든 것이 예와 달랐다. 세계는 땅 속으로 꺼졌다. 하늘은 문을 닫았다.
> 발이 가지는 곳에는 다 가보았다. 바닷가, 市廳의 층대, 劇場 앞, 倉庫 근처, 뉴우스 揭示板, 敎會堂…… 전에 다니던 학교에도 가 보았

---

16) 게다가 반복적으로 제시되는 '달빛'의 이미지는 초점화자의 정서적 상태를 투영하고 있다. "뻘겋고 희미한 달빛"의 이미지는 '아내'의 정서적 불안과 혼란에 대한 일종의 비유로서 소설의 상황을 구성하고, 독자의 상상력을 자극하여 분위기 창조에 기여한다.

   (1) 뻘건 달무리였다.
      어디서 몰려들었는지 예닐곱마리 되는 괴무리들이 저 아래 달빛어리는 숲 속 빈터를 딩굴면서 亂舞하고 있었다.
   (2) 그림자가 움직였다. 문지방에 달빛을 온 몸에 받으며 나타난 남편은 흡사 유령이었다.
   (3) 달빛이 어리어 눈처럼 희고 부드러운 어깨죽지에 반문이 두개 나란히 있었다.

   위 예문들에서 볼 수 있는 것처럼 '달빛'을 받으며 드러나는 '괴무리', '유령', '반문' 등의 이미지들에는 초점화자의 특수한 감정, 즉 "몸이 오싹해지고 숨이 켕겨드는 것" 같은 공포, 불안, 분노의 정서가 착색되어 있다. 이러한 정서들은 현실적으로 지각되는 세계와는 다른 어떤 세계를 환기시킨다.

다. 모두 갈 곳이 아니었다. 문둥이가 갈 곳은 없다. (423면)

그의 일상적 생활을 구성하던 모든 낯익은 것들은 더 이상 친숙한 것이 아니다. 그것들은 이제 낯설고 적대적인 것으로 그를 밀어낸다. '문둥병'이 그를 일상적 세계로부터 소외시키는 것이다. 외부 세계와의 의미 있는 관계를 전제로 한 상호작용의 가능성이 말살된 이 소외된 상황에서 '상화'가 기대해 왔던 미국 유학에의 꿈은 무산된다. 그는 더 이상 예전의 그처럼 "그 어느 것이든 자유로 선택해도 좋은 권리"를 갖고 있지 않으며, 그를 둘러싼 주위의 모든 사물들과의 관계도 변화된다.

'문둥병'으로 인한 소외된 세계 체험은 '상화'의 '꽃을 짓밟는 행위'로 구체화된다. '문둥병'이란 진단을 받기 이전까지만 해도 '상화'에게 있어서 '꽃'은 "오! 물결이 푸른 태평양의 망망함이여, 화초사이로 저 끝까지 그늘진「포스톤」의 가로수여 ……"에서 볼 수 있는 바와 같이 희망이나 행복감을 환기시키는 긍정적인 이미지로 작용했었다. 그러나 그가 문둥병 환자라는 사실이 밝혀지면서 '꽃'의 이미지는 달라진다. 그 '꽃'은 이제 '문둥병'의 신체적 징후로서 "팥알만하고 불그스름한 부스름"을 연상시키는 절망과 공포의 이미지로 나타나는 것이다. 그럼에도 불구하고 일반인에게 있어서 '꽃'은 여전히 심미적 완상물로 남아 있다.

> 어느날 밤 양주의 등마루에서 자기의 것과 같은 종기를 발견하게 된 이튿날 아침, 하룻밤을 새운 산에서 내려오다가 자기집 마당에 모여든 그 웅성거리고 있는 사람들이란 것이 어젯밤 자기가 하나 남기지 않고 꽃을 뜯어버린 그까짓 꽃밭을 구경하는 幸福人들이란 것을 알았을 때, 상화는 스며드는 공허감을 누를 수 없었고 치밀어 오르는 질투를 느꼈다.(425면)

그에게는 더 이상 심미적 완상물로서의 가치를 잃은 "그까짓 꽃밭"을 구경하기 위해 모여든 사람들에 대해 느끼는 '공허감'과 '질투'의 감정은 '상화'와 일상적 세계 사이의 간극에 대한 자의식적 반응이라 할 수 있다. 이와 같이 '문둥병'은 세계와의 조화롭던 관계의 갑작스러운 파열로 나타나며, 그로부터 인간을 폐기한 '상화'의 그로테스크 이미지를 창출하는 상황적 맥락으로 작용한다.

(2) '윤리'와 '생존'의 괴리와 내적 갈등

극한상황 속에서의 생존을 위한 동물적 투쟁은 결코 외적 상황과의 갈등으로 표출되지 않는다. 오히려 자신의 내부에 자리잡고 있는 윤리 의식과의 갈등으로 전개된다. 세계의 광포한 힘은 개인들 사이의 유대 관계를 파괴할 뿐만 아니라 외부 세계와의 의미 있는 관계 맺음의 가능성 그 자체를 박탈한다. 개인들은 갑자기 드러난 세계의 공포스러운 힘 앞에서 위축되고 단자화된 채 인간성과 동물성 간의 분열 속에서 자의식적 갈등을 겪는다. <인간>으로 죽어 가느냐, 아니면 <동물>로 살아남느냐라는 양자택일적 선택을 강요하는 상황의 힘 앞에서 개인들은 <단독자>로 존재하며, 자기 내부의 자아분열적인 혼돈 속으로 침잠해 들어간다.

「찢어진『윤리학의 근본문제』」에서 '상주'와 '반장아주머니'의 대립적 관계는 표면상으로는 '상주'를 숨기려는 '어머니'와 그를 찾아내려는 '반장아주머니'의 갈등으로 나타난다. '상주'는 자신의 존재를 드러내는 것 자체가 자신의 안전에 위협적인 요인이 되기 때문에 '반장 아주머니'와 직접적으로 대립·갈등할 수가 없다. 그만큼 환경의 적대적인 힘은 절대적이고 완강하지만, '상주'는 무력하고 피동적일 수밖에 없는 것이다. 따라서 그는 '관속 같은 지하방'에 숨어 자의식적 해부를 통한 자기 회화화를 거듭하게 된다.

말하자면, '반장 아주머니'와의 외적 갈등은 '상주' 자신의 내적 갈등으로 전이되고, 그 갈등은 <윤리적 당위>와 <생존 욕구> 사이의 간극과 대립으로 구체화된다. '상주' 역시 생존을 지향하지만, 그는 자신의 생존 지향적 의식을 검열하는 윤리적 의식으로부터 자유롭지 못한다. 그리고 끝없이 되풀이되는 자기 소모적 갈등은 '윤리'를 희화화하거나 '『윤리학의 근본문제』'를 갈갈이 찢어버리는 행위로 형상화된다.

> 에고이스트 윤리감을 背景으로 방패삼은 에고이즘. 男女 七세가 되어 자리를 같이 하지 않는다 함은 동양 도덕의 몇번째쯤 되는 美德이다. 그 여자가 여기서는 또 제자까지 되니 더욱 道德的이라는 것이다. 이런 허울이 있었기 때문에 그는 자기 일신의 안전을 보전하기 위하여 마음대로 고함질러도 좋았던 것이다. 그가 전에 영애를 좋아하지 않았던들 그 假面은 그다지는 기꺼운 것이 아니었을 것이다. (140면)

여기서 '윤리'는 하나의 허울과 가면으로 전락하고 있다. 윤리는 더이상 문화적 인간성을 보증하는 원래의 기능을 수행하지 못한다. 오히려 그것은 인간성을 말살하는 기형적 모습으로 전도되어 있을 뿐이다. 생존을 선택한 '상주'는 그 자신의 합리화를 위해 '사제지간의 법도'라는 윤리적 규범을 왜곡한다. 즉, 그 규범이 내포하고 있는 실질적 의미는 거세되고, 형식적 요건만이 비대해짐으로써 그 윤리는 희화화되는 것이다. 그러나 이와 같은 '윤리'의 희화화 속에는 자신의 동물적인 생존 본능에 대한 혐오가 깃들어 있다. 말하자면, 그것은 자신의 안전을 보전하기 위하여 귀애하던 제자 '영애'를 내쫓으려는 자신의 동물성에 대한 냉소라 할 수 있다는 것이다.

'찢어진 『윤리학의 근본문제』'도 같은 맥락에서 이해된다. '찢어진 윤리'의 체험이야말로 '상주'의 전쟁 체험의 본질에 해당한다. '『윤리학의 근본문제』'를 찢는 그의 행위는 윤리와 생존 사이의 배타적 간극과 그로부터 빚어진 갈등을 가장 첨예하게 드러내는 상징이다. 그 행위는 윤리의 허구성에 대한 분노, 그리고 '동물'로 전이된 자신에 대한 환멸의 자의식을 환기시킨다.

  이와 같이 '상주'는 한편으로는 자신의 생존 욕구에 따르지만, 다른 한편으로는 그런 자신을 해부하고 희화화한다. "고도나 동굴" 속에서 "시시각각으로 동물로 동물로 돌아가고 있"는 자신의 생존 방식에 대하여 '상주'는 "도대체 이게 무슨 짓이냐!"라는 절규의 외침을 던지고 있다. 그래서 '찢어진 『윤리학의 근본 문제』'는 윤리와 생존의 극한적인 대립이라는 '인공치하'의 전쟁체험에서 자아가 입은 정신적 외상의 징표로 보인다.

  3개월 여에 걸친 인공치하가 끝난 후, '상주'는 '반장 아주머니'와도 "객지에서 고향사람을 만난 것" 같은 반가운 인사를 나누는가 하면, '영애'와도 예전의 사제지간으로 되돌아갈 것을 제안한다. 그는 3개월 간의 인공치하의 체험을 무화시키고 싶어한다. 그것은 "지금은 유월 이십육일 아침이다"라는 그의 말에서 가장 단적으로 드러난다. 하지만 외적 관계는 정상으로 회복될 수 있어도, '찢어진 『윤리학의 근본문제』'는 여전히 원상 복구될 수 없는 것으로 남겨진다. 생존의 대가로 지불된 '찢어진 윤리'는 이제 인간의 새로운 조건으로 수용되고 있다.

  이와 같이 「찢어진 『윤리학의 근본문제』」는 윤리와 생존의 조화롭던 관계의 해체로 나타나는 왜곡된 재난 상황 속에서 인간이 어떻게 인간성으로부터 소외되고, 세계로부터 단절되는가를 '상주'의 '찢어진 윤리'의 체험, 즉 인간 속의 '동물'의 체험으로 형상화한다.

『인간의 종언』에서의 '문둥병'은 '상화'의 육체적 타락의 이미지[17]로 형상화되는데, 이 같은 <육체적 훼손 physical degradation>은 인간적 정체성으로부터의 소외를 환기시킨다. 이와 같이 소외된 세계 상황 속에서 '상화'의 내적 갈등은 인간의 정체성에 대한 재정의를 향한 움직임으로 전개된다. 그의 육체적 훼손은 '선악의 대립'으로서의 가치체계와 '생 그 자체'의 간극으로 표상되며, 그 속에서 그의 관념적 지향은 '생 그 자체'로의 초극을 향해 나아간다.

> ---길에서 노는 아이들에게 자꾸 쏠리는 나의 곁눈질, 사람의 간이라도 먹고 싶은 이 유혹. 스스로를 죽이든지 남을 죽여 그 간을 먹든지......
> 惡이 어떤 것이고 善이 무엇인지. 길이 둘밖에 없는 자에게 그 어느 것을 택하든 善이다! 고름부대를 짊어지고 질금질금 고스란히 살아가는 것이 善이란 말인가.
> 善惡의 대립은 生以前의 假定이다. 人類는 自虐이 아니다! 生과 惡이 양립할 수 있는 지역이 어디에 있어야 한다! (425면)

그에게 있어서 "고름부대를 짊어지고 질금질금 고스란히 살아가는 것"은 '선'도 아니며, '생'도 아니다. 여기서 그는 기존의 가치체계, '선악의 대립'이 그 같은 육체적 생명력의 상실을 강제한다고 인식한다. 그것은 '生'의 죽음이다. 따라서 그는 '선악의 대립'을 '생 이전의 가정'으로 전도시킨다. '상화'의 갈등은 바로 이와 같은 '생 이전의 가정'과 '생 그 자체' 사이의 틈바구니 속에서 야기되며, 그것은 <육체적 타락>과의 끊임없는 투쟁으로 전개된다. 따라서 '꽃을 짓밟는 행위', '불태우

---

17) "밖으로 넓죽하게 번져진 벌건 입술. 두꺼비 껍질에다 붉은 물감을 패앵 뚫릴 게고...... 그래도 살고 있자니까 그런 얼굴을 가지고 가끔 웃어야도 하겠지. 곪는 육체, 고름이 가득찬 부대같아지는 이 몸"(425면)

기 의식'은 그의 내적 갈등의 외적 현현이라 할 수 있을 것이다.[18]

'꽃을 짓밟는 행위'는 '문둥병'에 대한 내적 공포와 '행복인'의 가치 체계에 대한 질투와 분노의 대상(代償) 행위로 보인다. 전술한 바 있듯 이 '꽃'의 이미지는 한편으로는 '문둥병'의 신체적 징후로서의 "팥알만 하고 불그스름한 부스럼"과 연관되고, 다른 한편으로는 일반인의 심미적 완상물로서의 문화적 가치[19]와 관련되어 있다. 따라서 '꽃을 짓밟는 행위'는 그의 육체적 훼손과 '생 이전의 가정', 즉 윤리의식에 대한 부정과 거부이며, '생 그 자체'로의 초극을 향한 투쟁이다. 그가 '꽃을 짓밟는 행위'를 통하여 "긴장된 삶의 쾌감"을 느끼는 것도 이와 관련된다.

'꽃을 짓밟는 행위'가 소극적인 부정과 거부의 몸짓이었다면, '불태우기 의식'은 보다 더 적극적이고 도전적인 부정과 초극의 기도(企圖)라 할 수 있을 것이다. 온 가족이 '문둥병'에 걸려 있다는 사실이 확인된 후 거행되는 '화형 행위'는 일종의 제의로서 '문둥병'과 그로 인해 환기된 '生과 윤리의 간극'에 대한 순교적 저항의 의미를 갖는다. 말하자면 그것은 선악의 대립적 규범으로 이루어진 현실에 대한 거부와 부정[20]

18) '상화'의 '꽃을 짓밟는 행위'나 '불태우기 의식'은 문둥병으로 환기된 공포스러운 세계 상황의 충격과 영향으로 인한 <네크로필리아>적 의식 상태로 볼 수도 있다. 네크로필리아란 생명을 파괴하려는 정열 및 모든 사물(死物), 부패해 가는 것, 전적으로 기계적인 것, 즉 생명이 소거된 것에 이끌리는 상태를 말한다. 요컨대 일상적 행동으로 드러나는 것은 무엇이건 파괴하는 것이다. E. Fromm, 『파괴란 무엇인가』(홍성사, 1979), pp.426-432. 그러나 '상화'의 파괴적 충동의 근원에는 강렬한 생명력에 대한 동경과 열망이 내재되어 있다. 그의 행위는 생명력을 억압하는 '문둥병', 그리고 그것의 기제로 작용하는 윤리적 가치체계에 대한 부정과 저항이며, 따라서 그것은 <바이오필리아>의 역설적 표현이라 할 수 있을 것이다.

19) '꽃'의 이미지가 문화적 윤리 가치와 관련되어 있다고 볼 수 있는 근거는 꽃을 짓밟는 '상화'의 행위에 대한 일반인들의 반응에서 찾아 볼 수 있다. 꽃을 뜯어버린 행위의 대가로 그는 화초밭의 주인으로부터 초죽음이 되도록 맞고 정신병자 취급을 당한다. 그리고 꽃이 뜯겨진 꽃밭을 놀라움과 두려움으로 바라보는 사람들에게서 그는 선과 악의 가치의식을 발견한다. 이런 연관하에서 볼 때, '꽃을 짓밟는 행위'는 선악의 대립이라는 일반인의 윤리 의식에 대한 분노와 반발로 해석될 수 있을 것이다.

인 동시에 선악의 대립을 넘어선 새로운 세계를 향한 재생의 의식인 것이다.

'상화'는 일체의 소멸을 통한 정화와 재생의 원형적 이미지로서의 '불'의 생생력에 기대어 선악의 양립, 즉 "생 이전"이 아닌 "생 그 자체"로의 초극을 기도한다. 따라서 '화형행위'는 현실개조가 더 이상 불가능한 데서 생기는 것21)이기도 하지만, 그보다 더 중요하게는 새로운 인간의 출현을 예고하는 것이라 할 수 있다.

이와 같이 육체적 훼손(문둥병)으로부터 촉발된 '상화'의 갈등은 그의 관념 속에서 상상적으로 구성된 '생과 악이 양립할 수 있는 곳'('생 그 자체')과 현실적으로 존재하는, 자신의 정신 속에 흔적으로 남아 있는 '생 이전의 가정' 사이의 대립으로부터 야기된다. 때문에 '생 그 자체'로의 초극은 윤리와의 관념적 투쟁의 방법으로 전개될 수밖에 없는 것이다.

「부활미수」의 '허준'이 취하는 방법 역시 마찬가지이다. 그는 망망대해에서의 표류라는 극한 상황을 '존재'와 '가치'가 전도된 '거꾸로 선 세계'로 인식한다. 표류에 의해 '존재'와 '가치'의 분열이라는 세계의 문제적 현상이 폭로되고, 그 괴리는 '가치'가 '존재'를 억압하고 지배하는 '거꾸로 선 세계'로 표상되는 것이다.

> 이 세계는 거꾸로 서 있는 세계이다. 우리는 열심히 거꾸로 살고 있는 것이다. 생존하기 위한 가치였다.
> 그런데 우리는 가치를 위하여 존재를 죽여 버리면 그에게 勳章을 주고 銅像을 세워 주었다.

---

20) 김용균, 「장용학 소설에 나타난 抵抗의 문제」, 『한국현대소설사 연구』, 전광용 외 (민음사, 1984), p.466.
21) 위의 논문, p.466.

이 어긋나기는 어디서부터 비롯해졌던 것이다. 이 연극은 영원히 끝나지 않을는지도 모른다. ---- 중략 ---- 그래서 그것을 眞理라 하고 그 거짓말을 영원히 은폐해 두려는 노력을 善이라 하고 그 파수병을 미라 이름지어 놓은 것은 인간 최대의 지혜였다. (180-181면)

'생존하기 위한 가치'가 '존재를 죽여버리는 가치'로 전도된 세계, 그것이 '허준'이 놓인 '거꾸로 선 세계'의 의미이다. 이것은 '허준' 자신의 생존 욕구를 의미화하기 위한 그의 반논리적 인식의 결과이다. 자신의 생존이 부당하게 침해를 당한다고 여겨질 때, <살고자 하는 의지>는 보다 더 강렬하게 발동되고, 그것의 정당성은 생존과 대립적인 관계에 있는 모든 것으로부터 의미를 박탈하는 반논리적 과정을 통해 수행된다. 현실을 '거꾸로 선 세계'로 파악하는 '허준'의 논리는 현실을 기형화함으로써 자신의 '생존 욕구'를 실현하고자 하는 전략적 의미를 갖는다. 이런 논리에 의해 그의 생존 지향은 '거꾸로 선 세계'를 바로 세우기 위한 투쟁이라는 정당성을 확보할 수 있게 된다.

'허준'에게 있어서 '거꾸로 선 세계'와의 생존 지향적 투쟁은 생존에 대해 우월적 의미와 지위를 누려 온 윤리와 가치, 신앙을 희화화함으로써 그것의 허구성과 폭력성을 드러내는 방법으로 실현된다. 특히 그의 생존 지향적 논리는 신부(神父)로서의 정체성이었던 '신앙'과의 내적 고투로 표출되며, 긍극적으로 '신'의 부정으로 귀결된다.

    (1) 표류라는 환란을 신에게 가까이 갈 수 있는 시련이라고 옷깃을 여미던 그는 굶주림과 목마름 속에서 자신의 기도 소리가 신에게 가까이 가지 않는다고 절망한다.
    (2) 저녁놀의 황홀경 속에서 황금의 자비를 분비하고 있는 복음과 신의 뜻을 발견하고 신의 뜻이라면 신의 포도주마저 물리치겠노라고 다짐하던 그는 뱃사공이 잡은 물고기를 보는 순간 몸이 고무튜브처

럼 살아나 손을 뻗어 먹으려 한다.

(3) 그를 제외시키고 물고기를 다 먹어치운 뱃사공과 경실이 함께 껴안고 자는 것을 발견한 허준은 살의와 같은 분노를 느끼며, 그들을 벌하고 자기의 타는 입김이 딴 주를 찾지 않게 해달라고 하늘을 우러러 기도한다.

(4) 그는 마침내 딴 주에게 혼을 팔아 뱃사공을 죽여 바다 속에 던지고 경실의 목을 비틀어 쥐려던 순간에 화물선을 발견, 살았다는 기쁨에 경실을 얼싸안는다.

'신앙'보다는 '시련'을 통해 '신'에게로 가까이 갈 수 있다고 믿었던 금욕주의자 '허준'은 '표류'라는 극한상황을 자신의 신앙심을 공고히 할 수 있는 기회로 받아들인다. 그러나 계속되는 굶주림과 목마름 속에서 그는 자신의 신념과 '신'의 존재에 대해 회의하기 시작한다. 굶주림과 목마름 등의 육체적 한계를 신앙과 신에게로 향한 간절한 기도로 극복하고자 하나, 그의 신은 응답이 없고, 따라서 그는 신의 존재에 대해 의문을 제기하는 것이다. 신의 포도주마저 물리치겠노라고 다짐하던 그의 신앙은 눈앞의 먹을 것 앞에서 무너져 내린다. 그의 절규에 찬 기도는 오히려 신앙을 희화화하며, 육체적 생존 지향의 정당성을 반어적으로 보여 준다고 할 수 있을 것이다. 따라서 그가 겪는 시련은 신에게 가까이 갈 수 있는 길이 아니라 오히려 신으로부터 멀어지는, 즉 신을 부정하는 길로 의미작용한다. 이와 같이 신앙 대신에 생존을 선택한 '허준'은 보다 적극적으로 신의 존재 의미를 부정한다.

「나는 지금 자유를 말하고 있는 것입니다. 생 그 자체를 논하고 있는 것입니다. 인간은 도구가 아니라는 것, 인간은 인간이라는 것을 말하고 있는 것입니다.

인간은 결코 신의 거룩함을 말하기 위한 손잡이가 아니었다는 것이

외다.

　정의를 위하여 모랄을 죽여야 한다는 것이외다! 그 이외 방법은
없었읍니다」(180면)

　'신'은 그 전지전능의 자리에서 인간의 생존에 적대적인 자리로 전락
하고 희화화된다. 요컨대 신은 이제 더 이상 인간적 삶의 근거로서의
존재 의미를 지니지 못한다. 오히려 인간의 "생 그 자체"를 억압하는
가상에 불과하다. 따라서 인간이 인간으로서의 자유와 생을 회복하기
위해서는 신을 죽여야 하고, 그 신의 자리에 인간이 서야 한다는 논리가
성립한다. 신의 부정은 다시 윤리의 부정으로 이어지는데, 윤리 역시
인간의 존재와 생을 의미 있는 것으로 채워주지 못하고 오히려 존재를
말살하는 전도되고 거짓된 질서를 강제하는 것으로 인식되고 있는 것
이다. '허준'의 이와 같은 논리에 의하여 '신'의 죽음은 '인간'의 재생을
의미하게 된다. 그리고 '신'의 죽음으로 부활한 '인간'은 "존재와 가치
의, 정의와 모랄의 일치"로서의 신적 인간의 형상으로 형상화된다.
　이상에서 살펴 본 바와 같이 '상주', '상화', '허준' 등에게 있어서 생존
의 논리가 취하는 윤리적 가치에 대한 반논리적 전도는 일상적인 세계
로부터의 갑작스러운 소외, 그리고 생존에 대한 현실적 위협 상황 속에
서 입은 정신적 외상의 징표로 보인다. 그들의 윤리적 가치 부정의 논리
는 끊임없는 자아분열적인 갈등과 더불어 전개된다. 특히 '상화'의 경우
에는 자신의 동물적 생존 본능에 대한 환멸과 냉소를 보여 주기까지
한다. 따라서 그것은 자아와 세계 사이의 간극과 대립 속에서 정신적으
로 내상을 입은 인간의 존재 체험을 기형화함으로써, 즉 단지 '생명
보존'을 위하여 윤리적 가치와 고투를 벌여야 한다는 상황 그 자체의
문제성이 세계의 공포스러움과 폭력성을 환기시키는 것이다.

(3) 초도덕적 야수성과 '일그러진 주검'

「인간의 종언」에서의 '상화', 그리고 「부활미수」에서의 '허준'의 '일그러진 주검'의 이미지는 윤리와 생존, 가치와 존재의 괴리라는 문제적 상황이 부화해 낸 기형적인 인간의 초상이다. 불가항력적인 세계의 파괴력을 경험한 자아는 일상적인 가치를 상실하게 되고, 그에 기인한 의식의 파탄을 경험한다. 그것은 그대로 <부적절한 삶>(inappropriate life)의 모습으로 나타난다.[22] 앞에서 보았던 인물들의 '인간'과 '동물' 사이의 자아분열적인 갈등은 그 자체가 세계로부터 입은 정신적 외상일 것이다. 따라서 <부적절한 삶> 속에 놓여진 인물들은 '의미 있는 죽음'을 추구함으로써 그로부터 벗어나고자 한다. 그러나 세계는 인물들의 마지막 시도로서의 '의미 있는 죽음'도 용납하지 않는다. '상화'의 주검, 그리고 '허준'의 주검이 바로 그 같은 세계의 폭력성에 침해된 기형적 이미지로 형상화되는 것도 그런 맥락에서 이해된다.

'상화'의 죽음은 앞서 말한 대로 '불태우기 의식'을 통한 '완전한 생'으로의 초극을 위한 시도였다. 그것은 '불'의 정화력과 생명력에 기대어 그의 관념 속에서 축조된 선악의 대립을 넘어선 '생 그 자체'로 초극하고자 하는 재생의 의식이었다. 그러나 '불'은 '타다 만 불'로 전이되고, 그 때문에 일체의 소멸을 통한 재생의 의지도 좌절된다.

> 한때 그 기세는 모든 것을 다 태워 버릴 것만 같았다. 그러나 그것은 상화의 안이한 오산이었다. 그 정도의 장작에다 고만한 석유로써 설사 판자로 된 집 전체가 불붙어 주었기로 해골만 남기고 깨끗이 지상에서 자취를 지워버릴 수 있다고 생각했다면 그것은 사람의 육체를 너무 얕잡아 본 오산이라고 할까. 정신은 모르되 육체는 太古이래 그 質에 있어서나 量에 있어서나 변화가 없었던 것이다. (428면)

---

22) L. Langer (1978), p.5.

'타다 만 불'은 의식의 불완전을 초래하고 "반구워진 고기"로서의 <육체적 일그러짐>과 자식의 간을 먹은 <초도덕성>이 결합된 그로 테스크한 인간의 이미지를 창조한다. '상화'의 진지하고 엄숙한 결단으로 선택된 '불태우기 의식'이 '타다 만 불'의 불완전성 속에서 희화화됨으로써 그의 '주검' 역시 기형화되는 것이다.

> 인간은 끝났다. 枯木처럼 서 있는 것이 아니다. 불똥, 튀어나오려다 가 거기에 멎은 것같은 두 눈. 자식의 간을 받아들인 오장육부가 그 몸에서 불타고 있는 것이다.
> 이제라도 펑 하고 폭발할 것만 같은 그것은 하나의 용광로 못지 않았다.
>
> ---------------- 중략 -------------------
> 아침바람이 그 시체 위를 넘어들었다.
> 눈을 홉뜬 그의 팔목에서는 임자 없는 시간이 흐르고 있었다. 그러 나 그것은 세계의 시간이었다. (429면)

'상화'의 그로테스크 이미지는 <인간>과 <비인간 inhuman> 사이의 중간항으로 나타난다. <인간>이 선악의 대립이라는 도덕적 허구, 즉 '생 이전의 가정'에 구속을 받는 존재라면, <비인간>은 초도덕적인 '생 그 자체'를 사는 존재이다. 따라서 그의 형상은 인간은 끝냈지만, 비인간에는 도달하지 못한 중간항으로서의 주검이다. 자식의 간을 먹은 그는 더 이상 <인간>일 수 없는 동시에, 동물적 육체성을 상실한 그는 <동물>일 수도 없다. 그래서 그의 주검은 인간과 동물 사이의 대립과 갈등에서 좌초한 죽음의 형상으로 나타나는 것이다.

그런데 그의 주검에 대한 주석적 서술자의 보고적 서술은 인간의 죽음으로부터 새로운 인간의 출현을 예고하고 있다.[23] 그는 '상화'의 죽음을 두고 "인간은 끝났다"라고 논평하고, "임자 없는" "세계의 시간"만이 흐르는 정적 속에 "하나의 용광로"처럼 꿈틀거리고 있다고 묘사한다. 때문에 그의 죽음은 "기성적인 윤리를 발판으로 한 인간의 최후와 새로운 윤리를 발판으로 한 인간의 출발"[24]을 의미하게 된다. 따라서 「인간의 종언」은 "시장에서 매매되기에는 너무나 고귀한" 생명의 본질적인 근원성에 토대를 둔 인간의 출현에 대한 희구를 담고 있는 작품이라 할 것이다.

이 같은 점은 「부활미수」에서 '허준'의 주검을 통해서도 확인될 수 있다. '허준'은 가치와 존재의 전도된 위계를 바로잡음으로써 "존재와 가치, 정의와 모랄의 완전한 일치"로서의 '완전한 생'을 향유하기 위해 바윗돌을 들어 '경실'의 얼굴을 으깨려다가 그 바위에 그 자신이 으깨어져 죽는다. 그래서 그의 '부활 선언'은 미수로 끝난다.

서술자는 그의 마지막 행위를 "존재와 가치가 피를 흘리면서 뒹굴고 물어뜯는 이율배반이 얽히고 얽힌 숙명이었다. 그것은 부활에의 마지막 싸움이었다"고 논평한다. 그리고 미수로 끝난 그의 주검에 대해서는 "인간이란 이름을 세워 놓고 볼 때, 저기 저 시체는 하나의 휴전에 지나지 않을 수도 있는 것이다"라고 해석한다. 요컨대 그의 주검은 '가치와 존재의 휴전', '신과 야수의 휴전' 상태라는 것이다. 서술자는 그의 주검

---

23) '주석적 서술자'는 소설적 허구세계와 독자의 현실 사이의 경계선상에 위치하면서 독자들에게 소설적 허구의 세계에서 일어나는 이야기의 전말과 의미에 대해 독자들에게 전달하는 이야기의 중개자이다. 그는 이미 이야기의 내용을 알고 있고 이를 해석하고 있는 자이며, 독자는 이 해석에 따라 보고를 받는 위치에 있다. 그러므로 독자는 주석적 서술자의 '보고적 서술'을 통해 소설적 허구의 내용적 의미를 받아들이게 된다. Franz K. Stanzel, 『소설형식의 기본 유형』, 안삼환 역 (탐구당, 1982), pp.32-39. 참조
「인간의 종언」에서의 주석적 서술자는 '상화'의 죽음을 "인간은 끝났다"라고 논평하고, 또 '새로운 인간이 출현할 것이다'라는 강력한 암시까지를 덧붙임으로써 이야기에 대한 해석자로서의 역할을 수행하고 있다.
24) 김상선, 앞의 책, p.162.

에서 이 휴전을 끝내고 부활할 '인간'의 모습을 구체적으로 제시하지는 않고 있지만, 이제까지의 작품의 내적 논리로 볼 때, 그것은 「인간의 종언」에서와 같은 근원적인 생명가치의 현현일 것이다.

3. '생의 괴리'와 존재론적 죄의식

(1) 시간적 역전과 의미론적 반복구조

「요한시집」은 작품 모두의 '토끼'의 우화와 본격 이야기에 있어서 <상>, <중>, <하> 네 부분으로 분절되어 있다. 그 같은 구성에서 특징적으로 나타나는 현상은 시간적 역전과 의미론적 중층 반복이다. 시간적 역전 현상은 본문의 <상, 중, 하>의 관계에서 나타나고, 의미론적 반복은 '토끼'의 우화, '누혜'의 이야기, 그리고 '동호'의 이야기가 동일한 주제를 형상화하고 있다는 점에서 확인된다. 이런 구성상의 특징이 일종의 서사 전략으로 고안된 것이라면, 그것의 서사적 논리와 의미는 무엇인가.

논의의 편의를 위해 「요한시집」의 이야기를 재구성해 보면 다음과 같다.

(1) 나(동호)는 의용군으로 징집되어 일요일의 대공세 때 출전하였다 가 일요일의 포로가 된다.
(2) 나는 거제도 포로수용소에서 현재의 모든 것에 만족하고 있는 듯한 괴뢰군 출신의 포로 누혜를 만난다.
(3) 누혜(누에)는 수용소의 살벌한 분위기 속에서도 적기가를 부르려 하지 않고 말없이 푸른 하늘만 쳐다보곤 한다.
(4) 한때 인민의 영웅으로 최고 훈장을 받았던 적이 있는 누혜는

수용소에서 인민의 적으로 몰려 린치를 당한다.

(5) 철조망에 목을 매고 자살한 누혜의 시체는 잔인한 복수를 당하고, 나는 누혜의 눈알을 손바닥에 올려 놓고 해가 동쪽 바다에서 솟아오를 때까지 서 있어야 했다.

(6) 나는 누혜가 남긴 유서를 읽고 누혜가 죽음의 장소로 선택한 철조망 세계의 의미를 깨닫는다.

(7) 포로수용소에서 석방된 나는 누혜의 어머니를 찾아간다.

(8) 나는 고양이가 잡아온 쥐를 먹고 살아온 누혜 어머니의 모습에 구역과 분노를 느끼며 그녀의 목을 눌러 죽이고 싶은 충동에 휩싸인다.

(9) 나는 누혜 어머니가 죽어가는 모습을 지켜본다.

(10) 나는 누혜 어머니가 죽은 자리에서 고양이의 두 눈빛과 대면한다.

(11) 나는 고양이의 파란 눈빛이 걸려 있는 고목 가지 아래서 밤이 깊어가도록 서 있다.

이상이 순차적 연속성에 의거해 재구한 이 작품의 서사 내용(이야기)이다. 「요한시집」의 텍스트는 <(7)-(1)(2)-(8)-(9)-(10)-(3)(4)(5)(6)-(11)>의 순서로 배열되어 있다. 요컨대 서사적 현재는 포로수용소에서 석방된 '동호'가 '누혜 어머니'를 찾아가는 '황혼녘'(7)으로부터 '누혜 어머니'가 죽은 후 고양이의 파란 두 눈빛과 대면하고 서 있는 '깊은 밤'(11)까지의 아주 짧은 시간으로 설정되어 있고, 그 사이에 (1)과 (2), 그리고 (3)(4)(5)(6)이 소급제시되고 있다.

(1)과 (2)는 '누혜 어머니'가 살고 있는 산비탈의 '레이숑'상자로 만들어진 집들을 보고 난 후 '레이숑'의 연상 작용에 의해 회상되는 '동호'의 전쟁 체험과 결부되어 제공되는 정보이다. 그리고 그것은 '누혜'와의 만남을 위한 동기화 정도로 기능한다. (3)부터 (6)까지는 '누혜 어머니'의 죽음과 파란 요기를 뿜고 있는 '고양이'의 두 눈빛에서 '누혜'의 죽음과 '누혜'의 두 눈을 연상하면서 소급제시된다. 이 부분은 <상>,

<중>, <하>로 분절되어 있는 가운데, <중>과 <하>로 편제되어 있을 만큼 서사적 비중이 크다. 이런 텍스트 상의 배열에서 두드러지게 나타나는 현상이 시간적 역전과 의미론적 반복이다.

> 방 안은 어둠이 차지했는데 내 앞에는 식어가는 노파의 원한이 가로놓여 있다. 이렇게 해서 누혜의 어머니는 죽었다.
> 도승이 서 있던 자리에는 고양이의 두 눈이 파란 요기(妖氣)를 뿜고 있었다. 몸이 확 달아올랐다. 누혜의 눈이 이제 거기에 그렇게 켜 있는 것만 같았다.(460면)

위 예문은 <상>의 마지막 부분으로서 '누혜 어머니'의 죽음에서 '누혜'의 죽음을, 그리고 '고양이'의 파란 눈빛에서 '누혜'의 두 눈을 연상하는 대목이다. '도승'은 '동호'의 환상 속에 나타나는 "눈알이 뽑혀져 눈이 먼" 인물로서 '누혜'를 연상케 한다. 포로수용소에서의 '누혜'와의 생활과 그의 죽음을 기록한 <중>은 이 연상에 대한 동기부여로 기능하면서 동시에 '누혜 어머니'와 '누혜'의 서사적 기능과 의미에 있어서의 어떤 등가성을 환기시킨다.

> <遺書>가 저기서 파란 두 눈으로 나를 보고 있다. 칠흑같은 어둠 속에 화석(化石)한 呪文처럼 언제까지 나를 노리고 있다.
> - - - - - - - - - - 중략 - - - - - - - - - -
> 내일 아침 해가 떠올라야 저 눈이 꺼지는 것이다. 나는 졸려서 그대로 그 눈을 지켜보고 있는 것이 무섭기도 했다.
> 밤은 고요히 깊어 가는데 누혜의 비단옷을 빌어 입은 나의 그림자는 언제까지 그렇게 그 고목 가지 아래서 설레고만 있는 것이었다.
> 과연 내일 아침 해는 동산에 떠오를 것인가 ......(469면)

위 예문은 <하>의 마지막 부분으로서 '누혜 어머니'의 죽음의 자리

에서 마주한 '고양이'의 파란 눈빛과 '누혜'의 유서가 연루됨을 보여
준다. <하>는 <중>의 끝부분이었던 '누혜'의 죽음과 '철조망'의 의미
를 제시하고 동기를 부여하기 위해 '누혜'의 유서를 소급제시하고, '고
양이'의 눈과 유서, 따라서 '누혜 어머니'의 죽음과 '누혜'의 죽음을
등가적으로 결합시킨다.

이와 같은 <상>, <중>, <하>의 편제는 소급적 동기 부여의 방법으
로 이루어지고, 그 같은 방법에 의해 유기적 관련이 없는 이야기들은
'동호'를 중심으로 통합된다. 요컨대 「요한시집」의 텍스트 상의 구성적
동인은 '동호'이고, 그의 의식 내부에서 '누혜 어머니'와 '누혜'의 존재
및 그들의 죽음이 동일한 내포적 의미와 기능을 지니는 것으로 통합된
다는 것이다. 구성적 동인으로서의 '동호'를 중심으로 볼 때, '누혜'와
'누혜 어머니'의 죽음, 그리고 '누혜의 두 눈'과 '고양이의 파란 두 눈'의
서사적 의미는 악마적인 세계 상황, 즉 '생의 괴리' 현상의 서사적 맥락
으로 작용하면서 '동호'의 의식을 매개하는 것이라 할 수 있다.

그런데 '동호'의 의식과 관념은 '누혜'의 그것과 동질적이다. '동호'는
'누혜'의 의식과 관념을 '횡설수설'의 방법으로 반복하고 있는 것이다.
또한 '누혜'의 이야기는 작품 모두의 '토끼'의 우화와 동일한 상징성을
띠고 있다. 요컨대, 「요한시집」은 [토끼의 우화 - 누혜의 이야기 - 동호
의 이야기]로 구성되는데, 그 연쇄는 중층적 반복으로 나타난다는 것이
다. '토끼의 우화'와 '누혜'의 이야기는 비유적 관계, 즉 보조관념과 원
관념의 관계로 나타나고, '누혜'의 이야기와 '동호'의 이야기는 점층적
관계로 결합된다. 즉, '동호'의 이야기는 '누혜'의 이야기를 미시구조로
내포하고 있는 거시구조라 할 수 있다.

이런 관점에서 보면, 「요한시집」에서 보다 중요한 것은 '누혜'의 이야
기가 담고 있는 '자유의 요한적 의미' 그 자체라기보다는 그러한 역설이

되비추는 공포스러운 세계 체험의 의미라고 할 수 있을 것이다.

 '누혜'의 서사적 의미는 주로 작품 모두의 프롤로그, 즉 '토끼의 우화'
와 동일한 상징성을 띠는 것으로서 자유의 역설적 의미, 즉 '자유의
죽음이 생의 삶'이라는 역설로 논의되어 왔다. 작가 자신도 「요한시집」
의 주제를 '자유의 요한적 의미'라고 말하고 있다.

> 「요한시집」의 주제는 '自由'를 예언자 '요한'에 譬한 데에 있다.
> 요한이 나타났을 때 세상사람들은 그를 救世主라고 생각했다. 그러
> 나 그는 뒤에 올 참된 救世主 예수를 위하여 길을 닦고 죽어야 할
> 존재에 지나지 않았다는 말이다. 自由도 救世主는 못된다. 自由도
> 그 뒤에 올 그 무엇을 위해서 準備하는 존재에 지나지 않는다. 그것이
> 어떤 것인지는 모른다. 요한의 말만 가지고는 예수의 모습을 알 수
> 없는 것과 같다. 다만 예수가 예루살렘에 나타날 때 요한이 죽은 것처
> 럼 그 '무엇'이 나타나기 위하여는 自由가 죽어야 하고 죽여야 했고
> 죽이려고 한 것이 「요한시집」이었다.[25]

 작가의 말처럼 '누혜'의 의식을 사로잡고 있는 것은 '요한적 존재'로
서의 자유의 의미이다. 그러나 「요한시집」을 '누혜' 중심으로 읽을 수는
없다. 작가의 주장대로라면 '동호'는 '누혜'의 죽음으로 부화된 진정한
메시아적 존재로 설정된 것인데, '동호'의 의식이나 행위에 있어서 어떤
메시아적 성격도 찾아 볼 수가 없다. 오히려 그 역시 '누혜'의 주검과
관련한 "누런 배설물 속에 비스듬히 꼽혀 있는 누혜의 손목"과 "누혜의
두 눈", 그리고 '누혜 어머니'의 인간 이하의 존재 방식과 '고양이의
파란 두 눈'이 환기시키는 공포스러운 세계 앞에서 전율하고 있을 따름
이다. 때문에 '누혜'와 '동호'를 '요한'과 '메시아'의 관계로는 볼 수

---

25) 장용학, 「實存과 요한시집」, 『한국전후문제작품집』(신구문화사, 1960), p.400.

없으며, 따라서 '자유의 요한적 의미'는 그러한 역설이 산출되는 상황적 맥락으로서의 세계의 기형성을 환기시키는 요인으로 봐야 할 것이다.

(2) 이데올로기적 세계 : '해체된 주검'의 이미지

'누혜'와 '동호'의 세계 체험은 이데올로기적 세계로 규정된 <잔혹성>의 체험이라 할 수 있다. 재난의 극한적 형태인 전쟁은 자연스럽고 단순한 죽음에서 무자비하고 잔혹한 파괴의 경험으로 확대·변화된 인간 절멸의 현장이다. 대량 살육의 무자비함과 신체적 존엄성의 무시, 파괴적 인간 본능의 노출 등이 그러한 현장에서 확인되는 현상이다. 이와 같은 잔혹성의 세계에서 삶은 파괴되고 죽음은 왜곡된다.[26] 그것은 우연성과 무의미성의 차원으로 전락한다. 잔혹성의 세계는 갑작스럽고 불연속적인 경험으로서의 죽음, 즉 <부적절한 죽음 inappropriate death>을 실존적 조건으로 수용하도록 강제한다.[27]

「요한시집」에서 그런 세계의 잔혹성과 <부적절한 죽음>의 현상은 '해체된 주검들'의 이미지로 형상화되고 있다.

> 그런데 거기서는 시체에서 팔 다리를 뜯어 내고, 눈을 뽑고, 귀, 코를 도려냈다. 아니면 바위를 쳐서 으깨어 버렸다. 그리고 그것을 들어서 변소에다 갖다 처넣었다. 思想의 이름으로, 階級의 이름으로, 人民이라는 이름으로 ...(462면)

> 변소의 손. 눈구멍에서 뽑혀 드리운 누혜의 눈알! 여기저기서 공기가 찢어지고 눈알들이 내려다보고 있는 벌판에 서서 그대로 외쳐야 하는 <自由萬歲!> (558면)

---

26) L. Langer (1978), p.12.
27) 위의 책, p.2.

"생의 전 중량이 걸려" 있어야 할 죽음, "마지막 위로요, 안식이요, 마지막 용서"여야 하는 죽음, 그러나 그런 죽음은 현실 속에서 낭태질되고 장난질 당한다.[28] 그것은 그대로 인간의 존엄성을 낭태질하는 것이다. '동호'는 그와 같은 '포로수용소'에서의 경험을 "인간 밖에서 일어난 한 에피소우드", "바위처럼 누르는 돌틈에 끼어 찢어지고 으스러져 흘러떨어지는 인간의 분말"이라고 말한다. 일그러지고 해체된 주검들은 <죽음>으로부터 의미를 박탈할 뿐만 아니라 <인간>을 발가벗겨 놓는다. 또한 그것은 문명화된 삶이 기초하고 있는 전통적인 인간 가치들에 대한 우리의 믿음을 동요시킨다.

'동호'가 대면한 세계의 잔혹성과 공포스러움은 "누런 배설물 속에 비스듬히 꽂힌 누혜의 손목"과 밤새워 손바닥에 올려놓고 있어야 했던 "뽑혀져 나온 누혜의 두 눈알", 그리고 인간 이하의 삶을 살다 죽은 '누혜 어머니'의 죽음과 "어둠 속에서 요기를 뿜고 내려다보는 고양이의 파란 눈빛"의 이미지로 환기된다. '누혜'의 해체된 주검의 이미지는

---

28) 「現代의 野」에서는 보다 더 생생한 '해체된 주검'의 이미지를 볼 수 있다.

갈비뼈 아래되는 데가 손바닥만큼 벌려 있다기보다 뭉쳐진 구데기로 꽉 막혔다. 뚫고 나온 것인가. 퉁퉁 부은 그 뱃속은 그런 구더기로 꽉찼는지도 모른다. 수십 마리가 곰실곰실 순간도 쉬지 않고 움직이고 있는 運動이라기보다 舞踊, 구더기들은 거기서 대낮의 舞踊에 흥겨운 것이다. (513-514면)

그것은 타죽은 시체의 산이었다. 지붕을 했던 양철이라든지 가마니 따위로 대강은 가리어 놓았지만, 백구에 가까운 시체가 차곡차곡 쌓여 있었다. 말쑥한 시체들이다. 아마 찌꺼기는 현장에 그대로 내버려 두고 반반한 것만 골라서 거기에 축적해 놓은 것이다. 모두가 뜨거운 물에 삶아 낸 것처럼 벌겋게 딩딩 부은 것이 이만하면 돼지나 소에 비해 그다지 손색이 없다 할 것이다. (515면)

한쪽 다리만이 접혀서 건들건들 하늘로 올라간 한 시체는 자기 무게를 이기지 못하고 그대로 거꾸로 떨어지다가 트럭 모서리에 툭하고 부딪혔는데 한쪽 다리는 그대로 하늘에 남아 있었다. (516면)

'철조망' 안쪽 세계의 광기적 폭력 상황을, '누혜 어머니'의 일그러진 생존 이미지는 '철조망' 바깥 세계의 그것을 환기시킨다. '동호'는 '철조망'의 밖세계 역시 "또 다른 포로수용소에의 문"에 지나지 않는다고 말하고 있다. 이 '또 다른 수용소'에는 '누혜 어머니'가 "나머지의 삶"을 살고 있다.

> 담요 밖으로 기어나와 비비적거리고 있는, 그것은 사람이기는 하였다. 살아 있는 것이기는 하였다. 그러나 그것은 하나의 <過去形>에 지나지 않았다. 과거에 죽은 사실이 없으니까 지금도 살아 있는 것으로 되어 있다는 표가 찍혀 있는데 지나지 않았다. (456면)

살아 있지만 사는 것이 아닌, "본전은 동결되고 이자만으로 살고 있는" '누혜 어머니'의 존재는 '동호'에게 있어서 "여기도 하나의 섬, 막바지"로 인식된다. 그것 역시 하나의 '생의 괴리'이다. '누혜 어머니'에게서 <인간>을 거세시키고, 현재를 말살한 '과거형'의 삶으로 소외시키고 있는 상황이 '동호'가 대면하고 있는 '밖세계'의 현실이다. 그러한 현실의 공포스러움이 "고양이의 요기 띤 파란 눈빛"으로 빛나고 있는 것이다. 따라서, 꺼지지 않는 '누혜의 두 눈'과 '고양이의 요기 띤 파란 눈빛'은 세계의 공포스러움, <부적절한 삶 inappropriate life>을 비춰주는 거울이라 할 수 있을 것이다.

이와 같이 폭력과 잔혹성으로 부조(浮彫)되는 세계 속에 던져진 개인은 세계로부터 단절된 채, 자아를 파괴시키는 세계의 폭력적 실체와 파괴된 자아를 응시한다. '동호'와 '누혜'에게 있어서 왜곡된 죽음과 파괴된 삶을 낳은 전쟁의 부조리성은 <1+1=3>의 가능성을 말살하고 오직 <1+1=2>의 세계만을 주장하는 이데올로기의 대립이자 말의 싸움에서 비롯된 것으로 인식된다. 요컨대 세계의 공포는 상대적 가능성

이 부재한 양자택일적인 절대성에서 기인하는데, 이 절대적 논리는 이
데올로기와 말의 힘을 빌어 나타난다. 이런 이데올로기와 말이 우연적
사실을 절대적 사실로 위장함으로써, 구체적인 존재로서의 개인의 자
유로운 삶을 억압하고 인간을 괄호 속으로 묶어 놓는다는 것이다.

> 그러나 깨어지지 않는 것은 내가 깨어지는 것을 사실은 두려워하
> 고 있기 때문인지도 모른다. 그것이 깨어지는 날에는 내가 서 있는
> 것이 이 세계가 깨어져 버리는 것이다. 그래서 野合한 것이다. 두려워
> 하는 내 마음을 누가 벌써 내통해 주었던 것이다. 이러한 내통 위에,
> 달걀은 그저 쥐기만으로는 깨어지지 않는다라는 <말>이 이루어질
> 수 있었던 것이다. - - - (중략) - - - 처음에만 <말>이 있는 것이
> 아니라 처음부터 끝까지 있는 것은 <말>뿐이었다. 인간은 그 입에
> 지나지 않았다. 입으로서의 運動, 이것이 인간 행위의 전체였다.
> (452-453면)

'말'은 절대적 사실과 무관하다. 그것은 세계의 상대적 우연성을 은폐
하기 위한 도구일 뿐이다. 그러나 그렇게 해서 생긴 '말'은 절대적 힘을
가지고 인간을 지배한다. "달걀은 그저 쥐기만으로는 깨어지지 않는다"
라는 '말'은 인간으로 하여금 있는 힘을 다 내어 쥐어 볼 수 없도록
한다. 그 말의 허위성이 폭로되는 것을 두려워하기 때문이다. 이러한
야합에서 생긴 '말'의 작용으로 말미암아 인간 존재는 허위적 세계 속에
서 자신을 잃어버린 삶을 살아가고 있다고 인식된다.

'누혜'와 '동호'의 이 같은 세계 인식의 논리에서 파괴와 살육으로
부서져 버린 세계는 모든 질서가 부정되어 버린 왜곡된 상태로 부각되
고 있음을 볼 수 있다. 진실은 의미를 잃고, 확실하다고 믿었던 어떠한
것도 제 자리를 지키지 못한다. 모든 것은 우연성과 무의미성으로 전락
하고 있는 것이다.

(3) 존재론적 죄의식과 '의미 있는 죽음'

이데올로기적 세계 상황의 폭력을 체험한 자아의 파괴된 내면풍경은 어떠한가. <부적절한 죽음>의 위협 속에 있는 자아는 근원적으로 자기 삶에 대한 부정과 회의로 치닫는다. 갑작스러운 세계의 공포스러운 힘 앞에서 모든 인간적 가치와 의미는 우연과 무의미로 치환되고, 그 세계 속에서 영위되는 삶이란 그저 '생의 괴리', <부적절한 삶>의 모습으로 비춰질 뿐이다.

> 나는 나의 一部分을 살고 있는 셈이 된다. 나는 나의 一部分에 지나지 않는다. 그림자에 지나지 않는다.(452면)

> 내가 나의 주인이 되어 나의 앞장을 내가 서서 나의 길을 걸어본적이 있었던가? 없다! 한번도 없었다. 늘 전봇대를 따라다녔고, 늘 기차 시간을 기다리고 있었다. 그러면서 나는 한번도 기차에 타본 적이 없었다. 그러나 나는 그래도 기다렸고 그래도 따라다녔다. 왜? 길에는 전봇대가 있었고 정거장에는 대합실이 있었기 때문이다.(453면)

우연적 사실에 불과한 이데올로기와 '말'의 지배 속에서 사는 삶은 '나'를 잃어 버리고 '나의 그림자'를 사는 것으로 지각된다. 그러기에 "어째서, 그래도 살아 있는 것이 낫고, 죽는 것이 그래도 나쁜가?"라는 질문이 도출되는 것은 당연하다. 그것은 어떠한 삶도 이 세계에서 살아 있다는 것 자체가 지녀야 할 의미를 보유할 수 없다는 폭로이다. 이런 맥락에서 존재하는 것 자체가 범죄라는 '누혜'와 '동호'의 존재론적 죄의식은 이데올로기적 세계 체험으로 훼손된 내면 풍경을 가장 단적으로 환기시킨다고 하겠다. 세계의 무질서와 우연한 파괴성의 체험 가운데 그들은 결국 "우연이 강자이고 존재는 죄악이다"라는 결론을 내릴 수밖에 없는 것이다.

있을 수 있는 일은 무수이다. 그 무수의 가능성이 하나의 偶然에
의하여 말살된 자리가 存在이다. 따라서 存在는 죄지은 존재이다.
生 속에서 죄지었다는 것은 죄지을 것을 의미한다. 存在는 犯罪다.
그 總目錄이 세계이다. 세계는 犯罪의 所産이고, 人生은 그 犯罪者였
다. (468면)

이데올로기로 무장한 세계의 범죄적 상황은 이와 같이 개인을 존재론
적 범죄자로 전락시킨다. '누혜'와 '동호'에게 있어서의 정신적 외상은
바로 이 "존재가 범죄"인 상황에 기인한다. 따라서 그 어떤 삶의 모습도
의미를 확보하지 못하게 된다. 인생이 영위되어 나가는 과정은 범법
아닌 합법, 무질서 아닌 질서, 혼란 아닌 의미를 향해 나가려는 노력이
다. 그러나 존재론적 범죄자로서의 인간은 그러한 의미를 창조할 수
없다.

존재 자체가 죄악인 범죄적 세계 상황 속에서 자아의 구원은 세계로
부터의 단절일 수밖에 없다. '동호'는 그 단절의 방법으로 "정신 이상
아닌 정신 이상"의 형태를 취하지만, 보다 완벽한 방법은 '자살'이다.
요컨대 죽음만이 "마지막 위로요, 안식이요, 용서일 수" 있다는 역설이
가능해지는 것이다. 의미의 근거를 잃은 '생의 괴리'를 넘어 자아를
구원하는 방법은 '죽음'을 의미 있는 어떤 것으로 만드는 것이다. <의
미 있는 죽음>만이 <부적절한 삶>에 대해 마지막 의미의 가능성을
부여할 수 있다.

'누혜'의 '자유의 요한적 의미', '자유의 죽음이 생의 삶'이라는 역설
은 바로 이 같은 맥락에서 도출되는 것이라 할 수 있다. 그것은 세계로
부터의 완벽한 단절, 즉 죽음을 스스로 의미 있는 것으로 충진시킴으로
써만 <부적절한 죽음>, <부적절한 삶>을 초극할 수 있다는 역설적
인식이며, 그런 인식이야말로 이데올로기적 세계에 대한 부정과 저항

의 논리가 되는 것이다. '누혜'가 이런 역설을 도출하기까지의 과정은 그대로 잔혹성의 체험이 개인의 내면적 의식에 얼마나 깊은 상흔을 남기고 있는지를 여실하게 보여 준다.

'누혜'를 중심으로 전개되는 플롯은 '자유의 요한적 죽음'이라는 역설을 도출하는 과정으로 나타난다. '누혜'는 자기 갱신의 기대를 가지고 전쟁에 참가하여 영웅 훈장까지 받은 인민군 출신의 포로이다. 그런데 그가 전장(戰場)에서 대면한 것은 "인민을 죽임으로써 인민을 만들어 내는" 당의 현실, 끊임없는 편가르기 속에서 자행되는 폭력, 명분과 실질이 괴리된 이데올로기의 독선 등이다. 전쟁에 대한 열정과 기대가 환멸로 전환되면서 자신이 추구해 왔던 '자유' 역시 타율의 다른 이름에 불과하다는 인식이 싹튼다. 의미 있던 것이 무의미한 것으로 전락하는 것이다.

이와 같은 현재적 의식 상태에서 되돌아 본 과거는 '생의 괴리'의 연속일 뿐이다. 세계의 공포 앞에서 일상적인 세계는 완전히 낯설고 무의미한 것으로 돌변하며, 전쟁체험의 정신적 외상은 그 전쟁을 특징 짓는 이데올로기와 그것의 수단인 '말'에 대한 환멸과 부정 의식으로 내면화된다. 존재의 사회적 기표인 '이름'과 '말'(언어), 나아가서는 '자유'와 '존재'의 의미에 대한 부정적인 회의도 이 이데올로기적 메카니즘에 대한 환멸과 부정의식의 연장선 상에서 이루어지는 것이라 할 수 있을 것이다. 그러기에 일상적인 삶을 구성하는 모든 요인들[29]은

---

29) '누혜'의 일상적인 삶의 구성 내용은 이름과 호적, 쌀, 말, 학교 등으로 제기되는데, 이것들은 모두 '공민사회의 한 분자가 되어 가는 과정'에 기여한다. 염무웅, 「실존과 자유」, 『현대한국문학전집4』(신구문화사, 1972) 따라서 인간의 유일한 고향은 '이름' 이 붙여져 호적부의 한 칸에 갇히기 이전의 며칠간일 뿐이다. 그 이후의 일상적인 삶은 공민사회의 한 분자로서, '나'아닌 '다른 나'를 사는 '생의 괴리'에 지나지 않는다. 따라서 '본래적 인간'의 회복을 위해서는 '이름'과 '말'을 지워버려야 하는데, 세계는 '이름'과 '말'로 구성되어 있기 때문에 진정한 생을 위해서는 그 세계로부터

근원적인 개체성을 말살하고 획일화·표준화시키는 것으로 인식된다. 여기에 '나'의 실존은 없다. '자유'마저도 그런 획일화된 현대 문명의 메카니즘 속에서는 "하나의 숫자, 구속이었고, 강제였다. 극복되어야 할 그 무엇"일 뿐이다.

따라서 행방불명된 '나'를 찾기 위해서는, "나를 둘러싼 모든 시선이 얽혀서 비친 환등의 그림자"를 떼어버리기 위해서는 이데올로기로 무장한 세계로부터의 단절을 자의식적으로 추구함으로써 성취된다고 여겨진다. 그리고 그것은 '자살'일 수밖에 없다. 이와 같이 그의 죽음은 생(生)을 살리는 '자유의 요한적 죽음'이란 의미로 채워진다.

> 나는 그가 어째서 죽음의 장소로 철조망을 택했는가 하는 것을 그의 유서를 읽어 볼 때까지는 깨닫지 못했다. 그 때까지도 내 눈에 보인 것은 내가 눈알을 손바닥에 들고 서 있어야 했던 안세계와 감시병의 郷愁를 노래하고 있었던 밖세계, 이 두 세계뿐이었다. 세계를 둘로 갈라놓은 따라서 두 개의 세계를 이어놓고도 있는 철조망은 눈망울에 비쳐는 들었건만 보지 못했다. 그 철조망에 어느날 새벽 한 시체가 걸리게 되었으니 그것은 하나의 突破口가 거기에 트여짐이다. (464면)

'철조망'은 자기가 서 있는 포로수용소와 밖세계를 갈라놓기도 하고 이어주기도 하는 매개적 공간이다. 안과 밖, 양자택일의 경직된 세계의 경계선인 철조망에 수직적으로 걸린 '누혜'의 죽음의 자세는 초월하려는 의지의 표상이다. 하나의 '돌파구'로서의 죽음, 그것이 '누혜'가 의도했던 죽음의 의미였다.[30] '철조망'은 그의 죽음에 해방과 뚫림의 상징적

의 철저한 단절의 방법을 취할 수밖에는 없는 것으로 인식되고 있는 것이다.
30) '누혜'의 죽음과 동질적인 의미를 지니는 또 다른 죽음으로 「현대의 야」에서의 '현우'의 죽음을 볼 수 있다.

의미를 부여하며, 따라서 그의 죽음은 막힘이나 끝남이 아닌 새로운 세계로의 열림이며 부활로 의미화된다.[31]

이와 같이 '죽음'을 통한 단절만이 초월일 수 있다는 '누혜'의 죽음의 의미, 그리고 그런 반논리적 역설을 낳은 존재론적 죄의식은 그 자체가 이데올로기적 현실을 기형화하는 한 방법이며, 그 세계에 대한 극단적인 거부이자 반항이라 할 수 있을 것이다.

(4) 상대주의적 관념과 '완전한 생'

「요한시집」에서 이데올로기적 세계에 대한 부정과 저항의 논리를 생성하는 근본적인 동인은 상대주의적 관점이라 할 수 있다. 작품에서 반복적으로 나타나는 <이율배반성>의 모티프[32]들은 전체의 의미망

그것은 이미 시체였다. 손가락이 문틈에 찝혔던 것이다. 그의 몸은 못에 걸린 부대처럼 거기에 달려 있었던 것이다. 그러나 피가 그렇게는 흘러 있지 않은 것으로 보아 피로 인해서 죽은 것이 아니고 아픔때문에, 아픔 속에서 죽은 것인지도 몰랐다. (544면)

서술자는 그의 주검을 '아픔' 때문에 죽은 현대인의 주검이라고 설명한다. 메카니즘화된 이데올로기의 틈바구니에 끼어 고통으로 죽어가는 '현우', 그의 주검은 기도라도 드리는 듯한 자세로 형상화된다. 결국, 그의 죽음은 '누혜'의 그것처럼 참다운 삶의 가능성이 폐쇄된 현실에 대한 절망과 새로운 가능성의 세계에 대한 간절한 희구로서의 의미를 지닌다고 하겠다.

31) 여기서 '누혜'란 이름의 상징성을 볼 수 있다. '누혜'는 "오랜 기다림 속에서 탈바꿈을 바라보는 누에"를 상징한다. 이 이름은 그의 '자유의 요한적 죽음'이란 의미와 상통하는 것이다. 김현, 「에피메니드의 역설」, 앞의 책, p.411. 이런 이름의 상징성은 장용학의 인물들이 작가의 관념을 대변하는 인물이라는 것을 시사해 준다.

32) <이율배반성>은 서로 모순되는 두 개의 명제가 동등한 권리로서 주장되는 것이다. 키에르케고르의 "이것이냐 저것이냐"를 연상시키는 이런 명제는 양면의식, 대립의식, 또는 <兩가치>와 유사한 개념이다. 김양호, 「전후 실존주의소설 연구」(단국대 박사논문, 1992,8), p.92.

「요한시집」에 나타난 이율배반성의 모티프들은 대략 다음과 같다.

과거에 죽은 사실이 없으니까 / 살아 있는

을 형성하면서 이데올로기적 세계에 대한 부정과 저항, 그리고 '완전한 생'으로의 지향을 통어한다.

> 해는 지붕 위에 있었다.
> 서산에 기울어 버린 햇발이었지만 이렇게 지붕 위로 보니 내려앉
> 으려던 황혼은 뒤로 밀려가고 하늘이 도루 밝아오는 것같다. 곳에
> 따라 시간이 이렇게도 느껴지고 저렇게도 느껴진다. 어느 시간이 정
> 말 시간인가?(449면)

> 水平線은 늘 그 저쪽이 그리워지는 無를 반주하고 있었다.
> 그 저쪽에 뭐가 있단 말인가. 여기와 같은 언덕이 질펀하게 경사를
> 이루고 있을 뿐이 아니겠는가? 거기서는 또 누가 이리를 그리워하고
> 있을 것이 아닌가.(450면)

위 예문들은 포로수용소를 나온 '동호'가 '누혜 어머니'를 찾아가는 길에 떠올리는 상념이다. 여기서 볼 수 있는 '동호'의 세계 인식의 방법은 <두 세계 사이에서 바라보기>이다. 이러한 관점에서 보면 '황혼'과 '여명', "쌀이 밥이 되는 변화"와 "밥이 쌀이 되는 변화", 그리고 수평선의 이쪽과 저쪽은 모두 다 절대적 필연이 아닌 상대적 우연의 결과가 된다. '지금 여기'의 사실이 '그때 저기'에서는 사실이 아닐 수도 있고 그 반대일 수도 있다. 그것은 단지 '우연적 사실'에 불과한 것이다.

본전은 동결되고 / 이자만으로 살아가는
산다는 것 / 죄짓는다는 것
누혜의 죽음(doing) / 누혜 어머니의 죽음(suffering)
철조망 안세계 / 철조망 밖세계
땅의 끝 / 땅의 시작
수평선의 이쪽 / 수평선의 저쪽
지나간 시간 / 다가올 시간
동굴 안 / 동굴 밖

이런 상대주의적 관점은 이데올로기에 대한 부정의 논리를 제공한다. 이데올로기란 하나의 우연적 결과에 불과한 상대적 '합리'를 절대화시킴으로써 상대적 가능성을 억압하고 있다고 보이기 때문이다. 따라서 상대주의적 인식은 '생의 괴리'의 사회적, 역사적 원천인 이데올로기적 세계의 허구성과 폭력성을 고발하고 비판할 수 있는 힘을 지닌다.

또한 상대주의적 인식은 모든 것을 우연성과 무의미성으로 치환시키며[33] 존재론적 죄의식을 야기한다. 전술한 바 있듯이 존재하는 모든 것은 그 자체가 상대적 가능성들을 말살하고 나타난 범죄의 결과에 불과한 것으로 여겨지기 때문이다. 이런 맥락에서 상대적 우연성의 세계(절대적 필연성의 부재)는 '생의 괴리'의 근원적인 맥락을 형성한다.

다른 한편으로 상대주의적 인식은 지금 여기에는 없지만 어딘가에는 이데올로기적 세계와는 다른 유토피아적 세계가 있을 수 있다는 전망을 제공한다.

> 여기는 땅의 끝, 땅의 시작되는 곳. <온 시간>과 <올 시간>이 이어진 매듭. 발톱으로 설 만한 자리도 없다. 여기는 경계였다.
> 그러나 얼마나 넓은 세계이냐. 이 옥토, 생산의 안뜰. 시간과 공간이 여기서 흘러나가는 혼돈……
> 이 세계에는 이율배반이 없다. 무수의 律이 마치 궁륭의 성좌처럼 서로 범함이 없이, 고요한 시의 밤을 밝히고 있다. 王者도 없고 奴隷도 없다. 우려가 없다. 그러니 타협이 없다. 풍습이 없으니 퇴폐가 없다. 만물은 스스로가 자기의 원인이고, 스스로가 자기의 자(尺)이

---

33) 상대적 진실의 과장은 혼돈과 무질서를 반영하는 것이라 할 수 있다. 사회적·문화적 규범의 파괴 현장으로서의 잔혹성의 세계에서는 확실하게 믿고 의지할 만한 어떤 가치도 남아 있지 않다. 따라서 '누혜'와 '동호'가 보여 주는 상대주의적 인식 태도는 가치 상실과 자아분열의 내면풍경을 환기시키는 것이라 할 수 있다. 특히 "이 나와 저 나를 같은 나로 느낄 확고한 근거는 없다"라고 말하는 '동호'의 자아분열적 모습은 불확실성 속에 던져진 자아의 파괴된 내면을 상기시킨다.

다. 태양이 반드시 동쪽에서만 솟아야 할 이유가 여기에는 없다. 늘
새롭고 늘 아침이고 늘 봄이다. 아아 젊은 대륙...... (467-468면)

　'누혜'가 꿈꾸는 '완전한 생'은 "태양이 반드시 동쪽에서만 솟아야
할 이유가 없"는, 무수한 가능성이 서로를 침범하지 않고 서로 공존할
수 있는 세계이다. '누혜'의 자살은 결국 이 범죄적 세계상황으로부터의
철저한 단절과 자기 부정을 통한 자기 구원의 의지로서 그 '동일률'의
세계를 향한 비상의 몸짓이 된다. 그러나 그런 가능성의 세계는 현실적
삶을 초월한 곳에 있고, 그 세계에 대한 자신의 기투(企投)는 '죽음'이다.
때문에 그것은 더 이상 소설의 세계가 아닌 몽환적 세계이다.[34]
　그러나 「요한시집」은 누혜의 죽음, 즉 '완전한 생'으로의 환상적 초극
으로 끝나지 않는다. 어둠 속에서 빛나는 '누혜의 눈'을 지켜 보며 "과연
내일 아침에 해는 동산에 떠오를 것인가......"라는 물음 속에 전율하고
있는 동호의 기다림으로 끝난다. 따라서 '누혜'가 꿈꾸던 '완전한 생'의
소설적 의미는 이데올로기적 세계의 기형성을 비춰주고, 그 속에 <부
재하는 것>에 대한 성찰의 시각을 제공하는 것이라 할 수 있다.

4. '인간의 괴리'와 '비인'의 역설

(1) 인간의 괴리 : '복통환자 - 건강체'의 이율배반성

　「요한시집」이 '자유의 요한적 죽음'라는 역설을 통해 이데올로기적
세계의 기만적 허구성이나 폭력성을 폭로 · 비판하는 작품이라면, 「비
인탄생」은 '비인'의 역설을 통해 그와 같은 의미를 생성해 내는 작품이

---

34) 김용균, 앞의 논문, p.474.

라 할 만하다. '비인'의 역설이란 인간이 참다운 인간이기 위해서는 인간이 아니어야 한다는 것을 의미한다. 이 같은 반논리는 '인간성'이 인간의 인간다운 삶을 보증하는 것이 아니라 오히려 '인간'을 퇴거시키는 허구적 폭력으로 인간의 생을 왜곡하고 억압한다는 인식에서부터 출발하여 '인간성'에 의해 압살된 '인간'의 구원 및 재생은 기존의 '인간'으로부터의 단절을 통해 실현될 수밖에 없다는 역설로 귀결된다.

「비인탄생」은 이 같은 '비인'의 역설을 도출하기까지의 과정을 서사화한다고 할 수 있겠는데, 그런 서사적 논리가 생성하는 작품의 실질적인 의미는 인간에 대한 존재론적 탐구라기보다는 오히려 '인간성'과 '인간'의 괴리적 현상을 야기한 세계의 야만적 폭력성에 대한 폭로, 또는 부정이라 할 수 있을 것이다. 다시 말해서 '비인'의 역설이 갖는 소설적 의미는 반성적 기능에 있다고 하겠다. 즉, 그것이 함축하고 있는 단절과 초월의 논리는 치유 불가능할 정도로 훼손된 인간의 그로테스크한 존재 방식에 대한 근원적인 부정을 의미화할 뿐만 아니라 그 같은 그로테스크한 인간의 이미지가 창조되는 상황적 맥락으로서의 현실에 대한 비판적 성찰의 전략으로 작용한다.

장용학은 현실의 문제적 국면을 '인간의 괴리'란 관점에서 제기하고, 그것의 부정성을 환기시키기 위해 '아홉 시 병(九時病) 환자'로서의 현대인의 초상을 형상화한다. 프롤로그로 제시된 '아홉 시 병'의 알레고리는 「요한시집」의 '토끼'의 우화가 그러했던 것처럼 작품 전체에 대한 비유적인 기능을 수행하는데, 그것은 현대인의 일상적인 삶 속에 내재해 있는 '복통환자 - 건강체'라는 이율배반으로서의 생의 괴리적 현상을 암시한다.

'아홉 시 병'의 우화는 다음과 같이 구성되어 있다.

(1) 학교에 가기 싫은 아이는 학교에 갈 시간, 즉 아홉 시만 되면 "아이구 배야"하며 꾀병을 부리고, 그러면 온갖 특혜를 누릴 수 있게 된다.

(2) 아이가 "아이구 배야"라고 말을 하자 마자 정말로 배가 아파진다.

(3) 아홉 시만 되면, 아이가 "아이구 배야"라고 말하기도 전에 배탈이 난다.

(4) 아이의 의지와는 상관도 없이 불편한 일이 생기면 시간을 가리지 않고 배탈이 나고, 그에 따라 온갖 어려움을 겪는다.

(5) 종래에는 배탈의 아픔을 전혀 느끼지 못하는 건강인이 된다.

이와 같이 이 우화는 크게 두 부분으로 구성되어 있다. 첫째는 우화 속의 '아이'가 복통 환자가 되어 가는 과정이며, 둘째는 그가 "배탈에 물들어 버린 건강인"이 되어 가는 과정이다. 이것이 암시하는 '아홉 시 병'의 정체는 김현이 지적하고 있는 것처럼 "언어 - 주문의 괴이한 병"[35]이라 할 수 있을 것이다. "아이구 배야"라는 말은 단지 학교에 가기 싫은 '아이'가 자신의 욕망을 실현하기 위해 사용한 일종의 주문과도 같은 것이었다. 그것은 한동안 '아이'의 의지에 부응하여 그의 욕망을 실현시켜 주는 주문으로서의 기능을 수행하지만, 곧이어 그것은 '아이'의 현실적 필요나 의지와는 상관없는 독립적인 지배력을 행사한다. 이 같은 주객전도의 현상 속에서 '아이'가 일상적인 생활을 유지하기 위해서는 '배탈'에 스스로를 맞출 수밖에 없게 된다. 그렇게 해서 '아이'는 배탈에 물들어 버린 일상적인 건강인으로 사회 생활을 영위하게 된다.

---

35) 김현은 「비인탄생」의 기본적 성격을 내부적 관점에서 볼 때는 어떤 정신적 외상을 입은 노이로제 환자의 병상에 대한 기록이며, 외부적 관점에서 볼 때는 '언어 - 주문'의 극단적 병폐에 대한 기록이라고 파악하고 있다. 김현, 「이름 없는 세계에의 갈구」, 『현대한국문학전집 4』(신구문화사, 1972), p.419.

'아홉 시 병'의 우화 속에서 배탈을 앓고 있는 '아이'가 일상적 건강인이 되어 가는 과정은 그 자체가 제도화된 규범의 절대적이고도 완강한 폭력성에 대한 비유적 표현이다. 기실 '아이'의 배탈은 학교, 군대, 직장 등과 같은 제도화된 사회적 규범에 대한 두려움의 징표이자 자기 자신의 본래성을 환기시켜 주는 신호라 할 수 있을 것이다. 그러나 규범적 세계는 아이의 '배탈', 즉 그의 본래적 자아로서의 삶에 대한 욕구를 용납하지 않는다. 이와 같은 제도적 규범의 압도적인 힘 앞에서 '아이'의 고유한 징표로서의 '배탈'은 제 기능을 잃어버린다. 따라서 '아이'는 자신의 본래성을 상실한 채 사회적 규범에 종속되는 삶을 살아갈 수밖에 없고, 그 결과가 배탈에 물들어 버린 건강인으로서의 분열적 현상으로 나타나는 것이다.

이 같은 이야기를 통해 작가가 제시하고 있는 현대인의 병증은 무엇인가? 그것은 '언어'로 짜여진 사회적 규범의 틀 속에 사로잡힌 채 본래적인 자기를 상실한 삶을 살아가고 있으면서도 그 사실을 깨닫지 못하는 불감증이라 할 수 있다. 작가는 현대인을 표면적인 건강과 이면적인 복통의 괴리 속에 놓여 있는 불감증 환자로 파악하는 동시에 그 같은 인간 괴리의 병인(病因)을 제도적 규범의 허구적이고도 파괴적인 힘에서 발견한다. 장용학의 용어로 말한다면, 현대란 '인간성'이란 규정에 의해 '인간'이 제거되는 시대이며, 현대의 인간은 모두 '인간 밖을 사는 인간'이다. 따라서 현대인이 앓고 있는 '아홉 시 병'은 '인간성'과 '인간'의 분열이라 할 수 있을 것이며, 그러한 기형적 현상은 '인간'에 대한 사회문화적 규범의 언어적 표현인 '인간성'의 메카니즘화에서 기인한다.

(2) '이름'의 세계 : '쥐'와 '마녀'의 이미지

작가는 프롤로그의 말미에서 "모든 사람은 말하자면 그런 건강인인

지도 모른다. 그렇다면 그들은 지금 무슨 아홉 시 병에 걸려 있는 것일까?......"라는 말을 덧붙이고 있다. 이와 관련시켜 볼 때, 「비인탄생」은 프롤로그의 우화에서 제시된 '아홉 시 병'의 병리적 현상에 대한 진단과 더불어 그것의 치유책의 모색을 소설적으로 형상화하고 있는 작품이라 할 수 있을 것이다.36) 그리고 그와 같은 진단과 치유의 전 과정을 이끌어 가는 중심 동력인 '지호'가 양가적인 인물로 설정됨에 따라 일상적 건강의 이면에 숨어 있는 현대인의 병증은 효과적으로 제시되고 있다.

'지호'의 양가적 특성은 그 자신이 현대문명이 배태해 낸 기형적 인간의 이미지로서의 '아홉 시 병 환자'이면서도 우화 속의 '아이', 즉 일상인들과는 달리 '아홉 시 병'에 대한 자각 증상을 느끼고 있다는 데서 발견된다. '아홉 시 병 환자'인 '지호'가 관념적 횡설수설로 발산하는 아픔과 신음의 소리, 그것이야말로 왜곡되고 훼손된 인간과 현실에 대한 비판적 폭로와 성찰의 가장 강력한 프리즘이 된다. 게다가 서로 다른 두 세계 사이의 경계선 상에 위치하고 있는 '지호'의 국외자적 시각은 부정과 지향의 의미를 생성하는 데 보다 효과적일 수 있다.

그의 거주 공간인 "해발 백 미터는 됨직한 산비탈"의 '방공호'는 "대자연과 도회, 고대와 현대의 한 접점"으로서 표상된다. 말하자면, 그곳은 한편으로는 현대적 도시 문명과, 그리고 다른 한편으로는 원시적 자연과 연결되어 있는 중간지대로서 이쪽 아니면 저쪽을 선택할 수 있는 양가적 가능성 속에 놓여 있는 공간이다.37) 전자와 관련될 때 그것

---

36) 프롤로그의 우화가 '인간'의 '아홉 시 병 환자'로의 전락을 서사화하고 있는 것과는 달리 텍스트의 본문은 '아홉 시 병 환자'로부터 '인간'으로의 상승 과정을 서사화한다고 할 수 있다. 요컨대 전자가 전락의 구조를 취하고 있다면, 후자는 상승의 구조로 되어 있다는 것이다. 이러한 상승의 서사 과정은 현대인이 앓고 있는 '아홉 시 병'의 현상과 그 병인을 진단하고 그것에 대한 치유의 전망을 확보해 나가는 플롯으로 구체화된다.

37) 장용학 소설에서는 현실 세계와 이상 세계를 매개하는 공간적 상징이 많이 나타나고

은 소외나 단절의 징표로, 그리고 후자와의 관계 속에서는 초월의 징표로 나타난다. 이런 맥락에서 「비인탄생」은 한편으로는 세계로부터 끝없이 소외되는 과정이, 다른 한편으로는 초월적 세계를 향한 지향적 과정이 이중적으로 결합되어 있다고 할 수 있다. 그래서 단절을 통한 초극이라는 '비인'의 역설은 그러한 역설이 도출되는 초월에로의 서사 과정이 내포하고 있는 소외화의 과정에 대한 역설적 증언이자 저항의 의미를 산출하게 된다.

'지호'가 도시로부터 쫓겨나 산비탈의 방공호에서 "혈거생활"을 하게 되는 소외화의 과정은 그가 학교로부터 권고사직을 당하는 데서부터 시작된다. 이 사건은 "결석의 성격이 달라졌으니 그것을 우등과 결부시킨다는 것은 부당하다"는 '지호'의 논리와 "법을 지켜야 한다는 것은 사리 가운데서도 으뜸가는 사리"라는 '교장'의 논리 사이의 충돌로 빚어진다. 달리 말하자면 '지호'와 '교장'은 사리(事理)라는 말을 서로 다른 의미로 사용하고 있는 것이다.

여기서 '교장'의 논리는 '사리'라는 말의 실질상의 의미를 왜곡하고 있음을 볼 수 있다. 따라서 '교장'의 논리로 대변되는 도시의 문명, 즉 '법'은 명목이 실질을, 현상이 본질을 말살한 대가로 세워진 기만에 불과하다. 이 사건에서 보듯 현실의 병리적 현상은 바로 기만적인 법(=제도)이 인간의 진실을 억압하는 파괴적인 힘에서 야기된다.

그런데 문제는 메카니즘화된 '법'에 대항하는 '지호'의 의식이다. 그는 자신의 저항적 행위와 논리가 옳다는 확신을 갖지 못하고 있을 뿐만 아니라 자신의 패배가 어디서 연유하는지에 대한 통찰력도 소유하지

있다. 「부활미수」의 '산정'이나 『요한시집』의 '철조망', 그리고 「비인탄생」, 「역성서설」, 『원형의 전설』 등에서 볼 수 있는 '동굴' 등은 기존의 현실 세계에 대한 강한 부정과 새로운 이상 세계에 대한 동경이 서로 매개되어 이루어지는 공간적 표상이다. 김용균, 앞의 논문, p.472.

못하고 있다. 현대 문명의 현실에 연루된 경우에 있어서 '지호'는 '아홉 시 병 환자'의 초상으로 제시되며, 특히 그의 병증은 '쥐'라는 그로테스크한 이미지로 형상화되고 있다.

> 지호의 생활에 쥐가 관여하기 시작한 것은 아마 그 무렵부터일 것이다. 전에도 쥐의 시체를 보는 날에는 신통한 일이 생기는 것이 아닌 것같기는 하였지만, 그렇다고 해서 낯이 찌푸려지거나 마음이 질려지는 일까지는 없었다. 그러던 것이 그 즈음부터는 쥐의 시체만 보면 가슴이 떠름해지고 맥이 풀려나가는 것을 어찌 막을 수가 없었다. 쥐의 시체를 보는 날은 일이 팽글어지는 날이었다. 아무리 희망적이었던 일자리도 길에서 쥐의 시체를 보는 날에는 기어이 글러지고 마는 것이었다.(478면)

'법'과의 대결에서 패배하고 "희망적이었던 일자리"에서 계속 밀려날 때마다 '지호'는 '쥐'와 결부시켜 상황을 바라본다. '쥐'와 구직(求職)의 실패는 인과적 관계로 엮어진다. 바꿔 말하자면, '쥐'가 거의 악마적인 주술력을 가지고 그의 의식과 생활을 지배하는 것이다. 여기서 '쥐'의 이미지는 '지호'를 부당 해고시키는, 그래서 그를 현실로부터 소외시키는 '법', 즉 현대 문명의 메카니즘의 폭력성을 환기시키는 상징물로 작용한다. "그가 모를 것은 쥐가 왜 자기를 그렇게 원수로 삼는가 하는 그 이유뿐이었다"라는 '지호'의 말에서도 '쥐(鼠)=법(제도)'의 관계를 읽어 낼 수 있다.

뿐만 아니라 '쥐'는 '아홉 시 병 환자'로서의 '지호'를 상징하기도 한다. '쥐'는 '지호'의 변신이다.[38] '쥐'로 표상된 세계 속에 존재하는 한 그 역시 '쥐'일 수밖에 없는 것이다. '지호'의 의식이 '쥐'에 연루되어 가는 과정은 우화 속의 '아이'가 '배탈'이라는 자기만의 고유한 징표를

---

38) 김현, 앞의 논문, p.422.

잃고 일상적 건강인이 되어 가는 것과 동질적이다. '지호' 역시 '쥐'로 상징되는 현실의 질서에 자신의 삶을 내맡김으로써 자기를 상실한 '아홉 시 병 환자'가 되는 것이다.

'마녀' 역시 '쥐'와 동일한 상징성을 띤다. '마녀'는 '지호'가 그린 '마녀의 탄생'이란 그림으로 상징화되어 나타나는 '종희'의 이미지이다. 그는 그림의 모델인 '종희'의 표면적인 아름다움 속에 숨겨져 있는 "비틀었다가 도로 펴 놓은 것처럼 쭈글쭈글한" 실상을 발견한다. 그것은 '종희'의 아름다운 몸이 참된 미가 아니라 현대사의 제도화된 미, 즉 물질적 이익을 위해 자신의 미를 저당잡히는 사이비 미라는 인식을 보여 준다. 실상 '종희'는 부자와의 결혼으로 얻을 수 있는 현실적 편의를 위하여 그녀의 애인이었던 '지호'를 버리고 떠난다. 따라서 '종희'가 보여 주는 '마녀'의 이미지는 비틀어지고 왜곡된 현실과 그 속에서 훼손된 인간의 모습을 환기시킨다고 하겠다.

이와 같이 '지호'의 도시 체험은 '쥐'와 '마녀'의 이미지로 형상화된다. 그리고 '쥐'나 '마녀'에 의해 환기되는 도시 문명, 그것은 "모함 공갈 아부 나태 시기 교만 등의 병균"이 "생이라는 뽕잎을 쏠아먹으면서 와글거리"는 "악덕의 분지"이며, 그 속의 인간은 "살이 흐무러지면서 진물이 줄줄 흘러나올 것만 같"은 "고름부대"이다. 그렇다면, '쥐'나 '마녀'로서의 세계 및 인간 체험의 본질은 무엇인가.

> <이름>의 由來. 서울驛에 내리자마자 걸려든 계집에게 얼을 다 뺏긴 村紳士. 하룻밤 사이에 주머니를 다 털리고 이튿날 새벽차로 도로 몸을 실을 수밖에 없게 되었던 그가, 시골에 돌아가선 툇마루에 버티고 나앉아서 「서울 계집이라는 것은……」하고 수염을 쓰다듬는 것이다. 이렇게 해서 성립된 것이 세계다. <시골>과 <서울역> 사이가 그들의 <서울>인 것이다. (474면)

'법'으로 대변되는 현대 문명의 병리적 현상은 바로 '언어', 또는 '이름'의 병증이라 할 수 있을 것이다. 위 예문은 '이름'이 어떻게 형성되는가를 아주 잘 말해 준다. 그것은 프롤로그의 우화에서 보았던 것과 같이 "아이구 배야"와 똑같은 과정을 밟아 형성된다. 단 한 사람의 '서울 계집'에게 얼을 뺏긴 촌신사가 그것으로 총괄적으로 대표해 버리는 '서울 여자'라는 이름은 그녀를 제외한 모든 여자에게는 허위에 지나지 않는다. '서울'의 실상은 사라지고 '시골'과 '서울역' 사이의 허상만이 남겨진 것이 '이름'이며, 이 이름만으로 세워진 것이 다름 아닌 '세계'이다.

이와 같이 위 예문은 인간이 사용하는 언어와 이름이 얼마나 허위적인가를 나타내 준다. 그것은 허구적일 뿐만 아니라 폭력적이기조차 하다. 기만적으로 형성된 언어(이름)가 절대화되면서 그 외의 모든 가능성이 봉쇄되는 세계, 따라서 실상은 사라지고 허상만이 지배하는 세계, 그것이 '교장'이 내세우는 '법'(제도)이나 '사리'의 질서인 것이다. 이런 '이름'의 세계에서 자아는 '나 아닌 나', '인간 밖의 인간'으로 존재한다.

> 내 의사와는 관계 없이 제 마음대로 논다. 내 속에 내 아닌 것이 있는 셈이다. 나의 意志에 속하지 않는 나의 기능이 있다. 인간 속에 인간에 속하지 않는 領域이 있다. (473면)

> 無가 有를 除去하고 있다. (...) 그래서 아무리 나를 꽉 붙잡으려고 나를 꼭 껴안아도 어디론지 내가 흘러나가 버리고 마는 것인지도 모른다. 나는 나의 땅이 아닌 땅에서 나의 땅을 살고 있는 것이다! 그러면서 나는 거기서 살고 있는 것이 아니라 분명히 나는 여기서 살고 있는 것이다! 나는 여기서 살고 있다. 이것은 나의 신앙이다! 그런데 여기는 여기가 아닌 이 괴리!
> 괴리 그 자체가 내란 말인가? (...) 그렇게 해서 <있는> <나>란

侮辱이다! 인간이란 侮辱인가? 侮辱에 그쳐야 하는 것이 인간이란
이름인가? (474면)

　이와 같이 '이름'으로 둘러싸인 세계 속에서의 인간은 끝없는 자아
분열적인 괴리 속에서 신음하며 살아간다. 자아가 하나의 이름으로 규
정되면서 본래의 '나'나 '인간'은 사라진다. 이름이 형성되는 과정에서
보았듯이 기만적으로 만들어진 하나의 허위가 본래적인 '나'를 추방하
고, '나'에 대한 허구적 규정으로서의 '이름'이 '나'를 대신한다. 그래서
'나'는 "나를 사는 것"이 아니고 "내 밖에서 사는 것"이다. 이렇게 '이름'
만으로 존재하는 인간, 이름만으로 자기를 둘러싸고 있는 인간, 따라서
허구적으로 규정된 인간을 작가는 '인간적'이라 부른다. 장용학의 개성
적인 용어로서의 '인간적', 또는 '인간성', 거기에 '인간'은 존재하지 않
는다. 그것은 오히려 인간의 퇴거 증명, 즉 '인간 밖의 인간'을 의미한다.

(3) 초월적 원시 지향과 '비인'의 환상

　이상에서 살펴 본 것처럼 '지호'는 '쥐'나 '마녀'의 이미지로 표상되는
현대적 부조리 현상의 근원을 '이름'의 폭력적 허구성에서 찾고, 그
'이름'의 속박으로부터 벗어나고자 하는 의식의 지향성을 갖는다. 말하
자면, '지호'의 의식과 관념을 관통하는 중추는 '이름의 세계 / 이름이
없는 세계'의 대립이며, 이 대립은 다시 '이쪽 / 저쪽', '인간 / 비인'의
대립쌍으로 이어지면서 전자를 부정하고 후자를 지향하는 의식으로
발전하는 것이다. 여기서 '이름이 없는 세계'는 '지호'의 관념 속에서
상상적으로 축조된 초월적인 이데아의 세계라고 할 수 있을 것이다.
　그가 관념적으로 지향하는 이 '이름 없는 세계'의 주민이 되기 위해서
는 인간의 '이름', 즉 '인간성'으로부터 해방된, 따라서 '이름'을 잊어버

린 '비인'으로 재생해야 한다. 요컨대 '이름의 세계', '이름'으로 훼손된 인간으로부터의 단절을 자의식적으로 추구함으로써만 가능하다는 것이다. 그것은 수동적인 소외화의 과정을 자의지적인 단절의 선택으로 역전시키는 것이다. 여기서 양가적 가능성 속에 있었던 '산비탈의 방공호'는 초월의 이미지로 전이된다. 즉 그것은 도시 문명 세계로부터의 소외가 아니라 자의지적 단절과 '산'공간으로 표상된 '이름 없는 세계'를 향한 초월의 출구로서 의미화되는 것이다.

현실 세계로부터의 패퇴(敗退), 소외를 초월적 단절의 의지로 전이시키는 전환의 계기는 '어머니'의 죽음으로 마련된다. '어머니'의 죽음을 계기로 해서 '지호'는 '산' 아래의 도시, 그리고 인간적인 삶과의 모든 연계를 끊어버리는 자의지적 단절의 방향으로 전회한다.

어머니와의 관계 및 어머니의 죽음은 장용학의 소설에서 지속적으로 나타나는 모티프들 가운데 하나이다. 이런 현상은 피난시절에 어머니를 여읜 작가의 전기적 사실과 연관된 것[39]으로 지적되기도 하고, 어머니에게 고착된 작가의 외디푸스 콤플렉스[40]로 읽히기도 하지만, 보다 중요한 것은 그 모티프의 비유적 의미와 기능에 있다고 할 수 있을 것이다.

「비인탄생」에서의 어머니의 죽음은 '지호'가 그를 둘러싼 일상적 현실의 제도·윤리 체계와 결별하고 '비인'으로 재탄생하는 과정을 보여주기 위한 비유의 차원에서 다루어지고 있는 것으로 보인다. '지호'를 도둑으로 오인한 경찰은 사회적으로 인정되는 법의 집행자이므로 그들과의 대립은 사회적인 모든 제도와의 대립으로 해석될 수 있으며, '어머니'가 그에게 한사코 빌라고 한 것은 그 모든 사회적 제도와의 타협을

---

39) 김 현, 「에피메니드의 역설」, 앞의 책, pp.410-411.
40) 신경득, 「인간 소외의 탐구」(현대문학, 1976,5-6), p.238.

표상하는 것이라 할 수 있다. 기실 「비인탄생」에서의 주요 갈등 가운데 하나가 '지호'와 그의 현실적 무력성을 나무라는 '어머니'의 갈등으로 나타나고 있는데, 이런 점을 감안한다면 어머니의 죽음이 사회적 현실과의 단절을 표상하는 비유적인 의미로 설정되어 있다고 할 것이다.[41] 따라서 어머니의 죽음이라는 모티프는 세계로부터의 단절과 초극을 표상하는 비유로 작용한다. 뿐만 아니라 그로테스크한 형상으로 묘사된 '어머니'의 주검의 이미지는 현실세계에 은폐되어 있는 잔혹성이나 공포스러움을 환기시킴으로써 자아의 자의지적인 단절의 논리를 뒷받침하는 역할을 하기도 한다.

이 단절의 의지는 '어머니'의 시체를 화장하는 '불태우기 의식'으로 수행된다. '지호'를 탯줄처럼 이 세계와 연결시키던 '어머니'를 불태움으로써 그는 이름으로 모욕받은 인간 세계와의 완전한 단절을 시도하는 것이다. 그것은 '쥐'와 '마녀'로 표상된 세계에 대한 절대적 부정이며, 그 부정과 단절을 통해 "인간 밖의 인간"을 폐기한 '비인'으로의 탄생을 함축하고 있다.[42] 여기서 '비인'이란 선악이라든가 미추(美醜)

---

41) 또한 「요한시집」에서 '누혜'가 세계로부터의 완전한 단절을 의미하는 '자유의 요한적 죽음', 즉 자살을 결행하는 데 있어서도 어머니의 죽음이라는 모티프(어머니도 결국엔 죽을 것이라는 사실의 인식)와 관련되어 있음도 이 같은 맥락에서 이해된다.

42) '불'은 그 자체가 "消滅의 創造요 용솟음쳐 오르는 生命의 아우성"이라는 상징적 의미를 지닌다. 따라서 그 '불'의 정화력과 생명력에 기대어 이루어지는 '불태우기'의 의식은 현실에 대한 부정과 새로운 세계로의 초월의 의미를 구현하는 것으로 보인다. 게다가 이 의식이 거행되는 공간인 '묵시의 벽'의 이미지도 '불태우기 의식'의 초월적 의미를 강화시킨다. '지호'는 마치 무슨 '묵시록'(요한계시록)처럼 남아 있는, 폭격으로 폐허가 되어 버린 건물의 한 벽 옆에 제단을 쌓고 의식을 거행한다. 이때 '묵시의 벽'은 일종의 성서적 비유라 할 수 있을 것이다.'묵시록'이 로마 네로 황제에 의한 신도들의 박해와 환난을 위로·격려하고 로마의 멸망 및 예수의 재림, 천국의 도래를 상징적으로 예언한 성서라는 점과 관련시켜 볼 때, 제의적 공간으로서의 '묵시의 벽'은 그가 추구하는 새로운 세계의 도래를 암시한다고 하겠다. John MacQueen, 『알레고리』, 송낙헌 역 (서울대출판부, 1983), pp.36-37. 참조.

라든가 하는 종래의 가치관의 틀이나 합리적 이성에 터한 현대 문명의 굴레로부터 해방된 그런 인간을 의미한다.

> 인간은 열매를 위해서 인간이었던 것이 아니다! 善을 위하여 美를 위하여 自由를 위하여 인간이었던 것이 아니다. 인간이 꽃이다! 인간은 인간을 위해서 인간이었다!
> 善이라든지 美라든지 自由라든지 하는 것은 惡, 醜, 奴隸에의 문이기도 했다.
> 인간은 하나의 反語. 모든 <人間的>은 <인간>에서의 退去證明書에 지나지 않았다. (중략) 인간은 그 자체가 원인이요, 그 자체가 목적이었다. (중략) 인간은 폐기되었다! 一連番號가 내가 아니다. 이웃사람이 내가 아니다. 아들이 내가 아니다. 내가 내다!
> 인간은 非人으로서 인간이었다. (507면)

이런 맥락에서 볼 때, '지호'의 '비인'은 '법'으로 상징되는 제도화된 현대문명의 허구적 폭력성, 그리고 그 속에서 본래적 자아를 상실한 '아홉 시 병 환자'로 전락한 인간을 체험함으로써 입은 정신적 외상의 징표라 할 수 있을 것이다. 이것은 문명과 '이름'으로 퇴폐한 인간으로부터의 초극을 상징하는 '비인'으로 환기되는 초월적 인간상이 네 발로 땅을 기고 미골(尾骨)에 꼬리가 난 동물적 형상과 체취를 지닌 원초적 인간의 이미지로 형상화된다는 점에서 확인된다. 즉 '지호'의 관념 속에서 축조된 초월이란 문명 이전의 원시적 자연으로의 되돌아감으로 나타나는 것이다.

특히 「비인탄생」의 속편으로 발표된 「역성서설」에서 이 같은 초월의 의미를 재확인할 수 있다. 「역설서설」은 '비인'으로 탄생한 '지호'(삼수)가 현대사의 성격을 뒤바꾸기 위하여 분투하는 과정을 '녹두노인'과의 갈등을 중심으로 형상화한 매우 추상적이고 환상적인 "희화(戲畵)"이다.

"세계에서 단절된 괄호"로서의 산을 배경으로 한 제도화된 현대 과학 문명을 상징하는 인조인간 '녹두노인'과 '삼수' 간의 대립과 갈등은 '연희'를 사이에 두고 펼쳐진다. 여기서 '연희'는 「비인탄생」의 '종희'의 마녀 이미지와는 상반된, 태어나면서부터 앞을 보지 못하고 듣지 못하고 말하지 못하는, 요컨대 현대 문명에 오염되지 않은 원초적 인간의 이미지로 그려지고 있다. 그녀는 '지호'가 환상 속에서 본 '비인'의 또 다른 형상이다. 따라서 '연희'의 환상을 찾아가는 '삼수'와 '연희'를 죽이려는 '녹두노인'의 싸움은 결국 현대문명의 메카니즘(地動時代)과 자연적 원시성(天動時代)의 대결이자 "세계와 인간의 싸움"이며, 이 싸움에서 승리한 '삼수'는 초월적 세계, 그의 표현대로 하면 '천동시대'의 조상이 된다.

여기서 '천동(天動)'과 '지동(地動)'의 비유가 함축하고 있는 의미를 살펴 볼 필요가 있다. 부정의 대상이 되고 있는 '지동시대'는 '지동설'의 대두와 함께 나타난, 합리적 이성의 지배를 받는 현대 문명의 세계를 의미한다. 그런데 문명화의 구심력인 이 합리적 이성은 "생과 의식과 자아의 분열"을 야기하고, 합리적 이성에 토대를 둔 '인간적'의 규범은 '인간'의 생을 왜곡하고 억압하는 파괴적 요인으로 작용한다. 왜냐하면 '합리'란 "하나의 리(理)를 위하여 다른 모든 리(理)를 지워버리"는 범죄자로 인식되기 때문이다. 따라서 그러한 범죄적 결과로서의 '인간적'은 인간의 인간다움을 보증하는 것이 아니라 오히려 인간을 퇴거시키는 폭력적 허구일 뿐이다.

이와 같은 '지동시대'와 대립적 관계에 있는 '천동시대'는 "생과 의식과 자아의 삼위일체", '인간적'과 '인간'의 합일, 즉 "존재가 곧 본질이요 내가 내인 동일률", "하나의 인과율에 의해 말살당했던 모든 가능성들의 소생"이라는 초월적 징표를 가진 세계로 의미화된다. 또한 「비인탄생」에서 제시된 '이름이 없는 세계', '비인의 왕국' 역시 '천동시대'와 동일한 징표를 갖는다는 점을 고려할 때, 작가가 그리고 있는 초월이 무엇인가를 분명하게 알 수 있다. 그것은 바로 '지동설'의 대두와 함께 이룩된 합리적 문명 이전의 세계, 즉 자연적 원시 세계로의 복귀를 의미한다.

그런데 인간의 초월적 재생을 의미하는 '비인'의 탄생이나 '천동시대'의 도래는 단지 관념 속에서나 가능한 환상적 초극일 뿐이다. 그것은 추상적 관념의 세계에서나 가능할 뿐 현실성을 확보하지는 못한다. 따라서 「비인탄생」과 「역성서설」의 소설적 의미는 현실 극복의 현실적 논리로서의 전망 제시라기보다는 현실에 대한 비판적 성찰에 있다고 할 것이다. 초월적 세계의 환상적 실현, 그것은 오히려 현실적 좌절과 절망, 또한 현실 세계의 어둠의 깊이를 환기시킬 뿐이기 때문이다. 이런 관점에서 볼 때, 「비인탄생」과 「역성서설」의 표층적 상승구조는 역설적이게도 좌절과 절망을 의미화할 뿐만 아니라 그것으로 하여 현실의 문제적 상황에 대한 부정적 고발과 폭로로서의 힘을 가지게 된다고 하겠다.

5. 소결

장용학의 소설은 "관념의 과잉", "관념의 덩어리"란 평가를 받을 만큼 작중인물들의 관념적 사유 내용이 편재되어 있는데, 이 같은 관념의 비대화는 그의 소설이 현실에 대한 관념적 해부를 목표로 하고 있다는 점을 시사한다. 그런데 장용학 소설의 특징적인 현상은 인물들의 관념적 편향성뿐만 아니라 그들의 편집증적 시각과 반논리적 사유의 방식, 그리고 '횡설수설'적인 발화법 등에 있고, 그것이 장용학 소설의 그로테스크성을 산출한다. 요컨대 장용학 소설에서 중심적인 의미 생성의 동인은 현실에 대한 관념적 해부의 과정에서 작용하고 있는 반논리적 전도라는 것이다.

장용학의 인물들의 의식과 관념을 관통하는 중추는 '존재와 가치가 거꾸로 선 세계/존재와 가치가 합일되는 바로 선 세계', '선악의 대립적 세계/생과 악이 양립하는 세계', '이름의 세계/이름이 없는 세계', '지동시대/천동시대'의 대립이며, 이 대립은 '삶/죽음', '인간/비인'의 대립으로 이어지면서 전자에 대한 부정과 후자의 지향으로 전개된다. 이러한 면모는 <인간이 참다운 인간이기 위해서는 인간이 아니어야 한다>는 '비인'의 역설에서 단적으로 확인되었는데, 이 같은 '비인'의 역설은 장용학 소설 전체를 관통하는 하나의 이념이라 할 수 있다. 특히 이 '비인'은 「비인탄생」에서 보듯 동물적 형상 및 체취와 결합된, 또한 인간의 '말'과 '이름'을 버린 원시적인 인간의 이미지로 나타나고 있다. 때문에 이 '비인'은 인물들의 관념 속에서 환상적으로 축조된 초월적 원시성의 세계이며, 이 '비인'의 징표는 근원적 충만함, 즉자적 총체성이라 할 수 있을 것이다.

이와 같이 관념 속에서 반논리적으로 해부되는 일상적 현실은 더 이상 친숙하고 안전한 세계가 아니라 낯설고 적대적인 그로테스크적 세계이다. 따라서 반논리적 사유의 과정 속에서 세계의 적대적인 힘과 공포를 환기시키는 많은 그로테스크 이미지들이 출현하고 있다. '거꾸로 선 세계'의 표상이라든가 '문둥병'의 병리적 상징, "누런 배설물 속에 비스듬히 꽂힌 손목", "뽑혀져 나온 두 눈알", 어둠 속에서 요기를 뿜고 있는 "고양이의 파란 두 눈빛", "뜨거운 물에 삶아낸 것처럼 벌겋게 딩딩 부은" "시체들의 산", 그리고 비속함이나 황폐함을 환기시키는 '쥐'나 "비틀었다가 도로 펴놓은 것처럼 쭈글쭈글한" '마녀'의 이미지

등이 그 같은 경우에 해당한다. 그리고 그러한 그로테스크 이미지들은 언어와 합리로 짜여진 이데올로기적 현실의 폭력적 허구성을 폭로하는 데 기여한다.

뿐만 아니라 인간의 삶과 죽음의 의미도 전도된다. 이데올로기적 세계 속의 인간이 '존재적 범죄자', '인간 밖의 인간', 또는 '아홉 시 병환자'로, 그리고 삶이 '범법'으로 강등되고 비하되는 것과는 달리, '죽음'은 자기 구원 및 초극으로서의 의미를 부여받는다. 장용학 소설에서의 죽음은 훼손된 인간의 폐기이자 진정한 인간, 즉 '비인'으로의 재생, '완전한 생'으로의 부활을 위한 입사적 제의로 거행된다. 「인간의 종언」이나 「비인탄생」의 '불태우기 의식', 철조망에 수직으로 걸린 '누혜'의 주검, 기도라도 드리는 듯한 '현우'의 주검은 그들의 죽음에 하나의 돌파구, 즉 해방과 뚫림의 상징적 의미를 부여한다. 따라서 그들의 죽음은 막힘이나 끝남이 아니라 새로운 세계로의 열림이자 부활로 의미화되고 있다.

그런데 이와 같은 '인간/비인간', '삶/죽음'에 대한 근본적으로 전도된 인식의 근저에는 '언어'에 의한 외상적(外傷的) 체험, 그리고 그 결과로서의 존재론적 죄의식이 자리잡고 있다. 이 같은 특성은 장용학이 6 · 25전쟁을 이데올로기의 기만적 폭력으로 해석하고 있음을 시사한다. 그에게 있어서 전쟁체험의 정신적 외상은 그 전쟁을 특징짓는 이데올로기와 그것의 수단인 인간의 '말'에 대한 환멸과 부정 의식으로 내면화되고 있는 것이다. 인간의 언어가 희화화되고 부정되면, 본질적으로 언어적 구성물의 형태를 취하는 윤리나 인간성, 그 밖의 이념이나 제도들 역시 의미를 잃고 무의미한 것으로 치환된다. 그리고 그것은 현실적 삶의 의미를 전면적으로 부정하는 것이며, 그 결과는 환상적 초월에의 강박관념이나 자기 파괴적 자살로 나타난다.

여기서 인물들의 존재론적 죄의식은 이데올로기적 세계 체험으로 파괴되고 훼손된 인간의 전락을 가장 단적으로 환기시킨다. 따라서 존재론적 죄의식으로부터 연원한 인물들의 편집증적 시각과 반논리적 사유를 통한 삶과 죽음, 인간과 비인간에 대한 전도된 인식은 그 자체가 이데올로기적 현실을 기형화하는 방법이 된다. 이런 맥락에서 '비인'의 역설, 즉 단절을 통한 초월의 논리, 그리고 '비인'의 환상적 이미지의 창조는 일상적 세계로부터의 갑작스러운 소외와 단절의 체험, 그리고 그것을 강제하는 세계의 문제적 상황에 대한 비판적 고발과 폭로로서의 힘을 갖는다 하겠다.

제3장 '목석'의 시각과 야만적 희화화 : 손창섭

1. 현실의 공식화와 '생명 거세'

손창섭에 대한 가장 일반적인 견해는 그가 가장 독특한 개성을 지닌 전후소설의 대표적인 작가로서 전후소설과 운명을 같이 했다는 것이다.[1] 구인환은 전후소설을 크게 삼분하고 있는데, 그중 가장 새로운 경향, 즉 "전후의 의식을 새로운 기법으로 작품화하려는 경향"의 대표적 주자로 손창섭을 평가하고 있으며[2], 김윤식은 "전에 못 보던 낯선 얼굴과 표정으로 전후문학의 한 가지 전범을 이루었다고 평가한다.[3]

구체적으로 그 특이성이 무엇인가 하는 문제에 대해서는 무의식을 표현했다는 점을 중시하는 경향[4], 공통적으로 리얼리즘의 입장에서 평가하면서도 대부분 정신적, 육체적 병자를 다룸으로써 전후 50년대의 파행적인 인간 조건을 그려냈다는 평가[5]와 객관적인 현실과 무관한

---

1) 손창섭은 「공휴일」(1952.6)과 「사연기」(1953.6)가 『문예』에 추천되면서 본격적인 창작 활동을 시작한 전후기의 대표적인 작가이다. 그의 작품세계는 1960년대 초반, 「육체혼」(1961.11)을 기점으로 양분하는 것이 일반적이다. 이후 작품들은 통속문학으로 전락하여 문학사적 의미를 거의 지니지 못한 것으로 평가되고 있다는 점을 고려할 때, 「사연기」, 「생활적」, 「미해결의 장」, 「잉여인간」, 「잡초의 의지」 등 단편 20여 편과 장편 『낙서족』을 포함하는 전기 소설이 손창섭의 작품세계의 본령을 드러낸다고 할 수 있다.
2) 구인환, 『한국근대소설연구』(삼영사, 1977), p.368.
3) 김윤식, 「6・25전쟁문학」, 『1950년대 문학연구』(예하, 1987), p.27.
4) 정창범, 「자기모멸의 초상화」(문예춘추, 1965,2)
   송기숙, 「창작과정을 통해 본 손창섭」(현대문학, 1964,9)
   신경득, 「반항과 좌절의 미학」(월간문학, 1978,12)

정지된 시간의 세계를 그리고 있다는 평가[6] 등 다양한 의견차를 드러내고 있다. 그럼에도 불구하고 "무의미에의 가치부여"[7], "삶의 무의미함과 존재의 무의미함이라는 절대 명제를 집요하게 반복"[8], "허무의 극단과 그 허무와의 치열한 대결의지를 보여주는 문학적 이미지"[9] 등의 평가에서 알 수 있듯이 손창섭이 '무의미'를 추구한 작가라는 점에서는 공통된 의견을 보여 준다.

손창섭 소설의 특이성은 기형적인 작중현실을 설정하고 있는 데서 비롯된다. 그것은 대체로 세 가지로 요약될 수 있을 터인데, 첫째로는 '방'과 '거리'의 공간적 배경과 '비'의 기상학적 상징 등이 어울려 형성하는 어둡고 음습한 분위기, 둘째로는 정상적인 인간으로부터 정신적으로 육체적으로 일탈된 인물들의 병치, 마지막으로는 '것이다', '것이었다'라는 종지형의 잦은 사용과 시작도 결말도 없는 플롯 등이 그것이다.

먼저 손창섭의 작품에 등장하는 인물들의 생활 공간은 '우중충한 동

---

5) 유종호, 「인간모멸의 백서」(현대문학, 1955.4)

_____, 「모멸과 연민」(현대문학, 1959.9-10)

조연현, 「병자의 노래」(현대문학, 1955.4)

이선영, 「아웃사이더의 반항」(현대문학, 1966.12)

_____, 「한국현대소설과 인간소외」(인문과학 24,25합집, 연대인문과학연구소, 1971)

권영민, 「전후의 현실과 문학의 분열」(한국문학, 1985.6)

구인환, 「손창섭 소설의 문학적 지평」한국문학평론가협회, 『현대문학사의 재조명』(백문사, 1991)

이기인, 「손창섭 소설의 구조」, 『한국현대소설사연구』, 서종택·정덕준 편 (새문사, 1991)

김종회, 「손창섭론 - 체험소설의 발화법」(문학사상, 1989.3)

6) 정호웅, 「50년대 소설론」, 『1950년대 문학연구』(예하, 1987)

서준섭, 「정지된 세계의 소설」, 『한국전후문학의 형성과 전개』(태학사, 1993)

7) 김윤식, 앞의 논문, p.29.

8) 정호웅, 앞의 논문, p.51.

9) 서준섭, 앞의 논문, p.182.

굴' '빛 없는 동굴', 혹은 '동굴 속 같이만 느껴지는 방', '거적만 깔았을 뿐인 마루방', '먼지가 이는 단칸방', 그리고 '비탈길'이거나 '언덕길', '어두운 길', '비오는 길' 등과 같이 설정되어 있다.[10] 게다가 그의 작품에서는 늘 '비'가 내리며[11] '어둠'에 잠겨 있다.[12] 작품에서의 공간적

---

10) 손창섭 소설에서의 '방'과 '길', 즉 집 안팎의 공간이 의미하는 바는 차이가 없다. 집안과 바깥은 모두 절망적인 상황을 환기시킨다. '길'로 나서도, '방'으로 들어와도, 그대로 머물러 있어도 작중인물들이 처해 있는 공간은 절망 그 자체다. '들어옴'과 '나감' 사이에는 어떤 의미상의 차이도 보이지 않는다. 이것은 집안과 밖의 경계인 '문'의 이미지에서 여실하게 볼 수 있다. 그의 '문'은 '부서진 문'이거나 '가마니 때기 문'이며 '낡은 판자쪽 문'으로 나타난다. '문'은 서로 다른 공간이 주는 의미가 교호되는 지점이다. 그래서 그곳에서는 "위기, 급격한 교체, 운명의 예기치 않은 반전이 이루어지는 곳"이다. M. Bakhtin, 『도스토예프스키 시학』, 김근식 역 (정음사, 1989), pp.247-248. 그런데 손창섭 소설에서의 '문'은 그러한 반전과 교체의 의미를 갖지 못한다. 이런 점에서 그 어디서도 절망으로부터 벗어날 출구를 찾아 볼 수 없다는 작가의 의식을 엿볼 수 있을 것이다.
11) 쏟아지는 빗소리를 들으며 동식은 한동안 죽은 듯 정숙의 얼굴을 지켜 보며 앉아 있었다. (「死緣記」)

장마로 질척거리는 판자집 촌의 언덕길을 몇번이나 굴러날 뻔하면서 그때 천식에게 안내되어 …… (「生活的」)

밖에는 썰렁하게 가을비가 뿌리고 있었다. 그는 비를 맞으며 돌아오는 길에서도 사장의 말을 생각하고 감격을 새롭게 하는 것이었다. (「피해者」)

장례식 다음날은 아침부터 구질구질 비가 내리었다. 밤이 깊어도 비는 그치지 아니 하였다. (「稚夢」)
12) 어렴풋이 불빛이 있음에도 불구하고 어둠이 가슴을 내리누르는 것같아서 (「비오는 날」)

거리에 어둠이 오면, 시각을 통해서보다 더 짙은 어둠이 그의 마음을 덮어 버리는 것이었다. (「血書」)

자꾸만 어둠 속을 헤치고 소년을 따라 걸었다. (「流失夢」)

어두우면 나는 찾아갈 곳이 있다. 그것은 광순이가 저녁마다 출근하는 어두운 뒷골 목인 것이다. (「未解決의 場」)

배경이 "작가의 의도가 담겨진 현실적 차원의 실제"13)라고 한다면, 이와 같은 배경 설정의 의도는 무엇인가. 그것은 현실을 비속화하고 단순화하거나 어느 한 부분을 과장함으로써, 즉 기형화함으로써 폐허화된 전후 현실의 외면 풍경뿐만 아니라 작중인물 내면의 절망적 자의식 세계를 형상화하는 것이다.14)

또한 손창섭의 인물들은 한결같이 불구자이거나 병자, 의지 박약자들이다. 그의 소설에서는 정상적인 인간으로부터 육체적으로, 정신적으로 일탈된 <인간 이하subhuman>의 존재들만을 만날 수 있을 뿐이다. 물론 우리는 실제 세계에서도 신체장애자나 정신박약자들과 조우하는 경우가 있다. 그러나 손창섭 소설에서는 그러한 인간들이 한 곳에 모여 있다는 데서 문제의 심각성을 엿볼 수 있다. 따라서 그들과의 만남은 일종의 전율로 체험되며, 정상성과 비정상성의 경계, 그리고 인간성의 본질에 대한 우리의 관습적인 관념을 동요시킨다. 요컨대 작중인물들의 기형성은 우리가 살아가는 이 세계가 얼마나 악의적이고 적대적인가, 그리고 우리의 아이덴티티가 얼마나 허약하게 훼손될 수 있는가를 환기시킨다고 하겠다.

또한 등장 인물 대부분이 육체적, 정신적 불구자로 설정되고 있는 것은 인간을 모멸하고 냉소하기15) 위해서라기보다는 현실적인 적응 능력

---

13) 박동규, 『현대 한국소설의 성격 연구』(세계문학사, 1981), p.222.
14) 특히 '비'는 단지 자연현상으로서의 '비'가 아니라 작중인물의 마음 속에서까지 주룩주룩 흘러내리는 '비'이며, '어둠' 역시 단순한 시간을 의미하는 것이 아니라 작중인물의 암울한 오늘과 전망 없는 내일을 암시적으로 보여 준다. 게다가 그것들은 '우울하다', '불안하다', '무겁다', '음산하다', '암담하다' 등과 같은 인물의 내면심리를 표출하는 어휘들과 결합되어 한층 더 인물의 절망적인 의식 상태를 암시하는 역할을 한다. 안성희, 「신세대 작가의 문체 연구」(이화여대 석사논문, 1991), p.64.
15) 기존 논의의 대분분은 그의 문학적 본질을 '인간 모멸의 인수극(人獸劇)'이라 규정하고, 그러한 세계 창조의 동기 및 작가의식을 작가의 성장과정에서 발견되는 외상적 체험과 관련시켜 밝힌다.
유종호는 손창섭의 인간 모멸과 회화가 자기연민에 바탕을 둔 복수의식의 문학적

이 없는 인물을 형상화함으로써 <행위의 불가능성>을 드러내려는 의도의 산물이라 보는 것이 타당할 듯싶다. 요컨대 인물의 육체적·정신적 불구화를 통해서 정상적인 삶의 불가능성, 아무런 해결의 전망도 가질 수 없는 상황적 절망을 강화시키는 효과를 가져온다는 것이다.16)

또한 '것이다/것이었다'라는 서술형은 "묘사를 거부하는 서술방식"이며, "아무런 해결점도 없음을 표시하기 위한 기능적인 기호"17)로서, 그것은 독자로 하여금 주인공의 모든 행위, 판단, 감정을 불변적인 어떤 것으로 느끼게 만듦으로써 무의미한 삶의 세계로부터의 탈출 불가능성이라는 작가 고유의 현실 인식을 환기시키는 장치로 기능한다. 게다가 계속 내리는 '비'처럼 "아무것도 끝나지 않으며 무한궤도와 같이 소설 속의 모든 사태는 결말이 없다."18)

상관물이며, 따라서 그의 소설은 인간 전반에 대한 원한과 혐오의 카타르시스적인 효과를 갖는다고 평가한다. 유종호의 이러한 관점은 이후의 논의들에서도 지속적으로 반복되어 나타난다. 송기숙은 손창섭과 그의 작중인물들이 섹스, 열등감, 외디프스 콤플렉스의 지배를 받으며, 그것의 대용적 욕망 충족의 방편으로 인간을 오예화(汚穢化)하고 희화화하여 인간 모독에 가까운 공격을 가하는데, 그것은 카타르시스란 면에서 미학적인 승인을 받는다고 논평한다. 신경득 역시 이와 같은 맥락에서 그의 창작 행위가 성장과정에서 누적되고 억압된 '한과 원(怨)'의 승화라고 주장하고, 김윤식은 유년기적 체험과 관련한 일종의 고아의식에 바탕을 둔 발작적 새디즘으로 설명한다

16) 권영민은 왜곡된 인간상의 창조, 비정상적인 성격의 소유자, 신체 장애자 등으로 나타나는 인간의 불구성이 인간 자체의 결함이라기보다는 오히려 전후 현실의 상황에서 비롯된 것이라 보고, 그러한 부정적인 인간상의 창조가 갖는 의미를 전후 현실과 인간의 관계를 깊이 있게 천착함으로써 상황성의 중압감을 감지할 수 있도록 한다는 점에서 찾는다. 전쟁으로 야기된 가치관의 파괴와 전도, 그리고 사회질서의 혼란 속에서의 인간 상실을 다루고 있는 분단문학의 한 유형으로 보는 구인환의 견해나, 전쟁으로 폐허가 된 암울한 분위기를 표상하는 상징적 배경의 설정과 무기력한 인물들의 심리묘사를 통해 당대의 절망적 상황을 세밀하게 형상화함으로써 시대성과 설득력을 확보하고 있다고 평가하는 이기인의 견해는 모두 이와 같은 맥락에 서 있다고 하겠다.

17) 김윤식, 앞의 논문, p.28.
18) 위의 논문, p.27.

이와 같이 손창섭 소설의 작중상황은 기형화되어 있다. 그리고 그 기형화의 주된 방법은 <생명 거세>라 할 수 있을 것이다. <생명 거세>는 '살아 있는 것'으로부터 근원적인 생명력을 박탈함으로써 그로 테스크 세계를 창조한다.[19] 삶에 대한 근원적인 욕망을 상실한 인물, 인간적 감정의 교류가 차단된 인간 관계, 시작도 결말도 없는 플롯 등은 모두 이 <생명 거세>의 전략과 관련된다. 이와 같은 생명 거세의 전략 은 한편으로는 인간 및 인간 삶의 문화적 근거나 유의미성에 대한 부정 의 논리로 작용하며[20], 다른 한편으로는 '목석화된 인간', '의미'와 결별 한 삶, 변화의 가능성이 없는 현실의 공포스러움을 환기시킨다.

요컨대 그의 문학적 상상력의 특질은 삶의 우연성과 무의미성에 갇힌 목석화된 인간으로서의 존재 체험에 대한 역설적 긍정이라 할 수 있을 것이다.[21] 여기서 '역설적'이라 함은 표면적으로는 긍정이지만 이면적

---

19) 그로테스크의 주요 모티프들 가운데 하나가 '생명을 빼앗긴 인간 존재'이다. 말하자 면, 인간 신체가 꼭두각시나 자동장치, 그리고 가면 등과 같은 무생물적인 것으로 전락해 있을 때, 우리는 그 대상에게서 불길하고 낯선 힘을 감지하게 된다는 것이다. Wolfgang Kyser, 앞의 책, pp.183-184. 필자는 여기서 '생명 거세'를 기형화의 한 방법 으로 설정하고, 그것의 개념을 '살아 있는 것'으로부터 생명력을 박탈하는 것뿐만 아니라 '운동성을 보유한 것', 또는 '의미 있는 것'으로부터 운동성과 의미를 제거하 는 것으로까지 확장해서 사용하고자 한다.

20) 생명력이 거세된 무기물 세계에서는 당연히 '산다는 것', 또는 '살아 있다는 것'의 의미와 가치가 있을 수 없으며, 따라서 인간성의 존엄성, 도덕적 관념, 인간 관계의 진정성과 같은 문화적 존재론이 개입될 여지가 없다. 이러한 맥락에서 볼 때, '생명 거세'는 인간의 문화적 아이덴티티에 대해 근본적인 물음을 제기하고, 그것으로부 터 의미를 제거하는 반문화적 전략일 수 있는 것이다.

21) 손창섭은 「死緣記當選所感」(문예, 1953.7)에서 다음과 같이 말한다.
"돌, 나무, 염소, 개, 제비, 두더지, 노루, 이런 것들의 어느 하나로 태어나지 않았는지 모르겠다. 하구많은 물건 가운데서 어쩌자고 하필 인간으로 생겨났는지 모르겠다. 일즉이 나는 행세를 할 수 있다는 것에 조금도 자랑을 느껴본 적은 없었다. (……) 진정 나는 염소이고 싶다. 노루이고 싶다. 두더지이고 싶다. 그나마 분에 넘치는 원이 있다면 차라리 나는 木石이노라. 나의 문학은 목석의 노래다. 木石의 울음이다. 목석의 절규다."

으로는 부정인 양가적 논리가 작용하고 있음을 말하기 위한 것이다.

2. '운명의 중압감'과 식물적 무의지

(1) 삶과 죽음의 아이러니

전쟁이 남긴 상흔은 그 물리적 파괴성에 있어서보다 정신적 황폐성이나 가치 상실에 있어서 더욱 더 심각하게 나타난다. 그 점은 <삶>과 <죽음>에 대한 의식의 변화에서 가장 단적으로 찾아 볼 수 있을 것이다. 전면적인 재난의 체험 속에서 개인은 자신의 주체적인 의지와는 무관한 <운명>의 힘을 감지하게 되는데, 그것은 그대로 삶에 대한 새로운 정의로 고정된다. 요컨대, 인간의 삶이란 그저 보이지 않는 운명의 장난감에 지나지 않는다는 허무주의적 인식이 자리잡게 되는 것이다. 따라서 삶과 죽음의 의미는 전도되고, 죽음에 대한 의식이 삶을 구원하던 힘도 사라진다.[22] 삶은 이제 무의미성과 우연성의 상태로 치환된다.

손창섭은 이 보이지 않는 운명의 파괴적 힘을 폭로하기 위해 삶과

인간이기보다는 목석이고 싶다는 작가의 말에서 인간에 대한 극단적인 혐오와 부정의 의식을 엿볼 수 있다. 따라서 그의 문학은 '목석'에 의미를 부여하는 작업일수 있다. 그러나 그것은 목석의 '환가'가 아니라 목석의 '울음'이자 '절규'로 나타난다. 이것은 손창섭의 '목석의 논리'가 반어적인 의미를 지니고 있다는 사실을 보여준다.

22) <합목적적 죽음 a purposeful death>의 의식은 삶을 의미로 충진시켜 주는 가장 근원적인 원동력이다. 그러나 <죽음>에 합목적적인 의미를 부여하는 문화적 맥락이나 상징들이 무너지는 잔혹성의 세계는 죽음의 사실에 대한 지적 인정과 심리적인부정 사이에 사로잡혀 있는 긴장을 강렬화한다. 때문에 죽음에 대한 이전의 태도를 유지할 수 없지만, 또한 새로운 어떤 것도 발견하지 못한다. 이와 같이 죽음이 위협적이고 받아들일 수 없는 것이 될 때, <삶>은 근본적으로 혼란스럽고 의미가 없는것으로 변한다. L. Langer (1978), pp.8-10.

죽음을 병치시키고 삶의 모습을 왜곡시킨다. 그러기에 그의 소설에서 확인되는 것은 <부적절한 죽음>과 짝하여 있는 <부적절한 삶>의 편린들이며, 일그러진 삶의 희화(戱畵)들이다.

「사연기」와 「생활적」은 동물적 활동성이 거의 마비된 '식물화된 인간'을 초점화자로 설정하여 '살아 있음'에 가로놓여 있는 무의미의 심연을 폭로한다. 인간의 희망이 삶에의 이끌림과 죽음에 대한 희망이라는 두 국면으로 대별될 수 있는 것이라면,[23] 무의미한 세계 상황에서는 이 두 가지가 불가능하고, 따라서 그것은 왜곡된다.

먼저 「사연기」는 "먼지와 끄림과 파리똥으로 까맣게 쩔은" "우중충한 동굴" 같은 '단간방'에서 송장이나 다름 없는 폐결핵 환자 '성규'와 "성규의 그림자같은 모양으로", "피로와 슬픔이 안개끼듯 한 몽롱한 눈"을 하고 고단한 생활을 견디어 내는 '정숙', 그리고 그들과의 불편하고 부자연스러운 관계를 우울하게 견디어 내는 '동식' 간의 기괴한 대면과 불협화음을 그리고 있는 작품이다. 여기서 삶과 죽음의 기로에 선 '성규'의 모습은 초점화자 '동식'의 비유적 묘사와 심리적 반응에 의해 투사적으로 제시되며, 그 결과는 '산다는 것'의 비루함과 무의미함의 드러냄이다.

폐결핵 환자 '성규'에 대한 육체적 묘사는 인간으로서의 신체적 아이덴티티가 위협받을 정도로 왜곡되고 비속한 이미지로 나타난다.

> 편포와 같이 엷어진 흉곽과 거미의 발을 생각케 하는 가늘고 길어만 보이는 사지랑, 생기 없는 전신에 비하면 이상하게도 그 눈만은 낭랑히 빛났다. 그러나 그것도 생기와는 성질이 다른 안광(眼光)인 듯했다. 왼 몸의 정기가 눈으로만 몰리어 마지막 일 순간에 퍼런 불이 펄펄 타오르는 것같은, 그러한 눈이었다.(5면)

---

23) 위의 책, p.5.

뼈와 가죽만 남았기 때문에, 그 가죽을 찢고 뼈를 갈라내지 않는 이상 더 야윌 여지가 없을 것이다. …… 해골을 또 다시 보는 것같았 다.(10면)

팔, 다리의 관절 사이가 이상하게 길어만 보였다. 그러한 성규를 보고 있노라면 동식은 자꾸 거미가 연상되었다.(10면)

말라붙은 지렁이처럼 배배 꼬인 팔을 한쪽 손으로 주물러 보며 ……(11면)

‘귀기서린 눈’, ‘거미’와 ‘지렁이’, ‘해골’ 등으로 묘사된 ‘성규’의 육체 적 전락의 이미지는 더럽고 음침한 ‘방’의 분위기와 맞물려 인간의 동물 적 비속성을 환기시킨다. 비속화된 그의 육체적 이미지는 인간의 존엄 성이라든가 삶의 의미가 완전히 박탈된 동물적 초상[24]인데, ‘동식’이 ‘성규’에게서 느끼는 공포와 혐오는 그의 육체적 추함에서 비롯된다기 보다는 생명활동의 동물적 기능을 완전히 상실해서까지도 ‘생에 대한 미련’, ‘죽음에 대한 공포’로 꿈틀대는 동물적 욕구에서 비롯된다.

고맛 운동에도 착 달라붙은 聖圭의 가슴이 금시 파열이라도 될상 싶게 가쁘게 들먹이는 것을 바라보는 東植은, 농구 선수로서 그 동작 이 번개같이 민첩했던 중학 시절의 聖圭를 생각하고 순간 슬퍼지지 아니할 수 없었다.(11면)

본시가 질투, 시기, 야심이 남달리 강한 聖圭였지만 죽음에 이르러 서까지 버리지 못하는 그의 집요(執拗)한 성정에 東植은 소름이 끼쳐 지는 것이었다.(11면)

---

24) 혐오스럽고 뒤틀린 육체적 이미지는 ‘부적절한 죽음’을 비추는 거울과 같은 것이다. 그 왜곡된 이미지는 따라서 인간 생명의 숭고성에 대한 우리의 믿음을 동요시키는 것이다. 위의 책, p.4.

'성규'의 육체적 전락은 순간적인 연민을 자아내도록 하지만, 그의 동물적 욕구는 혐오와 공포감을 불러일으킨다. '동식'에 대한 '성규'의 트집이나 억지는 생을 향유할 수 있는 '동식'의 육체적 건강에 대한 시기와 질투, 그리고 자신의 살아날 가망성에 대한 확인 욕구의 표현이다. 요컨대 '생에 대한 미련'과 '죽음에 대한 공포'의 강박적 의식 상태의 표출로서 '발악하기'인 것이다. 그러나 생명에의 이끌림, 즉 살고자하는 의지가 '발악하기'로 전락하는 자리에 '살아 있음'은 더 이상 의미와 가치를 지니지 못한다. "생의 어느 구석에 조금이라도 향락할 수 있는 대견한 요소가 있단 말인가?"라는 '동식'의 반문에서 알 수 있는 것처럼 두려움의 대상은 생물학적 죽음이 아니라 무의미한 삶이다.

그러기에 "줄기가 마르거나 열매가 물면 결국은 떨어지고야 말 듯이 정숙은 그렇게 죽을 수 있었으리라는 동감"이 가능하다. 사랑하는 여인의 죽음에 대해 안타까워하는 것이 아니라 때가 되면 열매가 떨어지는 것과 똑같다고 생각하며 그 죽음에 동감하는 데서 삶의 무의미한 실상이 폭로된다. 요컨대 <삶>은 이제 아무런 의미도 부여받지 못하고 <죽음>만이 확실한 실체로 부각되는 것이다.

「생활적」의 '순이'의 '신음소리'에 대한 '동주'의 심리적 반응과 태도는 바로 이와 같은 삶에 대한 허무주의적 의식을 대변한다. 송장이나 물귀신의 울음소리같이 "무겁고 단조로운", "암담한" 그녀의 '신음소리'를 '동주'는 '살아 있음'을 확인케 하는 유일한 징표로 간주한다. 말하자면, '순이'나 '동주'에게 '신음소리'를 내거나 듣는 것은 죽음만이 유일한 미래인 그들에게 있어서 그들이 할 수 있는 유일한 '생활'로 의미화된다.

뒷간 출입도 온전히 못하는 順伊는 진종일 누운 채 그 무겁고 단조로운 신음소리를 내는 것이 일이었다. 「으응, 으응, 으응」 그것은 마치 무덤 속에서 송장이 운다면 저러려니 싶은, 듣는 사람에게 어쩔 수 없이 죽음을 생각케 하는 암담한 소리였다. … (중략) … 東周는 무겁고 암담한 順伊의 신음소리를 아껴주기로 한 것이다. 그 신음소리는 머지 않아 죽을지도 모르는 順伊의 최선을 다한 생활이었기 때문이다. (65-66면)

‘순이’의 ‘신음소리’는 한편으로는 ‘죽음’을, 다른 한편으로는 ‘살아 있음’을 환기시킨다. 그래서 그녀의 ‘신음소리’는 죽음의 인력에 포획된 살아 있는 자의 역설적 자기 주장인 셈이다. 따라서 ‘순이’의 신음소리에 대한 ‘동주’의 동감과 ‘주검과의 입맞춤’은 서준섭이 잘 지적하고 있는 대로 “죽음의 심연 곁에 있는 실존의 확인방식”으로서 “실존에 대한 각성과 그 실존에 대한 형언할 수 없는 연민의 형식”[25]이라 할 수 있을 것이다. 그리고 여기서 확인되는 실존이란 단 하나의 확실한 미래인 죽음을 향해 나아가는 암울한 ‘신음소리’로서의 삶이다.

(2) 단독자의 정물적 존재론 : ‘견디기’와 ‘누워 있기’

‘죽음의 심연’ 곁에 선 삶, 그것은 단독자로서의 존재 방식으로 나타난다. 거기엔 인간적 유대 관계에 대한 근원적인 회의와 부정이 자리잡고 있다.[26] 타인들이란 단지 참을 수 없는 운명의 중압으로만 이해될

---

25) 서준섭, 앞의 논문, p.179.
26) 이점은 가장 기초적인 혈연관계에 대한 ‘도일’(「공휴일」)이나 ‘지상’(「미해결의 장」)의 인식 태도에서도 여실하게 드러난다.

어머니의 얼굴을 들여다 보고 있노라면 어인 까닭인지 이이가 어째 내 어머니일까? 그렇게 도일에게는 느껴지는 것이었다. 혈연관계의 인연이 그에게는 어인 까닭인지 애정적으로 느껴지지지가 않았다. 직장에 있어서 자기 위의 과장이나 부장이 갈려 새 사람이 오듯이 부모나 형제라는 것도 그렇

뿐이다.27) 이런 관계 속에서는 나와 타인들과의 의사 소통의 가능성은 존재하지 않는다. 따라서 어떤 행위도 불가능하며, 오직 자신에게 가해지는 운명을 견디어 내는 것만이 가능할 뿐이다.

> 일부러 느즈막해서 퇴근해 돌아오는 길에, 오늘 쯤은 聖圭가 죽어 있었으면 하는 기대(?) 조차 품어 보는 東植이었다. 그러한 그가 아랫방에서 부를 적마다 필경 내려가곤 하는 것은 그야말로 마지 못해서였고 …… (7면)

> 東植의 앉는 자리에 따라 聖圭의 신경이 과민하게 자극을 받고, 그러므로 해서 자연 東植이 또한 아무데고 덥썩 앉지 못하고 적당한 자리를 택하기에 마음을 써야 하는 우울 …… (8면)

> 이번에도 東植은 聖圭의 말에 적절한 대꾸가 나와지지 않았다. 환자보다도 먼저 말을 꺼내야 할 처지에 있는 자기가, 이 방에 들어와서부터 여태 한 마디도 발언하지 못한 채 병인의 말만을 듣고 묵묵히 앉았으려니까, 본인에게는 물론 貞淑에게까지 민망한 생각이 東植에게는 들었다. (11-12면)

게 쉬 바뀌어질 수 있을 것처럼 도일에게는 생각되는 것이었다.

혈연까지도 하나의 우연으로 간주되는 의식 속에서 인간 간의 관계는 진정성이 개입될 여지가 없을 만큼 사물화된다. 각각의 존재는 상호 단절된 상태에서 자기중심적으로 바라볼 뿐이다. 혈연관계조차 단절적으로 인식하는 이 고아의식은 손창섭의 내면의식의 반영이라 할 수 있으며, 이것은 더 나아가 대사회, 대인 관계에서의 '소외의식'으로 확산되어 나타난다.

27) 손창섭 소설에서 인물들의 관계는 주체의 필요에 따라 스스로 맺어나가는 것이 아니라, 자신의 의사와 관계 없이 이미 맺어져 있거나 맺어지고 있다. 따라서 그것은 관계 주체의 삶의 의미에 아무런 빛도 던져 주지 못하는, 그저 자신의 삶을 지배하는 상황의 특징적 일면일 뿐이다. 따라서 이와 같은 무의미한 인간관계는 상황적 중압감으로 받아들여지게 된다. 「피해자」의 '병준'과 '순실'의 관계, 「사연기」의 '동식'과 '성규', '정숙', 「생활적」의 '동주'와 '춘자'의 관계 등 거의 모든 인간관계가 이와 같은 양상으로 나타난다.

'성규'와 '동식' 사이에는 어떠한 동감이나 합의, 또는 대립이나 갈등과 같은 의사소통의 가능성이 애초부터 폐쇄되어 있고, 따라서 관계 맺음의 진정성조차 거세되어 있다. 오직 '성규'의 일방적인 억지와 발악, 그리고 그의 "귀기 어린 눈빛"과 신경과민적 반응의 포로가 되어 불편하고 부자연스러운 대면을 수동적으로 견디어 내는, '동식'의 "마지 못한", "어쩔 수 없는" 감내가 있을 뿐이다. '동식'은 죽음을 눈앞에 둔 고향 친구 '성규'의 고통을 위로하거나 그의 고통에 대한 연민이나 우정 따위의 인간적인 감정을 전혀 느끼지 못한 상태에서 사물화된 관계의 우울에 자신을 그저 내맡기고 있다. 이와 같은 둘 간의 기괴한 대면은 '성규'의 동물적 욕구와 '동식'의 식물적 무의지 사이의 좁혀지지 않는 거리를 함축하면서 '성규'의 육체적 비속성 못지 않게 '동식'의 정신적 불구성을 드러낸다.

 이점은 '정숙'에 대한 '동식'의 심리적 반응과 태도에서 보다 더 분명하게 볼 수 있다. '정숙'의 이미지는 "맑고 총명하기만 하던 눈", "피로와 슬픔이 안개처럼 덮여 있는 눈", "퀭 뷘 속에 서글픈 공허감만 서리어 있는 눈"과 같은 묘사에서 볼 수 있는 것처럼 '동식'의 허약하지만 인간적인 감정의 투사로 형상화된다. "오른 편 귓바퀴의 기미"에 얽힌 옛사랑의 추억과 둘만의 은밀한 비밀을 간직한 '동식'은 '성규'의 그림자처럼 퇴색되어 가는 그녀의 삶에 연민과 안타까움을 느끼고는 있다. 그러나 그러한 감정은 문제 해결을 위한 어떤 적극적인 행위를 유발할 수 있을 만큼 강도가 높지 못하다. 오히려 그녀의 존재로 인한 의무감의 무게와 부담의 중압감에서 오는 불안에 떠는 '동식'의 태도 속에서 그의 정신적 불구성을 더욱 강하게 엿볼 수 있게 된다.

아무리 요동을 해도 바위와 같은 중량으로 자기를 타고 앉은 聖圭

는 꼼짝도 안할 뿐만 아니라, 검붉은 피를 토해서는 東植의 입에다
막 퍼 넣는 것이었다. 처음에는 입을 악물고 반항을 했으나 마침내는
聖圭의 힘을 당하지 못하고 김이 떠오르는 피를 받아 먹었다. 인제는
꼼짝 못하고 폐병에 걸려 죽는구나 생각하며 자세이 보니, 자기를
타고 앉은 것이 聖圭가 아니라 貞淑이었다.(24면)

　일방 東植에게는 앞으로 정숙의 처신 문제가 걱정이었다. 본인은
도대체 어떻게 생각하고 있는 것일까? 설마 죽기 전에 성규가 하던
말처럼 나와 부부가 될 생각이야 아니겠지. 그러나 이대로 몇달이라
도 지내게 된다면, 동식은 성규가 남기고 간 예언이 주는 어떤 불안에
서 벗어날 수 없을 것만 같았다.(26면)

　"결혼이라는 것의 번거로움과 짐스러움"에 사로잡혀 있는 '동식'에
게 있어서 '정숙'의 존재는 회피하고 싶은 "새로이 덮어씌어지는 운명
의 그물"로서 공포와 불안의 대상으로 왜곡되고 있다. '정숙'에 대한
이와 같은 '동식'의 심리적 반응은 사랑과 연민의 대상에 대해서 갖는
것이기에 더욱 더 그의 정신적 피폐성을 느끼도록 한다. 요컨대 '정숙'
에 대해서 갖는 운명의 중압감, 공포와 불안은 일말의 인간적인 감정조
차 감당해 낼 수 없을 만큼 극도로 무력해진 '동식'의 정신적 식물성을
남김 없이 폭로하는 것이다.
　이와 같이 「사연기」의 '동식'이 '성규'의 억지와 트집을 그저 묵묵히
받아들이는가 하면, '정숙'에 대해서도 자신의 의사를 적극적으로 표명
하지 않고 그녀의 처신을 그저 지켜보며, 자신에게 덮어 씌어질 운명을
견디는 수밖에 없다고 생각하고 있는 것처럼 「생활적」의 '동주' 역시
마찬가지이다.

　훈기에 섞여 배어드는 지린내와 구린내를 어쩔 수 없듯이, 젖은

옷처럼 전신에 무겁게 감겨드는 우울을 東周는 참고 견디는 도리밖에 없다고 생각하는 것이었다. (69면)

「에라 이 자식 똥이나 처먹고 뒈져라」 마지막으로 돌아서는 사람이 그러면서 발길로 문을 힘껏 차고 가는 것이었다. 동주는 그저 무거웠다. 왼 몸뚱이가. 그리고 이 구린내 나는 공기가 무거워서 견딜 수 없는 것이었다. 그러나 견디어 내는 수밖에 달리 어쩔 수 없지 않느냐? 순이의 신음소리에 간신히 자기가 살아있다는 것을 의식하며 동주는 그대로 하루가 또 저물어야 하는 것이었다. (92면)

공용 우물터에 누군가 똥을 집어넣은 사건이 발생하자 마을 사람들이 그것을 '동주'의 행위로 오인하고 '동주'를 탄핵하는데도 그의 유일한 대처 방안은 '그저 견디어 내는 것'이다. 자신을 변명하거나 오해를 바로잡기 위한 행위 일체를 포기하고 그들의 탄핵을 고스란히 참고 견디는 그의 모습은 그의 '못남'의 차원으로 치부해 버릴 수만은 없다. 오히려 그것은 상호 이해의 가능성, 따라서 행위의 가능성이 완전히 막혀 있다는 절망적인 인식을 드러내 주는 징표로 보아야 할 것이다.[28]
이때 참고 견디기는 자신을 철저히 정물화시키는 방식으로 나타난다. '동주'의 정물적 이미지들은 '견디기'로서의 존재 방식이 생존의 비속성과 무의미를 정신적 상흔으로 간직한 인간의 자기 희화적 존재태라는 점을 환기시켜 준다.

---

28) '동주'의 견딤의 자세 이면엔 인간 관계에서의 진정한 이해의 가능성은 존재하지 않는다는 절망적인 인식이 자리잡고 있는데, 다음의 예문은 그점을 적절하게 환기시켜 준다.

　억센 사투리를 쓰는 아주머니들은 우물에 똥을 퍼다 놓은 사람이 틀림없이 동주라고 믿고 있을 것이다. 그렇다면 아무리 동주가 아니라고 변명을 한대야 곧이들어 주지 않을 것이 아니냐. 아무 대답이 없이 동주는 벽을 향해 도로 얼굴을 돌려 버렸다.

아침이 되어도 東周는 일어날 생각을 하지 않는다. 송장처럼 그는 움직일 줄을 모른다. (64면)

심신이 걸레조각처럼 되는대로 방 한 구석에 놓여져 있는 것이다.(64면)

기름끼 없이 마구 헝클어진 머리털, 늙은이같이 홀쭉하니 졸아든 채 무표정한 얼굴 … 그러한 꼴로 방 한편 구석에 극히 적은 면적을 차지하고 있으니 말이다. (64면)

방 구석에 누더기처럼 놓여져 있지만 … (65면)

주체하기 힘들도록 무거워진 몸을 방안으로 옮긴다. 쓰러지듯이 東周는 한구석에 누워버리는 것이다 … 한 시간이든 두 시간이든 또 죽은 듯이 누워 있는 것이다. (74면)

지금 東周가 木石같이 누워 있는 … (75면)

송장처럼 외계의 힘을 빌지 않고는 적극적으로 자신을 움직여 보지 못하는 위인이었다. (75면)

東周는 그냥 그렇게 파리가 윙윙거리는 방안에 죽은듯이 그러고 누워있는 수밖에 없는 것이었다. (81면)

東周는 잊혀진 물건처럼 방 한구석에 여전히 남겨져 있었다. (88면)

이상의 예문에서 보듯이 '동주'에게 있어서 인간으로서의 최소한의 신체적 아이덴티티인 직립성과 활동성은 완전히 거세되어 있다. 그는 방 한 구석에 하나의 사물처럼 피동적으로 놓여져 있거나 남겨져 있고, 누워 있다. 그의 유일한 존재 방식은 그저 '누워 있기'이다. 그것도 '눕다'와 같은 행위가 아니라 '누워 있다'는 상태로 존재한다. 그것은 '송장', '걸레 조각', '누더기', '목석', '물건', '무표정한 얼굴', 또는 '죽은 듯이', '그린 듯이'와 같은 비유적 묘사와 함께 생명이 거세된 정물성을 환기시킨다. 게다가 '송장', '걸레조각', '누더기', '야윈 몸뚱이', '고깃덩어리' 등의 비유는 정물성뿐만 아니라 비속성까지도 내포하고 있다.

비속화의 이미지는 비단 '동식'에 대해서만이 아니고 그의 주거 환경과 동시대인들에 대한 묘사에 있어서도 반복적으로 나타난다.

> 그리로 통하는 길 언저리에는 맨 똥이다. 거기뿐 아니라 이 부근 일대는 도대체가 맨 똥 오줌 천지였다. 공기 마저 구린내에 쩔어 있는 것이었다. … 이 산 전체가 거름더미같이 지린내와 구린내를 쉴 사이 없이 발산하는 것이었다. … 그런 때 東周에게는 이 일대 주민들이 왼통 구더기처럼만 보이는 것이었다. 이 방대한 거름더미에서 무수히 꿈틀거리고 있는 구더기, 구더기. (72-73면)

> 지린내와 구린내 속에서 그는 파리와 벼룩의 엄습을 참고… (74면)

> 파 토막이 떠 있는 된장국에는 조그만 구더기 새끼들이 수없이 헤엄쳐 있기도 했다. 여는 때는 그래도 구더기를 건져내고 몇 술 떠 먹었다. 그러나 오늘은 구더기가 살고 있는 된장국을 먹지 못했다. 순이의 사타구니에 있는 구더기를 본 탓일까?(82면)

'똥', '오줌'과 같은 오물, '지린내'와 '구린내'의 악취, 그리고 '구더기', '파리', '벼룩'과 같은 혐오스러운 동물적 비유 등은 그 자체가 동시대적 인간 삶의 비속성을 폭로한다. 거기엔 '거름더미'에 서식하는 '구더기'로 전락한 인간들이 있을 뿐, 그 동안 인간에게 부여되어 왔던 이상으로서의 '인간성'은 흔적도 없이 사라져 버렸다. 그러나 이와 같은 손창섭의 인간의 육체적·동물적 비속화는 문화적 가치체계에 기초한 인간의 우월적 지위에 대한 박탈과 강등의 낮추기라 할 수 있겠지만, 그것이 문화적으로 억압되어 왔던 인간의 육체성에 대한 긍정을 통한 신생(新生)의 원리로 보이지는 않는다. 오히려 '구더기'와 같이 전락한 인간과 삶의 모습이 치유될 길 없는 '정신적 외상'의 흔적으로 보이며, 그래서 그의 비속화는 자신을 포함하여 인간 모두에 대한 연민 섞인 조소이거나 체념 어린 풍자의 태도와 의식을 드러내는 징표라 할 수 있을 것이다.

(3) '신음하기'로서의 삶

'동식'과 '동주'가 보여 주는 운명의 '견디기'는 삶의 무의미나 부조리에 대한 대긍정을 기초로 한 실존적 자각이나 결단과는 다소 거리가 있다. 운명의 '받아들임'이나 '견디기'는 의지의 주체로서의 실존적 선택이 아니다. 그것은 의지적 선택조차 박탈된, 생에 대한 욕망마저 거세된 식물적 인간의 수동적 자세에 지나지 않는다. 그것은 '순이'의 '신음하기'와 같은 것이다. 보이지 않는 운명의 힘에 대한 유일한 대응 방식은 신음하면서 견디어 내는 것이다. 그것이 가능한 유일의 '생활'이다.

그래서 '살아 있음'에 대한 신체적·심리적 자각 증상은 늘 '무거움'과 '우울함'으로 표상된다.

> 그만 견딜 수 없이 피로에 짓눌리는 것이다.(74면)
> 주체하기 힘들도록 무거워진 몸을 … (74면)
> 자기의 고깃덩이 마저 주체하지 못해 이그러져 … 견딜 수 없는 피로를 의식하며… (78면)
> 언어가 지니는 무거운 우울을… (80면)
> 견딜 수 없이 우울한 이야기 … (81면)

우울한 공식 ... (83면)

　산다는 것의 무의미와 우울이 꽝꽝 소리를 내어 다지는 것처럼
전신을 내려 누르는 것이었다. (84면)

　살아있는 것에 대항이라도 하듯 몸을 무겁게 뒤채어 돌아눕는 것
이었다. (88)

　동주는 그저 무거웠다. 왼 몸둥이가, 그리고 이 구린내나는 공기가
무거워서 견딜 수 없는 것이었다. (92)

　여기서 '동식'의 '누워 있기'와 같은 존재태가 "견딜 수 없는 무거움"
으로서의 존재 체험을 참고 견디어 내기 위한 필사적인 방법이라는
사실을 확인할 수 있다. 앞서 보았듯이 '동식'은 자신을 정물화시킴으로
써 '살아 있음'의 "견딜 수 없이 뻐근한 상태"로부터 벗어나고자 한다.
그러나 그는 온전히 정물이 될 수 없다. 움직이지 않고 정물처럼 계속
누워 있고자 하나 "오줌 마려움"같은 동물적 생리 현상을 치뤄 내야
하고, 아무 것도 생각하지 않으려 하나 이북에 남아 있는 노부모와 처자
의 얼굴들을 떠올려 보는 등의 상념과 환영을 막아 낼 수는 없다. 따라
서 '무거움'과 '우울함'의 자각 증상은 생에 대한 근원적인 욕망도 없이
생명을 지속시켜 나가는 '반인반물(半人半物)'로서의 존재적 체험에 대
한 자의식적 징표로서 삶의 무의미에 갇힌 존재의 육체적, 심리적 위축
이다.[29]

　'동주'의 우울증은 전후적 삶의 일그러진 풍경과 잔혹성 체험의 기억
과 결부된다. 아무런 장식도 없이 퇴락한 채 썩어 내리는 '방', "몸을

---

29) 재난으로서의 세계 상황에 대한 자아의 반응은 외적으로 표출되는 반문화적 파괴
　　행위이거나 아니면, 정서적인 불안정이 일종의 우울증(Hyphocondria)의 상태로 심화
　　되는 내적 침잠의 형태로 나타난다. 전자가 자신의 행동 양식에 합치될 만한 이념의
　　선택과 그에 근거한 실천적 과정으로 발전한다면, 후자는 적대적인 세계와 파괴된
　　자아에 대한 질문과 성찰을 통해 잃어버린 자아의 정체성의 확립을 시도하게 된다.
　　이해진, 「한국 현대소설에 나타난 재난의 상상력」(서강대 석사논문, 1988), p.113.

움직일 때마다 한 쪽으로 기울어질 듯" 허술한 판자집, 거름더미처럼 구린내, 지린내를 발산하는 마을 등 황폐해진 공간 속에서 모든 사람들은 "왼통 구더기" 같은 삶을 살고 있다. "싱싱한 물고기처럼 꼬리를 저어"대는 '춘자'의 "정력적인 육체", 돈과 여자를 삶의 종국적인 목적으로 하는, "개가 구역질을 하듯 꾸룩꾸룩 이상한 소리로 웃어 보이는" '봉수'의 웃음소리, 그리고 "지린내와 구린내와 땀에 쩔어가지고 파리와 구더기 속에서들 살면서도 노상 송장물을 가리는" 마을 사람들의 그악스러움 등은 전후적 일상 생활의 동물적 비속성을 전형적으로 보여준다.

그런데 이런 공간의 퇴락함과 황폐함은 포로 수용소 시절의 공포의 기억과도 맞물려 있다. 적색 포로에게 맞아 죽은 동지의 얼굴, 인민 재판장에 끌려나가는 환상으로 가위눌리는 그의 삶의 자리에선 "산다는 것의 무의미와 우울"만이 심화될 뿐이다. 이 속에서는 파괴되어 널브러진 현실과 무감각할 정도로 깊은 상처에 대한 감수성만이 남겨진다. 그러기에 아무런 해결의 방법도 없이 "막연히 시간의 해결 앞에 문제들을 내어 맡겨 버리"고 죽음을 향한 소멸의식에 침윤되어 가는 것이다.

따라서 '동주'의 '우울'은 생명력이 거세된 목석의 신음소리와도 같은 것이다. 그리고 그것은 파괴된 자아가 자신의 삶을 전면적으로 지배하면서도 전혀 이해될 수 없는 것으로 존재하는 불가항력적인 운명을 향해 던지는 비명에 가까운 질문의 형식이라 할 수 있다. 요컨대 그것은 생명력이 거세된 목석으로서의 자기 자신에 대한 냉소적인 체념과 자신에게 결여된, 그러나 본원적으로 있어야 할 것에 대한 그리움 사이의 메꿔지지 않는 간극 속에서 되풀이되는 고통스러운 신음이며 뒤척임인 것이다.

이와 같이 「사연기」와 「생활적」에서 작가는 무의미한 상태 속의 신음하기로 전락한 일그러진 삶의 희화를 생명력이 거세된 목석의 눈으로 형상화하고, 그를 통해 의미와 생명력을 상실한 삶의 기형적 문제성을 제기한다고 할 수 있을 것이다. 말하자면, 그것은 근원적으로 있어야 할 것, 즉 생명력으로 충진된 의미 있는 삶에 대한 역설적 주장인 셈이다.

3. '생존의 우연성'과 미해결의 삶

(1) '우연히 살아남은 자'의 가학과 피학

「혈서」는 '우연히 살아 남은 자'들의 서로 다른 생존 방식을 통해 전후적 삶의 기형적 불구성을 독특한 방식으로 제시한다. 앞서 본 「사연기」나 「생활적」, 「비오는 날」 등과는 달리 한 명의 초점화자의 인식과 의식을 중심으로 서술하지 않고 이야기 외부의 서술자가 사건의 정황을 개괄적으로 요약·제시하고, 상황에 따라 초점화자를 교체하여 작중인물들의 내면의식을 드러내는 서술상황으로 이루어져 있다. 그래서 작중인물들은 단일한 초점화자의 피사체로만 기능하는 것이 아니라 저마다 초점화의 주체이며 대상으로 상호작용한다고 하겠다.

그러나 문제는 이 복수화된 에고들 간에는 정상적인 의사소통이 전혀 이루어지지 않고 있다는 것이다. 따라서 「혈서」는 단일 에고가 아닌 복수화된 에고들을 설정해 놓고, 각 인물들의 육체적·정신적 불구성뿐만 아니라 그들 간의 비정상적이고 기형적인 소통의 양상을 장면화함으로써 합리적 의사소통에 기초한 인간간의 진정한 관계 맺음의 불가능성 속에서 희화화되는 삶의 문제적 상태를 폭로한다고 할 수 있겠다.

(가) '우연히 살아남은 자'의 길 : 무정향의 공간

「혈서」에서의 '길'은 새로운 가능성을 향한 출발이거나 탐색의 공간이 아니라 무목적·무정향(無定向)의 방황과 절망의 확인 공간으로 표상된다. 작품은 '달수'가 "최선을 다한 나의 노력은 오늘도 수포로 돌아갔다"라는 어둠보다 더 깊은 절망을 안고 어둔 '길'을 걸어서 집으로 돌아오는 것으로 시작된다. 그런가 하면 작품의 마지막 부분에서는 집을 나온 '준석'이 어디로 가야 할지도 모르는 채 "한쪽 다리 대신 사용하는 지팡이로 언 땅을 울리며 어둠 속으로 사라져"간다. 이와 같이 「혈서」의 '길'은 전망 없는 폐쇄된 절망의 공간으로 의미화되고, 그 위에서의 인간의 행위란 절망 속의 헛된 자맥질에 불과한 것이 되어 버린다. 그곳에서 '달수'가 발견한 것은 '살아 있음'의 우연성이다.

> 우선 그 자신이 죽지 않고 이렇게 살아 있다는 것부터가 달수에게는 도무지 알 수 없는 일이었다. 한번은 거리에서 바로 자기 앞을 걸어가던 사람이 미군 트럭에 깔려 즉사했다. (중략) 그날 이후 달수는 자기가 살아 있다는 데 불안을 느끼기 시작하였다. 이상하게도 대량 살륙이 자행되던 6·25때가 아니라 그러한 불안은 실로 그날부터였다. 따라서 자기는 왜 죽지 않고 이렇게 멀쩡히 살아 있을까가 문제되기 시작했다. (중략) 그도 역시 '우연히 살아 있는 인간'임에는 틀림없는 것이다. (51-52면)

'살아 있음'의 필연성이 말소된, 그래서 '우연히 살아 남은 인간'이 할 수 있는 일이란 무엇인가. 그것은 그저 "탁류 속에 휩쓸려 들어가는 물거품"처럼 의미 없는 헛수고를 되풀이하는 것일 수밖에 없다.

'달수'는 어떻게 해서든 대학을 마치고 판사나 검사가 되겠다는 꿈을 가지고 날마다 '일자리'를 구하러 다닌다. 그의 구직 행위는 절망적 상황으로부터 벗어날 수 있는 단 하나의 출구로 추구되지만, 그의 사력을 다한 구직 행위는 절망으로부터의 탈출이 아니라 절망의 재확인으로 나타날 뿐이다. 그의 '꿈'과 '구직'의 비현실성과 실현 불가능성에도 불구하고 공식적으로 되풀이되는 '달수'의 구직 행위는 그 자체가 행위의 불가능성을 역설적으로 드러내는 징표이다.

> 물론 요짐 와서는 손톱만한 희망도 거는 일 없이, 그냥 그렇게 찾아다니며 중얼거리기 위해서 세상에 태어난 것처럼 「나는 법과 대학생인데, 고학생입니다. 학비와 식비만 당해 준다면, 목숨을 걸고 충성을 다하겠읍니다」하고, 거기 있는 사람들의 얼굴을 두루 쳐다보는 것이었다. 達壽는 취직하기 위해서 그 이상의 어떠한 수단도 방법도 발견하지 못하는 것이었다. 자기로서는 최선을 다한 취직운동이라고 생각하고 있는 것이다. 그런데 몇달을 두고 진력해도 어째서 자기만 취직이 안되는지 알 수가 없었다. (50면)

'달수'의 구직 행위는 그것의 합목적성을 잃고 자동화된 기계 장치의 관성적인 반복성으로 전락해 있다. 그것은 생명활동과는 거리가 먼 공식화된 단순 되풀이로서 생명 거세의 기형성을 보여 준다. '목숨'을 걸고 하는 취직 운동이 이와 같이 희화화되는 자리에서 정상적인 삶의 전망은 기대하기 어렵다. 치매에 가까운 '달수'의 정신적 불구성은 "약속 없는 기대"와 절망이 공식화된 세계에서의 인간의 하찮음, 보잘것없음을 나타내는 징표라 할 수 있을 것이다. 그것은 '달수'의 '못남'이라는 인격적인 장애를 제시한다기보다는 오히려 개인의 최선을 다한 의지나 노력이 우스꽝스럽고 기괴한 것으로 희화화되는 상황적 맥락을 훨씬 더 강렬하게 환기시킨다. 요컨대 그것은 변화의 가능성이 철저히 봉쇄된 공식적 세계에서 인간의 행위라든가 의지란 가능하지도 가능할 수도 없다는 절망적 상황의 두터운 장벽을 말해 주는 것이다.

(나) '우연히 살아남은 자'의 방 : 일탈과 퇴행의 장

'우연히 살아남은 자'의 '길'이 '생활'에의 가능성이 철저히 차단된 절망과 좌절의 무한 반복의 공간이라면, '방'은 삶의 무의미성에 파멸된 인간들의 병적인 일탈과 신음의 분비 공간으로 표상된다.

「혈서」의 '방'은 "대문짝은 물론, 안방 건넌방의 문짝이며 마룻장까지도 죄다 없어진 채로 있었다. 안방에만 문대신 거적이 드리워 있었다. 이 겨울 들어 불이라고는 지펴본 적이 없는 방······"의 묘사에서 알 수 있는 것처럼 부서지고 망가진 공간이다. 파괴된 '대문'과 '방문'은 '방'과 '길'의 경계 역할을 수행하지 못한다. '방'과 '길'의 동질적 상징은 폐허화된 전후적 삶의 절망을 중층적으로 환기시킬 뿐이다. '길' 위의 절망을 고스란히 안고 돌아온 '달수'가 또 다른 절망과 대면하고 있는 자리, 그 '방'에는 세계의 불가해성과 무의미성을 향해 던지는 왜소하고 하찮은 인간들의 공허한 일탈과 반항의 몸부림만이 자리잡고 있는 것이다.

「혈서」의 '방'에는 취직자리를 구하기 위해 온종일을 헤매다니지만 번번이 좌절당한 채 절망과 피로를 앞세우고 돌아와 '준석'의 비웃음과 조롱에 시달리는 고학생 '달수', 낮이나 밤이나 한 장밖에 없는 이불 속에 엎드려 있으면서 모든 것에 대한 파괴를 일삼는 자칭 상이군인인 신체장애자 '준석'과, 모든 것에 대한 방관적인 태도를 취하면서 발표되지 않는 시 쓰기에 골몰하는 '규홍', 그리고 석고상처럼 방 한 구석에 박혀 꼼짝도 않는 간질병 환자 '창애', 이 네 사람의 기이한 기숙(寄宿)과 자기 소모적인 퇴행의 지속 상태가 있을 뿐이다.[30]

---

30) 「혈서」의 작중인물들은 상황과의 대결에서 좌절해가는 것이 아니라 이미 좌절되어 있는 인물들이다. 따라서 의미 있는 행동이나 갈등의 극적 전개가 없고, 오직 파괴된 자아의 병적 몸부림의 반복이 있을 뿐이다. 이기인, 「손창섭 소설의 구조」, 서종택·정덕준 편, 앞의 책, p.589.

특히 외부와 철저히 단절된 채 파괴된 자아에 대한 절망을 가학적인 파괴 충동으로 표출하는 '준석'의 독기 어린 눈초리와 강압적인 억지, 상황에 대한 판단력과 논리적인 사고력을 상실한 '달수'의 "울음과 웃음이 반반씩 섞인 일그러진 표정"과 절망적인 한숨, 그저 "히죽히죽 웃으며" 방관하는 '규홍'의 태도 그리고 "무표정한 얼굴로 석고상처럼 방 한 구석에 잔뜩 웅크리고 앉아 있"기만 한 '창애'가 엮어내는 기이한 논쟁 장면은 그 자체가 "무의미와 절망의 인간상을 제시하기 위한 소설적 장치"[31]라 할 만하다. 그것은 상호이해의 지평을 통한 합의, 또는 공감을 획득하기 위한 의사소통의 진정성과 목적성이 철두철미 부정되고 있음을 보여 준다. 게다가 그것은 공식적으로 되풀이되는 일상적 현상으로 나타남으로써 해결의 기미를 전혀 찾아 볼 수 없는 절망과 무의미의 영원한 지속까지도 암시한다.

"영원히 일치점에 도달할 수 없는" 기괴하고 우스꽝스러운 논쟁은 '달수'의 구직 행위, '규홍'의 시 쓰기, '창애'의 임신과 결혼 문제와 관련해서 벌어지는데, 여기서 '준석'은 근본적으로 삶을 무의미한 것으로 부정하는 가치 허무주의적 태도를 보여 준다. 먼저 '달수'의 구직행위에 대한 그의 조롱과 비웃음을 보자. '달수'의 구직행위는 절망적인 현재 상황으로부터 벗어나기 위해서는 "성공"을 해야 하고, 성공하기 위해서는 "공부"를 해야 하고, 공부를 계속하기 위해서는 학비를 벌 수 있는 "일자리"가 필요하다는 행위의 인과적 합목적성에 기초하고 있다.

> 俊錫은 속이 답답해서 죽을 지경이다. 정갱이에서 잘라져 없어진
> 왼쪽 다리를 達壽 앞으로 바싹 내밀고 다가앉으며 잡아먹을 듯이

---

31) 이상원, 「1950년대 한국 전후소설 연구」(부산대 박사논문, 1993.8), p.124.

서드는 것이다.

「이 메주대갈아. 남 다 못가는 대학을 왜 너만 유독 댕기겠다고
앙탈이냐 말이야.」

「나 말구두 고학생이 얼마든지 있는데 그래.」

「이 자식아 네가 고학생이야? 거지지, 무슨 고학생이야. 그래 거지
가 대학엘 가? 거지가.」

「그래두 난 정말 대학을 마치고 싶은 걸 어떻거노. 그래야 성공하
잖어.」

「이런 맹초 봐 …… 성공? 아니 성공이라구?」

俊錫은 숨이 다 컥컥 막힐 지경이었다. 그는 하도 기가 차서 말을
할 수 없다는 듯이 목석이나 다름없는 昌愛쪽으로 고개를 돌려 동의
를 청해 보는 것이었다. (36-37면)

'준석'의 파괴적 공격은 '성공 - 공부 - 취직'으로 나타나는 '달수'의
목적의식에 대한 것이다. '달수'의 '성공'이란 말에 대한 그의 반응에서
짐작할 수 있는 것처럼 그는 유목적적 행위에 대해서 숨막히는 거부감
을 느끼고 있다. 이러한 '준석'의 태도는 '규홍'의 시 쓰기에 대해서도
마찬가지이다. '준석'은 '규홍'이 문학을 한다는 것부터가 비위상하는
노릇이고, 그의 작품 '혈서'에 대해서는 모욕을 당한 듯 참을 수 없는
분노까지 느끼고 있다. '달수'의 구직 행위나 '규홍'의 문학은 모두 '준
석'에게 있어서는 허황되고 사치스러운 일에 지나지 않는 것이다. 이러
한 그의 태도에서 어떠한 가치나 의미의 존재, 합목적적 행위의 가능성
조차 인정할 수 없을 만큼 처절한 절망의 몸부림을 발견할 수 있다.

그런가 하면 '창애'와 '규홍'의 결혼 문제를 둘러싼 논쟁에 있어서는
'준석'의 합리성에 대한 거부의식을 엿볼 수 있다.

「그렇지만 그건 안된다구 난 생각해. 奎鴻이는 암만해도 昌愛하구
혼인할 수 없는 거야.」

「어째서 안된단 말야, 이 민충아. 어째서 奎鴻이가 昌愛하구 결혼할 수 없다는 거야. 난 절대적 奎鴻이니까 昌愛하구 결혼해야 된다구 생각한다.」

「그렇지만 암만해도 그건, 그렇게 될 수 없는 일인 걸 어떻거노.....」

「이런 어쩌리같은 자식 보게. 왜 안된단 말야. 어째서 안된다는 거야. 원 이렇게 답답한 자식이 어딨어.」

------------ 중략 ------------

「저 배를 봐. 昌愛의 배가 저렇게 불렀는데...... 저 배를 좀 봐.」

------------ 중략 ------------

「이 자식아. 昌愛의 배가 불렀건 꺼졌건, 그게 나하구 무슨 상관이 있단 말이냐? 昌愛의 배는, 어디까지나 昌愛의 배지, 내 배는 아니다. 昌愛의 배가 부른게 어째서 내 죄란 말야.」(56-58면)

자신의 아이를 임신한 '창애'가 '규홍'이와 결혼해야 한다고 주장하는 '준석'의 태도는 최소한의 상식이나 합리에 대한 철저한 파괴로 볼 수 있다. 그것은 어떠한 이유도 논리도 개입될 수 없는 무차별적인 파괴욕의 몸부림이다. "창애의 배는 창애의 배지, 내 배는 아니다"라는 그의 외침 속에서 가장 근원적인 관계의 유의미성조차 부정되고 있음을 확인할 수 있으며, 생명의 잉태가 항용 의미하는 미래의 새로운 가능성에 대한 기대마저 말살되고 있음을 발견하게 된다.[32] 그것은 미래에 대한 전망을 근원적으로 부정하는 허무주의적 태도[33]의 반영일 것이다.

이와 같이 '준석'은 그 어떤 목적성과 합리성으로부터 극단적으로

---

32) 특히 '백치'의 임신은 생명 탄생의 비극성을 암시한다. 김영화, 「손창섭론 - 권태형 인간상과 그 소설사적 의미」(월간문학, 1984.4), p.301. 그것은 절망과 무의미가 현재적 상황만의 것이 아니고 영원히 계속될 것이라는 점을 암시하며, 미래에 대한 비극적인 전망을 내보이는 문학적 이미지라 할 수 있을 것이다.

33) '준석'이 보여주는 허무주의적 태도는 글릭스버그가 말한 <파괴적 허무주의>의 유형이라 할 수 있을 것이다. 그것은 세계 자체의 의미 부정의 반항과 거기에서 오는 폭력, 파괴, 테러를 정당화한다. C. Glicksberg, 앞의 책, p.12.

일탈된 파괴적 태도를 보여 주는데, 이것은 파괴를 통한 부정이요, 부정을 통한 삶의 무의미성에 대한 저항이라 할 수 있다. 그의 가학적 파괴 충동의 이면엔 파괴당한 자신의 삶에 대한 절망과 연민이 자리잡고 있다. "잘려져 없어진 왼쪽 다리"가 원상 복구될 수 없는 것처럼 세계의 무의미성에 던져진 인간에게 있어서 유의미하고 합목적적인 행위의 가능성이 남아 있을 수 없다는 절망적 인식, 그것이 '준석'의 무차별적인 파괴욕이 담고 있는 의미인 것이다.

이런 면에서 볼 때, '준석'과 '달수' 간의 논쟁의 그로테스크성을 특징 짓는 한 요인이 '준석'의 표면적인 우월과 이면적인 열등 사이의 반어적 거리에 있다고 할 수 있다. 둘 간의 논쟁에서 '준석'은 '달수'에 대해 압도적인 우위를 점하고 있는 것 같지만, 실제로는 파괴된 육체와 삶에 대한 열등감이 내면화되어 있다. '달수'의 구직 행위가 미래의 성공, 그리고 생활에의 가능성을 함축하고 있는 것이라면, '준석'은 그것들로 부터 철저히 단절되고 고립되어 있는 것이다. 이런 이면적인 열등감을 은폐하기 위한 허세, 그것이 '준석'의 가학적 파괴 충동의 근원이라 할 수 있을 것이다. 기세 등등한 공격적 태도가 그의 근본적인 왜소함과 내용 없는 빈 껍데기로 뒤바뀌는 과정에서 희비극적인 웃음이 발생하는 것이다.

세계의 불가항력적인 힘 앞에서 파멸되는 자아의 또 다른 모습을 '달수'의 '퇴행적인 울음'에서 찾아 볼 수 있다. '준석'의 이유 없는 파괴와 공격은 그대로 세계의 불가해성과 폭력성으로 상징된다. 그런 세계 앞에서 '달수'는 일방적인 피해자일 수밖에 없다.

어렸을 때, 제 힘으로는 어떻게도 할 수 없는 일에 닥뜨리게 되면, 결국 으아하고 울어버리는 길 밖에 없었듯이, 達壽는 지금 그와 흡사히 절박한 감정에서 울고야 마는 것이었다. 무엇인지 알 수 없는 그 무엇

에 대해서, 항거할래야 항거할 수 없는 무의미한 항거는, 마침내 그에
게 있어서 울음으로 밖에 터져나올 도리가 없는 것이었다. (57-58면)

어린애의 투정과 공포의 뉘앙스를 풍기는 '달수'의 퇴행적 울음은
절망적 상황에 감금된 존재의 자기 모멸과 연민의 울음이라 할 수 있다.
그의 울음은 사회적 자아를 확립한 성인에게서 기대할 수 있는 그러한
울음이 아니다. 그것은 바늘 구멍만한 출구도 발견할 수 없는 어둠 속에
서 부르짖는 원초적 공포와 절망, 그리고 자기 연민의 동물적 표출에
지나지 않는다. 따라서 그의 울음은 세계의 불가해성과 적대성에 대해
왜소하고 하찮은 인간이 전하는 공허한 몸부림이며 절망의 확인으로서
의 신음인 것이다.

(다) '내용 없는 혈서' 쓰기의 삶
이와 관련시켜 볼 때 '규홍'이 쓴 "모가지를 / 이 모가지를 / 뎅겅
잘라 // 內容 없는 / 혈서를 쓸까!"라는 시구가 작품 전체에 걸쳐 일종의
강박적 상징으로 작용한다고 할 수 있다. 요컨대 '내용 없는 혈서'의
역설이야말로 「혈서」의 의미 생성의 충추적 역할을 담당한다는 것이
다. 혈서란 자신의 존재 전체를 바쳐서 쓰는 절박한 고지(告知)로서 "가
장 고양된 생명의 상태, 정제된 이념, 강인한 의지 가운데서 가능하며,
인간의 물리적 힘으로 밀고 나갈 수 있는 극단적인 한계를 표상"[34]하는
것인데, 그렇게 쓰인 혈서에 아무런 내용이 없다는 것에서 존재의 최후
보루인 '목숨'이 '무의미'로 환치되는 문제의 심각성을 볼 수 있다.
목숨걸고 하는 '달수'의 구직 행위는 손톱만큼의 희망도 없고, 희망이
없어도 공식적으로 되풀이되는 것처럼, 그리고 '준석'과 '달수' 간의

---

34) 김종회, 「손창섭론 - 체험소설의 발화법」, 『한국 현대작가 연구』, 권영민 편 (문학사
상사, 1991), p.65.

일방적인 가학과 피학이 아무런 이유도 목적도 의미도 없이 일상적으로 반복되는 것처럼 '우연히 살아남은 자'의 내용 없는 '혈서 쓰기'야말로 파괴되어 일그러진 삶의 초상을 웅변적으로 대변해 주는 것이다.[35]

이와 같이 작중인물들의 사력을 다한 안간힘이 '무의미'의 자장 속으로 휘말려 들어감으로써 생성되는, 목적성과 합리성으로부터 극단적으로 이탈된 기형성의 세계, 그것이 「혈서」의 세계이다. '달수'의 생활에의 가능성을 보유하고 있는 '구직행위'가 기계적 단순 되풀이로 공식화되면서 무의미화되는 것처럼, 일상의 모든 질서에 대한 파괴욕으로 몸부림치는 '준석'의 절망적 저항 역시 우스꽝스러운 희화로 제시될 뿐, 사회적 생활의 가능성은 원천적으로 봉쇄되어 있다. 이와 같이 미래에 대한 전망 없는 절망적 현재 상황의 지속 상태, 그리고 그 속에서 벌어지는 무의미한 안간힘의 희화가 전후적 생존방식의 한 증언이라 할 것이다.

(2) '박테리아 인간'과 '해결/미해결'의 거리

(가) 허무주의자의 병리학적 보고

「미해결의 장」은 '나'(지상)를 초점화자로 설정하여 '나'의 자의식적 세계를 일기체로 기술하는 일인칭 서술상황의 작품이지만, 이전의 작품들이 보여 주는 폐쇄적 주관성으로부터는 다소 벗어나 있다. 그것은 '나'가 다른 작중인물들과의 일상적인 관계를 유지하면서 그들을 병리학자, 또는 생태학자의 시각으로 관찰·해부하고 있기 때문일 것이다.

이 작품의 '나' 역시 여타의 작품들의 주인공이 그러했던 것처럼 "주위와 나를 어떤 필연성 밑에 연결시키지 못"고 삶의 무의미와 권태의

---

35) '혈서쓰기'는 삶은 지속되어야 하지만 전망은 없고, 전망은 없으나 그래도 목숨걸고 살아야 한다는 허무의 극단과 그 허무와의 치열한 대결의지를 보여주는 문학적 이미지이다. 서준섭, 앞의 논문, p.182.

늪에서 허우적거리는 허무주의자의 한 표본이다.[36] 그러나 '나'는 '나는 왜 사느냐'라는 근원적인 물음에 대한 해답, 즉 '자기 인생의 해결'을 추구하고 있다는 데서 손창섭 소설의 새로운 전환의 기미를 보여 준다고 할 수 있겠다. 그것은 존재의 우연성과 삶의 무의미 상태로부터 존재의 필연적 근거와 삶의 유의미성을 향한 모색의 지평을 열어 보인 것으로 평가되기 때문이다. 물론 「미해결의 장」은 '군소리의 의미'라는 부제가 암시하듯 '나'의 그러한 모색 역시 '군소리'와 같이 무의미의 심연 속에서 헛된 자맥질이 되고 만다.

"이 대가리가, 동체가, 팔다리가 그리고 먼지와 함께 방안에 빼꼭 차 있는 무의미가 무거워 견딜 수 없는" 가운데 가족과의 관계에 있어서조차 필연적 유대를 갖지 못한 채 '나'는 "죽음보다 더 절실한 해결"을 기다리고 있다. 그러나 "하루에도 몇 번씩 혹은 몇십 번씩 생각하고 거기에 도취하"는 '해결'은 상황을 해결하고자 하는 적극적인 의지로서 표명되는 것이 아니라 막연한 기다림의 상태로 제시되고 있다는 데서 해결의 불가능성이 이미 전제되어 있음을 볼 수 있다. 게다가 '나'가 어이없는 생각과 행동, 사건 속에서 희화화됨에 따라 '해결'의 의미 역시 '군소리'로 전락한다.

이와 같이 자기 희화화된 '지상'을 중심으로 엮어진 작중인물들과의 관계 양상은 가치 상실의 시대를 살아가는 변질된 삶의 양태가 '미해결의 상태'로 축적될 수밖에 없다는 상황 인식을 효과적으로 제시하는 서사적 장치로 활용된다. 요컨대 '지상'의 정신적 치매성은 그의 초점화의 대상을 어떤 가치기준에 의거해 재단하지 않으면서도 그들을 희화화시킬 수 있는 책략이 된다는 것이다.

---

36) 이동하, 「손창섭 소설의 세 단계」, 전광용 외, 앞의 책, p.438.

나는 지금 현미경을 들여다 보고 있는 병리학자(病理學者)인 것이
다. 난치(難治)의 피부병에 신음하고 있는 지구덩이의 위촉을 받고
병원체의 발견에 착수한 것이다. 그것이 <인간>이라는 박테리아에
의해서 발생되는 질병이라는 것은 알았지만, 아직도 그 세균이 어떠
한 상태로 발생 번식해 나가는지를 밝히지 못하고 있는 것이다. 그러
니 치료법에 있어서는 더욱 캄캄할 뿐이다. 나는 지구덩이에 대해서
면목이 없는 것이다. 나는 아이들을 들여다 보며 한숨을 쉬는 것이다.
아직은 활동을 못하지만, 그것들이 완전히 성장하게 되면 지구의 피
부에 악착같이 달라붙어 야금야금 갈아먹을 것이다. 인간이라는 병
균에 침범당해, 그 피부가 는적는적 썩어들어가는 지구덩이를 상상
하며, 나는 구멍에서 눈을 떼고 침을 뱉었다. (165-166면)

'지상'의 공상 속에서 인간은 난치의 나병을 유발하는 박테리아로,
그리고 인간의 삶은 "는적는적 썩어들어가는" 나병을 앓고 있는 것으로
파악되고 있다. 이 같은 부정적 인식에 있어서 인간의 존재 의미나 삶의
유의미성, 또는 도덕적 가치란 개입될 여지가 없다. 모든 인간의 삶이란
그저 '나병'과 같은 병리적 현상으로 포착될 뿐이고, 그에 대한 해결의
가능성은 존재하지 않는다. 결국 「미해결의 장」은 삶의 유의미성을 부
정하는 냉소적 허무주의자를 초점화자로 설정하여 '박테리아'로 전락
한 인간들의 일그러진 삶의 초상을 제시함으로써 전후적 생존의 공허
함과 무의미함을 희화적으로 폭로하는 작품이라 하겠다.

(나) '꿈'의 희화화 : 표면적 해결과 이면적 미해결
관찰자로 설정된 '지상'은 모든 자발적 욕망이나 의욕을 상실한 상태
에서 사태를 방관적으로, 냉소적으로 바라본다. 그는 다른 인물들과
일상적인 관계 속에 있으면서도 소외되어 있기 때문에 그들에 대한
반어적 거리를 가질 수 있고, 이 거리는 현실의 표면적인 사태를 희화화

할 수 있는 장치로 활용된다. 그를 통해 다양한 삶의 방식들이 내포하고 있는 표면적 해결과 이면적 미해결의 모순관계가 극명하게 부각되고, 그에 따라 현실은 미해결의 축적 상태로 희화화된다.

'나'의 가족들이 살아나가는 방법은 '미국 유학'에의 꿈과 의지를 통해 현실로부터 벗어나고자 하는 것으로 나타난다. '미국 유학'은 그들이 선택한 삶의 해결법이다. 그러나 '미국 유학'에의 꿈은 생계 유지도 벅찬 현실적 어려움과 대비되어 희화화된다.

> 중학교 2학년생인 지철이는 다른 학과야 어찌 되었건 벌써부터 영어공부만 위주하고 있다. 지난 학기 성적표는 60점짜리가 여러 개 있어서 대장이 뭐라고 했더니 "응, 건 다 괜찮어. 아 영얼 봐요,영얼 요!"라고 98점의 영어 과목을 가리키며 으스대는 것이다. 영어 하나만 자신이 있으면 나른 학과 따위는 낙제만 면해도 된다는 것이 그놈의 지론이다. 영어만 능숙하고 보면 언제든 미국유학은 가능하다는 것이다. 우리 5남매 중에서 맨 가운데 태어난 지웅이 또한 마찬가지이다. 고등학교 1학년인 그녀석은 어느새 미국 유학 수속의 절차며 내용을 뚜르르 꿰고 있다. (중략) 지숙은 대학생이노라고 자기 만족에만 머무르지 않고 제법 남을 비판하고 경멸하는 쾌감을 향락하려드는 것이다. "오빤 뭣하러 사는지 몰라?" 이게 날더러 하는 소리다. 물론 나 따위는 거들떠 보지도 않고 외면한 채 하는 소리인 것이다. (158면)

'미국 유학'은 '대장'(아버지)을 비롯한 그의 가족들에게 있어서 살아야 할 이유의 전부이다. 생존의 의미는 오직 미국 유학에 있는 것이다. 미국유학을 포기한 '나'는 대장으로부터 "죽어라, 죽어!"라는 욕설과 함께 고무장갑 같은 손으로 따귀를 얻어맞거나 여대생인 동생 '지숙'으로부터 "오빤 뭣하러 사는지 몰라"라는 경멸과 비웃음을 받는다. 미국

유학에의 꿈과 열정이 없는 인간은 살아야 할 이유가 없다는 그들의 가치기준은 부와 명예, 권력 지향의 세속적 출세주의에 바탕을 두고 있다. 그런데 그것은 속물적 출세지향의 가치 왜곡이란 문제뿐만 아니라 꿈과 현실 사이의 엄청난 거리로 인하여 희화화된다.

> 모친은 견딜 수 없이 피로한 것이다. 육체도 정신도 과로한 생활난에 완전히 지쳐버린 것이다. 그러한 모친의 몸뚱이는 마치 중병을 치르고 난 사람처럼 야윌대로 야위였다. 해골처럼 뼈만 남아 있는 것이다. (중략) 그 가느다란 목과 팔과 어깨에 서리맞은 넝쿨에 호박이 달려 있듯, 여섯 식구가 주렁 주렁 매달려 있는 것이다. (162면)

가족들의 비현실적인 '미국 유학'의 꿈 바로 옆에는 고단한 생존의 무게에 눌려 생명이 소진되어 가는 '어머니'의 현실이 놓여 있다. '어머니'의 "가느다란 목과 어깨", "서리맞은 넝쿨"의 이미지, 그리고 "척수를 깎아 내리는 듯한 재봉틀 소리", '지숙'의 웃음기 없는 "양초처럼 희기만 한 무표정한 얼굴"[37]의 이미지들은 그의 가족들의 미국유학열의 허구성과 무의미성을 폭로하기에 충분하다. 따라서 인생에 대한 해결로서의 미국유학의 '꿈'은 '미해결'로서의 현실로 축적된다.

마찬가지로 "진실하고 성실한 사람들끼리 모여 국가 민족과, 인류사

---

37) 세속적 욕망에 관심이 없는 '지상'을 경멸하는 '지숙'의 무표정한 얼굴에서 <저축적 정향 Hoarding Orientation>의 인간형을 발견할 수 있다. E. 프롬에 의하면 <저축적 정향>의 인간은 "입은 한일자로 굳게 다물고 태도가 항상 굳어 있으며 자신과 외계의 경계선을 강조하는 것같이 보인다. 자기의 능력, 힘, 에너지가 한정돼 있어서 그 재고량은 한번 쓰면 되 채울 수 없는 것이라고 아쉬워한다. 즉, 힘은 쓰면 쓸수록 증가한다는 사실을 알지 못한다. 태어나서 자라나는 것보다 죽음과 파괴쪽을 훨신 현실적인 것으로 본다. 창조라고 하는 행위와는 인연이 먼 것이다." 이런 인간은 <존재>보다는 <소유>에 더 관심이 많고, 절박한 상황에서는 늘 소유하지 못할 것에 대한 불안 때문에 남에게 적대적이며 자신에게도 엄격하며 본질에 대해서는 위선적일 수가 많다. Erich Fromm, 『소유냐 삶이냐?』, 김진홍 역 (홍성사, 1978), p.339.

회를 위해서 진실하고 성실한 일을 하다가 죽자"는 '진성회(眞誠會)' 회원들의 터무니없이 거창한 '이상'은 역시 그들의 현실적 무력함과의 반어적 거리로 인해 과대망상적 위선으로 희화화된다. 당장 생존의 위협을 받으면서도 체면과 위신을 따지고 자식들의 미국 유학이라는 허황된 꿈을 좇는 '나'의 부친, 여동생 '광순'의 매음으로 연명하면서 '광순'의 행위가 용서받을 수 없는 타락한 행위라고 진성회 회원들에게 사죄하며 통곡하는 '문선생', 그리고 아내의 벌이로 여덟 식구의 생계를 겨우 유지하면서 사필귀정을 주문처럼 외우는 '장선생' 등 '진성회' 회원들은 이미 가장으로서의 실질적인 역할과 권위를 상실한 인물들이다. 그러한 현실적 패배자들이 모여 국가와 민족을 위해 진실하고 성실한 일을 하자고 다짐하는 모습은 하나의 희극적인 장면을 보는 듯하다.

> 그날 文선생은 우리 대장과 張선생 앞에서 光順의 직업을 사실대로 고백한 것이다. 동시에 어린애처럼 소리내 울면서 인제는 안심하고 죽을 수 있노라고 했다. 대장과 張선생은 잠시 말을 못하고 얼굴만 마주보았다. 그들은 조금 전까지만 해도, 판에 박은 듯한 그들의 인생론을 피력했던 것이다. 물론 그것은, 진실하고 성실한 생활에 돌아가야만 인류는 구원을 얻을 수 있다는 것, 그렇건만 현대인은 거개가 비진실한 생활의 감탕 속으로만 빠져 들어가고 있다는 것, 그러나 자기네 眞誠會 동지들만은 초연히 진실하고 성실하게 살뿐 아니라, 나아가서 민족과 인류를 위해서 진실하고 성실한 사업에 일생을 고스란히 바치자는 내용인 것이다. 물론 그러한 담론 가운데서, 대장은 「나보다 약하고 불행한 사람을 위해서 전심전력으로 봉사해야 한다」는 말을 수 없이 되풀이 했고, 張선생은 또한 「事必歸正」을 말끝마다 연발했던 것이다. (중략) 그러자 文선생은 방바닥에 엎드려 껑껑 느껴 울며, 속죄의 의미로서 자기는 동지들의 손에 죽어야 하겠으니, 이 비굴한 놈을 당장 죽여 달라고, 그 가죽과 뼈만 남은 가슴을 뚜들겼다는 것이다. (192-193면)

서준섭은 '진성회' 회원들의 이러한 모습을 "일상적 생활 인식과 부끄러움의 자각"38)으로 설명한다. 요컨대 그들의 행동은 위선으로 볼 수 없고, "극도의 궁핍함에서도, 최소한의 인간으로서의 '품위와 존엄성'을 추구 · 유지해야 한다는, 보편적 이성에 의거한 행동"39)으로 평가해야 한다고 말하고 있는 것이다. 물론 인간 이성에 바탕을 둔 이상이 없다면 현실을 극복 · 초월할 수 없다는 점에서 그의 지적은 부분적으로 타당하다고 할 수 있을 것이다. 그러나 문제는 작품 전체의 서사적 맥락 속에서 진실하고 성실한 생활을 역설하는 '진성회' 회원들의 이상이 판에 박은 듯이 되풀이되는 공식성, 그리고 구체적 실천 가능성이 결여된 공소성 등으로 해서 우스꽝스러운 헤프닝으로 희화화되고 있다는 것이다.

특히 표면적으로 기대되고 예상되는 것과는 전혀 판이한 정황이 제시되어 그들의 이중적 면모는 더욱 더 두드러지게 부각된다. 인류의 구원과 그에 대한 강한 소명감을 피력하는 그들의 영웅주의적 모습 바로 옆에는 왜소하고 보잘것없는 그들의 실상이 놓여 있다. 그에 따라 합리적이고 이성적인 인간의 이미지는 부조리하고 허약한 인간의 그것으로 뒤바뀐다.

(다) '낙서화된 일기' 쓰기의 삶

이와 같이 '미국병'으로 상징되는 가족들의 출세지향적 속물성에 대해서나 '진성회' 회원들이 보여 주는 공허한 이상으로의 도피에 대해서 풍자적 거리40)를 유지하고 있는 '지상'이 그 거리를 지우고 다가가는

---

38) 서준섭, 앞의 논문, p. 183.
39) 위의 논문, p.184,
40) '眞誠會' 회원의 주장으로 대변되는 사회적 윤리의식에 대한 '나'의 부정적 태도는 '문선생'에게서 인간이 아닌 '인간의 유령'을 보거나, 대학 공부를 꿈꾸고 무작정

대상은 윤락녀 '광순'이다. '광순'이는 '나'의 어머니와 마찬가지로 가족의 생계를 도맡아 짊어지고 살아가는 생활인이다. 그러나 '나'의 어머니와는 달리 '광순'은 "눈부신 미소"의 생기 어린 이미지로 그려진다. "광순의 낯에서는 언제든 눈부신 미소가 사라진 적이 없다. 근심도, 애수도, 그 미소의 바닥으로만 흘러가 버릴 뿐 결코 그것을 지워버리거나 흐려버리지는 못하는 것이다."[41]라고 진술하는 '나'에게 있어서 '광순'은 삶에 대한 회의의 어두운 그림자가 전혀 드리워 있지 않은 구원의 여성으로 지각된다. 특히 그녀의 '눈부신 미소'의 이미지는 웃음이라곤 전혀 짓는 적이 없는 '지숙'의 "무표정한 얼굴"과 대조되어 삶의 현실적 고통과 무의미로부터 벗어난 '자유로움'의 표상으로 의미화된다.

따라서 '지상'이 '광순'의 이불 속에서 편안한 잠을 자고, 그녀의 오피스를 찾아가 돈(삼백 환)을 받는 행위는 그녀의 '눈부신 미소' 속에 담긴 비밀에의 탐색이며, '해결'에 대한 기대감의 표현이라 할 수 있을 것이다. 그러나 '광순'의 '눈부신 미소' 역시 '나는 왜 사는가?'라는 물음으로 표출된 삶의 유의미성에 대한 '지상'의 회의를 구원하지는 못한다.

상경한 이종 사촌 누이 '선옥'을 '광순'의 오피스에 맡겨 버리는 데서 단적으로 확인할 수 있다. 취직을 해서 대학 공부를 하겠다는 "청운의 꿈"을 안고 상경했다가 현실의 장벽에 부딪혀 울기만 하는 '선옥'을 바라보면서 "내가 善玉이었다면 정말 남의 첩이 되어서든, 양갈보짓을 해서든 이종형의 마약값을 당하고, 그집 살림을 도와 주었을 걸하고" 생각하고, '善玉'을 매음의 길로 인도하는 '나'의 행동은 정상적인 윤리의식으로부터 극단적으로 일탈되어 있다. 이 같은 일탈적 사고와 행동은 '진성회'의 허구성을 폭로하는 효과와 더불어 정상적인 윤리의식이나 인간적 가치로서의 이상이 개입될 여지가 없을 만큼 전락한 생존의 가파름과 구차함을 부각시키는 효과를 가져온다.

41) '광순'의 '눈부신 미소'의 이미지에서는 '지숙'이 보여주었던 <저축적 정향>의 인간형과 대조되는 <생산적 정향 Productive orientation>의 인간형을 발견할 수 있다. <생산적 정향>의 인간은 "있는 그대로의 세계를 보면서 거기에 대처하는 재생적 능력과 함께 자신의 힘으로 거기에 생명력을 불러넣어 그것을 풍요한 것으로서 자기 세계와의 관계를 맺어나가는 생산적인 능력을 나타낼 수 있"는 인간형이다. E. Fromm, 앞의 책, p.341.

주문한 음식을 기다리는 동안 光順은 내게 엉뚱한 질문을 하였다. 「대체 날 뭐하러 찾아오곤 하세요? 志尙은 나한테 뭘 기대하느냔 말예요.」 물론 나는 그말에 대답하지 못한 것이다. 나는 짜장 光順에게 무엇을 요구하는 것일까? 그건 확실히 내게는 과중한 질문인 것이다. 너는 왜 사느냐? 하는 물음이나 다름 없기 때문이다. 그 질문의 여독으로 인해서 돌아오는 길에도 나는 골치가 아팠다. 光順의 미소에서도 나는 좀 실망한 것이다. 낡은 노트 장의 여백에다, 이런 군소리를 끄적거리고 있는 지금도 나는 딱하기만 하다. (181면)

'광순'의 '눈부신 미소'에 대한 '나'의 실망은 무엇에 연유하는가? "대체 날 뭐하러 찾아오곤 하세요?"라는 물음은 그녀의 '눈부신 미소'도 '지숙'의 '무표정한 얼굴'의 변이형태에 지나지 않음을 암시한다. 왜곡된 가치에 자신의 전존재를 걸고 무겁게 살아가는 '지숙'이 "오빠 뭐하러 사는지 몰라"라는 한 마디 말로 '살아 있음'의 의미와 이유를 추궁하는 것과 똑같이 '광순'의 물음 역시 그의 '의미 없음'이나 '이유 없음'을 부정하고 있는 것이다. 의미나 이유 없음의 관계로 유지되어 왔던 '지상'과 '광순'의 관계 속에 의미와 이유의 문제가 개입하게 됨으로써 '광순'을 찾아가는 '나'의 행위는 희화화된다. 구원의 가능성으로 제시되던 그녀의 '눈부신 미소'가 "삼백 환의 위자료"로 전락하는 순간에 '나'는 무거운 피로감과 강렬한 허기증을 느끼며 '미해결의 장'을 방황하는 것이다.

이와 같이 삶의 현실적 논리(가족)나 이상적 논리(진성회 회원), 그 어느 곳에서도 자기 삶의 향방을 발견하지 못하고 심신의 무거운 피로 속에서 방황하는 '나'의 모습은 전후적 현실의 물질적 황폐함뿐만 아니라 정신적 정체성의 위기, 그리고 해결의 '전망 없음'을 제시한다. "나도 살아 있는 이상 어디든 가야 할 것이 아니냐!"라든가 "나는 아무래도 무슨 행동을 가져야 한다."라고 외치지만 어디로 가야 하는지를 알지 못하고, 아니 가야할 길이 없고, 무슨 행동을 가질 수 있는지에 대해 아무런 전망을 가질 수 없는 '지상'의 내면 풍경이야말로 가치 상실의 시대에 있어서의 생존의 무의미를 폭로하는 통로라 할 수 있을 것이다.

「미해결의 장」은 '나'의 일기 쓰기의 형태로 제시되는데, 일기란 자기 성찰과 삶의 의미 탐색의 기록이다. 그러나 그러한 성찰과 탐색의 기록이 '군소리의 끄적거림', 즉 낙서로 강등되고 있다는 점에서 '나'의 전망 상실의 체험을 읽어 낼 수 있다. 그 같은 전망 상실의 무의미 속에서 인간이 영위하는 생활이란 기껏해야 가치 없는 생존에의 안간힘이거나 해결력 없는 이상에의 도피로 나타날 뿐이다. 따라서 「미해결의 장」은 존재의 필연성과 삶의 유의미성으로부터 철저히 차단된 전후적 생존의 극한적 전락에 대한 소설적 형상화라 할 수 있다.

4. '행위의 무의미성'과 환상 좇기

(1) 삶의 '의미' 찾기와 '미소'의 발견

삶의 무의미에 대한 철저한 자각, 유일한 삶의 방식으로서의 '그저 견디기'의 제시라는 손창섭의 작품세계는 「저녁놀」과 연이어 발표된 「고독한 영웅」, 「가부녀」 등에서 확실한 변화를 노정한다.[42] 「고독한 영웅」을 전후로 한 일련의 작품들에 나타나는 변화의 양상은 일차적으로 자기 구원, 또는 가치 지향적인 의지의 소유자를 주인공으로 설정하고 있다는 데서 엿보인다. 삶의 <무의미>에 칩거한 이전의 주인공들과

---

42) 손창섭의 소설 세계가 「고독한 영웅」을 기점으로 급변함은 기존논의들에 있어서 공통적으로 제기되는 견해이다. 윤명로, 「혈서의 내용」(현대문학, 1958,12), 조남현, 「손창섭의 소설세계」, 『한국현대소설의 해부』(문예출판사, 1993), 이동하, 앞의 논문.

는 달리 무의미로부터 벗어나 의미 있는 어떤 것을 탐색하거나 지키기
위한 움직임을 보여 준다는 면에서 분명한 변화의 모습을 발견할 수
있다.

이와 같은 전환의 기미는 「미소」⁴³⁾에서 상징적으로 제시되고 있다.

> 이 이상 귀양은 나를 피하지 말아야 할 것입니다. 귀양의 그 빛나는
> 미소는 인간에게만 의미가 있기 때문입니다. 더구나 'ㅎ'발음이며
> b와 d를 구별못하는 내 두뇌의 치매성이나, 가을비 내리는 음산한
> 풍경이 회색바탕으로 끝없이 전개된 내 인생의 정신 풍토 위에는
> 귀양의 투명한 미소를 충분이 형체화시킬 수 있는 운명적인 필연성
> 조차 내재해 있는 것입니다. 모든 인간을 불신하지 않을 수 없는 나
> 는, 최후로 귀양만을 믿는 것입니다. 나는 이제 서슴지 않고 귀양을
> 찾아나설 것입니다.

이 작품은 '귀양'이라는 상징적인 수신인을 설정하여 그녀의 '미소'
에 대해 흡사 몽유병자의 넋두리 같은 사연을 늘어놓고 있는 서간체
형식의 소설이다. 여기서 '나'는 "두뇌의 치매성"이나 "회색바탕의 정
신적 풍토"로 환기되듯 이전의 작품들에서 만날 수 있었던 정신적 불구
자와 크게 다르지 않다. 그러나 「미소」의 '나'가 이전의 주인공들과
다른 점은 자신의 불구성을 부끄러움으로 자각, 또는 고백하는 동시에
그로부터의 탈출 의지를 표명하고 있다는 데 있다. 그리고 그것은 삶의
절대적인 의미 찾기를 뜻한다.

「미소」의 '나'가 운명적인 필연성으로 발견한 삶의 의미는 '귀양'의
'눈부신 미소'로 상징되고 있다. 그러나 '나'가 서울 거리의 도처에서
발견한 그녀의 '미소'는 분명한 실체로 부감되지 않는다. 그것은 '귀양'

---

43) 「微笑」는 1956년 新太陽 8월호에 게재된 서간체 형식의 소설이다.

이라는 익명적 인물의 설정을 통해서도 확인할 수 있는 바다. 이와 같이 「미소」에서는 존재의 우연성과 삶의 무의미성으로부터 '나'를 구원할 '인간에게 의미 있는 것'에 대한 갈망과 탐색의 의지만이 표명될 뿐, 그 의미의 구체적인 내용은 미지의 것으로 남겨지고 있다.

이런 맥락에서 볼 때, 손창섭의 후기 소설은 「미소」에서 상징적으로만 제기되었던 '귀양의 미소'에 구체적인 형상을 부여하고자 하는 노력과 탐색의 소산이라 할 수 있을 것이다. 무형의 것이기에 포착하기 힘든 미소, 손창섭이 발견한 미소의 내용은 여러 작품에 걸쳐서 다양하게 제시된다.

「가부녀(假父女)」의 '강노인', 「포말의 의지」의 '종배' 등은 모두 외적으로는 현실적 생활 능력을 갖고 있지만, 내적으로는 의미 결핍의 삶을 살고 있는 인물들이다. '강노인'은 십여 년 동안의 건실한 직장생활로 여생을 풍족하게 살 수 있는 재물을 축적했지만, 성불구자로서 "재물만으로는 채워지지 않는 가슴 속의 공허"와 고독 속에서 살고 있다. '종배'는 매음녀의 사생아로서 "탁류에 휩쓸려 흐르는 물거품의 불안" 속에서 "죄악의 씨"라는 원죄적 절망과 고독을 반추하며 살아간다. 서사적 과정은 이들의 내면적인 의미 결핍의 상태로부터 타인과의 의미 있는 관계 맺음이나 인간적인 감정의 교류를 통한 생의 기쁨과 보람 찾기를 향한 움직임으로 전개된다.

"못견디게 인간의 체온이 그리웠던" 「가부녀」의 '강노인'은 같은 직장의 급사 소녀인 '안종숙'의 밝은 미소 속에서 "명랑하고 다정한 딸"의 이미지를 발견한다. 그는 '안종숙'에게 아버지로서의 사랑과 보살핌을 제공하는 데서 "황홀하고 벅찬 감동"을 느낀다. 그녀의 존재는 '강노인'에게 있어서 애인과 아내, 딸을 한데 합쳐 놓은 듯한 "거룩한 애정의 표상"이며, 그 애정을 통해 그의 삶은 의미의 차원으로 고양된다. 따라서 '강노인'에게 있어서 '종숙'의 미소로 상징되는 삶의 의미는 따듯한 인간적인 정의 나눔, 즉 가족적인 사랑이라 할 수 있다.

「포말의 의지」에서의 '종배'는 몸을 파는 상황에 처해 있으면서도 신에 대한 믿음을 잃지 않는 '영실'의 "죄를 의식할 줄 아는 약점의 미소"와 만남으로써 "어떤 보람에 대한 하나의 가능성"을 느끼고 있다. "끊임 없이 흐르는 인간의 이 거대한 흐름의, 어느 역사적 지점에서 우연히 태어나, 예측할 수 없는 운명에 밀리어 어느 지점까지 휩쓸려 흐르다가 흔적 없이 꺼져 버릴 한 방울의 거품"으로 자기를 의식하는 '종배'에게 있어서 인생이란 포말과 같은 허무 그 이상도 이하도 아니다. 작가는 이 허무주의자를 사이에 두고 두 유형의 상반된 인간과 신앙의 자세를 병치시키고 있다.

> 이모부는 교회에서도 원로급 장로였고, 이모는 가장 열성적인 집사의 한 사람이었다. 물론 그들은 단 한번도 거룩한 성전에 나가기를 잊지 않았고 가정에서도 아침 저녁 예배를 걸르는 일이 없었다. 아무리 그들이 가슴을 치며 주를 찾고 울부짖어도 서투른 연기를 보듯 낯 간지러울 뿐이었다. 그들에게서는 예수의 옷자락이라도 만져 보기를 원하는 병자나 죄인의 절박한 갈구가 거의 느껴지지 않았기 때문이다. 이를테면 그들은 초라한 「최후의 소망」에 목이 타는 무리가 아니다. 오히려 찬란한 「최대의 소망」을 꿈 꾸는 족속들인 것이다. 그들의 신앙에는 인간을 실소케 하는 넌센스가 있었다. 그러나 옥화의 갈망에는 넌센스는 없었다. 죽음에 임한 자의 간절한 호소였다. 그것은 사형수가 마지막으로 물 한 모금을 요구하듯, 생명의 비중보다도 더 크고 절실한 최후의 소망이 아닐 수 없었다.(52면)

신앙인으로서 '최대의 소망'을 꿈꾸는 '종배'의 이모 내외와 '최후의 소망'을 꿈꾸는 매음녀 '옥화'의 대비, 그리고 스스로를 건실한 '인간'이

며 '하느님의 아들'로 자처하는 이모부 내외와 스스로 인간의 자격을
상실한 부끄러운 '죄인'이라고 여기는 '옥화'를 대비시킴으로써 작가는
누가 진정한 인간이며 하느님의 자녀인가를 암시한다. '이모부 내외'로
대변되는 '인간'들의 신앙은 '찬란한 최대의 소망'으로 특징지어지듯
"제단 저쪽의 하느님"이 아니라 "젯상에만 맘을 두고, 그 앞에 몰려든
대식가"로서의 속물적 이기주의의 한 표현에 지나지 않는다.

그에 반하여 '옥화'는 오만 환이라는 기약 없는 희망을 갖고 있으면서
도 밝은 낮에는 매음 행위를 하지 않으며, 자신의 '몹쓸 짓'에 대한
부끄러움 때문에 예배당에 갈 엄두도 내지 못하면서 예배당의 종소리
에서 신비스러운 하느님의 음성을 느끼며 감동한다. 그녀에게는 죽음
만이라도 예배당에서 맞고 싶다는 한 가지 소망만이 있을 뿐이다. 작가
는 '초라한 최후의 소망'으로 특징지어지는 '옥화'의 신앙을 통해 소위
'인간'들의 근거 없는 교만과 우월감으로 비뚤어진 신앙의 실상을 폭로
하고 희화화하고 있다. '옥화'의 본명인 '영실'이 '영혼의 집'(靈室)을
의미하는 것이라 한다면, 작가가 제시하고 있는 진정한 신앙인으로서
의 모습이 무엇인가를 알 수 있을 것이다. 따라서 '영실'이 보여 주는
'죄인의 미소'는 인간 부정이 아니라 오히려 인간 긍정과 희망의 가능성
을 열어주는 것이라 할 수 있겠다.

「잡초의 의지」에서 '정혜'가 보여 주는 '미소' 역시 삶에 대한 긍정과
희망의 가능성을 제시한다. 이 작품에서도 작가는 '유선생'과 '정혜'를
대비적으로 형상화하면서 '정혜'의 삶의 자세에 대한 공감을 보여 준다.
전쟁으로 입은 정신적 상처에서 벗어나지 못하는 병적인 허무주의자
'유선생'은 '초조하고 비굴한 미소'가 상징적으로 환기시키듯 삶에 대
한 병적인 공포와 무력함 속에서 술에 절은 나날을 보낸다. 그에 반하여
'정혜'는 남편이 남기고 간 상처는 물론 '유선생'의 상처에 대해서도

따듯한 마음으로 이해하고 보듬어 주는 인물로 그려지고 있다.

　　대번에 유선생의 얼굴이 긴장해졌다. 눈에는 공포의 빛 조차 어리
기 시작했다. 정혜는 그러한 유선생의 얼굴을 뚫어지게 마주 보았다.
정혜의 얼굴에는 차츰 미소가 퍼지기 시작했다. 완전한 체념에서 오
는 서글픈 미소. 거기에는 안도의 빛이 있었다. 서뿔리 사실을 밝히지
않아서 잘되었다고 정혜는 퍽이나 자신의 처사가 다행스러웠다. (중
략) 그러드니, 정혜는 허탈한 미소를 담뿍 머금고 입술을 오무려 갓난
애의 볼에다 「쪽」 소리가 나도록 입을 맞추는 것이다.[44]

　'유선생'과 '정혜' 사이에 새 생명이 탄생하였을 때, 반 년 간의 방랑
끝에 돌아온 '유선생'은 삶의 무의미에서 여전히 벗어나지 못한 채,
새로운 사태 앞에 공포감마저 느끼고 있다. 그러나 '정혜'는 그런 '유선
생'을 이해하고 미소를 짓는다. 그녀가 보여주는 "완전한 체념에서 오
는 서글픈 미소", 그것은 자신의 기대가 무산되는 상황 속에서도 절망
으로 절규하는 것이 아니라 자신의 삶의 몫으로 받아들일 줄 아는 정제
된 힘을 내포하고 있다. '유선생'의 자식을 그녀 혼자서 책임져야 되겠
다고 다짐하며 떠올리는 그녀의 미소에는 생명을 낳고 기르는 여성의
풍요로움과 생명력이 내면화되어 있다.
　「미소」의 '나'가 서울 거리의 도처에서 발견한 형체 없는 '미소'에
구체적인 형상을 부여하는 작업이 그 이후의 손창섭의 소설 쓰기의
의미였다면, 그가 제시하고 있는 다양한 '미소'들 가운데 가장 긍정적이
고 이상적인 형상은 「잉여인간」의 '서만기'가 구현하고 있는 '미소'일
것이다. 「잉여인간」은 「혈서」의 '달수'와 '준석'을 각각 연상시키는 '천
봉우'와 '채익준'과 같은 그의 전형적인 인간형들 속에 '서만기'라는

---

44) 손창섭, 「雜草의 意志」(신태양, 1958. 8), p.306.

긍정적이고 가치 지향적인 주인공을 배치해 놓음으로써 전후 현실의 병리적 상황에 대한 새로운 대응 방식을 제시하는 작품이다.

어떠한 현실적인 어려움 속에서도 "한결같이 부드럽고 품위 있는 미소"를 잃지 않는 '서만기', 그가 제시하고 있는 가치는 일종의 '형제애', 즉 가족적인 사랑과 '운명애'라 할 수 있다.

> 밤새껏 엎치락 뒤치락하며 남편이 잠을 못드는 밤이면 아내는 말 없이 만기를 끌어안고 소리를 죽여 가며 흐느껴 울었다. 그럼 만기는 도리어 아내의 등을 어루만지며 위로해 주는 것이었다.
> "쟝 그리스토프라는 로랑의 소설 가운데 이런 말이 있다우. <사람이란 행복하기 위해서 살고 있는 것은 아니다. 자기의 정해진 길을 가기 위해서 살고 있는 것이다> 여보, 나를 위해서 진심으로 울어주는 아내가 있는 이상 나는 결코 꺾이지 않을 테요. 그러니까 날 위하여 과히 걱정말고 어서 울음을 그쳐요. 자 어서, 이게 뭐야 언내처럼"
> (359면)

이 예문에서 보듯 '서만기'는 자기의 정해진 길이 있다고 믿으며 그 길을 가기 위해서는 어떠한 어려움도 외면하거나 그로부터 도피하지 말고 성실히 자신의 것으로 받아들이고 사랑해야 한다는 운명애를 보여 주고 있다. 이런 의미에서 '서만기'는 소명적 인간이다. 작가는 이 '서만기'의 소명자적 의지를 통해 "자기의 분수를 알고 함부로 부딪치지도 않고 꺾이지도 않고 자기의 능력과 노력과 성의로써 차근차근 자기의 길을 뚫고 나가는" 삶의 방식을 제시한다.

(2) 전망의 박제화와 '환상 좇기'로서의 삶

그러나 그러한 의지적이고 긍정적인 인간 유형의 설정을 통해 의미 있는 삶의 가능성을 환기시키거나 미래에 대한 전망을 제시하는 것같지는 않다. 그들의 의미 찾기, 또는 의미 지키기의 노력과 의지가 적대적인 상황의 중압에 의해 좌절되거나 그 자체가 우스꽝스럽고 기괴한 것으로 희화화되고 있기 때문이다. 따라서 이들 작품들이 보이는 변화는 작가의 세계인식에 있어서의 변화라기보다는 오히려 전후적 삶의 절망적 무의미를 형상화하는 서사 전략 상의 변화라 할 수 있을 것이다.

「가부녀」에서 '안종숙'에 대한 '강노인'의 아버지로서의 사랑은 기실 현실적으로 존재하지 않는 "명랑하고 다정한 딸"에 대한 백일몽적 환상의 투사로서 나타나는 것이다. 때문에 '인간의 체온'에 대한 그리움이라는 그의 내면적인 진정성은 환상과 현실의 괴리라는 상황적 맥락에 의해 왜곡될 뿐만 아니라 '강노인' 자신의 정상적인 균형 감각을 상실한 분별 없는 과잉 애정으로 해서 기형화되기도 한다.

> 종숙이와 단 둘이 마주 앉아 점심을 먹을제면 뿌듯이 가슴을 저미는 행복감에 도취하는 것이었다. 딸같은 생각이 들었다. 애인같은 생각이 들었다. 아내같은 생각이 들었다. 천사같은 생각이 들었다. 종숙은 강노인에게 있어서 그런 것들을 모두 한데뭉친 거룩한 애정의 표상이었다. 강노인은 자주 벅찬 가슴으로 종숙을 끌어 안아 보고 싶은 충동을 느끼었다. 인형같이 자냥스러워 보이는 고 볼에다 얼굴을 부벼 보고 싶었다. (중략)
> 「우리 종숙이가 아저씨 입에 한번 뽀뽀해 볼가!」
> 그러나 종숙은 대뜸 얼굴이 빨개 가지고 해들해들 웃으면서 되레 한걸음 뒤로 물러나 앉아 버리고 만다. (55면)

> 그날 밤 강노인은 종시 잠을 이루지 못하고 말았다. 모아온 재물을 또 끄집어 내서 하나하나 점검해 보다가 이걸 통채로 종숙에게 주어 버릴까하는 생각이 퍼뜩 들었다. 그러면 종숙의 모친의 오해가 풀리고, 종숙은 영원히 자기의 종숙이가 되어 줄 것 같은 감이 든 것이었

다. 종숙이만을 완전히 자기 것으로 만들 수 있다면, 강노인은 지금까
지 모아 온 전 재산을 송두리채 바쳐도 후회될 것같지 않았다. (59면)

위 예문에서 보듯 '종숙'에 대한 '강노인'의 애정은 정상적인 궤도를
벗어나고 있다. 환상 속에서 마련된 "명랑하고 다정한 딸"과 현실적인
타인 사이의 간극을 분별하지 못한 '강노인'의 편집증적 애정은 결국
자신의 결핍 상황에 대한 절망적 고착의 다른 표현이라 할 수 있을
것이다. 또한 현실은 그의 환상을 수용하지 않는다. '강노인'과 '종숙'의
관계에 대해 직장 동료와 '종숙'의 어머니가 보여 주는 태도는 내면적
진정성에 기초한 인간다운 감정의 교류가 통용되지 않는 현실의 부박
성(浮薄性)을 환기시킨다. 때문에 내적 공허를 "황홀하고 벅찬 감동"으
로 충진시키고자 했던 '강노인'의 시도는 수포로 돌아가고 그는 다시
홀로 남겨지게 된다.

마찬가지로 「포말의 의지」에서는 매음 행위를 청산하고 조그마한 가
게를 얻어 부끄럽지 않은 생활을 꾸려 나가고 싶다는 '영실'의 '오만
환의 꿈'이나 교회에서 최후의 죽음을 맞고 싶다는 '최소한의 소망'은
'종배'의 최선을 다한 노력에도 불구하고 이루어지지 않는다. 더불어
그녀의 '최후의 소망'에 참여함으로써 "삶에 대한 보람이든 죽음에 대
한 보람이든" 의미 있는 어떤 것을 느껴보고자 했던 '종배'의 희망과
의지 역시 흔적도 없이 사라져 버리는 물거품의 탁류에 다시금 휩쓸려
들어가고 만다. 그의 행위는 제목이 보여 주는 것처럼 '포말의 의지'에
지나지 않았던 것이다.

이와 같이 자신의 전 재산을 다 바쳐서라도 인간의 체온을 느끼고자
했던 '강노인'의 필사적인 바람이나 '영실'의 간절한 소망, 그리고 '종
배'의 노력 등이 무화(無化)되는 좌절의 결말은 그들의 행위가 함축하고

있는 의미 있는 삶에 대한 전망을 거세시키는 장치로 작용한다고 할 수 있다. 애지중지하던 전 재산을 '종숙'에게 넘겨주고 "완전히 어둠 속으로 사라져 버리"는 '강노인'의 초라한 뒷모습에서 의미 있는 가치의 추구란 개인의 백일몽적 환상 속에서나 가능하다는 전망 부재의 현실을 또 다시 발견하게 된다. 그것은 절망의 재확인일 뿐이다.

이러한 점은 "심리적 인간에서 탈피하여 사회적 인간"으로 나아간 손창섭 소설의 변모를 보여 준 작품으로 논의되기도 하는 「고독한 영웅」이나 「잉여인간」에서도 찾아 볼 수 있다. 「고독한 영웅」의 '인구'는 특권 의식을 만끽하고 있는 정치적 · 경제적 유력자의 자제를 체벌했다는 이유로 폭력교사로 몰리면서도 자신의 뜻을 굽히지 않고 대항하는 인물이다. '인구'의 저항 행위의 근거는 "저는 먼저 저 자신을 믿습니다. 제가 결론적으로 도달한 비장한 각오를 믿는단 말씀입니다. 교장 선생님처럼 금력이나 권력을 믿는 일에 저는 그만 지쳐버렸읍니다"라는 말 속에 담겨 있다. 금력이나 권력을 기준으로 사태를 판단하고 행동하는 그릇됨에 대하여 최소한의 윤리를 내세우는 것이 그것이다. 이런 맥락에서 보자면 '인구'는 교육자로서, 참다운 인간으로서 금권과 권력으로 대변되는 타락한 가치 질서에 맞서는 영웅이라 할 수 있을 것이다.

그러나 그의 영웅적 저항 행위는 단지 철저한 사회적 고립을 가져올 뿐만 아니라 그 고립의 과정에서 그의 의지적 저항의 자세는 시니시즘이나 자기 기만적 도취로 변질되어 간다.

> 「홍!」
> 인구는 혼자 코웃음을 치며 비탈길을 내려갔다. 언제부터인가 그에게는 코웃음을 치는 버릇이 생기었다. 그것은 극히 씨니컬한 조소였다. 어쩌면 자기 자신을 비웃는 웃음일지도 모른다. 혹은 세상을 비웃는 웃음일지도 모른다. 45)

자신과 세상을 비웃는 시니컬한 코웃음은 '인구'의 시니시즘적 태도를 단적으로 드러낸다. 가치가 왜곡된 현실의 상징이라 할 수 있는 '전부권(全富權)'의 방약무인한 태도를 응징한 이후부터 "단순하고 무의식적이었던" 코웃음은 "복잡하고 의식적인" 코웃음으로 변해 간다. 그의 의식적인 코웃음은 "겸허나 인고의 해석을 빌어 언제까지나 비굴과 타협하"지 않으려 했던 자신의 작은 행위를 가지고 "밤새껏 골머리를 앓아야" 했던 자신과 "멀쩡한 인간을 그처럼 어처구니없이 만들어 버린 현실"에 대한 일종의 분노로 표출된 것이었다. 그러나 그의 '코웃음'이 점차로 진지하고 성실한 분노 대신에 공격적인 냉소로 전이되면서 그의 저항적 태도는 진정성을 결여한 카타르시스적 유희로 전락한다. 이같은 점은 교장을 비롯한 장학관, '윤국장', '장형' 등과의 대결에서 사리보다는 감정적 대결로만 일관하는 그의 태도에서도 확인할 수 있다.

> 어디까지나 태연한 자세로서 교장을 똑 바로 마주 건너다 보며 車선생은 무슨 말에나 냉정하게 응답할 수 있는 것이다. 차선생은 그러한 자신에 스스로 놀라면서도, 인제야 비로소 대등한 인간으로서 인간을 상대할 수 있게 되었다는 만족감 조차 의식할 수 있었던 것이다. (93면)

> 그러고 나서 人九는 한쪽 팔을 잡은 사람의 손을 탁 뿌리치고 유연히 교장실을 나와 버린 것이다. 얼굴이 파랗게 질린 교장이 뒤쫓아 나와 그를 붙들려고 했지만 이미 발길을 돌이킬 인구는 아니었다. 인구는 동료직원들의 시선을 일신에 모으며 제 자리에 돌아와 앉았다. 인구는 약간의 통쾌한 흥분조차 느끼며 흥 하고 코웃음을 쳤다. (101면)

---

45) 손창섭, 「孤獨한 英雄」(현대문학, 1958.1.), p.86.

이런 면에서 그는 건강한 가치 지향적인 인물로 보기 어렵다. 그의 태도에서 중심적으로 나타나는 것은 부조리 현상에 대한 비판적 성찰이나 개선의 의지보다는 심리적 만족감 내지는 자기 도취적 승리감이다. 또한 그의 '코웃음'으로 환기되는 냉소적 태도 속에는 자신의 왜소함과 체념, 피로와 절망이 녹아 있다. 그는 동료 교사들이 술안주 삼아 치켜세우는 "현대의 영웅"도 "이십세기의 영웅"도 아닌 "임신 팔 개월의 아내의 쪼들린 얼굴"을 떠올리며 앞으로의 생활에 대한 막막함과 불안을 감추고 있는 소시민일 뿐이다. 때문에 '코웃음'으로 형상화되는 그의 저항은 영웅과 반영웅, 그리고 과장된 승리감과 숨겨진 절망감 사이의 좁혀지지 않는 거리로 인해 희화화될 뿐만 아니라 연민을 불러일으키기도 한다.

그런데 '인구'의 희화화는 그 자신의 개인적인 결함이 아니라 금력과 권력의 지배 하에 있는 왜곡된 현실에서 기인한다. 한 개인의 성실한 윤리적 선택과 결단을 우스꽝스러운 해프닝으로 전락시키고, 끝없는 소외와 고독 속으로 몰아넣을 만큼 현실의 적대적인 힘은 완강하다. 따라서 '인구'의 저항은 새로운 가능성에 대한 희망의 예비가 아니라 절망의 재확인으로 변질된다.

「고독한 영웅」이 '인구'의 윤리적 결단으로서의 저항적 의지를 희화화함으로써 현실의 부조리성과 행위의 무의미성 내지는 불가능성을 환기시킨다면, 「잉여인간」은 정 반대의 방법으로 동일한 효과를 거둔다. 「고독한 영웅」이 저항적 의지의 소유자를 희화화시키는 것과는 달리 「잉여인간」은 소명적 의지의 소유자를 관념적으로 이상화시킨다. 실제로 「잉여인간」의 대부분은 '서만기'라는 한 작중인물을 완전무결한 인간으로 부각시키는 데 바쳐지고 있다.[46]

---

46) 만기는 좀처럼 흥분하거나 격하지 않는 인물이었다. 그렇다고 활동적인 타이프도

'서만기'는 "처가네 식구들까지 모두 열 네 명이나 되는 대가족을 거느리"고 사는 어려운 처지에서도 결코 불평을 하거나 짜증을 내본 일이 없는 이성적인 인물이자 성실하며 교양 있고, 가족과 친구들에게 따듯한 애정으로 헌신하는 이상적인 인간형이다. 이런 인간을 내부 시점으로 활용함으로써 「잉여인간」의 작중상황은 "긍정에의 의욕"[47])이란 평가를 받을 만큼 모든 면에 걸쳐서 모멸과 냉소의 시각에서 멀리 벗어나 있다.

  즉 작품은 만기 치과를 배경으로 하여 비분강개파 '채익준'과 실의의 인간 '천봉우'가 날마다 모여 하루를 보내는 반복적 상황으로 시작되고 있지만, 작품의 초점은 그런 상황의 무의미한 반복이 아니라 오히려 인물들 간의 따듯한 애정과 연민에 맞추어져 있다. 또한 '채익준'과 '천봉우'도 희화화되기보다는 '서만기'의 애정 어린 시선과 서술자의 동정적인 시선에 의해 공감과 연민의 대상으로 그려진다. '채익준'의 결벽증적인 정의감 속에서도 결코 위선적인 면을 찾아 볼 수 없다. 「미해결의 장」에서 '진성회 회원'이 그들의 위선에 의해 희화화되고 있는 것과는 달리 '채익준'은 진정성을 부여받고 있다.

아니지만 봉우처럼 유약한 존재는 물론 아니었다. 반대로 외유내강한 사내였다. 자기의 분수를 알고 함부로 부딪치지도 않고 꺾이지도 않고 자기의 능력과 노력과 성의로써 차근차근 자기의 길을 뚫고 나가는 사람이었다. 아무리 놀라운 일에 부닥치거나 비위에 거슬리는 사람을 대해서도 도리어 반감을 느낄 만큼 그는 침착하고 기품 있는 태도를 잃지 않는다. 그것은 본시 천성의 탓이라고도 하겠지만 한편 그의 풍부한 교양의 힘이 뒷받침해주는 일이기도 하였다. 문벌 있는 가문에 태어나 화초 가꾸듯 정성어린 어른들의 손에서 구김살 없이 곧게 자라난 만기는 예의 범절이 자연스럽게 몸에 배어 있을 뿐만 아니라 미술, 음악, 문학을 비롯해서 무용, 스포츠, 영화에 이르기까지 깊은 이해와 고급한 감상안을 갖추고 있었다. (중략) 게다가 만기는 서양사람처럼 후리후리한 키와 알맞은 몸집에 귀공자다운 해사한 면모를 빛내고 있었다. 또한 넓고 반듯한 이마와 맑고 잔잔한 눈은 그의 총명성과 기품을 설명해 주고 있었다. (344 -345면)
47) 김우종, 「긍정에의 의욕」, 『한국현대문학전집 3』(신구문화사, 1969), p.465.

뿐만 아니라 간호원 '홍인숙', 처제 '은주', '만기의 처' 등도 '서만기'를 성심성의껏 도와주고 애정으로 감싸안는 헌신적인 여성으로 그려진다. 이와 같이 '서만기'를 중심으로 한 인간관계는 서로에게 소외되고 무의미하게 집단 서식하는 이전의 인간 관계와는 달리 서로 이해하며 동정하는 애정의 관계로 이루어져 있다.

이와 같이 타인들과의 가족적인 친화 관계 속에서 건실한 생활에의 의지를 보여주는 '서만기'는 작가가 제시하는 일종의 플러스 모델이라 할 수 있을 터인데, 그럼에도 불구하고 이 작품이 현실 변혁의 가능성에 대한 희망이나 전망을 제시해 주지는 못하고 있다. 오히려 그것은 이 작품에서 긍정과 희망의 광원(光源)인 '서만기'의 완전한 인간성과 소명적 의지로서도 결코 해결의 기미를 찾을 수 없을 만큼 두터운 절망을 환기시킨다.

이동하의 지적대로 「잉여인간」이 "긍정적인 주인공으로 하여금 혼탁한 세파 속에 부대끼게 함으로써 과연 1950년대의 어두운 시기에 인간의 이상이 얼마만큼이나 지탱될 수 있는가를 실험해 보"[48]인 작품이라고 할 수 있다면, 그 실험의 결과는 무엇인가. 일상적인 생활의 의의에 대한 긍정과 노력이 수행되었음에도 불구하고 '잉여인간'으로 남겨질 수밖에 없는 '채익준'의 모습, "인간이 느껴지지 않는 얼굴"로 "장승처럼 선 채 움직일 줄 모"르는 그의 마지막 모습에서 그 답을 찾을 수 있을 것이다.

따라서 작중인물들의 가치 지향적인 행위와 노력은 현실 변혁의 가능성에 대한 전망의 제시라기보다는 오히려 전망 부재의 재확인으로 귀결된다. 주어진 조건을 변형시키는 근원적인 형식이 행위라고 할 때, 행위는 있었으되 아무런 변화의 조짐은 보이지 않고 오히려 절망을

---

48) 이동하, 앞의 논문, p.443.

심화시키고 있다는 점에서 손창섭 소설의 문제 제기를 읽어낼 수 있을 것이다. 행위로부터 그것이 자연스럽게 수반할 만한 어떤 변화의 가능성을 거세시키는, 요컨대 행위를 무화시키는 이러한 서사 구조는 그 어떤 의미 있는 삶도 가능하지 않다는 허무주의적 현실 인식을 반영하는 것이라 할 수 있을 것이다.

이와 같이 인물들의 최선을 다한 극복에의 의지나 노력이 서사적 전개 과정에서 좌절되거나 희화화됨으로써 인물들이 추구한 삶의 의미는 다시 무의미의 자장 속으로 휩쓸려 들어가고, 그들의 삶은 실현 가능성이 결여된 '환상 좇기'로 기형화된다. 바꿔 말하자면, 인물들이 발견한 삶의 최소한의 의미마저 '환상'으로 치환되는 것이다.

5. 소결

손창섭 소설의 특징적인 현상은 인간 및 삶에 대한 야만적인 희화화의 방식을 통해 무의미와 우연성으로 치환된 삶의 우스꽝스럽고도 공포스러운 이미지를 창조하는 데 있는 것으로 보인다. 그에게 있어서 세계에 대한 공포의 원천은 무엇보다도 '운명'의 불가항력적이고 불가해한 힘이다. 전면적인 재난의 체험 속에서 개인은 자신의 주체적인 의지와는 무관한 '운명'의 힘을 감지하게 되는데, 그것은 그대로 삶과 죽음, 인간에 대한 전도된 인식으로 고정된다. 그러기에 그의 소설에서 확인되는 것은 의미와 결별한 <부적절한 삶>의 편린들이며 일그러진 삶의 희화들이다.

특히 손창섭이 제시하는 인간의 이미지는 '목석화된 인간'의 무위적 존재 방식으로 특징지어진다. 작가 자신이 '인간'이 아니라 '목석'이고 싶다고 말한 바 있듯이 이 '목석'의 시각은 손창섭 소설에 있어서 독특한 그로테스크적 세계를 창조하는 중심적인 동인이 된다. 그의 소설은 '목석'의 눈을 빌어 삶의 의미에 대해 무의미를, 특히 행위에 대해 무위를 주장한다. 그래서 목석의 시각은 인간과 삶에 부여되어 왔던 모든 관습적인 관점을 해체하고 동요시키는 작용을 한다. 즉 그것은 어떤 모랄이나 도그마를 전제로 한 행위의 세계에 대한 비판적 거리 두기의 방식이며, 결과적으로는 생존의 탈의미화, 세계의 희화화를 실현한다.

이 같은 점은 그의 독특한 인물 구성에서 확인되는 바다. 손창섭의 인물들은 한결같이 육체적으로나 정신적으로 불구화된 인간 이하의 존재들로서 등장한다. 물론 그들의 육체적·정신적 불구성은 개별적으로 볼 때 충격적이라 할 만큼 극단적이지는 않다. 그러나 그와 같은 인간 이하의 존재들이 한 자리에 모여 있고, 그들 간의 기괴한 대면이 장면화되고 있다는 점에서 전율적이라 할 만큼 그로테스크하다. 즉 그의 소설은 여러 불구적 인물들의 일그러지고 파괴된 관계를 장면화함으로써 정물적 무위의 그로테스크 세계를 창조하는 것이다.

뿐만 아니라 손창섭 소설에서 인간은 거름더미에 서식하는 '구더기'라든가 "는적는적 썩어들어가는" 난치의 나병을 유발하는 '박테리아'로 묘사되며, 인간의 삶은 "단 하나의 유일한 장래인 죽음"을 향하여 나가는 '신음소리'이거나 희망 없는 안간힘의 희화, 또는 미해결의 축적 과정으로 희화화되는 것이다. 이 같은 인간과 삶의 이미지는 생존의 비속성과 인간적 행위의 무의미성을 폭로하는 것이다. 이와 관련시켜 볼 때, 「혈서」에서 '규홍'이 쓴 '내용 없는 혈서 쓰기'의 역설은 손창섭 소설 전체에 걸쳐서 일종의 강박적인 상징으로 작용한다고 할 수 있다. 그것은 존재의 최후 보루인 '목숨'이 '무의미'로 환치되는 문제의 심각성을 보여 주는 것이다. 이와 같이 대상과의 반어적 거리를 통해 목석의 시각은 인간의 사력을 다한 생존의 노력과 행위를 기계적인 단순 되풀이로 공식화된 우스꽝스러운 회화로 강등시키거나 '인간다움', 예컨대 이상이나 진실, 성실과 같은 가치를 환상적 공허함이나 위선 등으로 격하시킨다.

결과적으로 손창섭의 소설은 "삶의 무의미함과 존재의 무의미성이라는 절대 명제를 집요하게 반복"한다는 평가를 받을 만큼 삶의 '의미 없음'을 의미화하는 것이라 할 수 있다. 이런 면모는 가치 지향적인 의지의 소유자를 주인공으로 설정하고 있는 작품들에서도 확인된다. 여기서 작가는 의미 있는 어떤 것을 탐색하거나 지키기 위한 움직임을 보여 주는 인물을 설정하였음에도 불구하고, 의미를 향해 나아가는 인간의 움직임을 박제화하고 있다. 즉 의미 찾기나 의미 지키기의 노력이 백일몽적인 환상, 또는 편집증적 기형성으로 회화화됨으로써 궁극적으로는 그러한 행위가 무의미의 자장 속으로 휩쓸려 들어가는 상황을 서사화하고 있는 것이다.

제4장 '생물'과 우상 파괴적 공격 : 김성한

1. 현실의 우의화와 '풍자'

김성한의 소설적 특성에 대한 기존 논의는 (1) 풍자나 알레고리, 패러디, 몽타즈와 같은 다양한 기법들의 수용을 통한 부조리한 전후 현실에 대한 지적 대응으로서 부정과 비판 및 저항 정신의 소설적 형상화[1], (2) 냉소적인 태도로 인한 허무와 몰의식 세계로의 침몰[2] 등으로 대별된다.

말하자면, 김성한의 소설은 전후 현실의 혼미하고 훼손된 가치상황에 대응하여 이를 진단하고 비판하기 위해 다양한 풍자적 방법들을 모색·창조함으로써 현실에 대한 강한 비판적 의식을 보여주었지만, 부정적 현실에 대한 비판과 저항이라는 목적의식이 과도하게 노출됨으로써 소설문학의 기본인 '설화성', 구체적 형상성이 약화되는 결과를 가져왔을 뿐만 아니라 그의 현실 비판이 건전한 신념을 동반한 것이기보다는 오히려 무상주의나 냉소적 허무주의 쪽으로 경도되고 있다는 것이다.

---

1) 이유식, 「평면적 인물」(현대문학, 1964.6)
   김영화, 「김성한론」(현대문학, 1980.11)
   김상선, 『신세대 작가론』(일신사, 1964)
   천이두, 『한국현대소설론』(형설출판사, 1983)
   조건상, 『한국현대골계소설연구』(문학예술사, 1985)
   김우종, 『한국현대소설사』(범우사, 1982)
2) 전영태, 「김성한 문학과 몰의식의 세계」, 전광용 외, 앞의 책
   신경득, 앞의 책
   김 현, 「신념과 체념의 인간상」, 『사회와 윤리』(일지사, 1974)
   현길언, 『한국소설의 분석적 이해』(문학과 비평, 1990)

그의 소설에 대한 그 같은 상반된 가치 평가에도 불구하고 공통적으로 지적되는 김성한 소설의 특징은 그의 소설이 현실에 대한 비판과 저항이라는 분명한 목적 의식으로부터 출발하였다는 것이다.[3] 현실 비판이라는 목적 의식이 우선할 때, 현실에 대한 객관적인 묘사보다는 자신의 관념이나 사상을 구상화하는 데 작가의 관심이 집중되는 것은 당연할 것이다. 그의 소설에서 두드러진 현상으로 나타나는 다양한 기법들의 수용은 이 점과 무관하지 않다. 기실 알레고리, 풍자, 패로디 등은 현실에 대한 비판을 수행하기에 가장 적합한 문학적 방법들이며, 그것들을 관통하고 있는 근본 원리는 "관념의 소설적 구체화"[4], 또는 "현실의 우의적 드러내기"[5]이다. 따라서 김성한 소설의 형상화 원리는 기본적으로 현실의 우의화에 있다고 할 것이다.

알레고리는 보편적인 관념을 위해 특수한 사실을 단지 실례로서 제시하는 서사물이다. 즉 알레고리가 성립하기 위해서는 축어적인 의미 연관과 함께 이차적인 의미 연관이 존재해야 함은 물론이지만[6], 이때 양

---

3) 기실 김성한은 당대의 어느 작가보다도 현실에 대한 비판과 고발의 의식이 강렬하였던 듯하다. 그에게 있어서 소설은 교훈 전달의 매체로 간주되고 그의 소설 쓰기는 현실에 대한 비판적 참여의 한 방편으로 선택되는 듯하다. 이 같은 점은 소설가로서의 문학적 사명감을 강조한 작가의 말을 통해 확인할 수 있다.

   우리는 스스로 自身을 세우고 自體를 整備해야 하겠다. 여기서 가장 근본 문제는 작가로서의 사명감이라고 믿는 문학이라는 것이 大衆에게 즐거움을 주는 娛樂에 그치지 않고 惡을 除去하고 미를 鼓吹하는 한 개 힘(Power)으로서 보다 나은 세계에 참여하는 지중한 사명을 지니고 있을진대 문학인은 이 길을 정진할 의무감이 있다고 하겠다. 김성한, "서생의 독백" (서울신문, 1956.8.24.)

4) 권영민,「김성한의「바비도」:역사적 상상력의 문제」, 이재선·조동일 편,『한국현대소설작품론』(문장, 1981), p.320.
5) 방민호,「전후소설에 나타난 알레고리 연구」(서울대 석사논문, 1993.6.), p.76.
6) 알레고리는 <확장된 비유>라고 우선 정의할 수 있는데, 그것은 표면적으로는 인물과 행위와 배경 등 통상적인 이야기의 요소들을 다 갖추고 있는 이야기인 동시에 그 이야기 배후에 정신적, 도덕적, 또는 역사적 의미가 전개되는 뚜렷한 이중 구조를

자의 관계는 개념과 그것의 형상, 보편적인 관념과 그 실례의 관계가
되어야 한다. 즉 작품 내에서의 축어적인 의미 연관은 단지 그 전달자가
자신의 관념을 드러내기 위한 매개물로서 비유의 보조적 역할을 함에
지나지 않는다. 따라서 알레고리의 작가는 자신의 의도에 따라 현실의
재료들을 짜맞추어 작품을 구성해내므로 작품은 단지 이 의도를 드러
내기 위한, 그 자체로서는 무의미한 자료로서의 의미만을 갖는다. 알레
고리에서 중요한 것은 작품을 통해 제시하고자 한 <관념>으로서의
작가의 의도인 것이다.

이와 같이 알레고리가 세계에 대한 절대적이고 보편적인 관념을 전제
하고 그것의 예시와 비유로써 현실을 조합해서 제시하는 방법이라고
할 때, 그것은 현실의 구체적인 현상들을 통해 현실의 배후에 존재하는
본질적인 의미를 밝혀 나가는 리얼리즘의 원리와는 현저한 거리를 갖
는다고 할 수 있다. 리얼리즘이 관념을 배제하는 것은 아니다. 그러나
알레고리와 리얼리즘에서 관념은 극단적인 대척점의 자리에 놓여 있
다. 알레고리가 관념으로부터 출발한다면, 리얼리즘은 관념의 획득으
로 끝난다고 볼 수 있기 때문이다.[7]

풍자의 경우에 있어서도 이 관념의 선재성(先在性)이 일차적인 특성
으로 지적될 수 있을 것이다. 풍자문학은 인간 사회와 문명의 악덕과
우행, 부조리를 고발·폭로함으로써 독자의 심리적 반발심을 이끌어

가진 작품인 까닭이다. 짧게 말하면 구체적인 심상의 전개와 동시에 추상적인 의미의
층이 그 배후에 동반되는 것이 의식되도록 쓰여진 작품이 알레고리인 것이다. 이상섭,
『문학비평용어사전』(민음사, 1987), p.193.

7) 다시 말하자면, 알레고리가 작가가 주관적으로 설정한 세계에 대한 절대화된 관념들
을 설명하기 위한 재료로서 현실을 상정하는 것과는 달리 리얼리즘 소설은 현실
자체에 내재적인 의미가 있다고 보고 현실의 여러 현상들을 인과적 원리에 의해
탐구해 나감으로써 현실에 대한 구체적인 상(相)을 획득해 나간다. 따라서 관념에
의한 현실의 재구성과 현실을 통한 관념의 획득이란 면에서 양자간의 소설적 원리상
의 차이를 발견할 수 있을 것이다.

내고 그것에 대해 비판·공격하도록 만든다. 물론 그것은 단순한 반발과 비판 혹은 공격 자체를 목적으로 삼는 것이 아니라 "악의 교정"[8]과 부정적 대상의 개선, 더 나아가서는 진실된 세계의 실현에 그 궁극적인 목적을 둔다. 말하자면, 풍자란 바람직한 <당위의 세계>에 확고한 입지점과 지향점을 두고 바람직하지 못한 <존재의 세계>에서 나타나는 여러 종류의 악덕과 부조리를 비판하는 문학 양식인 것이다.

이와 같이 풍자가 현상적 악(惡에) 대한 비판 및 부정과 당위적 이상에 대한 지향을 기본적 특성으로 하기 때문에 풍자가는 현실을 선택적으로 초점화한다. 요컨대 비판받아야 마땅한 "부정성의 극단에 있는 조건들"[9]을 부각시켜 드러내 줌으로써 이상과 현실의 분열 및 대조의 구도 속에서 풍자가 자신의 의도를 실현할 수 있게 되는 것이다. 따라서 현실과 이상의 차이를 인식하는 작가의 도덕적인 기준이나 관념이 전제되지 않으면 풍자는 성립되지 않는다.

그런데 풍자는 부정적 현실에 대한 항의이긴 하되 <예술화된 항의>이다.[10] 말하자면 그것은 현실 비판의 의도뿐만 아니라 나름대로의 예술적 형상화의 원리와 방법을 또 다른 조건으로 내포하고 있다는 뜻이다. 기실 풍자 문학이 다른 문학 작품과 구별되는 변별적 징표는 <주제> 자체가 아니라 그 주제를 형상화하는 <기법>에 있다고도 할 수 있다.

풍자는 그 자체가 순수하거나 폐쇄적인 문학 형식이 아니라 어떠한 문학 장르에서도 나타날 수 있는 특유의 태도나 어조, 기교이다.[11] 즉 현실에 대한 공격적 비판이 달성되기 위해서는 그에 합당한 문학적

---

8) A. Pollard, 『풍자』, 송낙헌 역 (서울대학교 출판부, 1980), p.2.
9) 조정래·나병철, 『소설이란 무엇인가』(평민사, 1992), p.109.
10) A. Pollard, 앞의 책, p.10.
11) 한용환, 『소설학 사전』(고려원, 1992), p.452.

기법들이 요청되는데, 그 기법들이 한 작품 속에서 지배적으로 작용할 때, 그러한 작품을 풍자라 할 수 있다는 것이다.[12] 대체적으로 풍자는 알레고리, 패로디, 아이러니, 그로테스크 등과 결합해서 다양한 양식적 변이들을 보여 줄 뿐만 아니라 "기지, 조롱, 반어, 비꼼, 냉소, 조소, 욕설" 등과 같은 다양한 어조의 사용을 통해 풍자적 효과를 유발한다.

이상과 같은 풍자적 방법과 태도는 한결같이 현실을 형상화하는 특수한 원리를 함축하고 있다. 그것은 현실을 의도적으로 우스꽝스럽거나 기괴한, 또는 공포스러운 어떤 것으로 일그러뜨리고 비틀어 보이는 것이다.

> 풍자가는 갑자기 사회를 망원경 속에 넣어서 그것을 잘난 체하고 으시대는 난장이의 집합으로 보여 줄 것이며, 또는 현미경 속에 넣어서 그것을 소름끼치는 또 악취를 풍기는 거인들로 보여줄 것이다.[13]

프라이의 지적대로 풍자가는 현실을 있는 그대로, 즉 객관적이고 중립적으로 그리는 것이 아니라 '망원경'이나 '현미경', 즉 작가가 선험적으로 구축한 어떤 기준에 의거하여 해석하고 그 해석의 결과를 환기시킬 수 있는 형상으로 왜곡시킨다. 희화화든 기괴화든 그 같은 형상화의 방법은 현실의 부정성을 훨씬 더 강력하게 환기시킬 뿐만 아니라 그를 통해 골계의 효과는 물론이고 부정적인 대상에 대한 독자의 혐오감 내지는 거부감을 유도해 낼 수 있게 된다.

---

12) 그레고리 피츠 제럴드는 「풍자적 단편소설」에서 풍자에 대해 다음과 같이 말한다. "풍자의 기법들이란 무엇인가? 야유나 경멸로써 악이나 우행의 표명에 환원적인 공격을 가하는 데 중요한 기여를 하는 문학적 기법은 무엇이든 풍자적 기법이다. 우리에게 익숙한 예를 들자면, 과장법, 고의적 비하, 희화화, 기괴화 등이다. 이러한 기법이 어떤 작품 속에서 지배적이라면, 그것은 풍자다" 찰즈 E. 메이, 『단편소설의 이론』, 최상규 역 (정음사, 1983), p.285.
13) Northrop Frye, 『비평의 해부』, 임철규 역 (한길사, 1982), p.329.

이상에서 본 것처럼 알레고리와 풍자는 현실의 리얼리티 그 자체에 충실하려고 하기보다는 현실의 선택적 국면을 제시하려 한다. 요컨대 그것들은 현실을 관념의 형태로 드러내거나 지적 장치를 통해 재배치, 또는 비유화하는 것이다.[14] 이런 맥락에서 작가 김성한이 알레고리와 풍자를 그의 주된 소설 양식으로 선택한 의도를 짐작할 수 있다. 그 양식들이 보여 주는 현실에 대한 관점과 태도, 그것은 그대로 현실에 대한 비판의 극대화로 귀결된다. 김성한은 바로 그 점을 적극 활용함으로써 당대의 어느 작가보다도 현실 비판의 강렬성을 획득하고 있는 것이다.

그런데 김성한 소설의 현실 비판성은 역설적이게도 가치 허무주의적인 관념과 맞물려 있다. 가치 상실, 또는 가치 왜곡의 현실에 대한 비판적 의식으로부터 출발한 그의 소설은 가치 왜곡의 현실에 대한 절망이나 병리적 현상에 대한 진단을 넘어선 근본적인 부정의 상황을 보여 준다. 이 같은 특성은 김성한 소설에 있어서 가치 왜곡 및 가치 상실의 현실을 비판하는 관념적 준거가 가치 그 자체, 또는 가치 생산의 원천인 의식을 부정하는 허무주의적 논리에 입각해 있다는 것을 말해 준다.

필자는 주로 김성한 소설의 한계로 지적되어 왔던 인간에 대한 지나친 평가절하와 냉소, 그리고 허무주의적 몰의식과 같은 특성들에 대해 다시 살펴보고자 한다. 기존논의에서 제기되는 김성한 소설에 대한 상반된 평가, 즉 부정적 현실에 대한 비판 및 저항 의식의 소설적 구체화

14) 김성한 소설이 전반적으로 예시적 성격을 강하게 띠는 연유도 그의 소설이 알레고리나 풍자 양식으로 나타난다는 것과의 관련 속에서 이해될 수 있을 것이다. '예시'(illustration)는 재현(representation)이나 모방과는 달리 현실을 재창조하기보다는 현실의 선택적 국면을 제시하려고 하며, 작품의 의미를 역사적, 심리적, 사회적 진리에서 찾으려 하기보다는 윤리적이고 형이상학적인 진리에서 찾으려 하는 경향을 보이는 것이다. 현실에 대한 이 같은 관점과 태도는 그대로 알레고리와 풍자의 것이기도 하다. R. Scholes & R. Kellogg, *The Nature of Narrative* (Oxford U.P., 1980), p.88.

라는 관점과 가치 허무주의적 경향이라는 관점의 대립을 지양해서 상호 대립되는 두 특성이 만날 수 있는 길을 모색해 보아야 할 것이다. 왜냐하면, 김성한의 소설은 허무주의적 관점에서의 현실에 대한 비판 및 저항이라 할 수 있을 터인데, 그러한 논리가 함축하고 있는 바가 무엇인가에 대해 보다 더 깊이 천착할 때에만 김성한 소설의 문학적 의미가 온당하게 밝혀질 것이고, 또한 바로 거기서 전후소설적 특성이 발견될 수 있을 것이기 때문이다.

2. '악의 평범성'과 인간의 실상

(1) '악의 평범성'과 인간의 희화화

가치 혼란의 전후 현실에 대한 소설적 비판을 수행함에 있어서 작가 김성한이 선택한 주된 방법은 왜곡된 가치 상황을 예시적으로 보여 줄 수 있는 인물들을 창조하고, 그들의 비속성을 희화적으로 폭로함으로써 인간 전락의 이미지를 제시하는 것이다. 전형적인 인물 풍자의 양식으로 나타나는 그의 일련의 작품들, 데뷔작인 「무명로」를 비롯한 「김가성론」, 「자유인」, 「달팽이」, 「매체」 등은 인물들의 허상과 실상 간의 극단적인 대조를 통해 왜곡된 가치를 추구하는 인간의 속악함과 그들로 대표되는 현실 세계의 부정성을 비판·풍자한다.

이 작품들에서 풍자의 대상이 되는 인물들은 거의가 과적응주의자이거나 또는 기회주의자와 같은 속물형 지식인이다. 이들은 당시 지배층에 편입된 지식인, 즉 권력 지향적 인사이더(insider)들이다. 이런 점에서 그 같은 관료적 지식인들의 표리부동한 이중성과 속악성을 풍자함으로써 왜곡된 가치가 지배하는 당대 사회의 병리적 현상을 비판하려 한 작가의 의도를 읽을 수 있을 것이다.

그럼에도 불구하고 김성한의 인물 풍자는 그들로 대변되는 정치 현실의 구조적 모순을 치밀하게 해부하고 문제화하기보다는 그들의 인격적 결함을 희화적으로 폭로하는 데 치중하고 있다. 그의 풍자가 "사회악이나 정치악이 아닌 인간악에 근본적인 초점이 놓여 있다"[15]고 보이는 것도 그 점에서 연유한다. 요컨대 가장 전형적인 인사이더적 인물의 부정성에 대해 그런 인물이 득세한 당대의 사회적 현실의 부조리함이란 관점에서 문제를 제기하기보다는 그 인물의 내적 속성을 인간의 본성 그 자체의 근원적 모순성이나 허위의식으로 문제화하고 있다는 것이다. 이런 점 때문에 그의 작품들에서 가치 재생산적 비판보다는 인간성에 대한 회의나 환멸을 더 많이 읽을 수 있게 된다.

「김가성론」은 외견상 학문적 권위자인 '김가성' 교수가 실질적으로는 속악한 사이비 학자이며 모리배에 지나지 않는다는 사실을 드러냄으로써 풍자성을 획득하고 있는 작품이다. 게다가 초점화자 '강일만'의 '김가성'에 대한 표면적인 찬양과 이면적인 야유의 반어적 서술로 인하여 '김가성'이 인격적 장애자로 희화화될 뿐만 아니라 '강일만' 자신의 지기비하나 자조 섞인 태도의 투영으로 해서 초점화자 자신 역시 희화화되고 있다.[16] 이것은 서술의 대상뿐만 아니라 주체까지도 희화화시

---

15) 이유식, 앞의 논문, p.202.
16) 「김가성론」의 풍자성은 <아이러니>적 서술에 의해 획득된다. 여기서 아이러니란 표리(表裏)의 의미의 이중성, 즉 실상과 외관의 相反 또는 부조화를 의미하는데, 「김가성론」은 풍자의 대상에 대한 야유를 은폐하고서 표면적인 찬양을 늘어놓음으로써 오히려 대상에 대한 비난과 야유를 극대화하는 역설적 서술로 이루어져 있다. 이때 풍자의 대상인 '김가성'이란 인물의 실상에 대해 비자각 상태에 있는 순진한 화자 '강일만'의 과장된 찬양과 경앙의 태도가 그에 대한 풍자성을 강화시키는 기능을 한다. 따라서 '강일만'의 순진성, 또는 비신빙성은 궁극적으로 '김가성'에 대한 풍자를 강화하기 위한 구조적 아니러니의 희생자로서의 징표라 할 수 있겠지만, '강일만' 역시 그의 맹목성과 우둔함, 즉 가치 판단의 결여라는 반지성적인 부정성

킴으로써 그들의 비속성을 상황적인 현상으로서가 아니라 인간의 본성
으로 의미화하는 효과를 갖는다.

> 천하에 이름이 자자한 김가성(金可成)의 잘난 소이를 이 논으로써
> 알린다면 못난 신문배달 나 강일만(姜一萬)이 조금 잘나져서 보통
> 정도로 됨직하고 더구나 그와 동문수학이라는 특수한 관계를 알리게
> 되면 보통을 지나 한치쯤 더 잘나져서 신문배달의 이 딱한 처지를
> 모면하게 될는지도 모른다. 서투른 붓을 들어 감히 김가성론을 쓰는
> 근본동기는 여기 있는 것이다. (87면)

> 김가성론을 마친다. 이로써 내가 김가성교수와 어떤 관계가 있다
> 는 것이 분명하게 되었으니 나도 조금 잘나질까 남몰래 기대하고
> 있다. 말꼬리에 붙어서 천리를 가려는 파리의 심사라고 험하지 말기
> 를 바란다. 모로 가도 서울만 가면 된다는 우리 조상의 그 알뜰한
> 전통을 낸들 잊을가 보냐. (100면)

'강일만'의 위장된 '못남'과 '김가성'의 '잘남'의 우스꽝스러운 부딪
침 속에서 '김가성'의 '잘남'은 그 이면에 숨겨진 속악성을 드러내면서
희화화된다. '강일만'은 자신에 대한 낮춤과 '김가성'에 대한 높임의
태도를 의도적으로 취하고 있음을 볼 수 있는데, 이 같은 초점화자의
의도적 위장은 사회적 '잘남'과 '못남'의 허상을 폭로하는 데 기여한다.
'김가성'의 사회적 '잘남' 속에 숨겨져 있는 속악함은 그에 대한 객관

으로 희화화되고 있다. 요컨대 '강일만'은 '김가성'을 풍자하기 위한 <자신에 찬
무지에 빠져 있는 화자>로서의 역할을 수행하는 아이러니의 장치일 뿐만 아니라
그 자신이 왜곡된 가치를 추수하는 부정적 인물로 희화화되기도 한다는 것이다.
이런 점은 그가 '김가성'에 대한 글을 쓰는 근본 의도와 결과 사이의 상황적 거리에
서 단적으로 확인된다. 이상운, 「김성한 단편소설 연구」(연대 석사논문, 1986), p.14.,
김형민, 「소설에서의 아이러니에 대한 연구」(어문교육논집 12, 부산대, 1992), p.336.
참조.

적인 평가를 할 수 있는 사람들에 의해서 하나 하나 드러난다. 그의 『화학의 철저적 연구』'라는 저서가 일본인의 책을 그대로 베낀 것에 불과하다는 사실이 화학도들에 의해 폭로되고, 그의 표리부동한 이중 인격성이 대학동창들의 입을 통해 확인되며, 다섯 가지 위원을 겸하고 또 무역회사 중역이 된 그의 출세지향적인 속물성이 S대학생의 말로 드러난다. 이와 같이 '김가성'의 속악성은 그에 대한 판단의 신빙성을 보유하고 있는 사람들에 의해 폭로되는데, '나'는 시종일관 '김가성'의 '잘남'을 옹호한다.

그러나 "교수 자리는 자리대로 차지하고 돈은 돈대로 벌고 행세는 행세대로 하고 --- 될성부른 나무는 떡잎부터 푸르다더니 과연 그른 말이 아니다."라는 '나'의 위장된 경탄은 '잘남'의 의미를 희화화하는 역할을 한다. 그의 '잘남'은 결국 일신의 영달을 꾀하는 능란한 처세술을 의미한다. 요컨대 '잘남'에 대한 가치 평가의 왜곡을 볼 수 있다는 것이다. 따라서 '나'의 표면적 존경과 이면적 야유의 반어적 서술은 '김가성'으로 대변되는 사회적 '잘남'의 허구성에 대한 풍자의 효과를 가져오고, '강일만'의 '못남'과의 어떤 의미 있는 경계를 해체한다.

「자유인」 역시 스스로 잘났다고 생각하는 시골학교의 교무부장 '이광래'의 속악한 행태를 통해 왜곡된 가치를 추구하는 인간의 비속성을 풍자하고 있는 작품이다. 서울서 대학 교수를 지낸 바 있는 '이광래'는 시골 여학교의 교무부장으로 부임한 후 자신의 '잘남'을 과시하고, 그 '잘남'에 걸맞은 사회적 지위를 확보하고자 한다. 그는 자기가 잘났다는 것이 모든 정당성의 출발이라고 믿는다. 그러나 그가 자처하는 '잘남'의 근거부터가 허무맹랑하다.

   ---학생때 나는 웅변부장이었겠다. 언제나 현하지변으로 청중의 심

금을 울렸었다. 공부 안허구 극장만 돌아다녔어두 성적은 나쁘지 않았어! 만약 내가 남처럼 파고들었으면 최우등은 문제 없었을 거야, 아니 단연 문제 없었다! 안했으니까 그렇지. (105면)

　어느모로 보나 자기는 이 시골서 여학교 교원으로 썩을 인물은 절대 아니었다. 입빠른 친구들은 혼란기에 엄벙땡하고 된 것이라 중상하지마는 대학교수도 지냈다. 안 하니까 그렇지 지금도 하기만 하면 학교에서 제일인자 되는 건 문제가 아니었다. 또 수완으로 보더라도 내가 꾸며서 일찌기 안된 일이 있단 말이냐? 그러면 인물은? (중략) 꼭대기에서부터 발끝까지 못난 데라곤 하나도 없었다. (121면)

　'이광래'가 내세우는 '잘남'은 결국 허구적인 것에 지나지 않는다. 그의 '잘남'은 정상적인 가치 판단 기준과는 상관없는 자기 도취일 뿐만 아니라, 가치 왜곡의 징표로서 나타난다. '잘남'이 '출세'와 등식화되고, 출세를 위한 모함과 사기, 부정과 비리 등이 정당한 수완으로 합리화되고 있다. 이와 같이 작품 「자유인」은 '이광래'가 자처하는 '잘남'을 희화화함으로써 출세 지향적 가치 왜곡의 세태와 인간의 비속성을 풍자한다.

　'이광래'의 '잘난' 행동은 명분과 실질 사이의 조화될 수 없는 거리를 통해 희화화되는데, 그 첫 번째 에피소드가 '문화강좌'의 개최 사건이다. 문화 강좌의 명분으로 그가 의도한 것은 자신의 '박학다식'을 과시함으로써 시골뜨기 교직원들을 압도하여 자신의 입지를 강화하고자 하는 것이었다. 이러한 의도의 불순성뿐만 아니라 그의 '학식'의 공허함, 그리고 "시굴뜨기들은 필시 경도했을 것이요, 그 어리석음에서 눈을 떴을 것이었다"라고 자평하는 자기도취적 만족감 등은 그의 왜곡된 '잘남'을 희화화하기에 충분하다. 특히 "걸을 때엔 책을 옆에 끼고 이십도 앞으로 숙이던 그의 머리는 이 일이 있는 뒤부터 삼십도로 변경되고 머리를 훑어 올리는 횟수도 부쩍 늘었다."라는 서술자의 묘사를 통해 점잖은 겉치레 속의 속악함을 여실히 볼 수 있다.

그의 '잘남'의 비속성은 부정 입학 사건과 관련한 에피소드에서도 드러난다. "못난 시굴띠기에 싸여서 수완을 수완답게 부려보지 못하는 딱한 사정에 한숨을" 지던 '이광래'는 "마카오 기지 한벌감"과 "쌀 세 가마"의 뇌물을 받고 한 학생을 부정 입학시키려 하는데, 그 비리를 정당화시키는 논리로 '공명정대'라는 명분을 내세운다.

> 「선생님 너무나 단순허십니다. 학교라구 사회가 아닌가요? 물론 우리는 공명정대해야 합니다. 그러나 겉으로 공명정대한 것만이 능사가 아닙니다. 문제는 그 공명정대를 유지허느냐 못허느냐에 있읍니다. 아무 힘도 없는 학원이 이 사회에서 움직여 나가는 데는 이모저모 생각할 점이 많습니다. 다섯을 제 주장대로 뽑자는 것은 백사십다섯의 공명정대를 이 다섯으로 지탱해 나가자는 것입니다」
> 과연 그의 소론은 이론정연하였고, 공명정대를 위하는 지성도 역력히 보였다. (113면)

입학정원 150명 가운데 145명을 성적순으로 선발하고, 나머지 다섯을 여러 선생님의 사정을 고려하여 선발하자고 제안하는 '이광래'의 논리는 위 예문에서 볼 수 있는 것처럼 '공명정대'의 명분으로 뒷받침되고 있다. 그러나 그의 '공명정대'는 '유영훈'의 본래적인 의미의 '공명정대'와 대조되어 그 왜곡된 실상이 드러남으로써 희화화되고, 또한 '이광래'의 '잘남'의 가치 전도적 허구성이 폭로된다. 이와 마찬가지로 자신에게 거슬리는 존재인 '교감'을 몰아내기 위하여 "무능은 죄악이다. 우리 학교만이 아니라 교육계 전체를 위해서 이 따위는 단연 내쫓아야 한다"는 명분을 내세우고, '유영훈'을 쫓아내기 위하여 "학원은 학문의 도장이 아니까? 만약 무리(無理)의 도장으로 화하려는 자가 있다면 수수방관해야 옳겠읍니까?"라는 교육적 명분을 주장한다.

그러나 이러한 모든 명분이 그 실질과는 완전히 동떨어져 있기 때문에 그 명분에 기대어 속악한 탐욕을 추구하는 '이광래'의 비속성이 강조되는 것은 말할 것도 없지만, 또 한 가지 간과할 수 없는 것은 소위 문화적 가치로서의 '명분'이 희화화되고 있다는 점이다. 말하자면 실질로부터 일탈된 '명분', 즉 본래적인 의미를 상실한 '명분'에 대한 풍자적 태도는 '명분'이 함축하고 있는 문화적 가치가 더 이상 인간다움을 보증하지 못한다는 부정적 인식의 반영이다.

「달팽이」에서의 '원달호'는 차관을 거쳐 학장과 장관까지 지내다가 물러난 인물로서 이러한 이력을 자신의 '잘남'의 확실한 증거로 여기고, 모든 사람이 그의 '잘남'에 대해 경외의 태도를 취할 것이며, 취해야 한다고 믿는다. 그는 전직 장관으로서의 위신과 체면을 모든 문제 해결의 마법 지팡이로 여기나 사람들은 그에게서 '달팽이'만을 볼 뿐이다. 그래서 전 학장이며 전 장관으로서의 '원달호'의 위신과 체면은 '달팽이'로서의 자기 정체와 부딪치면서 희화화되고, 따라서 그의 속악성은 폭로된다. 요컨대 전 학장이며 전 장관인 그의 허상과 '달팽이'로서의 실상 사이의 우스꽝스러운 대면이 여러 에피소드들로 중첩 제시되고, 그를 통해 그의 됨됨이의 문제성이 풍자되는 것이다.

이웃집 통장 여자와의 사건, 그리고 X대학 학장과의 사건 등은 모두 '원달호'의 허상과 실상의 어긋남이 빚어 내는 하나의 희화이다. 돌림 반장의 차례가 되었으니 반장 일을 맡으라는 통장 여자에 대해 그는 모욕감과 분노를 느낀다.

> 이거 사람을 몰라봐도 분수가 있지, 차관을 거쳐, 대학의 학장을 거쳐, 장관을 거쳐 떨어지기는 했을 망정, 국회의원에 나섰던 나라의 인재를 보고 그래 반장을 하란 말이야! (71면)

하여튼 이것은 교수겸 학장 생활에서 단련한 그의 프라이드와 관
직에서 겹겹이 쌓은 위신을 여지 없이 건드렸다.

---- 내가 빌어먹어? 내가 옘병을 해? 학자를 이 따위로 대접하는
나라가 흥할 줄 알아? 적어도 일국의 장관을 지낸 인재를 이렇게
구는 백성이 되긴 무에가 돼! ---- (73면)

이 같은 정도 이상의 반응은 전 학장이자 전 장관인 자신의 자긍심과
위신이 손상되었다고 느끼기 때문인데, 이것은 학장과 장관을 지낸 바
있는 '잘난' 자신이 어떻게 하찮은 반장 일을 할 수 있겠는가 라는 자기
도취적 허세가 연출해 내는 희극적 장면이다. X대학 학장과의 사건도
마찬가지이다. 그는 성적 미달의 아들 '치팔'을 X대학에 부정 입학시키
기 위해 학장을 찾아가면서 자신이 말만 꺼내면 학장은 영광으로 알고
단연코 합격시켜 줄 것이라는 기대감에 충만해 있다. 그러나 사태는
정반대로 나타난다.

적어도 일국의 장관을 지낸 사람을 맞아들이는 학장의 태도부터
돼먹지 않았다.

입이 안떨어지는 것은 결코 미안해서가 아니었다. 그것은 오히려
상대방이 데데해서였다. 일국의 장관을 지낸 사람이 요 따위한테 청
을 한다는 그 사실이 자꾸만 입을 가로막았다.

마침내 원달호는 용기를 가다듬었다. 그것은 전 장관의 체모를 죽
이고 시시껍적한 훈장에게 영광을 베푸는 용기였다.

「일국의 장관을 지낸 사람이 그래 아들을 학교에두 못 넣는다 이
말인가?」

여기서 보듯이 '원달호'는 전 장관의 경력을 무소불위의 도깨비 방망

이쯤으로 생각하고 한껏 위신을 뽐내지만, 그의 위신은 빛 좋은 개살구로 전락한다. 예상과 기대와는 달리 학장으로부터 거절과 조롱을 당하게 되면서 그의 위신과 체면은 내용 없는 허울임이 확연히 드러나게 되는 것이다. 게다가 그의 전 장관으로서의 위신이 사사로운 이익의 획책에 이용되는 가치 왜곡의 면모까지 보여 줌으로써 그의 실상이 저속한 이기주의적 탐욕에 사로잡힌 비속한에 불과하다는 사실을 희화적으로 폭로하고 있다.

이와 같이 '원달호'의 의식과 행위를 지배하는 것은 "일국의 장관을 지낸" 바 있다는 전 장관으로서의 위신과 체면인데, 그것의 허구성은 그의 실질적인 정체가 '달팽이'에 불과하다는 사실이 밝혀짐으로써 여지없이 폭로된다. '달팽이'란 해방 전 동경 유학생들의 반일단체에 가담하여 활동하다가 발각될 것을 두려워하여 동료들을 밀고한 대가로 얻은 별명이다. 배신당한 동료들의 분노 앞에서 살려달라 애원하며 "이제부터 전 일본 사람두 아니구 조 조선 사람두 아니구…… 그렇게 살겠읍니다"라고 말하는 '원달호'에 대한 조소와 경멸의 의미로 붙여준 별명이 '달팽이'인 것이다. 따라서 '달팽이'는 자기 안위를 위해 대의와 동료들을 저버린 '원달호'의 부끄러운 과거와 비속함을 환기시키는 상징이라 할 수 있다.

'원달호'는 해방 후 옛 동료들로부터 구타당하여 부러진 앞 이빨을 반일혁명의 증거로 둔갑시켜 차관, 학장, 장관으로 종횡무진 활약하다가 '달팽이'로서의 과거가 밝혀지면서 해직된다. 그런데도 '달팽이'로서의 자기 실상에 대한 어떠한 반성이나 부끄러움도 느끼지 않고, 오직 학장과 장관을 지냈었다는 사실에만 집착하여 전 학장이자 전 장관으로서의 위신을 내세운다. 그리고 그 위신이 통장 여자나 X대학 학장으로부터 부정당하게 되자 "우리 모두 미국으로 가자. 사람을 알아주는 미국에 가서 살잔 말이다! 이 빌어먹을 놈의 새끼들, 눈에서 불똥이 튄다!"라고 외친다. 자칭 '잘난 인재'인 '원달호'는 자신의 잘남을 인정하고 받아들이지 않는 세상에 대해 의분을 터뜨리지만, 그의 '잘남'이나 전 장관으로서의 위신의 허구성과의 극단적인 거리로 인하여 희화화될 뿐이다.17)

이상의 작품들은 모두 인물의 희화화를 통해 풍자성을 획득하고 있다. 사회적 지위나 명예, 위신과 체모 등 소위 '잘남'에 깃들어 있는 허위의식, 자기도취적 허세, 도덕적 불감증 등을 희화적으로 폭로함으로써 인물들의 가치 왜곡, 또는 가치 결핍의 실상을 풍자하고 있다는 것이다. 그런데 이러한 비속한 인물의 우행이나 악행에 대한 풍자가 사회적 의미 관련으로까지는 발전하지 않는 것처럼 보인다. 말하자면 그들의 가치 왜곡적 의식과 행위가 사회적 가치 혼돈이나 부조리의 현상을 재현적으로 보여 준다기보다는 오히려 인간성의 결함을 예시적으로 제시하는 것으로 보이며18), 따라서 인간의 윤리적 이상으로서의

---

17) 「달팽이」에서의 풍자적 희극성은 주로 비난의 대상이 되고 있는 이중적이고 위선적인 인물인 '원달호'가 자신을 비난하거나 알아주지 않는 타인들을 향하여 오히려 비난을 퍼붓고 있는 데서 발생한다. 이와 같이 비난받아야 마땅한 인물이 도리어 타인들을 비난하게 함으로써 독자로 하여금 그 인물에 대한 경멸적인 비웃음과 비판적 거리를 가질 수 있도록 한다. 즉 그 같은 방법은 독자의 실소를 유발하는 골계적 효과를 거둘 뿐만 아니라 공격의 대상에 대한 "감정이입이나 공감적 반응을 차단"하고, "독자의 보복에 대한 기대"를 이용함으로써 독자들의 대상에 대한 태도를 더욱 부정적이고 비판적이게 만드는 것이다. 그레고리 피츠 제럴드, 앞의 논문, p.285., A. Pollard, 앞의 책, p.75. 참조.

18) 「김가성론」의 '김가성', 「자유인」의 '이광래', 「달팽이」의 '원달호'는 모두 사회의 상층부에 있는 권력 지향적, 관료적 엘리트라는 점에서 공통적이다. 이런 점으로 볼 때, 이 작품들이 당대의 정치 현실의 구조적 모순을 반영하고 있다고 볼 수 있을 것이다. 그러나 그들을 통해 풍자되는 것이 그런 정치적 현실의 모순이나 부조리라 하기는 어렵다. 왜냐하면, 그런 인물들이 정치적 주체로 활동함으로써 끼치는 사회적 해악을 그린다기보다는 그들을 허위와 위선으로 가장된 인간의 전형으로 묘사하기 때문이다. 즉 반어, 과장, 희화화와 같은 방법으로 폭로되는 것은 그들의 인간적

문화적 가치가 인간의 실상에 덧씌워진 허상에 지나지 않다는 사실을 강조하는 듯이 보인다.

요컨대 풍자의 대상이 사회적인 악이거나 모순에 있다기보다는 인간의 하찮은 허영심이나 어리석음 등으로 나타나는 인간성의 결함에 있기 때문에, 그의 인물 풍자는 문화적 외피 속에 감추어진 인간의 비속한 실상에 대한 조소이거나 야유이며, 이것은 인간에 대한 작가의 환멸의식을 반영하는 것이라 할 수 있다. 인간의 비속한 이미지는 가치 왜곡, 가치 결핍의 현실을 포함하여 인간 그 자체에 대한 불신과 환멸을 환기시킨다.

따라서 풍자적 수법을 통한 인간의 비속화는 인간의 존엄성이나 위신을 상실한 가치 왜곡의 부정성을 비판하는 기능도 하지만, 다른 한편으로는 그 같은 문화적 인간성의 허구성을 폭로하는 역할도 수행한다.[19] 이 같은 특성은 동물 우화의 형식을 빈 풍자에서 더욱 명확하게 드러난다.

결함, 비속한 인간의 하찮은 악인 것이다.
이유식의 지적대로 그의 풍자의 주된 테마는 '인간의 연극성'이다. 그것은 인간의 대부분의 행동, 심지어는 이해 관계에 따르지 않는 행동조차도 타인의 시선, 허영심, 또는 관습 등에 의해 지배된다는 것을 의미한다. 인물들이 보여 주는 사회적 체면이나 허세, 이중 인격과 위선 등은 모두 이 연극성과 관련된다. (이유식, 앞의 논문, p.202.) 풍자의 대상이 이와 같이 '인간의 연극성'이나 '악의 평범성'에 있다는 사실은 풍자의 주체인 작가의 의식이 인간 그 자체에 대한 불신과 환멸에 깊이 연루되어 있음을 확인케 한다.

19) 때문에 독자들의 반응도 지극히 양가적이라 할 수 있을 것이다. 한편으로는 희화화된 인물의 부정성에 대해 작가와의 공감적 유대 속에서 비난의 태도를 취할 수 있겠지만, 다른 한편으로는 독자 자신들이 작가에 의해 풍자되고 있는 듯한 불쾌감을 떨쳐 버리지 못할 것이다. 희화화된 인물의 속성이 인간의 근원적인 비속성으로 귀결되고 있기 때문에 풍자적 대상과 독자 자신들의 본질적인 차이가 무화되는 것이다. 요컨대 그들 역시 그와 같은 인간 속성으로부터 크게 벗어나 있지 못하며, 따라서 그들이 대면하게 되는 것은 타인들의 부정성이 아니라 자신들 속에 깃들어 있는 부정성이라 할 수 있을 것이다.

(2) '악의 편재성(偏在性)'과 인간의 비속화

김성한이 풍자 작가로서의 또 다른 면모를 보여 주는 것이 우의적 기법을 통해 인간 사회를 풍자하고 있는 「풍파」, 「중생」, 「오분간」 등의 작품이다. 특히 「풍파」와 「중생」은 풍자적 알레고리의 대표적인 형식인 동물 우화소설로서 '이'나 '빈대'와 같은 하등동물을 의인화하여 인간의 속악성과 세태의 비도덕성을 풍자하는 작품들이다. 이때 인물의 속악성과 비도덕성은 작품 속에서 인물의 형상이 직접 벼룩이나 빈대와 같은 하등동물의 모습을 띠고 나타남으로써 제시되거나 '이'와 같이 인간의 악행을 일거수일투족 바라볼 수 있는 존재의 관찰 형식을 통해서 드러나게 된다.

「풍파」는 '이'를 초점화자로 설정하여 '이'의 경험과 인간들의 행태에 대한 관찰을 서술자가 전달하는 형식으로 되어 있는 작품인데, 이 같은 의인화를 통하여 인간의 속악성을 폭로하도록 함으로써 인간을 '이'만도 못한 존재로 비속화시키는 효과를 갖는다.

> 상해 공동조계에서 매소부라는 벼슬로 날리는 모체의 사타구니에서 기식하면서 인간의 제작과정 아니 파종과정을 면밀히 관찰함으로써 사도(斯道)의 오묘한 진리를 터득하였다는 것이다.
>
> 삼십명의 호위병으로 위의를 갖추고 와서는 문밖에 배치해 놓고 유유히 들어와서 천천히 옷을 벗고 알몸뚱이로 인간 창조과정을 시범하는 고관으로부터 마상에서 늠름한 자세로 휘하부대의 열병 분열을 사열하던 일본군 대장의 벌거벗은 모습으로부터 길가에 벌여 놓은 사과 광주리를 발길로 차서 관의 위엄을 최고도로 발휘하던 순검의 때가 덕실덕실한 볼기짝으로부터 문을 들어서 바지만 벗어 팽개치고 다짜고짜 덤벼 들어서는 미구에 거품을 물고 씩씩거리는 쿠리의 똥내나는 엉덩이에 이르기까지 인간 군상을 샅샅이 들여다 보았다는 것이다. 자기의 심원한 지식은 이에 그치지 않는다는 것이다.

오히려 이것은 시발점이요, 이로부터 오랜 세월을 두고 겪은 풍파는
세계사의 한 페이지를 이루고도 남음이 있다는 것이다. (8-9면)

"백계 노인 여자"의 "국부의 음모 기슭"에 기식하고 있는 '이'의 눈으
로 보여지는 인간의 성행위는 정상적인 생명활동이라 볼 수 없을 만큼
극단적으로 비속화되어 있다. 이것은 신경득이 지적한 대로 "성적인
풍유가 가학적으로 표현된"[20] 것이라 할 수 있을 텐데, 이러한 가학적
풍유는 인간에 대한 작가의 극심한 환멸과 불신의 시각을 환기시킨다.
즉 가치 왜곡의 사회적 현상으로 훼손된 인간의 전락 정도로 그치는
것이 아니라 인간이란 근원적으로 비속한 존재에 불과하다는 인식으로
까지 확대되고 있는 것이다.

작품의 전체적 구성은 '이'가 겪은 풍파의 여러 에피소드들의 병렬적
제시로 이루어져 있는데, 그 에피소드들은 외양은 다르지만 본질적으
로는 인간의 비속성으로 귀착되는 것들이다. 홍콩 무역회사의 한국지
사 서기의 몸을 빌어 한국에 온 '이'는 상황에 따라 기식처를 옮겨다니
면서 다양한 인간 군상들의 삶의 일면을 관찰한다. 즉 「풍파」에서 보다
강조되는 것은 '이' 자체의 모습이 아니라 '이'가 스쳐가는 다양한 인간
들의 '이'와 다름없는 비속한 생활상인 것이다.

부부나 다름없는 약혼자를 두고 서기와 불륜 관계를 맺고, 또 다른
남자와 여관을 출입하거나 "엉덩이를 이상야릇하게 내휘젓는" 여대생,
"하루종일 다방에서 큰소리 치고", "제 애비가 굉장한 사람이라고 뽐내
고 춘부장한테 부탁해서 이 적산을 꼭 뺏아주게 연고자라는 건 아주
보잘 것 없는 반편일세 어쩌구"하면서 지내는 청년, 밖에서는 "땀을
철철 흘리면서도 그냥 붙어서 엉덩이와 두 다리를 이리저리 씰룩거리"

---

20) 신경득, 앞의 책, p.87.

고 "으리으리한 집"에 돌아와서는 "손발이 병신이라면 몰라도 말짱한 것이 침대에 자빠라져서 병신 행세를 하는" 대감집 딸, 그리고 돈, 고기, 쌀, 옷, 자동차, 비까번쩍하는 사람들이 흥청대고 "대부니 승진이니 죽일 놈이니, 그 따위는 당장 없애 버리느니 귀속 재산을 뺏느니 하는" 대감집에 출입하는 사람들, "대감 이거 이만저만한 길조가 아니웨다. 복록이 무진하고 만사형통할 길조에 틀림없으니 소중이 기르시오"라는 관상쟁이의 말에 사람들 앞에서는 무서운 얼굴로 무시하고는 남모르게 "융숭한 대접"을 하는 대감, 이들이 보여 주는 삶의 행태란 분별 없는 향락, 그리고 음모와 결탁에 의한 축재 등 도덕적 타락에 지나지 않는다.[21)

이러한 다양한 사례들의 병렬적 구성은 인간 전략의 인과적 논리라든가 문제 해결의 전망이 개입될 여지가 없는 인간 상황의 극단적 파행성을 효과적으로 제시한다. 「풍파」의 속편이라 할 만한 「중생」[22)에서는 극한적 비속성의 인간 상황이 '이', '벼룩', '빈대', '파리' 등이 모여 사는 곤충사회로 비유되고 있다. 여기서 인간의 모습이 '벼룩'이나 '빈대'와 같은 형상으로 나타나는 것은 인간과 하등동물의 직접적인 유비를 통해 인간의 비속성을 드러내고자 한 작가가 풍자적 목적을 위해 의식적으로 사용한 장치라고 할 수 있다.[23) 즉 이 작품에 등장하는 곤충들은

---

21) 이 우화의 시간적 배경은 해방기이지만, 그 의미는 전후의 현실을 지향하고 있다고 할 수 있다. 해방 공간의 혼란 속에서 기회주의적이고 향락적인 삶을 영위하는 인간들의 모습은 전후의 혼란 속에서 부를 축적해 가면서 도덕적 타락의 나락에 빠져 있는 사람들의 비속한 모습을 우의적으로 전달하려 한 것이다.

22) 「풍파」와 「중생」은 연작적인 성격을 지닌다. 「풍파」의 마지막 부분에 진술된 다음과 같은 구절은 양자의 연작적 관계를 환기시킬 만하다. "그리하여 이날부터 이 방에서 엮어지는 역사는 모르는 것이 없고, 또 빈대와 벼룩이 못나게 굴어서 일대 풍파가 일어나던 재미 있는 이야기도 있으나 다 후일로 미루고 이만 한다는 것이다." 김성한, 「風波」, 『김성한 단편집 上』(홍성사, 1981), p.21. 따라서 「중생」은 '이'가 겪은 풍파의 후일담적인 이야기라 할 수 있을 것이다.

제 각각 인간의 행태를 예시하는 가탁물(假託物)로서 그들이 행동으로 설명하고 있는 기본 원리는 인간의 비속성 그 자체라 할 수 있다는 것이다.

'빈대'와 '벼룩'은 김좌수네 아들의 물약에 못 견뎌 굴뚝 기슭으로 쫓겨나온 신세들이다. 이 과정에서 벼룩과 빈대는 신세가 전도된다. 빈대는 벼룩이 기진맥진 사경을 헤매고 있는 틈을 타서 그 동안 벼룩으로부터 당해왔던 수모에 대한 앙갚음으로 그를 괴롭힐 뿐만 아니라 각하로 행세하면서 거드름을 피운다. 벼룩으로부터 각하 대접을 받으면서부터는 자기도취적인 환상에 취해 안하무인으로 기고만장해진다. 그런가하면 힘의 열세에 몰린 상황에서 일시적인 안위를 위해 '빈대'를 각하로 모시면서 온갖 아첨과 아부를 일삼는 '벼룩'의 비굴함뿐만 아니라 '이'의 환갑잔치에 가는 도중에 드러내는 '파리'의 권모술수, 그리고 '메뚜기'의 우둔함 등도 이 작품이 보여 주는 또 다른 인간의 비속성이라 할 수 있다. 이와 같이 작품 속의 곤충들은 각각 그에 상응하는 인간의 행태를 풍자하는 것인데, 그것은 "최소한의 인간적인 품격마저 내팽겨치고 인간 사회에 혼란과 무질서, 부도덕만을 조장하는 해로운 무리들에 대한 작가의 냉엄한 비하적 시선을 드러내" 준다.24)

그러나 「중생」에서 작가의 시선은 단지 각각의 곤충들로 예시되는 인간의 간사함이나 비열함, 또는 비굴함, 그리고 그러한 인간들로 가득찬 혼란한 사회상에 대한 폭로와 비판만으로 끝나지 않는다.

> 시비는 그칠 줄을 몰랐다.
> 나중에는 외면한 파리가 건방지다고 벼룩이 쏘아붙이자, 이 부부는 우리 파리는 왜 건드리냐고 역성을 들고, 쥐죽은 듯 가만있던 빈대

---

23) 이상운, 앞의 논문, p.33.
24) 권오룡, 「시대와 도덕적 인간형」, 김성한, 『바비도』(책세상, 1988), p.343.

가 일어서면서 벼룩이 새끼는 원래가 배은방덕한 후레자식이라 하
고, 메뚜기는 딱 버티고 서서 시끄럽다 모두 갈긴다고 협박하였다.
    혼란은 무제한으로 계속되었다. (262면)

서로 물고 물리며 지배와 군림의 위치가 뒤바뀌고 아우성을 치는 '벼
룩'과 '빈대'와 '이'와 '파리'와 '메뚜기' 사이의 난장판은 '김좌수'의
손에 의해 그들이 죽음을 맞을 때까지, 한 치 앞도 내다보지 못한 채
계속된다. 그들에게는 시간이란 의식도 없다. 단지 "무자각의 심연 속
에서 충동에 휩쓸려들고 있"을 뿐이다. 작가는 침몰하여 가는 타이타닉
호에서 죽음을 맞을 때까지 연주를 계속하는 악대와 '김좌수'의 손에
의해 죽음을 맞을 때까지 아귀다툼을 벌이는 곤충들의 묘한 대비를
통해 인간 및 인간의 현실에 대한 비관주의적 인식을 보여 준다.25) 멸망
의 길로 들어서고 있으면서도 그것을 자각하지 못한 채 광란을 멈추지
못하는 미망에 사로잡힌 '중생', 그것이 작가가 이 작품에서 제시하고
있는 인간의 실상이라 할 수 있다.

이와 같이 곤충들이 인간 혹은 인간의 비속성을 비유하고 있다면,
작품 속에 등장하는 실제 인간들은 곤충들의 운명을 결정지을 수 있는
힘의 소유자라는 점에서 신의 입장을 대신한다고 볼 수 있다. 그런데
신의 입장을 대신하는 인간이 '망령든 김좌수'로 설정되었다는 면에서
신에 대한 작가의 태도를 엿볼 수 있다. 망령든 신의 표상은 결국 인간
의 부조리한 운명을 강하게 환기시킨다. 요컨대 그것은 그 어디서도
구원의 가능성을 찾아 볼 수 없을 만큼 전락한 인간의 극한 상황에

---

25) 작가는 「중생」의 서두에서 "침몰해 가는 타이타닉호에서 악대는 최후까지 연주를
계속했다"는 카프카의 경구를 인용하고 있는데, 이것은 그대로 인간을 바라보는
작가의 비관주의적인 관점을 환기시킨다. 따라서 「중생」에서 제시된 곤충들의 행태
는 몇몇 인간들의 비속성이나 부정성에만 국한된 것이 아니라 인간 일반의 본래적
어리석음을 예시하는 것이라 할 수 있겠다.

대한 비유적 표현일 수 있는 것이다.

추락한 신의 권위, 그리고 그 속에서 펼쳐지는, 해결의 가능성이라고
는 전무한 인간 전략의 극한을 극명하게 보여 주는 작품으로 「오분간」
을 들 수 있다. 「오분간」은 희랍신화에 등장하는 '제우스'와 '프로메테
우스'를 패러디하여 인간 현실에 대한 그의 비관주의적 인식을 형상화
하고 있는 작품이다. 신화 속의 두 인물을 차용하여 그는 추락한 신의
권위를 보여 주는 한편, 그들의 눈을 통해 지상의 타락상을 조망할 수
있는 거리를 확보하게 된다.

먼저 '제우스'와 '프로메테우스'의 대립적인 관계를 설정하는 데서
보듯 지상의 인간은 더 이상 "보편적인 기준 자체"인 신성을 인정하지
도 필요로 하지도 않는다. 오히려 '프로메테우스'의 독신(瀆神)적 태도
에서 확인할 수 있는 것처럼 신은 그 권능의 자리에서 밀려나 있다.

> 먹다가 곁눈을 팔았다. 신은 깜짝 놀랐다. 프로메테우스란 놈이
> 쇠사슬을 끊었다. 이것은 일대사가 아닐 수 없었다. 여태까지는 제
> 아무리 수작을 부린다 하여도 내 사슬에 얽매어 있었거늘, 거기는
> 넘을 수 없는 제약이 있었다. 그러나 사슬에서 풀려나왔다는 것은
> 무한한 자유를 의미한다. 내 목장을 송두리째 약탈할 최대의 위기다.

'프로메테우스'의 해방, 그것은 신과 인간 관계의 단절을 의미한다.
신의 속박으로부터 풀려난 프로메테우스적 인간들로 가득찬 지상은
"걷잡을 수 없는 혼돈 속에서 교지와 폭력과 간악이 활개를 치면서
신의 옆구리를 차겠다고 날치"고 있는 세상이다. 여기서 '프로메테우
스'는 인간의 지성, 그리고 그것의 가속적인 발전의 산물인 물질문명을
상징한다. 따라서 지상의 혼돈과 무질서는 그 프로메테우스적인 지성
이 '보편적인 기준'에 의해 제어되지 않고 관성적인 가속력으로 극한을

향해 치달아감으로써 야기된 현상이다. 그러나 이 파국적 상황을 제어할 힘은 '보편적 기준'인 '제우스'의 신성으로도, 그리고 '프로메테우스'의 인간 지성으로도 마련되어 있지 못하다.

천상과 지상의 중간지대에서 벌인 '제우스'와 '프로메테우스' 간의 회담은 오 분만에 결렬되고, 아무런 해결의 접점을 발견하지 못한 채 각각 제 자리로 돌아간다. "아! 이 혼돈 이 허무 속에서 제3 존재의 출현을 기다리는 수밖에 없다. 그 시비를 내 어찌 책임질소냐"라는 말을 남기고 천상으로 돌아가는 '제우스'의 무력한 모습을 통해 작가는 아무런 해결의 출구를 찾을 수 없는 전망 부재의 인간 현실을 제시한다.

이와 같이 「오분간」은 '제우스'와 '프로메테우스'의 관계를 통해 현대인과 신의 문제를 상징화[26]하는 한편, 그들의 조감적 시선을 통해 지상 세계의 현실을 몽타지적 기법으로 제시하고 있다.

> 지상에서는 신과 프로메테우스의 괴뢰들이 제각기 자기가 옳고 자기가 잘났다고 팔뚝질을 하였다.
> 피우스 십이세는 외쳤다.
> 「종교분열 이후 교계를 어지럽힌 모든 종파는 자기의 잘못을 회개하고 카톨릭으로 귀정하라」
> 몰로토프는 프라우디지(紙)에 대서특기하였다.
> 「모든 종교는 아편이다. 가장 과학적인 유물변증법만이 진리다. 모든 종교를 타도하자. 부르조아적 지식 체계를 하루 빨리 청산하라. 지상에서 자본주의 국가를 말살하자」
> 비구승과 대처승은 한국 각처에서 어둠을 헤치고 주먹질을 하였다. (중략)
> 부흥회에서 설교하던 장로파 목사는 책상을 두드리며 외쳤다.

---

26) 이유식, 「평면적 인물」(현대문학, 1964.6), p.200.

김목사는 강전도부와 교회 뒷간에서 키스하였다. 금산사 주지 박스님은 개고기에 약주 한잔 얼근히 취해서 장과부를 껴안았다. 유강도는 황집사네 맞딸을 강간하는 중이었다. 뇌물을 받아먹고 예심으로 형무소에 갇힌 법관은 고물고물 생각하였다.

작품 「오분간」에서는 이런 장면 연속이 반복되는데, '제우스'와 '프로메테우스'는 회담을 하면서 줄곧 지상을 내려다보고 있고, 지상에는 혼란이 극도에 달하고 있다. 이 혼란의 양상은 시간적 전개를 무시한 공간적 병치, 동시묘사법에 의해서 제시되는데, 이러한 파편화된 현실의 공간적 구성은 혼돈 그 자체를 소설화하는 효과를 지닌다. 또한 긴 장면보다는 짧고 첨예하고 경쾌한 단면들을 일정한 주제나 분위기에 응집시킴으로써 비판적 풍자를 유발하는 효과를 얻기도 한다.

이처럼 공간적 동시묘사에 의해 제시되는, 지상의 곳곳에서 벌어지는 다양한 행태들은 간악과 교지(狡智)로 대변되는 인간의 비속성, 그리고 혼돈과 분열의 광란으로 특징지어진다. 따라서 '오분간'은 인간의 추악한 행태들이 한 순간도 멈추지 않고 끊임없이 자행되고 있음을 나타내는 상징으로서의 의미를 지닐 뿐만 아니라 해결의 전망 없음을 환기시킨다고 하겠다. 이 같은 점은 앞서 본 「풍파」에서 '이'의 눈에 비춰진 인간 세태의 다양한 에피소드들의 병렬적 구성이 인간 전락의 인과적 논리라든가 문제 해결의 전망이 개입될 여지가 없는 인간 상황의 극단적 파행성을 효과적으로 형상화하는 것과 같은 맥락에서 이해될 수 있을 것이다.

이상에서 살펴 본 것처럼 「풍파」와 「중생」, 그리고 「오분간」은 당대의 인간 현실을 '악의 편재성(偏在性)'이란 관점에서 초점화하여 인간을 극단적으로 비속화시킨다. 말하자면, 이 작품들에서 풍자적 대상은 특정한 인물들이 예시적으로 환기시키는 특정한 악덕에 있는 것이 아니라 하찮은 사람들에 의해서 일상적으로 자행되는 하찮은 악에 있는 것이다. 「풍파」나 「오분간」에서 제시된 다양한 형태의 악과 그것의 병렬적 구성은 그 같은 악의 편재성을 기법적으로 재현한다. 그리고 그 속에서의 인간은 '이', '벼룩', '빈대', '파리' 등과 같은 혐오스럽고 비속한 해충의 수준으로 전락해 있다. 여기서 일반적으로 믿어 왔던 '인간'은 하나의 환상에 불과하다는 작가의 허무주의적 환멸과 부정을 만나게 된다.

3. '제도의 폭력성'과 '몰의식'(沒意識)

김성한 소설에서 현실 비판의 강렬성과 허무 지향성이라는 상호 모순된 특성이 공존하고 있음을 가장 잘 보여 주는 작품은 「개구리」와 「바비도」이다. 이 두 작품은 당대의 지배 이데올로기와 개인의 개별적 진실 사이의 대립과 갈등을 기본 축으로 설정하여 당대의 정치적 우행과 지배 이데올로기의 경직성 및 허위성을 우의적으로 풍자한다. 그런데 지배 이데올로기의 부정적 현상을 폭로 · 비판하는 작가의 관념적 준거가 '의식의 허구성'이란 근원적 차원에 놓여 있기 때문에 이데올로기 비판의 궁극적인 도달점은 '몰의식'으로 나타난다.

의식의 허구성이란 관점에서 현실의 모순된 상황을 초점화할 때, 잘못 운용된 지배 이데올로기의 횡포뿐만 아니라 모든 가치나 이념, 그리고 그것의 정점인 '신'의 존재 역시 인간 의식의 허구적 조작의 산물로 강등된다. 따라서 그것의 귀결점은 허무 그 자체가 된다. 그렇다면, 이와 같이 절대화된 이데올로기의 폭력성으로 대변되는 현실의 모순을 비판하는 근거가 의식의 허구성이라는 허무주의적 논리에 입각해 있다는 사실은 무엇을 의미하는가?

(1) '의식의 허구성'과 '문명/자연'의 대립

「개구리」는 강력한 위계적 통치 질서를 원함으로써 스스로 자유를 포기하고 권력의 노예가 되어 버리는 인간의 정치적 우행을 풍자한 것으로 평가되어 왔다.27) 그런데 이 작품의 풍자 정신은 짙은 허무주의에 기울어져 있다. 현실의 모든 정치적 우행이 '의식의 조작'으로 나타난 것이라면, 이제 문제가 되는 것은 현실적 저항이나 비판이 아니라 인간 의식과의 싸움이다. 희랍신화에서의 신탁을 매개로 한 신(제우스)과 인간의 연속적 관계를 패로디함으로써 이 작품이 궁극적으로 제기하는 것이 신의 부정이라고 할 때, 그것은 신을 조작해 낸 인간 의식에 대한 부정으로 귀결된다. 그것은 또한 신과 유비적 관계에 있는 인간 사회의 제도와 이념에 대한 근원적인 부정을 의미하기도 한다.

「개구리」에서 이와 같은 의식 부정의 논리는 한편으로는 새로운 문명과 질서라는 명분으로 합리화된 지배와 복종의 현실적 질서의 폭력성과 허구성을 폭로하고, 다른 한편으로는 전사회적·자연적 삶에 의미를 부여하는 이중적 의미 생성의 동인으로 작용하고 있다. 이런 점은 권력욕의 화신인 '얼룩개구리'와 무정부주의적 자유주의자 '초록개구리'의 대립적 인물 설정, 그리고 '얼룩개구리'에 대한 서술자의 풍자적 거리와 '초록개구리'에 대한 공감적 태도 등에서 확인된다.28)

---

27) 이상운, 앞의 논문, p.37.
28) 실제로 「개구리」는 각각 '얼룩이'와 '초록이'를 중심으로 한 이중 플롯(double plot)으로 설정되어 있다. 여기서 '얼룩이'를 중심으로 한 플롯이 '제우스'의 신탁을 매개로 한 문명화의 과정으로 나타난다면, '초록이'를 중심으로 한 플롯은 자연적 생의 원리에 입각한 반문화적 지향을 보여 준다. 그리고 '얼룩이'의 문화적 지향은 개구리 사회에 일대 재앙을 불러들이는 폭력적 상황으로 구체화되고, '초록이'의 반문화적 지향은 '신'과 의식의 부정으로 귀결된다. 이 같은 이중 플롯의 설정은 자연적 질서에 대한 인위적인, 또는 문화적 질서의 우월성이나 필연성을 전복시켜 오히려 자연적 질서와 삶의 방식에 의미를 부여하는 효과를 가져온다.

(가) 문명화의 과정 : 의식의 조작과 카니발리즘적 현실

'얼룩이'를 중심으로 한 사고와 행위의 연쇄는 자연적 상태로부터 문명의 상태로 옮겨가는 문명화 과정의 실상을 보여 준다.

> 개구리들은 제멋대로 살았다.
> 아늑한 산골짜기, 잔잔한 연못에 자리잡은 그들은 아름다운 화초
> 가 우거진 물가에서 노래 부르고, 피곤하면 푸른 하늘 아래 바윗등에
> 서 마음놓고 낮잠을 잤다. 해가 기울어 출출하게 되면 물 속으로 뛰어
> 들었다. 벌레와 송사리떼는 아무리 잡아먹어도 줄어들 줄을 몰랐다.
> 아득한 옛날 그들의 조상이 땅 위에서 삶을 시작한 이래 이 연못가에
> 는 일찍기 이렇다 할 풍파조차 일어난 일이 없었다. (39면)

여기서 본 '개구리'의 삶은 자연적 생의 원리에 입각한 생명의 자유로운 표상으로서 본능적이고 자기 충족적인 삶으로 형상화된다. 그런데 '얼룩이'는 그들의 자연적 삶의 양식을 '무질서'라는 결핍상황으로 보고, 인위적인 질서의 확립과 그 질서를 유지하기 위한 통치자의 옹립을 주장한다. 그들의 평화롭고 행복한 자연적 존재 방식에 '질서/무질서'라는 문화적 관념이 개입함으로써 그들의 사회는 커다란 비극을 겪게된다.

> 「임금이 없어 불편한 점이 있더냐?」
> 얼룩이는 한걸음 바싹 나아가 엎드려서 목청을 높였다.
> 「불편하옴보다도 질서가 없음을 걱정하나이다」
> 「질서? 무슨 질서 말이냐?」
> 「상하도 예의범절도 없이 제멋대로 날뛰는 이 현상이 어찌 가탄하
> 지 아니하오리까? 억센 힘으로 가련한 이 무질서, 군중을 꽉 틀어지
> 고 질서와 단계를 세워 빛나는 통치를 할 군주를 갈망함은 가뭄에
> 비를 기다리는 심정인가 하나이다」

「너희들같이 어리석은 자의 눈에는 무질서로 보이리라. 그러나 그
뒤에는 더 높은 질서가 있다. 사자는 사자, 독수리는 독수리, 개구리
는 개구리다. 애써 멍에를 쓰자고 덤비는 그 심사를 모르겠구나. 이
땅위에서 가장 행복한 것은 바로 너희들이니 돌아가 이 뜻을 뭇개구
리에게 선포하고 아예 어리석은 생각은 말라고 하여라」

얼룩이는 이마의 진땀을 앞발로 씻으면서 애걸하였다.

「그러하오나 임금을 모시고 섬기려는 개구리족의 결의는 이미 견
결한가 하나이다」

제우스는 혼잣말같이 중얼거렸다.

「노예근성!」(47-48면)

지도자를 희구하는 '얼룩이'와 '제우스' 사이의 대화를 통해 우리는
'얼룩이'가 내세우는 질서라는 것이 얼마나 허구적인 것인가를 알 수
있다. 여기서 질서의 개념이 그들 삶의 필연적인 필요에 의해서가 아니
라 '얼룩이'의 음험한 지배욕과 뭇 개구리들의 노예근성에 의해 조작된
허구적 산물임이 폭로된다. 따라서 '무질서/질서'의 문화적 관념은 "더
높은 질서"를 파괴함으로써 스스로 "멍에를 쓰자고 덤비는" 어리석음
의 소산으로 전락한다. 그렇다면 '제우스'가 말하는 "더 높은 질서"란
무엇인가? 그것은 저마다 고유하게 지닌 생존의 원리에 따라 삶을 영위
하는 자연적 질서를 의미한다. 개구리 사회의 불행은 이 자연적 질서에
만족하지 않고 헛된 의식의 조작을 통해 인위적 질서를 실현하고자
하는 데서 발생한다. 그리고 그 인위적 질서란 지배와 복종의 관계를
전제로 한 위계적 통치체제로 나타나기 때문에 그러한 질서 속에서
개개인의 자유로운 삶의 가능성은 완전히 차단된다.

개구리들의 간청에 못 이겨 '제우스'가 내려보낸 '통나무'를 대하는
'얼룩이'와 '초록이'의 대립적 태도는 인위적 질서의 허구성을 희화적
으로 폭로하는 데 기여한다. '통나무'를 새로운 지도자로 받들어 군신의

예를 갖추는 '얼룩이'와 뭇 개구리들과는 달리 '초록이'는 그들에게 필요한 것은 맹종과 굴종의 대상이 아니라 '편의'임을 역설하며 통나무 위에서 마음껏 즐거움을 누린다. '얼룩이'는 '초록이'의 행동을 독신이라 나무라며 곧 '제우스'의 노여움이 내릴 것이라 다른 개구리들을 위협하지만, 점차 많은 개구리들은 '초록이'와 더불어 '통나무'가 제공하는 편의를 즐기며 '태평성대'를 구가한다. 그러나 '얼룩이'는 이 "등신 같은 지도자" 밑에서는 재상 자리를 얻을 수 없을 것 같은 불안 때문에 '제우스'에게 새로운 지도자를 간청한다. 그래서 그는 새로운 지도자 '황새'를 타고 연못으로 내려와 뭇 개구리들 앞에서 세도를 뽐낸다. 강력한 '황새' 지도자는 개구리 사회에 일대 재앙을 몰고 온다. 그것은 무자비한 살육과 공포이다.

권력욕에 눈먼 '얼룩이'가 새로운 문명과 질서라는 명분으로 강력한 지도자를 세우고, 권력 유지를 위해 지배와 복종의 이념을 유포하면서 동족 살육 및 카니발리즘적 행위를 서슴지 않는 과정은 그대로 이데올로기로 무장한 동족 상잔의 6·25전쟁에 대한 우의적 풍자라 할 수 있을 것이다.

> 양껏 먹고 트림을 하면서 황새는 먹다 남은 개구리 다리를 휙던져 얼룩이더러 먹으라고 하였다. 약간 망서리다가 배고픈 김에 한입 물어뜯어 보았다. 얼룩이는 깜짝 놀랐다.
> 동족 개구리의 고기가 이처럼 맛있을 줄은 꿈에도 몰랐다. 땅에 떨어진 피 한방울도 아까워서 혓바닥으로 핥아먹었다. 순식간에 다리 하나를 먹어 버리고 황새의 눈치를 살폈다. 이쪽을 노려보고 있던 황새는 픽 웃으면서 발톱으로 엉덩이살을 뜯어 던졌다. 기름끼 있고 몽실몽실한 것이 다리에 댈 것이 아니다. 참으로 맛이 있었다. 똥구멍은 약간 구리기도 하였으나 눈을 꼭 감고 삼켜 버렸다. (54면)

황새는 짜증을 내고 얼룩이는 배가 고팠다. 이에 연못에는 새로운 윤리가 선전되었다. --- 만상의 조물주, 우주의 영원한 주인이신 제우스신께서 파견하신 대왕폐하에게 충성을 다하고 그를 위하여 문자 그대로 희생되는 것은 신자(臣子)된 자의 당연한 의무일뿐더러 최고의 영예요 천국에의 가장 확실한 길이니, 물 밑에 틀어버린 친애하는 동지들이여 우리가 살면 얼마나 살겠다고 직직한 돌 밑에서 준동할 것이냐? 일어서 나와 용감성을 최고도로 발휘하여 살아서는 신자로서 최상의 영광을 누리고 죽어서는 영원한 천국의 낙을 받도록 하자. 기회는 다시 오지 않는다, 궐기하자 동지들이여 --- (54 -55면)

첫 번째 예문에서 보듯 '얼룩이'가 실현한 새로운 문명과 질서란 결국 동족 개구리의 살을 뜯어먹는 카니발리즘적 현상에 지나지 않는다. 동족 개구리의 살을 맛있게 먹는 '얼룩이'의 행위가 지니는 공포스러움은 희극적 묘사로 인해 더더욱 문제적인 것으로 부각된다. 요컨대 상황의 끔찍스러움과 공포스러움이 그것과 어울리지 않는 익살맞고 희극적인 요소들과 결합됨으로써 상황의 경악스러운 성격은 훨씬 더 강도 높게 인지되는 것이다. 게다가 '얼룩이'가 동족 개구리의 살을 먹는 행위가 사실적으로, 세부적으로 묘사됨으로써 문명과 질서의 명분 속에 숨겨져 있는 폭력적 공포와 전율이 풍자되는 것이다.

두 번째 예문은 '황새'와 '얼룩이'의 지배체제를 공고히 하기 위한 지배 이데올로기의 기만적 성격을 효과적으로 보여 준다. 여기서 '새로운 윤리'란 그들의 권력 유지를 위한 기만적 이데올로기의 장식으로서 지배와 복종의 논리를 합리화하는 역할을 한다. "신자(臣子)된 자의 당연한 의무와 영예"로서, 그리고 "영원한 천국의 낙"을 위하여 지상에서의 고난을 견디어 내야 한다는 '얼룩이'의 역설은 '황새'의 비호 속에서 자신의 권력을 유지하고 한 끼의 식사 분을 갈취하기 위한 탐욕의 문화적 표현이다.

결국 작가는 문명과 질서란 명분으로 조작된 지배와 복종의 체제와 그것을 은폐, 또는 합리화하기 위한 이데올로기의 허구적 성격을 폭로·풍자하기 위해 개구리들의 즐겁고 자기만족적인 자연적 존재 방식으로부터 인위적 질서의 상태로 전이해 가는 과정을 그리고 있다. 그리고 그러한 전이의 과정은 보다 나은 삶에로의 향상이 아니라 비극적 재난 상태로의 전락으로 나타난다.

(나) 자연화의 과정 : 의식의 부정과 허무와의 대면

이와 같이 그릇된 의식의 대변자인 '얼룩이'를 중심으로 전개되는 일련의 서사 과정은 스스로 자유를 포기하고 권력에 집착하여 허덕이는 인간의 정치적 우행과, 지배와 복종의 관계를 절대화하는 지배 이데올로기의 허구적 폭력성을 환기시킨다. 반면에 '얼룩이'와 대립적인 입장에서 그에 대한 비판과 저항을 보여 주는 '초록이'를 중심으로 한 서사 과정은 자연적 존재 방식에 대한 가치 부여로 나타난다. 환언하자면, '초록이'의 서사적 의미는 '얼룩이'로 상징되는 문화적 질서로부터의 탈의미화에 있다고 할 것이다. '초록이'의 이 같은 반문화적 지향은 '얼룩이'가 보여 준 바 있는 자연적 질서에 대한 인위적, 또는 문화적 질서의 우월성과 필연성을 전복시켜 오히려 자연적 질서와 삶의 방식에 의미와 가치를 부여한다.

이 같은 점은 개구리 사회의 지도자의 옹립과 강력한 통치질서의 확립을 강변하는 '얼룩이'에게 "자빠라질 자유, 낮잠 잘 자유, 제멋대로 거꾸로 설 자유"를 주장하고, 그들에게 필요한 것은 상하 위계를 세우는 지도자가 아니라 "편의"임을 강조하는 '초록이'의 비판과 저항의 논리에서 확인되는 바다.[29] 그런데 그의 반문화적 관점이 지향한 도달

---

29) 이런 점 때문에 '얼룩이'의 통치 질서 확립의 주장에 대한 '초록이'의 저항의 근거가

점은 '의식'의 부정이며, 이 의식의 기만적 성격은 '제우스'의 자기 부정의 방식으로 표현된다.

> 「그러나 제우스신은 만물의 조물주요 그 운명을 맡으신 분이 아니십니까?」
> 「아니다. 만물은 만든 것이 아니라 시간과 공간의 어떤 교차점에서 저절로 태어났다가 때가 오면 저렇게 저절로 지는 것이다」
> 「저희들은 제우스신을 저희들의 주, 전지전능의 신으로 알았읍니다」
> 「비극의 근원은 의식에 있다. 내가 어찌 전지전능의 신일 수 있겠느냐? 나는 오히려 의식의 세계에 돋은 독버섯이다. 의식과 더불어 운명을 같이 하는 존재다. 비근한 예를 들어 보자. 너 초록 개구리야, 고개를 들어 보아라, 네 눈에는 내가 초록개구리로 보이지?」
> ------------------ 중   략 ------------------
> 「그러면 결국은 ……」
> 「결국은 나는 없는 것이다. 너희들이 만들어 낸 것이다. 의식의 조작이다. 의식에 뿌리박은 노예근성의 조작이다」(58-59면)

위 예문은 개구리 사회의 재난으로부터의 구원을 요청하기 위해 올림프스 산정에 올라간 '초록이'와 '제우스' 사이의 대화 장면이다. 여기서 전지전능의 신 '제우스'는 실재가 아니라 의식의 조작으로 만들어진 환상에 지나지 않는다는 사실이 '제우스' 자신의 자기 부정의 방식으로 폭로된다. '절대'라는 이름으로 인간 삶에 군림해 왔던 '제우스'로 하여금 그 자신의 존재 근거가 인간 의식의 허구적 조작에 있다는 사실을

다분히 "소극적 자유주의"에 있다는 지적을 받아왔다. 즉 '초록이'가 대변하는 것은 그릇된 의식의 조작에 대한 타당하고 당당한 가치가 아니라 '의식'의 건설적이고 능동적인 활동을 방기한 채 얻어지는 소극적 자유, 또는 개인적 차원의 자유에 불과하며, 그것이 의식에 대한 거부를 불러왔다는 것이다. 신경득, 앞의 책, p.91., 이상운, 앞의 논문, p.41.

폭로케 함으로써 '절대'를 빙자한 인위적 질서와 문화적 관념, 그리고 그것의 기반으로서의 의식 자체에 대한 풍자를 실현하는 것이다.

이러한 맥락에서 희랍신화를 패로디하는 작가의 의도를 살펴 볼 수 있을 것이다. 패로디는 그 대상을 희화화함으로써 그것에 담긴 의미를 파괴하고 자신의 의도를 실현하는 방법이다. 「개구리」에서 희랍신화의 패로디는 인간과의 유대 관계를 기초로 해서 인간의 삶과 운명을 관장하는 희랍신화의 '제우스'를 전지전능한 절대의 자리에서 인간의 노예 근성이 조작해 낸 허구적 존재로 강등시키는 방향으로 이루어진다. 따라서 희랍신화의 패로디는 '의식 부정의 논리'를 통하여 기성의 가치관이나 절대화된 이데올로기와 그것의 힘에 의해 유지되는 현실의 질서에 대한 비판과 저항을 의미화하는 것이라 할 수 있다.

요컨대, 의식의 부정은 일종의 우상 파괴로 나타나며, 그것은 허무에의 의지라 할 것이다. 인간 의식의 산물에 있어서 정점인 신 '제우스'를 "침을 뱉고 물어뜯"고 "닥치는 대로 네발로 할퀴고 갈기고 찢"은 그들의 앞에는 "아무것도 없"는 허무만이 남아 있다.

> 아무것도 없었다.
> 제우스도 신전도 아무 것도 없었다. 나무가 있고 풀이 있고 돌맹이가 있을 뿐이었다. 겁을 먹고 쓰러져 팔딱이는 검둥이의 두 눈이 돌짬에서 멍하니 앞을 내다 보고 있었다.
> 초록이는 공중을 향하여 한번 힘껏 올려뛰었다. 땅에 뚝 떨어졌다. 다시 뛰었다. 다시 떨어졌다. 천지는 아무 변함 없고 무관심하였다.
>
> 도달할 끝이 없는 망망한 하늘 아래 시초도 종말도 없는 시간의 흐름 속에서 초록이는 그저 우두커니 서 있을 뿐이었다. (61면)

위 예문에서 보듯 「개구리」에서 의식 부정의 전략이 도달한 궁극적인 상황은 '허무'가 아니라 그 허무 속에서 막막함과 두려움을 안은 채 서 있는 '초록이'의 모습이다. 그것이 구체적인 전망의 제시라고 하기는 어렵지만, 최소한 바로 그 허무 위에서 무엇인가를 새롭게 시작해야 한다는 강렬한 암시를 던져 준다고 볼 수 있다. 따라서 「개구리」가 서사화하는 것은 허무주의라기보다는 오히려 허무주의적 논리를 통한 반성과 탐색이다.

다시 말해 '초록이'의 우상 파괴는 모든 기존의 가치를 무화하는 반문화적 허무 의지의 표현이라 할 수 있다. 여기서 '허무 의지'라 함은 의식 부정의 논리가 단순히 몰의식적 허무주의에 입각한 환멸을 제시하는 것이라기보다는 어떤 지향점을 모색하기 위한 전제 과제로서 기능한다는 것을 뜻한다. 말하자면, 전면적으로 타락한 현실 속에서 새로운 가치와 존재 방식의 모색은 기존의 그릇된 질서를 유지시켜 주는 모든 가치와 이념으로부터 의미를 박탈하는 허무주의적 논리로 구현된다는 것이다.

(2) '가치의 무의미성'과 '허위/진실'의 대립

「바비도」가 김성한의 작품들 가운데 가장 많은 주목을 받아 온 까닭은 이 작품이 김성한 소설의 여러 특징을 가장 잘 보여 주기 때문일 것이다. 특히 이 작품은 「로오자」, 「광화문」 등과 함께 역사적 인물을 차용하여 당대 현실을 우의적으로 비판하고 있다는 면과 함께 그런 현실에 대한 비판 의식이 몰의식적 허무주의와 맞물려 있다는 점에서 비평적 논란의 대상이 되어 왔다.

많은 논자들이 지적한 것처럼 「바비도」의 일차적인 특징은 역사적 우의성에 있다. 영국의 역사적 사실에서 소재를 선택하고 있지만, 그것은 당대의 정치적 독단과 폭력에 대한 비판과 저항의 관념을 소설화하기 위한 우의적 장치에 불과하다. 「바비도」의 작중상황은 구체적인 역사적 현장성보다는 부정적 현실이라는 일반화된 배경으로 추상화되며, 이 작품에서 다루어진 종교 문제도 그 자체로서는 아무런 의미도 지니지 못한다. 따라서 인간을 억압하는 조직체로 표상되는 교회지상주의적인 「바비도」의 배경을 전후의 권위주의적 이데올로기와 정치적 폭력으로 나타나는 훼손된 가치상황으로, 그리고 '바비도'를 이런 상황 속에서 회의하고 저항하는 인물로 보게 된다. 이런 점에서 「바비도」는 "역사의 소설적 구체화가 아닌 관념의 소설적 구체화"[30]라 할 수 있을 것이다.

그런데 개인적 자아와 적대적 환경 사이의 갈등을 중심으로 전개되는 「바비도」에서 '바비도'의 진실과 신념의 수호를 위한 순교적 죽음은 역설적이게도 가치 허무주의적인 태도와 몰의식적 지향을 보이고 있다. 이것은 '바비도'의 저항이 의식 부정의 논리로 뒷받침되고 있다는 것을 함축한다. 요컨대 그것은 그의 저항적 대상이 권위주의적 이데올로기의 폭력적 상황에서 지배와 복종의 관계를 합리화하는 가치 판단, 즉 의식 그 자체로 전이되고 있음을 의미하는 것이다. 따라서 '바비도'를 통해 작가가 제시하고자 한 것은 부당한 현실에 대한 극복의 전망이 아니라 현실의 부정성을 은폐하는 지배이데올로기의 허구성에 대한 폭로 및 고발에 있는 것으로 보인다.

(가) 양자택일적 세계 속의 피해자

「바비도」는 전체적으로 뚜렷이 구분되는 세 부분, 즉 <독백적 서술을 통한 바비도의 갈등 - 바비도의 종교 재판 과정 - 스미스필드에서의 사형 집행 과정>으로 이루어져 있다. 이 같은 구성은 <방 - 종교 재판

---

30) 권영민, 앞의 논문, p.320.

정 - 스미스필드 사형장>으로 전개되는 공간적 확산을 통한 구조적 점충성의 효과[31]를 보여 주긴 하지만, 그것들은 프롤로그에서 제시된 작가의 주제적 진술에 대한 병렬적 반복이라 할 수 있다.

> 일찍기 위대한 것들은 이제 부패하였다.
> 사제는 토끼 사냥에 바쁘고 사교는 회개와 순례를 팔아 별장을 샀다.
> 살찐 수도사들을 외면하고 위클리프의 영역 복음서를 몰래 읽는 백성들은 성서의 진리를 성직자의 독점에서 뺏고 독단과 위선의 껍데기를 벗기니 교회의 종소리는 헛되이 울리고 김빠진 찬송가는 먼지 낀 공기의 진동에 불과하다. 불신과 냉소의 집중 공격으로 송두리째 뒤흔들리는 교회를 지킬 유일한 방패는 이단분형령(異端焚形令)과 스미스피일드의 사형장이었다. (169면)

이와 같이 작품 서두의 프롤로그는 「바비도」가 진정한 하나님의 말씀을 직접 알고자 하는 개인의 진실과 그것을 통제하려는 지배이데올로기(교회지상주의) 사이의 대립과 갈등을 기본 축으로 하여 집단적 허위와 개별적 진실의 분열상에 대한 풍자, 그를 통한 전체주의적이고 비인간적인 이데올로기의 경직성과 기만성에 대한 비판을 주제로 삼고 있다는 것을 대변해 준다. '바비도'의 내적 갈등과 종교 재판 과정, 그리고 사형 집행 과정은 교회지상주의로 대변되는 조직의 기만적 폭력성과 개인적 진실의 대립과 갈등에 소설적 형상을 부여하는 것에 지나지 않는다.

첫 장면은 영역복음서 비밀독회에서 자기 방으로 돌아온 '바비도'의 내면적 갈등에 초점이 맞추어져 있다. 그의 내적 갈등은 '종교 재판'과

---

31) 위의 논문, p.321.

'이단분형령(異端焚形令)'으로 상징되는 조직의 제도적인 폭력에 대한
분노와 회의로 나타난다.

　　가난한 자, 괴로워하는 자를 구하는 것이 그리스도의 본의일진대,
　　선천적으로 결정된 운명의 밧줄에 묶여서 라틴말을 배우지 못한 그
　　들이, 쉬운 자기 말로 복음의 혜택을 받는 것이 어째서 사형을 받아야
　　만 하는 극악무도한 것이란 말이냐? 성찬의 빵과 포도주는 그리스도
　　의 분신이니 신성하다지마는 아무리 보아도 빵이요 먹어도 빵이다.
　　포도주 역시 다를 것이 없다. 말짱한 정신으로는 거짓이 아니고야
　　어찌 인정할 도리가 있을 것이냐? 무슨 까닭에 벽을 문이라고 내미는
　　것이냐? 절대적으로 보면 같은 수평선상에 서 있는 사람이 제멋대로
　　꾸며낸 것을 다른 사람에게 강요할 근거가 어디 있단 말이냐?
　　바비도는 울화가 치밀었다. (170면)

　'바비도'의 분노는 제도의 허위와 폭력이 개인의 진실과 양심을 짓밟
고 있는 상황의 부정성에 대한 첨예한 비판을 보여 준다. 그러나 이
같은 분노는 곧이어 모든 것에 대한 허무주의적 회의로 치닫는다. '바비
도'는 영역복음서를 읽는 자신의 행위를 부당한 것으로 단죄하는 성직
자들의 허위의식과 제도적 폭력에 대해 맹렬한 비판적 저항의식을 간
직하기는 하지만, 그와 더불어 거대한 조직에 대비할 때 엄청나게 미약
한 자신의 현실적 왜소함과 죽음의 공포로 인한 자기모멸감, 그리고
진실에 대한 신념의 상실을 보여 준다. '바비도'의 의식 추이의 도달점
은 신념의 상실과 신경질적인 비분강개라 할 수 있다.

　　불행의 시초는 도대체 인간 세상에 태어났다는 사실에 있다. 누가
　　이 세상에 나고 싶다고 했더냐? (중략) 힘이다. 너희들이 가진 것도
　　힘이요, 내게 없는 것도 힘이다. 옳고 그른 것이 문제가 아니라 세고
　　약한 것이 문제다. 힘은 진리를 창조하고 변경하고 이것을 자기 집

개로 이용한다. 힘이여 저주를 받아라.(171-172면)

　　이번에는 구석에 있는 궤짝이 밉쌀스럽다. 발길로 쟁겨 찼다. 문짝
이 부서졌다. 잡아서 모로 쓰러뜨리고 두 발로 힘껏 구르고 문질러서
쪼각쪼각 부셔 버렸다. 사람이 꾸며낸 것은 무엇이든지 눈에 불이
나듯 원수같았다. 닥치는 대로 찢고 물어뜯고 짓밟았다. 깜박이는
등불이 얄밉다. 문을 열어 제끼고 힘자라는 대로 멀리 냅다 던졌다.
　　숨을 허덕이면서 자리에 쓰러졌다. 사람 허울을 쓴 놈이 눈 앞에
나타나기만 하면 단번에 모가지를 비틀어서 쑥 잡아빼어 버리고 싶
었다. (172면)

　　위 예문에서 개별적인 진실, 혹은 인간적 질서에 대한 '바비도'의
근원적인 회의를 볼 수 있다. 자기 방에서 홀로 번민에 빠진 '바비도'의
의식의 도달점은 인간 세상에 대한 환멸, 그리고 모든 것을 부정하는
무상주의, 무력감에 의한 신경질로 나타난다. 이런 '바비도'의 의식의
추이는 철저한 의식의 파탄이라 할 수 있을 것이다. 이것은 초라한
재봉직공의 신분이지만 진실에 대한 건실한 믿음을 소유했던 한 인간
의 내면적 전락의 과정을 보여 주는 것이다. 따라서 여기서의 '바비도'
는 훼손된 상황의 중압에도 불구하고 진정한 가치를 견지하겠다는 신
념을 소유한 저항자의 모습으로 보이지 않는다. 오히려 그는 부정적
현실의 압도적인 힘에 의해 일그러지고 파괴되는 피해자의 모습으로
나타난다.
　　'바비도'가 보여 주는 극단적인 환멸과 신경질적인 공격 심리는 자아
와 세계 간의 간극과 대립 속에서 불구화된 인간의 절망적인 존재 체험
의 징표이다. 그것은 복종 아니면 죽음의 양자 택일을 강요하는 제도적
폭력 속에서 한 인간이 어떻게 전락해 가는가를 여실히 보여 준다.[32]

─────────────
32) 종교 재판을 앞둔 '바비도'의 의식의 추이는 이 같은 점을 분명하게 보여 준다.

따라서 피해자로 부각되는 '바비도'의 파괴된 내면 풍경, 일그러진 의식은 한 개인의 진실과 신념을 철저히 파괴시키는, 폭력으로 유지되는 이데올로기적 질서의 공포스러움을 환기시킨다.

(나) 허무주의적 저항의 의미

폐쇄된 '방'을 공간적 배경으로 한 '바비도'의 의식의 추이에서 폭력적 세계 상황에 처한 무력하고 왜소한 피해자의 내면풍경을 볼 수 있다면, '종교 재판 과정'이나 '사형 집행 과정'에서는 저항자적 모습으로 형상화된 '바비도'를 발견할 수 있게 된다. 그는 자신에게 제시된 두 가지 선택의 가능성 가운데 굴욕적인 생존이 아니라 저항적 죽음을 선택한다. 그런데 그가 죽음을 선택하는 데 있어서 특징적인 것은 그것이 진실에 대한 신념의 수호가 아니라는 점이다. '바비도'는 자기기만적인 굴복을 통하여 목숨을 구걸하려 하지도 않지만, 자기 신념을 뚜렷이 견지하면서 진실을 증거하는 순교적인 자세로 죽음을 선택하는 것도 아니다. 환언하자면 그것은 진실의 포기도 진실의 수호도 아니라 할 수 있을 것이다.

이와 같은 점을 '종교 재판 과정'에서의 '바비도'와 '사교' 간의 대화를 통해 확인할 수 있다.

그의 폭력적 세계 상황에 대한 반응을 구체적으로 살펴보면 다음과 같은 과정으로 전개된다.
(1) 가끔 무서운 소름이 온몸을 스쳐 지나갔다.
(2) 바비도는 울화가 치밀었다.
(3) 그는 공포에 떨었다.
(4) 옳음을 주장하는 것이 인간의 권리라고 생각한다.
(5) 그러한 의식들이 허망한 망상에 지나지 않다고 생각한다.
이와 같이 공포, 분노, 환멸로 특징지어지는 '바비도'의 의식의 변화 과정은 진실에 대한 신념으로부터 체념에 이르는 전락을 보여 준다. 현길언, 앞의 책, p.145.

「밤이면 몰래 모여들어서 영역 복음서를 읽었다지?」

「그렇습니다」

「그것이 옳다고 생각하느냐」

「옳다고도 그르다고도 생각지 않습니다」

「옳으면 옳고 그르면 그르지 그런 법이 어뎄단 말이냐? 똑바루 말해!」

「전에는 옳다구 생각했읍니다」

「그럼 그렇지, 지금은 그르다구 생각한다는 말이지?」

「그렇지 않읍니다」

사교는 상을 찌푸렸다.

「그렇지 않으면 어떻단 말이냐?」

「다 흥미가 없어졌다는 말입니다」

「흥미가 없어지다니, 신성한 교회에 흥미가 없단 말이냐?」

「교회뿐만 아니라 온 인간세상, 나 자신에 대해서까지 흥미가 없어졌읍니다」(173면)

종교재판을 받는 '바비도'의 태도에서 근원적인 부정과 극단적인 허무감을 읽을 수 있다. 앞서 살펴보았듯이 '바비도'의 의식의 추이가 도달한 극점은 신념의 상실, 또는 허무에 대한 인식이었다. 이제 그에게 문제되는 것은 거짓과 진실의 대립이나 갈등이 아니라 삶의 무의미성, 자신의 신념까지를 포함한 모든 가치의 무의미성이다. 따라서 그는 옳고 그름의 문제를 떠나 모든 가치를 배격한다. 그것은 가치 판단과 판단의 기준 자체에 대한 절대적인 부정을 의미한다. 이것은 거짓 기준으로 옳고 그름을 재단하는 제도화된 이데올로기의 허구성에 대한 근원적인 부정으로서의 저항이라 할 수 있다.

따라서 '바비도'의 죽음의 선택은 일종의 허무 의지로서의 저항이다. 그것은 감상주의적 충동이 아니라 절망과 허무의 반전으로서의 의지적 선택이다. 물론 '바비도'의 이 같은 허무주의적 저항이 혼미하고 타락한 상황에 대하여 진정한 가치를 제시함으로써 얻을 수 있는 건강한 전망이라고 할 수는 없다.[33] 그러나 그의 허무주의가 부당한 가치를 인정하고 수용하기를 강압하는 부정적 현실에 대한 저항임에는 틀림없다. 그리고 그와 같은 허무주의적 저항의 태도는 힘의 논리로 운용되는 현실의 질서와 지배 이데올로기로부터 위선과 독단의 허울을 벗겨내는 것이기도 하다.

이런 맥락에서 '바비도'의 죽음은 진실의 수호를 위한 신념의 순교도 아니지만 그렇다고 체념의 순교[34]도 아니다. '바비도'의 죽음이 지니는 의미는 기실 자신의 진실과 신념을 증거하는 것이 아니라 한 평범한 인간을 '미치광이'로 몰아가는 세계의 폭력성과 허구성을 증거하는 데 있다. '사형 집행 과정'에서 제시된 '바비도'와 공개 화형을 구경하려 운집한 군중들의 대비, 그리고 '헨리 타자'와의 대화는 '바비도'의 죽음이 무엇을 의미하는지를 암시하고 있다.

> 사형수 바비도를 실은 마차가 들어왔다. 온몸은 볼 모양이 없이 되었다. 옷은 찢기고 얼굴에서는 피가 흘렀다. 거리를 끌려다니면서 믿음이 두텁고 나라에 충성된 백성들로부터 받은 모멸의 흔적이었다. 입구에 들어서자 군중은 앞을 다투어 덤벼 들었다. 애기 업은 중년부인은 앞장서서 침을 뱉었다. 돌멩이도 수없이 날아왔다. 진흙을 묘하게 뭉쳐서 바비도의 얼굴에 명중시킨 용사도 있었다. 가장 용감한 친구는 마차에 뛰어올라 발길로 한 대 차고 침을 뱉고 나서 춤추듯이 내려 뛰었다. 멀리 서 있는 사람들도 기회를 놓칠까 두려워서 애써 침을 뱉고, 노파들은 주먹질하고 젊은 여자들은 생각할 수

---

33) 이상운, 앞의 논문, p.53.
34) 김현은 죽음을 선택하는 '바비도'의 의식이 정당하게 논리적 해결점을 발견하지 못하고 짙은 허무감과 세상사 흥미 없다는 냉소로 변하고 있다는 점에 주목하여 그를 신념의 순교자가 아닌 체념의 순교자라 평가하고 있다. 김현(1991), 앞의 책, pp.309-310.

있는 욕설은 빠치지 않고 퍼부었다. (178면)

「세상사는 그렇지두 않은가 봅니다. 우선 당신의 조상 헨리2세만
하더라도 사냥터에서 쓰러진 자기 형의 시체를 팽개치고 부리나케
돌아와서 왕위를 가루채지 않았읍니까? 자자손손이 그 덕분에 영화
를 누리고 당신도 그 <악>의 혜택으로 일국의 태자요 장차의 천자
가 아닙니까? ......」(중략)
「할 수 없구나, 잘 가거라. 나는 오늘까지 양심이라는 것은 비겁한
놈들의 겉치장이요, 정의는 권력의 버섯인 줄로만 알았더니 그것들
이 진짜로 존재한다는 것을 내 눈으로 보았다. 네가 무섭구나 ......」
(180-181면)

첫 예문은 죽음을 담담하게 수락한 '바비도'의 모습과 자신의 목숨을
보전하기 위해 진실을 버리고 경쟁적으로 '바비도'를 모멸하는 군중들
의 대조적인 모습을 보여 주고 있다. 이것은 모멸을 받아야 될 사람들이
그렇지 않은 사람을 모멸하고 있는 가치 전도의 세계뿐만 아니라 집단
적 광기의 세계를 환기시킨다. 두 번째 예문은 '바비도'의 목숨을 구하
기 위해 달려 온 '헨리 태자'와 '바비도' 간의 대화이다. 여기서도 역시
'법'의 이름으로 죄 있는 자가 죄 없는 자를 단죄하는 현실의 모순을
보여 주고 있다.

따라서 '바비도'의 죽음은 집단적 허위와 광기, 그리고 지배 이데올로
기의 허구성과, 인간을 배제한 조직·제도의 폭력성에 대한 부정과 야
유로서의 죽음이다. 이때 '바비도'의 허무주의는 가치 전도와 폭력의
"극한 상황 속에서 인간이 그 나약한 존재의 한계성을 초극"[35]할 수
있는 마지막 근거로 작용한다고 할 수 있다. '바비도'의 허무주의적
저항으로서의 죽음은 현실적 지향성을 제시할 수 없다는 점에서는 분

---

35) 김우종, 『한국 현대 소설사』(성문각, 1982), p.353.

명한 한계이지만, 아무런 전망도 찾을 수 없는 닫힌 세계에서는 그 자체가 전락의 극한으로부터의 모색이란 의미를 지니는 것이다.

4. '윤리의 허구성'과 '생물'의 탄생

가치 혼란의 전후를 소설화하는 김성한의 또 다른 문학적 대응을 「방황」, 「전회」, 「창세기」 등에서 발견할 수 있다. 이 작품들은 기본적으로 가치 왜곡의 시대를 살아가는 지식인의 방황과 고뇌를 다룬 것이라 할 수 있겠지만, 그것을 다루는 데 있어서 특이한 면모를 보인다. 즉 작품의 주인공들은 상당한 정도의 교육과 학식을 갖춘 지식인들이지만, 그들은 자신들의 정체성을 <인간>으로서가 아니라 <생물>, 좁게는 <동물>로서 규정짓고 있다. 다시 말하자면 그들은 그들의 정체성을 동물과의 위계적 변별성에서가 아니라 오히려 동물과의 동질성, 즉 생존 본능만으로 재확립하는 것이다.

그런데 그들의 생물적 존재로서의 아이덴티티 주장과 그것에 입각한 존재방식은 <인간다움>의 현실적 무력성에 대해서뿐만 아니라 가치 왜곡의 사회 현상에 대한 풍자로 기능한다. 즉 <생물>의 의미화는 한편으로는 생물과 인간 간의 전통적인 위계를 전도시켜 그 동안 인간에게 부과되어 왔던 <인간성>, 또는 윤리에 근원적인 물음을 제기하고 그 의미를 박탈한다. 그것은 동물에 대한 인간의 우월적 지위나 인간적 가치의 허구성을 폭로하고 <인간>의 논리, 즉 윤리를 '생 이전의 가정'으로 부정한다.

다른 한편으로 그것은 가치 왜곡 및 가치 상실의 사회악과 대면함으로써 입은 정신적 외상의 한 증상으로서 그 같은 비정상적 논리가 비정상적 사회 현실을 되비추는 거울로 작용한다고 할 수 있다. 요컨대 그것은 <인간>의 정상적인 윤리로는 살아갈 수 없을 만큼 피폐한 현실에 대한 역설적 비판 내지 고발인 것이다. 따라서 그것은 가장 기본적인 생존의 가능성조차 폐쇄된 극한 상황 속에 처한 인간의 전락을 환기시키는 것이며, 그럼으로써 그 같은 비정상적인 인물과 논리를 산출한 상황적 맥락으로서 현실의 부정적 현상에 대한 비판력을 강화하는 효과를 가져온다고 하겠다. 다시 말해 이 작품들은 동물적 생존을 지향하는 인물에 대한 풍자라기보다는 오히려 그러한 인물을 낳게 한 50년대의 사회 구조를 풍자[36]하는 데 초점이 맞추어져 있다 할 것이다.[37]

이와 같은 맥락에서 필자는 「방황」, 「전회」, 「창세기」 등의 작품들에서 '생물의 의미화'라는 가치 허무주의적인 논리가 어떻게 가치 혼란의 현실에 대한 비판적 성찰을 산출해 내는지를 구체적으로 살펴보고자 한다. 특히 「방황」은 작가 스스로 "가장 공을 들인 작품"[38]이라고 주장하는 만큼 유다른 주목의 대상이 되고 있다. 따라서 필자 역시 「방황」을 중심적인 논의의 대상으로 삼고자 한다.

(1) '인간'의 죽음과 '생물'의 탄생

「방황」의 '홍만식'은 "나는 인간이 아니라 생물이다"라는 충격적인 주장과 함께 등장한다.

---

36) 엄해영, 『한국전후세대소설연구』(국학자료원, 1994), p.194.
37) 이 점에서 「방황」을 비롯한 일련의 작품들이 앞에서 살펴 본 바 있는 속악한 인물 풍자의 작품들과 다른 차이점을 볼 수 있다. 이 작품들의 주인공들의 경우 정상적인 사람으로 스스로를 생물로 비하시킬 수밖에 없는 것은 개인의 결함에 원인이 있는 것이 아니라 그러한 개인을 만든 사회에 원인이 있음을 명백히 하고 있다. 따라서 그 인물들의 '생물'의 논리는 자기 비하의 방식을 통한 부조리한 현실에 대한 비판적 풍자로써 의미작용한다고 할 수 있을 것이다.
38) 김성한, 「五分間의 세계」(문학사상, 1973.12), p.200.

나 홍만식은 인간이 아니다. 생물이다. 더 구체적으로는 동물이다.
동물은 무엇이나 닥치는 대로 먹고 살 권리가 있다. 덤비는 놈은 때려
눕힐 권리가 있다. 힘이 모자라면 맞아서 죽을 뿐이다. (189면)

이와 같이 '홍만식'은 자신의 아이덴티티를 생물, 보다 구체적으로는
동물로 확립하고 있다. 그것은 생물학적 법칙에 따른 생존 본능만을
유일한 삶의 근거로 삼는 약육강식의 행동 원리를 수반한다. 이 자연적
질서 속의 생물에게는 생존 본능 이외에 어떠한 의미나 가치도 개입될
여지가 없다. 따라서 '인간'이기 이전의 생물로서의 자기 주장은 '인간
다움'의 윤리적 가치에 대한 허무주의적 의미 박탈이라 할 수 있을 것이
다. 그리고 그것은 '인간'의 죽음을 의미한다.

배부른 작자들은 인간이라는 것을 창조해 냈겠다. 그리하여 인간
을 동물이라는 생물과 구별하였겠다. 자기네는 동물이 아니고 인간
이라고. 잘났다고. 배는 부르고 할일은 없으니 머릿솟에서 갖은 요물
을 조작해 낸 것이다. 이 따위 조작군들을 예로부터 철학자라 하여
떠받들어 왔겠다. ― 중략 ― 인간아, 네가 언제 네 먹을 것을 남에게
주고 굶어 죽은 일이 있느냐? 그렇게 애족을 잘하는 인간들이 왜
굶어서 헤매는 나 한사람에게 따뜻한 말 한마디 못 던지느냐? (189면)

위 예문에서 확인할 수 있는 것처럼 '홍만식'의 생물로서의 자기 주장
은 <인간 / 생물> 간의 변별적 위계를 전도시킨다. 그러한 전통적인
위계가 <인간다움>의 가치를 근거로 한 생물에 대한 인간의 우월적
지위를 주장하는 것이라고 한다면, '홍만식'의 생물적 아이덴티티의
발견과 주장은 그 관계를 전도시킴으로써 인간다움의 가치 속에 은폐
되어 있는 기만적 성격을 폭로하는 것일 수 있다. 그래서 "도덕, 정의,
의리, 인간애, 애국, 애족, 가치" 등과 같은 <인간>의 논리는 '배부른

자'들의 자기도취적 장식으로 비하될 뿐만 아니라 <생물>과 구별되는 <인간>의 개념 역시 희화화된다.

여기서 '홍만식'이 취하는 '생물'로서의 생존 논리는 '배고픔/배부름' 의 대립이라는 현실의 구조적 모순과 관련된다. 그것은 가장 기본적인 생존의 가능성조차 기대할 수 없는 극한적인 배고픔의 상황에 대한 절망으로부터 발아하여 현실에 대한 발악에 가까운 저항의 논리로 의미화된다. 요컨대 그것은 인간적인 윤리의식으로서는 생존조차 기약할 수 없을 만큼 병든 사회에 대한 역설적 고발이다.

> 지금같은 마음의 태세는 실로 제대 후 일년 동안 서울 장안의 으리으리한 사무실에 고두(叩頭)하고 고급자동차에서 흙물을 얻어맞는 사이에 자라, 남산의 소나무를 얼싸안은 순간에 대성(大成)된 것이었다. 교원으로 취직하려 들면 경력이 없어서 안되고, 관청에 취직하려 들면 감원선풍이 불어서 안되고, 회사에 취직하려면 유력한 인사의 소개가 없어서 안되고 품팔이를 하려면 자리가 없어서 안되었다. (180면)

5년간의 군복무를 마치고 사회로 복귀한 그에게 전후의 사회 현실은 극한적 배고픔과 사회적 냉대만을 제공할 뿐이다. 그것은 "인간을 가장 한 짐승들이 간교한 아유(阿諛)의 모든 힘을 다해서 물어뜯는" '배부른 자'들의 폭력으로 파악된다. 또한 '인간다움'의 윤리적 가치체계는 그들의 폭력을 은폐하고 그들이 노획한 먹이를 보호하기 위한 문화적 장치로 작용한다. 그래서 '홍만식'의 생물로서의 자기 주장은 그들에게 "물어뜯긴 고기"를 되찾는 권리의 당연한 행사로 정당화된다.

「전회」의 경우엔 주인공 '남천숙'이 '생물'적 정체성의 확립에 이르기까지의 과정이 구체적인 동기 부여와 함께 서사화되고 있지만, 그것

역시 「방황」의 '홍만식'의 경우와 크게 다르지 않다. 고아 출신인 '남천숙'은 가정교사 생활을 하면서 양심과 자존심을 잃지 않고 성실하게 살고자 노력하는 대학생이다. 그러나 그 대가는 극한적 배고픔과 모멸일 뿐이다. 여기서 '김상철'의 전사(戰死)가 상징하는 바가 크다 할 수 있다. 그가 훼손되지 않은 인간다움의 소유자라 한다면, 그의 죽음은 '인간'의 죽음을 의미한다. 바꿔 말하자면 그것은 인간다움의 소유자들이 사회로부터 소외되는 과정을 상징적으로 보여준다고 할 것이다.

남천숙의 '생물'로서의 자기 주장은 이와 같이 '김상철'의 죽음을 시작으로 '차균'의 유혹, '안변선'의 유혹, 그리고 '민자 어머니'의 구박 등으로 전개되는 현실의 약육강식적 논리에 대한 극한의 맞섬으로 나타난다.[39] 즉 그것은 인간의 자연적 권리 주장인 생명 의지로서 표명되는 것인데, 외적으로는 굶어 죽어가는 사람을 곁에 두고 온갖 향락을 누리는 거짓 인간들에 대한 항거로서, 그리고 내적으로는 생물적 본능을 억압하는 인간적 윤리에 대한 부정으로서 나타난다. '차균'과 '안병선'이 누리는 부귀와 향락이 다른 사람들의 몫을 가로챔으로써 얻어진 것이라고 할 때, 그녀의 생물적 의지는 약탈당한 자신의 몫을 되찾는 당연한 권리의 행사가 된다. 따라서 '남천숙'이 취하는 생명의 의지는 가치 전도와 왜곡의 현실에 대한 가치 배제적인 저항이라 할 수 있을 것이다.

「그래두 깨끗이 살아야 하잖니?」

---

39) 사람은 세상에 태어날 때 살 권리를 가지고 나왔다. 따라서 굶는 사람은 먹을 권리가 있는 것이다. 죽어가는 사람을 옆에 놓고 금반지를 끼고 있을 권리는 있을 수 없다.
   --- 살자, 결단코 살자.
   그는 주먹을 불끈 쥐었다.
   --- 이에는 이, 눈에는 눈이다. 금반지가 뭐 네 것인 줄 아느냐? (83-84면)

「얘얘 집어쳐, 짓밟히기 알맞지 뭐냐」

「허지만 난 양심을 속이지 않구 살아가는 걸 최대의 프라이드루 생각하는데」

「아직 더 굶어 봐야 알겠니? 프라이드란 건 말이다. 배부른 놈들이 남의 눈을 속이기 위한 빛 좋은 개살구다, 개살구」

「그럼 정의두 필요 없구 도덕도 필요 없단 말이냐?」

「거 다 최면술이다」

「도대체 넌 그럼 어떡할 작정이지?」

「꿋꿋하게 살아야지」

「꿋꿋하게 살다니?」

「억센 놈은 이기고 약한 놈은 지게 마련 아냐? 억세게 살지. 이용두 하고 넘겨치기두 하구 짓밟기도 해서 뻐젓이 산단 말이다」(84 -85면)

'안민자'의 '깨끗이', '양심적으로'에 대해서 '꿋꿋하게'와 '억세게'를 강변하는 '남천숙'의 주장은 더 이상 인간으로서의 삶의 논리라고 할 수 없다. 이제 거기엔 생물로서의 힘의 논리만이 있을 뿐이다. 이와 같은 '남천숙'의 논리에서 가치의 전도라는 극한 상황에서 '인간(성)'이란 하나의 관념, 그것도 패배자의 자기만족적 도덕률에 지나지 않다는 허무의식을 볼 수 있다.

이와 같이 「방황」의 '홍만식', 「전회」의 '남천숙' 등이 취하는 '생물'로서의 생존 논리는 생명의 당연한 권리 주장이라는 깨달음의 형태로 나타난다. '인간다움'의 자세를 견지하고자 했던 그들에게 부과되는 것은 최소한의 생명 유지를 위한 '먹을 것'조차 없는 극한적 굶주림과 모욕일 뿐이다. 이런 상황 속에서 그들은 그들의 굶주림이 거짓된 '인간다움'의 가치에 매달려 생물로서의 당연한 권리를 포기한 때문이라고 생각한다. 이와 같은 그들의 논리는 생존을 보장하지 않는, 오히려 그것을 억압하는 인간다움의 가치란 한낱 사치스러운 장식이거나 '배부른

자'의 자기 방어를 위한 최면술에 지나지 않다는 가치 허무주의적 태도를 수반한다.

(2) '생물'과 거짓 '인간' 간의 대결

'생물'의 시각에서 바라 본 인간 세계는 약육강식적 힘의 논리가 지배하는 허위와 가치 전도의 현실로 부각되며, '인간' 역시 일종의 허구적 관념으로 강등된다. 이런 맥락에서 볼 때, 생물의 의미화는 소위 '인간'에 잠복해 있는 윤리적 허위의식을 드러내는 전략이라 할 수 있을 것이다. 인간 이전의 생물로서의 자기 정체성을 주장하는 '생물'과 거짓 윤리로 치장한 '인간' 간의 희극적인 충돌 장면은 이 점을 분명하게 보여 준다. 그들 간의 충돌은 '드러난' 생존 본능과 '감춰진' 생존 본능 사이의 그로테스크한 대면으로 형상화되며, 이 과정에서 인간의 극한적 전략의 실상이 폭로되는 것이다.

「방황」의 '홍만식'이 자신의 정체성을 '생물'로 규정한다고 할 때, 그것은 약육강식적 힘의 논리를 행동 원리로 삼는다는 것을 뜻한다. 그가 깨달은 '생의 장전(章典)'으로 주장하는 '근자식지(近者食之)'의 원리란 다름 아닌 약육강식적 힘의 논리를 의미하는 것이다. 따라서 '생물'에게 석탄을 훔쳐내는 절도행위는 '석탄반출작업'이 되며, 이웃집의 개를 잡아먹으려는 계획은 '근자식지'의 진리에 따른 당연한 권리가 된다. 절도 및 상해죄 혐의로 경찰의 조사를 받는 순간에도 그는 어디까지나 생물적 생존 논리에 입각하여 자기 행위의 정당성을 주장하는데, 그것은 왜곡된 현실에 대한 반어적인 저항의 모습으로 보인다.

「정거장에서 석탄을 훔쳤지?」
「천만에요, 절대로 훔치지 않았읍니다.」

「증거가 뚜렷한데 거짓말 말아」

「무슨 증거가 뚜렷하단 말입니까?」

「악질이로군, 네가 훔쳐서 가마니에다 지구 오는 걸 본 사람이 있구, 그걸 산 사람이 있는데두 석탄엔 손두 안댔단 말이지?」

「왜 손만 대요? 발두 대구 잔등도 댔죠」

「그러니까 훔친 거지 뭐냐 말이다」

「내 걸 내가 갖다 먹은 것도 훔치는 건가요?」

----------- 중   략 -------------

「난 절대 형무소엔 안들어갑니다」

「네 맘대로 되나? 죄를 졌으면 넣는 거지」

「당신은 법률의 기본도 모르는군요. 형무소란 건 소위 나는 인간입네 하는 '인격'을 가진 요물들이 들어가는 고장입니다. 개가 고등어를 훔쳐 먹었다구 형무소에 들어갑디까? 기둥이 부러져서 할머니의 허리를 분질렀다구 기둥이 형무소에 들어갑디까? 왜 그런지 아시우? 개나 기둥에게 있어서는 모두가 자기 소유이기 때문입니다. 내게는 법률이 들지 않습니다. 나는 생물입니다」

생물의 논리와 인간의 논리는 조화될 수 없다. 정거장에 쌓여 있는 석탄을 가져가는 행위는 생물의 논리로 볼 때는 '근자식지'의 원칙에 따른 '석탄반출작업'이지만, 인간의 논리로 볼 때는 절도행위이다. '이웃집 개 주인'과의 격투사건도 마찬가지이다. 절도죄나 상해죄와 같은 법률조항이나 윤리적 가치 기준은 인간의 것이지 생물의 것은 아니다. 이러한 근거로 생물인 '홍만식'은 인간에게만 적용되는 법적·윤리적 논리에 입각한 단죄를 거부한다. 위 예문이 보여 주는 희극적 기형성은 바로 '인간/생물'의 대립적 논리와 그것의 비정상성에서 기인한다고 할 수 있다. 인간이면서도 인간이 아닌 생물이라고 강변하는 '홍만식'의 비정상적 논리는 그 자체가 인간의 전락과 훼손을 드러내는 역설적 풍자의 전략이 된다.

이와 같은 생물의 논리가 인간의 극한적 전략을 드러내는 또 다른 장면을 「창세기」에서 볼 수 있다. 삶의 방식으로 생물의 약육강식적 행동 원리를 선택할 때, 그것은 만인에 대한 만인의 투쟁의 형식으로 나타난다. 「창세기」의 '박경석'이 가치 배제적인 생물적 본능에 입각하여 "최상의 아편"인 부와 출세를 향해 나아가는 과정은 또 다른 생물들과의 물고 물리는 싸움이다.

> 미리 꾸민 것은 절대로 아닙니다. 그러나 생각하면 당신은 남의 재산뿐만 아니라 청춘의 약탈자이기도 합니다. 당신이 남에게 베푼 그 윤리를 당신 자신에게 베풀었다 해서 크게 죄될 것은 없지 않을까요? (17-18면)

위 예문은 '박경석'의 아내와 운전기사가 그의 재산을 훔쳐 달아난 후 보낸 편지의 내용이다. 여기서 보듯 그의 아내 '혜란'의 배신은 '박경석'의 윤리와 조금도 다르지 않다. 그가 자신의 생존을 위해 다른 사람들의 재산과 생명을 약탈하듯 그의 아내 역시 똑같은 생물로서의 윤리를 실천하고 있을 뿐이다. 여기엔 신의와 같은 인간적인 가치는 완전히 배제되어 있다. 이런 맥락에서 '박경석'의 생물로서의 삶의 방식과 논리는 그와 별반 다를 것이 없는 또 다른 생물의 대응 논리에 의해 희화화될 뿐만 아니라, 그것이 기실은 자기 파탄적 전략의 다른 표현에 지나지 않다는 사실이 환기된다.

「전회」의 '남천숙'이 생물로서의 정체성을 확립하고 거짓 인간들과의 싸움을 치뤄 나가는 과정 역시 마찬가지이다. 다만 '남천숙'의 생물로서의 생존 논리는 자신을 포함한 인간의 극한적 전략의 현실에 대한 참담한 저항의 몸짓으로 부각되고 있다는 데서 「창세기」의 '박경석'의 그것과는 조금 변별된다고 할 수 있을 것이다. 「전회」의 '남천숙'에게 생물의 논리는 '생물'로서의 순수한 자기 주장이야말로 가치 왜곡과 가치 상실의 사회 현실 속에서 최소한의 '인간다움'을 수호할 수 있는 전략으로 의미화되기까지 한다.

> 인간의 탈을 쓴 구렁이가 있다면 그것은 바로 차균이었다. 간교한 꼬리를 이리저리 휘둘러서 닥치는 대로 갈기고 훔쳐서 더욱 더 살쪄 가는 것이 차균이라는 구렁이었다. 이런 자에게 들어가면 갈수록 더 억세어지고 사회의 교란도 더 커질 것이다. 이런 자와 대결하려면 진실로 초인적 인간이 되든지 그렇지 않으면, 같은 구렁이가 되는 수밖에 없을 것이다. 수단을 가리지 않고 깎아 버린다고 해서 무엇이 나쁘단 말이냐? 정의란 실지에 있어서는 공염불이 아니냐? (109면)

여기서 보듯 '남천숙'이 자신의 최소한의 생존 권리를 주장하는 것은 '차균'과 같이 필요 이상으로 많이 가진 사람과의 대결이란 방식으로 구현되는데, 이점에 있어서 생존을 위한 투쟁은 <만인에 대한 만인의 투쟁> 이외에 아무 것도 아니다. 그러나 '남천숙'과 '차균'에게는 본질적인 차이가 있다. '남천숙'의 경우에 있어서 그것이 원초적인 생명 의지라 한다면, '차균'의 그것은 잉여가치의 재생산, 즉 치부와 향락 추구의 가치 왜곡을 보인다.

「전회」에서 많은 서사적 비중을 차지하고 있는 것은 '남천숙'과 '차균' 간의 밀고 밀리는 투쟁담이다. 여기서 '남천숙'은 최소한의 생존 권리를 되찾기 위한 방편으로 필요 이상을 소유한 '차균'과 대결한다면, '차균'은 자신의 성적 욕망을 향락하기 위하여 '남천숙'과 대결하는 양상을 볼 수 있다. 따라서 '남천숙'과 '차균'의 대결은 가치 이전의 생물과 가치 왜곡의 거짓 인간 사이의 싸움이라 할 것이다. 이런 맥락에서 볼 때, 생명 의지에 입각한 '남천숙'의 생물의 논리는 '차균'이나 '안병

선'으로 대변되는 가치 전도의 현실에 대한 분노와 증오로부터 촉발된 저항의 근거로 나타난다.

다른 한편으로 그것은 '안민자'와 그녀의 어머니로 대변되는, 윤리의 탈을 쓴 인간의 허위의식을 폭로하는 방편으로도 작용하고 있다.

「너 왜 외투 안 입니? 아직 추운데」
천숙의 묻는 말에 민자는 얼굴만 붉히고 대답이 없었다.
「입구 가지 왜 그래?」
「……그이가 그 외투 좋아 안해」
(중략)
「……용서해 응, 저어 깨끗치 못하다구」하고 민자는 나가 버렸다.
(116면)

「그럼 그걸 갖다 팔아서 선물 사지 그래」
「참 그럴까? 두 달이나 입어서 몇 푼 안될 거예요」
「그래두 원체 좋은 거니까」
「……천숙이 무에라구 하잖을까?」
「며칠 안있으면 가 버릴 걸 뭐. 동무한테 빌려줬다구 질질 끌다가 결혼하믄 고만 아냐?」
「그러죠 그럼」
어머니와 딸은 일어서 못에 걸린 외투와 양복을 벗겨다가 받을 값을 흥정하기 시작하였다. (119면)

'차균'이 사 준 겨울 외투를 사이에 두고 벌이는 '남천숙'과 '안민자', 그리고 두 모녀간의 대화 내용은 인간적 윤리의 허구성을 보여 준다. 그 겨울 외투는 '남천숙'의 경우엔 '차균'과의 당당한 투쟁의 결과로 얻은 가치 배제적인 전리품일 뿐이지만, '안민자'에게는 "깨끗치 못"한, 즉 더러운 오물과 같은 것이다. 그런데 두 번째 예문에서 보는 바와

같이 '안민자'의 '깨끗함/더러움'의 가치 평가는 본래적인 의미의 윤리
의식과는 거리가 멀다. 깨끗하지 못하다고 입지도 않는 외투를 팔아서
결혼자금으로 쓰고자 하는 두 모녀의 태도가 환기시키는 것은 '여우의
간교함과 배신'에 지나지 않는다. 따라서 '안민자'의 가치 관여적 태도
는 '남천숙'의 가치 배제적 생물의 논리에 대한 건강한 비판력으로 의미
화되지 않고, 오히려 거짓 윤리로 치장한 인간의 허위의식으로 희화화
된다.

이런 맥락에서 볼 때, 작중인물들이 취하는 '생물'로서의 자기 주장과
'생존'의 논리는 신동욱이 잘 지적하고 있는 것처럼 "밖의 세계가 심히
어긋나 있어 자아의 건전한 존립이 불가능할 때 야기되는 심리적 현상
이라 할 수 있다. 그리하여 자아를 부정함으로써 그릇된 밖의 세계를
부정하려는 역설의 논리에서 유발한 미적 인식이라 하겠다."[40] 요컨대,
그것은 '배부른 자'들의 시녀로 전락한 훼손된 '인간다움'의 윤리적 가
치 체계와 '배고픔/배부름'의 대립적 모순을 낳은 사회 구조에 대한
풍자적 기능을 수행한다고 할 수 있다. 그러나 그것이 현실과 거짓 윤리
에 대한 풍자 및 저항의 의미를 생성해 낸다고 할지라도 그것이 정상으
로부터 일탈된 역설임에는 틀림없다.

(3) 가정(假定)의 의지와 '인간'의 가능성

이상에서 본 것처럼 작중인물들이 취하는 생물적 생존의 논리는 인간
의 윤리에 대한 근원적인 질문의 제기, 그리고 부조리한 현실에 의한
인간의 전락 및 현실에 대한 일탈적 저항을 의미화하는 것이라 할 수
있다. 그런데 이 작품들은 여기서 종결되지 않는다. 생물로서의 자기

---

40) 신동욱, 「김성한의 작품과 기개」, 『삶의 투시로서의 문학』(문학과 지성사, 1988),
   p.231.

비하를 보이는 작중인물들의 내면엔 진정한 인간다움에 대한 그리움이 내포되어 있다. 요컨대 「방황」의 '홍만식', 「전회」의 '남천숙', 「창세기」의 '박경석' 등의 비정상적인 생물로서의 논리와 의지는 그 자체가 인간다움의 훼손이지만, 그들의 자세는 훼손되지 않은 인간다움에 대한 향수를 담보하고 있다는 것이다.

이러한 점은 훼손되지 않은 인간다움의 상징적 인물인 '애꾸눈의 처녀'에 대한 '홍만식'의 경도에서 찾아 볼 수 있다. 그는 그녀를 바라보며 "떠내려가는 존재가 아니라 활기 있게 헤엄치는 생명"을 떠올리며, '애꾸눈의 본질'에 대한 탐색을 시도한다. 그녀에게서 그가 본 것은 '멍청한 떡대의 단순성'이 아니라 "시뻘건 불에 달고 쇠망치에 얻어맞으면서 가스를 모조리 털어버린" '강철대의 단순성'이다. 이러한 그녀의 자세 앞에서 그는 자신의 생물로서의 자기 주장이 굶주림에 굴복한 발악에 지나지 않은 것임을 확인한다. 요컨대 '홍만식'은 그녀와의 만남을 계기로 자신의 비틀린 사고 방식으로부터 깨어나고, 비로소 자기 자신에 대한 반성적 의식을 갖기에 이른다.

> 먹을 것을 찾아서 이 골목 저 골목 쩔룩거리고 돌아다니다가 마침내는 인간이 아니노라, 생물이노라, 발악을 --- 그렇다. 여자의 말마따나 발악이다 --- 하는 동안에 인간의 밑바닥을 너무나 지나치게 본 때문이 아니냐? 홍만식이라는 것은 도대체 무어냐? 배고픈 김에 푸줏간에 들어가서 뼈다귀를 하나 물었다가 몽둥이에 얻어맞고 쫓겨나온 강아지와 다를 데가 어디냐? (201면)

절도죄로 29일간의 구류를 살고 나온 '홍만식'은 인간 사회에서 생물이길 주장했던 자신의 모습이 기실은 "배고픈 김에 푸줏간에 들어가서 뼈다귀를 하나 물었다가 몽둥이에 얻어맞고 쫓겨나온 강아지"에 불과한 발악이었음을 깨닫는다. '홍만식'의 자기 반성에는 허무주의적 요소가 아직은 농후하게 깔려 있지만, 그럼에도 불구하고 자신의 궤변을 발악으로 인정하는 지식인의 자기 비판과 성찰을 보이고 있다는 데서 의미를 찾아 볼 수 있을 것이다. 이와 같은 공허와 절망 속에서 뒤척이고 있는 '홍만식'에게 '애꾸눈의 처녀'는 인간은 '인간'으로서의 자세를 지녀야 한다는 사실을 역설한다.

「……우린 결국 인간이에요. 생물이니 강철이니 하고 빗나가 보아도 인간이지요. 이것은 어쩔 수 없는 운명 아니에요?」

---------------- 중   략 ---------------------

「……좁은 껍질을 쓰고 자신을 상대로 악을 쓰지 말구 넓은 세계를 상대해 보세요. 무대를 찾으세요. 그건 자기 자신을 찾는 것두 되겠지요. 자기의 자세도 만들구요」

만식은 비로소 얼굴을 돌렸다.

「자세? 이것이 내 자세지요」

「아니예요. 그건 자세 이전이에요. 미스터 홍은 아직 자세가 없어요. 이를테면 여기 한개 생명 있는 육체는 있어도 홍만식은 아직 형성되지 않았어요」

물론 그녀가 말하는 '생물'도 '강철대'도 아닌 '인간'의 자세가 무엇인지는 구체적으로 제시되지 않는다. 그것은 이제부터 찾아야 하고, 그 모색을 통해 형성해 나가야 하는 것이다. 다만 '애꾸눈의 처녀'는 '홍만식'으로 하여금 자기 비판과 성찰, 그리고 각성의 계기를 마련해 주고, 현실에 대한 새로운 인식과 모색의 길을 제시해 주는 조력자로서의 역할을 충분히 해내고 있는 셈이다. 따뜻한 인간애의 표상인 '애꾸눈의 처녀'와의 교섭은 '생물'이라는 자기 비하적 발악의 상태로 전락해 있던 '홍만식'으로 하여금 새로운 '인간'으로서의 출발을 시도하도록 한다. "어쩌면 무슨 변동이 있을 듯도 하였다"라는 작품의 마지막 구절은 그 출발의 희망과 가능성을 암시한다.

「방황」의 '홍만식'이 '애꾸눈의 처녀'와의 만남을 계기로 "보다 높은 차원의 긍정적인 인간의 가치를 지향"[41]하는, 즉 전락으로부터 상승으로의 전환을 보이는 것과 같이 「전회」의 '남천숙'이나 「창세기」의 '박경석'의 경우도 마찬가지이다. 작가는 그들의 극한적 전락 곁에 훼손되지 않은 인간다움의 소유자들을 병치시켜 놓는다. 「전회」의 '남천숙'이 완전한 절망 속에서 자신을 방기하려는 순간에 그녀를 구원하는 것은 끝까지 인간이길 포기하지 않았던 '김상철'의 마지막 편지이다. '김상철'의 편지는 절망의 순간에 희망의 가능성을 암시해 주는 것이다. '남천숙'은 그의 편지를 계기로 참 '인간'의 자세로서 '이리'로 표상된 거짓 인간들과의 싸움을 다짐한다.

「창세기」에서도 인간과 삶에 대한 허무주의적 회의 속에서 생물적 본능을 유일한 삶의 방식으로 선택한 '박경석'과 대비되는 진정한 인간의 형상으로 '현준'을 병치시켜 놓는다. 기실 「창세기」의 '박경석'과 '현준'은 전후 현실에 대한 상반된 대응방식을 유형적으로 보여 주는 인물들이다. '박경석'이 인간이란 존재가 우주 공간 속에 우연히 생긴 생물에 불과하고, 인생이란 한 번이라는 생각으로 출세와 쾌락에 전념하는 절망적 허무주의의 대변자라고 한다면, '현준'은 역사는 인간의 힘으로 주체적인 창조를 해야 한다는 믿음을 가지고 '창세기'라는 잡지를 발간하면서 최후까지 인간의 가능성을 탐색하는 전형적인 휴머니즘적 인물이다. 작품은 '현준'이 주장하는 인간의 논리에 시종일관 냉소적인 태도를 보이던 '박경석'이 '현준'의 죽음을 맞아 자기 반성적 태도로

---

41) 이은자, 「1950년대 한국소설에 나타난 지식인상 연구」,(숙명여대 박사논문, 1994, 6), p.137.

전이될 가능성을 암시하는 것으로 종결된다. 그의 관을 어루만지며 목 놓아 울고 있는 '박경석'의 눈물은 인간의 회복에 대한 강렬한 암시라 할 수 있을 것이다.

그러나 이 작품들이 상승적인 결말 구성을 보이고 있음에도 불구하고 그들이 어떠한 '인간다움'의 윤리를 창조할 것인가에 대해서 작가는 분명한 입장을 보여 주지 않는다. 단지 생물의 논리를 통해 기존의 가치나 윤리로부터 의미를 박탈하는 허무주의적 저항을 보여 주고, 그들로 하여금 '애꾸눈의 처녀'나 '김상철', 그리고 '현준'이 소유하고 있는 훼손되지 않은 인간다움과 결합할 가능성만을 암시하고 있을 뿐이다.

이것은 '애꾸눈의 처녀'와 '김상철', '현준'이 보여 주는 진정한 인간다움의 윤리가 구체적인 내용으로 채워져 있는 것이 아니라는 사실과도 관련된다. 그들이 제기하는 인간의 희망과 가능성은 단지 '가정의 의지'로 표명될 뿐이다.

　　…… 구약의 창세기가 제1차라면 우리는 지금 제2차의 창세기를 맞이하고 있다. 혼돈은 질서을 예기한다. 이천년 축적된 자재는 바로 옆에 있다. 신은 우리 자신이다…… (12면)

　　……모든 것은 가정에서 출발한다. 기도를 가상(嘉賞)할 신은 이미 죽었다. 이 창세기의 제일 과업은 새로운 신의 출현이다. 반대급부를 요구하는 늙은 노예들은 허깨비로 화한 옛 신의 사당에서 절망을 부르짖고 넓은 벌판에서는 새로운 신들이 머리를 들고 있다. 그들은 오직 자기 완결의 아들 딸의 머리속에서 가정의 주인공이 될 때를 기다리고 있을 뿐이다. 먼동이 트면…… (20면)

「창세기」의 '현준'의 위 예문과 같은 발언은 그 점을 분명하게 보여 준다. 그에 의하면 '인간'은 아직 구체적인 형상을 갖추지 않은, 무한한 가능성을 지닌 질료 그 자체이다. 따라서 그 질료를 가지고 어떠한 형상을 빚을 것인가가 문제의 핵심이라 할 수 있을 것이다. 그것은 "극한을 초월하려는 가정의 의지", 즉 "염원하는 미래에 대한 희망적 표백"이다.[42] 그러나 '가정의 의지', 그것은 가능성을 소유한 소재로서의 인간이 미래에 거는 희망일 뿐, 구체적인 방향이나 전망의 발견과는 거리가 멀다. 「방황」에서 오랜 방황 끝에 얻은 희망을 암시하는 "어쩌면 무슨 변동이 있을 듯도 하였다"라는 '홍만식'의 독백이 가정법적 진술로 이루어져 있다는 것도 이런 맥락에서 이해될 수 있을 것이다.[43]

이상에서 살펴본 것처럼 「방황」의 '홍만식', 「전회」의 '남천숙', 「창

---

42) 천이두는 김성한 소설이 상황에 대한 삼단계적 분류를 시도한다고 보고, 그것을 구체적으로 '신과 혼돈과 <새로운 신> - 기존의 질서와 극한의 현실과 가능의 질서'로 파악하고 있다. 이와 같은 삼단계적 상황 인식에서 특징적인 것은 전자의 두 단계를 부정하는 제3의 단계에 의지의 중량이 설정되어 있다는 점인데, 그것을 그는 '假定의 意志'라 명명한다. 천이두, 『한국 현대 소설론』(형설출판사, 1983), p. 307.

43) 이 같은 사정은 「암야행」에서도 동일하게 나타난다. 「암야행」 역시 허무주의에 빠진 회의적 인물 '한빈'이 미래에의 희망과 가능성을 인식함으로써 오랜 동안의 잠에서 깨어난다는 상승적 결말을 보여 준다. 그 역시 「방황」의 '홍만식'처럼 인간의 삶이 장식에 의해서 유지되고, 그 장식은 인간의 가정에 의해서 만들어진 상대적인 임시변통에 불과하다고 보는 가치 허무주의적 인물이다. 그런데, '홍만식'이 '애꾸눈의 처녀'와의 만남을 계기로 구제되듯이 '한빈'은 조각가 친구의 화실에서 본 '대리석 덩어리'에 의해 구제된다. 즉 무엇이든 새길 수 있는 대리석을 통해 자기 가능성을 인식하게 되며, 잠에서 깨어나자고 다짐하는 것이다. 이와 같이 「암야행」이 제시하는 새로운 희망 역시 가능성의 소유자로서의 자기 인식까지라 할 수 있다. "멀리서 기적 소리가 울려온다. 한빈은 희미하나마 장차 올 듯도 한 봄의 고동소리가 들리는 듯했다"라는 마지막 구절은 '홍만식'의 독백과 동일한 것이다.

이와 같이 지식인의 방황과 고뇌를 다룬 일련의 작품들이 희망과 가능성을 암시하는 상승적 결말구조를 취하고 있음에도 불구하고, 그것들이 한결같이 새로운 인간에 대한 탐색의 필요성만을 역설할 뿐, 구체적인 전망을 전혀 제시하지 못하고 있다는 점으로 미루어 볼 때, 바로 이런 점에 전후소설의 전후소설다움이 있는 것이 아닐까 생각한다. 그것은 미래에 대한 아무런 전망도 찾을 수 없는 닫힌 상황 속에서 작가가 할 수 있는 최대치가 구체적인 형상의 제시 없는 소재로서의 탐색을 제안하는 것에 있다는 것을 의미한다.

세기」의 '박경석' 등이 취하는 '생물'의 논리는 허무주의적 부정과 역설적 탐색의 전략으로 작용한다. 즉 '인간'과 '인간다움'에 대한 환멸과 냉소, 그리고 근원적인 회의를 보여주는 가치 허무주의적인 생물의 논리는 훼손된 인간적 윤리와 왜곡된 사회 현실을 풍자하고, 그 풍자의 효과로써 훼손되지 않은 '인간'과 '인간다움'에 대한 지향을 이끌어내는 것이다. 따라서 이상의 작품들은 허무주의적 '생물'의 논리를 통하여 전락한 인간의 비정상적 모습을 그리고, 그 전락으로부터 새로운 출발의 가능성을 제시하는 역설적 구조로 되어 있다고 하겠다.

5. 소결

김성한 소설의 특징적 현상은 가치 왜곡의 현실 및 인간 상황에 대한 비판과 풍자가 이면적으로 전제되어 있어야 할 긍정적인 지향점, 즉 당위적 이상이 매우 모호하거나 상당 부분 굴절되어 있다는 데서 찾을 수 있다. 이런 점은 그의 풍자가 급진적이고 과격하며, 그로테스크적 요소와 결합되어 있는 현상과 무관하지 않은 듯이 보인다. 그로테스크를 일종의 풍자적 무기로 사용할 경우, 풍자가의 도덕적 의도나 목적은 그로테스크의 당혹스럽고 어리둥절케 하는 압도적인 효과에 의해 흐려질 소지가 다분하기 때문이다. 따라서 그의 소설은 왜곡된 현실에 대한 비판적 전망의 제시라기보다는 오히려 그로테스크적 요소와의 결합을 통해 닫힌 상황 속에서의 인간의 전락을 충격적으로 형상화하는 데 초점이 맞추어져 있다고 할 수 있다.

전형적인 인물 풍자의 양식을 취하고 있는 「김가성론」, 「자유인」, 「달팽이」 등이나 우의적 풍자의 양식을 취하는 「중생」, 「풍파」, 「오분간」 등에서 확인되는 그로테스크성은 인간 악의 '평범성'과 '편재성'에서 연유한다. 혼미하고 타락한 상황에 편승하여 왜곡된 가치를 추구하는 권력 지향적 인물들을 풍자하는 일련의 작품들에서 작가는 그 같은 가치 왜곡적 인물들이 사회적 주도 세력으로 활동함으로써 야기되는 사회적 해악을 폭로하기보다는 그들을 표리부동한 이중성과 허위의식, 위선 등으로 가장된 인간의 전형으로 묘사하고 있다. 즉 희화화된 인물의 속성은 인간의 근원적인 비속성이나 연극성으로 제기된다. 때문에 그것은 몇 몇 속악한 인물에 대한 풍자가 아니라 인간 일반에 대한 강등과 격하이다.

또한 「풍파」와 「중생」, 「오분간」 등은 '악의 편재성'이란 관점에서 당대의 인간 현실을 묘사한다. '이'의 눈에 비춰진 비루하기 그지없는 인간 세태의 다양한 에피소드들의 병렬적 구성, 그리고 지상의 곳곳에서 벌어지는 간악과 교지, 혼돈과 분열의 광란으로 특징지어지는 다양한 행태들에 대한 동시묘사는 그 같은 악의 편재성을 기법적으로 재현한다고 할 수 있다. 따라서 그것은 인간 전락의 인과적 논리라든가 문제 해결의 전망이 개입될 여지가 없는 인간 상황의 극단적인 파행성을 효과적으로 환기시킨다고 하겠다.

평범한 사람들에 의해 만성적으로 자행되는 하찮은 악, 예컨대 무차별적인 탐욕이거나 어리석음 등과 같은 악의 평범성과 편재성이 인간의 그로테스크 이미지를 산출하는 공포의 원천이 되고 있다. 여기서 일반적으로 믿어 왔던 '인간'은 환상에 지나지 않으며, 인간의 진짜 모습은 '이', '벼룩', '빈대', '파리'와 같은 혐오스럽고 비속한 해충에 불과하다는 사실과 대면한다. 또한 하등동물로 전락한 인간의 삶이란 그저 죽음의 순간까지 계속되는 광란적 아귀다툼이거나 거짓 윤리의 탈을 쓴 생물들의 약육강식적 폭력의 형태로 희화화된다. 이런 점에서 풍자와 결합된 그로테스크적 요소가 해결의 가능성이라고는 전무한 인간 전락의 극한적 상황을 충격적으로 형상화하는 데 기여하고 있음을 볼 수 있다.

그로테스크적 풍자의 특성을 보여 주는 또 다른 예를 왜곡된 현실에 대한 강렬한 비판적 태도를 견지하는 저항적 인물을 그리고 있는 「개구리」, 「바비도」, 「방황」, 「전회」 등에서 발견할 수 있다. 이 작품들에서의 그로테스크성은 저항적 인물들의 비정상적인 저항의 방식과 논리에 있다. 예컨대 개인의 자연적이고 자유로운 삶을 파괴하고 지배와 복종의 왜곡된 관계를 절대화하는 현실의 정치적 우행과 지배 이데올로기의 경직성 및 폭력성에 대한 '초록이'와 '바비도'의 저항은 그 현실에 맞서는 새로운 질서나 이념을 통한 대결로 전개되지 않는다. 그들의 저항의 귀결점은 '의식'의 부정이다. 즉 그들의 저항은 모든 문화적 관념과 이데올로기적 질서 창조의 원천인 의식과의 싸움으로 나타나는데, 이 같은 의식의 부정은 기성의 가치관이나 절대화된 이데올로기, 그리고 그것에 의해 유지되는 현실의 토대 그 자체를 전면적으로 부정하는 일종의 우상 파괴적 저항이라 할 수 있다.

「방황」과 「전회」에서 극한적인 가난에 허덕이는 '홍만식'과 '남천숙'이 취하는 저항의 방식은 자신의 생존을 위한 비정상적인 논리를 만들어 내는 것이다. 즉 그들은 자신들의 정체성을 '인간'이 아니라 '생물'로 규정짓고 그것에 입각한 약육강식적 존재 방식을 주장하는 것이다. 따라서 그것은 인간과 동물 사이의 위계적 변별성의 징표인 윤리적 가치에 대한 부정을 의미한다. 생물로서의 자기 주장은 생물과 인간 간의 전통적 위계를 전도시켜 그 동안 인간에게 부과되어 왔던 '인간성', '윤리'에 의문을 제기하고 그 의미를 박탈하는 것이다.

이와 같은 가치 전도와 왜곡의 현실에 대한 가치 배제적인 저항의 논리와 행위에서 일종의 광기를 보게 되는데, 그것은 문제 해결의 전망이 개입될 여지가 없는 인간 상황의 극단적 파행성과의 조우로 인한 정신적 외상의 한 발현이다. 때문에 의식이나 가치와 같은 인간의 근원적인 토대를 부정함으로써 그릇된 밖의 세계를 부정하려는 그들의 저항 논리는 현실적 해결의 전망을 발견할 수 없는, 즉 전망 부재의 닫힌 사회에 대한 절망을 함축하고 있다. 이와 같이 우상 파괴적 공격성으로 특징지어지는 김성한 소설의 풍자는 현실 극복의 전망 제시가 아니라 그 자체가 전망 부재의 현실을 되비추는 방법이라 할 수 있을 것이다.

제5장 한국 전후소설의 문학적 패러다임

　이상의 논의를 통해 필자는 장용학과 손창섭, 김성한 등의 작품에 나타난 전도적 상상력의 개별적인 양상과 특질을 살펴보았다. 이 장에서는 앞에서 개별적으로 논의한 것을 토대로 그들에게 공통적으로 나타나는 특징을 종합적으로 검토하면서 전후소설의 <전도적 상상력>이 당대의 체험적 현실에 대해 확보한 문학적 패러다임으로서의 특질이 무엇인지를 규명하고자 한다. 특히 필자는 전쟁 체험의 문학적 상상력에서 지배적으로 나타나는 현상이 인간 이미지의 부식화와 미래에 대한 전망 상실이라는 점에 주목하여 대상 작가들이 어떤 유형의 인물을 창조하는가, 그리고 그러한 인물을 창조함으로써 당대의 체험적 현실에 대해 어떤 서사적 대응 논리를 제시하는가란 문제를 중점적으로 논의하고자 한다.

1. '극한상황' 속의 인간과 정체성의 위기

(1) 단독자로서의 인간 : 관계의 해체와 왜곡

　극한상황 속에 처한 인간은 타인들, 그리고 외부세계로부터 철저히 단절되고 고립된 <단독자>의 형상으로 나타난다. 그것은 관계의 상실이자 해체라 할 수 있다. 바꿔 말하자면, 기형화된 인간의 이미지를 형상화함에 있어서 대상 작가들은 인간의 인간다움의 초석이라 할 수 있는 세계와의 의미 있는 관계 맺음을 비틀어 버리는 것이다.

인간은 본래 문화적 질서 내에서 자신의 정체성을 확립한다. 어떤 문화가 설정한 가치의 위계적 질서 속에서 보다 의미 있고 우월적이라고 여겨지는 가치를 추구함으로써, 그리고 문화적 질서 속에서 부여받은 사회적 지위와 역할을 수행함으로써 인간은 <문화적 인간>으로서의 자기 정체성을 확립한다. 그런데 극한상황 속의 인간은 자신의 일상을 구성하던 모든 낯익은 것들로부터 소외된다. 인간들 사이의 유대관계는 파괴되고, 개인적인 신념이나 꿈은 더는 의미를 갖지 못한다. 이런 맥락에서 볼 때, 단독자로서의 인간은 정상성으로부터 일탈되고 전락한 기형적 인간의 초상이라 할 수 있다.

장용학 소설의 경우, 단독자로서의 인간의 이미지는 세계로부터의 단절을 자의식적으로 추구하는 관념적 인물들에게서 볼 수 있다. 그의 작중인물들이 보여 주는 관념의 비대화는 그 자체가 환경과의 상호작용을 박탈당한, 따라서 세계로부터의 소외·단절·고립으로서의 세계 체험을 환기시키는 징표라 할 만하다. 달리 말하자면, 장용학의 인물들은 결코 타인, 또는 외부 환경과 상호 교섭하면서 변화·발전하지 않는다. 그들은 상황 속에 존재하지만 동시에 상황으로부터 고립되어 있다. 그 고립의 징표가 관념의 독백적 진술로 나타나는 것이다.

그런데, 장용학 소설에서의 그로테스크성은 세계와의 관계를 상실한 인물들의 관념적 편향성보다는 오히려 그 인물들의 관념을 특징짓는 편집증적 시각, 그리고 그들의 독특한 반논리적 사유의 방식에서 연유한다. 관념적 인물의 창조는 현실에 대한 사실적 묘사보다는 현실에 대한 지적 접근을 통한 해부를 주된 목적으로 삼는다.[1] 이때 해부의

---

1) 장수익, 『한국 관념소설의 계보』, 문학사와 비평연구회 편, 『1960년대 문학 연구』(예하, 1993), p.129.

대상은 여러 시각으로 파헤쳐지며, 그에 따라 대상은 겉보기와는 다른 면모를 드러내게 된다. 환언하자면, 인물들의 관념은 대상 현실을 조명함으로써 그 현실의 여러 단면을 해석하고 평가하는 해부적 역할을 수행한다는 것이다.

그런데, 현실과 인간을 관념적으로 해부하는 데 있어서 장용학 소설의 인물들은 상당 부분 편집증적 비전을 보이고 있다. 그것은 구체적으로 반논리적 사유로서 특징지어진다. 그리고 그 같은 편집증적이고 반논리적 관념은 그 자체가 세계의 광포한 힘과의 대면에서 입은 정신적 외상의 한 양상이라 할 수 있으며, 또한 세계 체험의 그로테스크성을 환기시키는 징표라 할 만한 것이다. 즉 극한상황의 체험으로부터 입은 세계의 숨겨진 폭력이나 공포스러움과의 대면, 그것이 그의 관념적 현실, 인간 인식의 핵심을 이루고 있는 것이다.

인물들의 관념적 해부는 그대로 현실 및 인간에 대한 전도된 인식을 대변해 준다. 그들의 관념 속에서 세계는 더 이상 친숙하고 안전한 것이 아니라 낯설고 적대적인 것으로 바뀌어진다. 바로 그들의 관념적 사유의 과정을 통해 우리는 장용학 소설에서 일상의 얇은 막을 뚫고 나온, 세계의 적대적인 힘을 상징하는 많은 이미지들을 볼 수 있다. 예컨대 '거꾸로 선 세계'의 표상이라든가 '문둥병'의 병리적 상징 등은 현실의 그로테스크한 국면을 적절히 환기시킨다.

또한 「요한시집」의 '동호'가 대면한 현실은 "누런 배설물 속에 비스듬히 꽂힌 손목", "뽑혀져 나온 눈알", 어둠 속에서 요기를 뿜고 있는 "고양이의 파란 두 눈빛"의 이미지로 형상화된다. 「현대의 야」에서는 "뜨거운 물에 삶아낸 것처럼 벌겋게 딩딩 부은" "시체들의 산"으로, 그리고 「비인탄생」에서는 비속함이나 황폐함을 환기시키는 '쥐'나 "비틀었다가 도로 펴놓은 것처럼 쭈글쭈글한" '마녀'의 이미지로 형상화되고 있다.

뿐만 아니라 그러한 세계 속에 존재하는 '인간'의 이미지 역시 기형화된다. 「인간의 종언」의 '상화'의 경우엔 "고름부대를 짊어지고 질금질금"거리는 육체적으로 훼손된 이미지로 나타나며, 그 같은 육체적 타락의 이미지는 인간의 인간적 아이덴티티로부터의 소외, 또는 인간적 아이덴티티의 허약성을 환기시킨다. '존재적 범죄자'나 '인간 밖의 인간', 또는 '아홉 시 병 환자'의 경우, 그것이 비록 추상적이고 관념적인 것이라 할지라도 그것이 일상적 인간에 대한 갈등과 비하로써, 또한 그의 소설에서 지속적이고 일관된 모티프로 작용하는 한, 그것은 관념적 형태의 그로테스크 이미지라 할 수 있을 것이다.

이와 같이 세계로부터 단절된 채 세계의 폭력적 실체와 파괴된 인간 및 자아를 응시하는 단독자의 내면 풍경은 어떠한가. 앞서 말한 것처럼 그들의 관념적 사유를 이끌어 가는 방식은 <반논리>로서 특징지어진다. 반논리가 규범적인 관점을 일그러뜨림으로써 일상적이고 관습적인 가치와 의미를 급진적으로 전도시키는 것이라 할 때, 그 같은 반논리적 사유의 동인은 존재론적 죄의식이라 할 수 있다.

> 있을 수 있는 일은 무수이다. 그 무수의 가능성이 하나의 偶然에 의해 말살된 자리가 存在이다. 따라서 존재는 죄지은 존재이다. 생 속에서 죄지었다는 것은 죄지을 것을 의미한다. 존재는 범죄다. 그 총목록이 세계이다. 세계는 범죄의 소산이고, 人生은 그 범죄자였다.[2]

이 예문은 「요한시집」의 '누혜'가 한 말이지만 그것은 장용학의 인물 모두에게 공통적으로 나타나는 의식이다. 이 같은 존재론적 죄의식은 살아 있다는 것 자체의 의미와 가치를 전면 부정하는 것이라 할 수

---

2) 장용학, 「요한시집」, 『한국문학대전집 13』(태극출판사, 1976), p.468.

있을 터인데, 이 같은 존재 부정의 의식은 그 자체가 폭력적인 세계 체험으로 파괴되고 훼손된 인간의 전락을 환기시키는 징표라 할 만하다. 갑작스러운 세계의 공포스러운 힘과의 대면 속에서 모든 인간적 가치와 의미는 우연과 무의미로 치환되고, 그와 같은 폭력적 세계 체험으로 하여 결국 "우연이 강자이고 존재는 죄악이다"라는 결론이 도출되는 것이다. 또한 존재 자체가 범법으로 나타나는 세계 상황 속에서의 삶이란 '생의 괴리'이거나 <부적절한 삶>의 편린들일 수밖에 없는 것이다.

이와 같은 인물들의 존재론적 죄의식은 인간과 삶, 그리고 현실에 대한 관념적 해부에 있어서의 편집증적 시각(the paranoid vision)을 형성한다. 그것은 그들의 관념적 해부가 편집증적 상태에서 경험된 세계에 대한 임상적 기술을 상당 부분 공유하고 있다는 것을 의미한다. 그들의 세계 체험은 구체적으로 윤리적 가치와 생존, 제도화된 이데올로기와 개인적 진실이 극한적으로 대립되는 상황 속에서 윤리냐 생존이냐, 즉 <인간으로 죽어가느냐> 아니면 <동물로 살아남느냐> 하는 양자택일적 갈등으로 나타난다.

그리고 이 같은 이데올로기적 세계 상황의 폭력을 체험한 자아는 세계로부터 자신을 철회하는 동시에 세계에 대한 관념적 공격을 감행한다. 그리고 그것은 반논리라는 기괴한 과정에 의해 실현된다. 앞에서 말했듯이 반논리는 세계가 기초하고 있는 합리적 사유의 방식과 내용을 왜곡·전도시킴으로써, 또한 이데올로기적 세계의 정립명제(테제)에 대해서 반립명제(안티 테제)를 주장함으로써 이데올로기적 세계의 허구적 폭력성을 폭로한다.

따라서 그것은 근본적으로, 그리고 전체적으로 부당한 일상적 질서와 박해하는 힘의 이유 없는 적의에 대한 공격으로써, 그리고 그 세계와 연루되어 있는 자아의 일상성에 대한 공격으로써 작용한다. 그것은 자기 부정을 포함한 세계에 대한 전면적인 부정이며, 그러한 반논리적 사유의 도달점은 세계로부터의 철저한 고립과 단절로서의 죽음일 수밖에 없다. '누혜'의 <자유의 요한적 죽음>의 역설이나 '지호'의 <비인>의 역설은 이 점을 단적으로 드러내 준다.

이런 맥락에서 장용학 소설에서의 그로테스크성은 관념적 단독자의 편집증적 시각과 반논리적 사유, 그리고 그들의 횡설수설적인 발화법 등으로부터 연유한다고 할 수 있다. 그리고 그것들의 비정상성은 더 이상 참을 수 없는 세계와 인간의 전락을 묘사하는 방법이 되고 있다. 요컨대 장용학은 세계와 단절된 관념적 인물들의 반논리적 해부의 방식을 통해 자아와 세계 사이의 간극 및 대립, 범죄적 세계 상황 속에서의 삶의 부조리성을 형상화한다고 할 수 있을 것이다.

이와 같이 장용학이 관념적 단독자의 편집증적인 시각을 빌어 일상적 세계로부터의 갑작스러운 소외와 단절의 체험, 그리고 그것을 강제하는 세계의 문제적 상황을 소설화하고 있다면, 손창섭은 그와는 상이한 방법으로 그로테스크한 세계를 창조한다. 손창섭의 작품들 속에서는 매우 풍부한 육체적이고 시각적인 이미지들을 발견하게 되는데, 그로테스크가 많은 부분 "즉각적이고 생생한 육체적 실제성"[3]과 관련되어 있다는 점에서 볼 때, 손창섭의 소설은 그 같은 특성과 가장 잘 부합하는 예들을 제공한다.

손창섭의 작중인물들은 한결같이 육체적으로나 정신적으로 불구화된 인간 이하의 존재들로서 등장한다. 물론 그들의 육체적·정신적 불구성이 개별적으로 볼 때 충격적이라 할 만큼 극단적이지는 않다. 그러나 그와 같은 인간 이하의 존재들이 한 자리에 모여 있고, 그들간의

---

3) Philip Thomoson, 앞의 책, pp. 11-12.

기괴한 대면이 장면화되고 있다는 점에서 전율적이라 할 만큼 그로테스크하다. 말하자면, 손창섭 소설의 그로테스크성은 인물들 각각의 개별적인 이미지에 있어서의 정신적·육체적 비정상성보다도 그들간의 관계 및 소통에 있어서의 비정상적인 양상에서 연유한다는 것이다.

그의 소설에서 작중인물들은 동일 공간에 집합적으로 거주한다. 그러나 그들 각각은 서로에 대해 단독자들로서 존재할 뿐이며, 따라서 그들 간에는 정상적인 인간 관계나 합리적인 소통이 철저히 차단되어 있다. 그들은 상호 단절된 상태에서 자기 중심적으로 바라볼 뿐이다. 손창섭은 이와 같이 여러 단독자들의 일그러지고 파괴된 관계를 장면화함으로써 그로테스크한 세계를 창조한다. 즉 관습적인, 또는 정상적인 관계를 해체하고 왜곡함으로써 정상적인 삶의 불가능성, 아무런 해결의 전망도 가질 수 없는 상황적 절망을 강화하는 효과를 거두는 것이다.

인물들의 단독자적 존재 방식은 인간적 유대 관계에 대한 근원적인 부정과 회의를 함축하고 있다. 특히 가장 기초적인 단위인 가족 관계에 있어서조차 혈연적 유대가 부정되고 있다.

> 어머니의 얼굴을 들여다 보고 있노라면 어인 까닭인지 이이가 어째 내 어머니일까? 그렇게 도일에게는 느껴지는 것이었다. 혈연관계의 인연이 그에게는 어인 까닭인지 애정적으로 느껴지지 않았다. 직장에 있어서 자기 위의 과장이나 부장이 갈려 새 사람이 오듯이 부모나 형제라는 것도 그렇게 쉬 바뀌어질 수 있을 것처럼 도일에게는 생각되는 것이었다.[4]

이와 같이 혈연까지도 하나의 우연으로 간주되고 있다. 여러 유형의 인간 관계들 가운데서 한 가족의 구성원들 사이의 관계는 가장 자연스

---

4) 손창섭, 「公休日」, 『현대한국문학전집 3』(신구문화사, 1967), p.124.

럽게 맺어지며, 따라서 동요의 가능성이 가장 적은 관계라 할 수 있다. 그럼에도 불구하고 「공휴일」의 '도일'이나 「미해결의 장」의 '지상'은 그와 같은 관계에 대해서조차 의문을 제기하며, 그것을 의미 없음이나 우연적인 사실로 인식한다. 가족을 포함한 타인들이란 단지 참을 수 없는 운명의 중압 이외에 아무 것도 아니다. 이와 같은 타인들과의 인간 관계가 그저 자신에게 가해지는 상황적 압박으로 나타나는 양상은 그의 작품 곳곳에서 확인된다. 「사연기」의 '동식'과 '성규', 그리고 '정숙'의 관계, 「생활적」의 '동주'와 '춘자', 「피해자」의 '병준'과 '순실'의 관계 등이 그러하다.

특히 「생활적」의 '동주'와 '춘자', 「피해자」의 '병준'과 '순실'의 관계는 그 일방적인 관계 맺음이나 왜곡의 실상을 뚜렷이 보여 준다. 그들 부부간의 관계에 있어서 파행성은 그들의 관계가 상호 주체적인 의지에 의해 개척되는 것이 아니라 어느 한 쪽이 다른 한 쪽에 의해 일방적으로 조종된다는 점에 있다. 부부로서의 관계 맺음이 전적으로 상대방의 일방적인 요구에 의해 성립했듯이 관계의 해체 역시 상대방의 의사에 달려 있다. 부부에게 상식적으로 기대할 수 있는 정감적인 유대나 내적 필연성은 완전히 거세된 대신에 일방적인 가해와 피해의 왜곡된 관계만이 남아 있을 뿐이다.

파괴된 인간 관계의 기형적 이미지는 「혈서」에서 보다 충격적으로 형상화된다. 「혈서」에는 육체적 불구자이거나 환자, 그리고 정신적 불구자들인 네 명의 단독자들이 등장한다. 「혈서」는 퇴락한 '방'을 배경으로 한 그들의 기이한 기숙과 자기 소모적인 퇴행의 지속적 상태를 보여 주는데, 특히 문제되는 것은 그들 간의 기형적인 소통 장면이다. 요컨대 「혈서」는 복수의 단독자들의 육체적·정신적 불구성뿐만 아니라 그들 간의 비정상적이고 기형적인 소통의 양상을 장면화함으로써 합리적인 의사 소통에 기초한 인간간의 진정한 관계 맺음의 불가능성 속에서 희화화되는 삶의 문제적 상태를 폭로한다고 하겠다.

외부와 철저히 단절된 채 파괴된 자아에 대한 절망을 가학적인 파괴 충동으로 표출하는 '준석'의 독기 어린 눈초리와 강압적인 억지, 상황에 대한 판단력과 논리적 사고력을 잃은 '달수'의 "울음과 웃음이 반반씩 섞인 일그러진 표정"과 절망적인 한숨, 그저 "히죽히죽 웃으며" 방관하는 '규홍'의 태도, "무표정한 얼굴로 석고상처럼 방 한 구석에 잔뜩 웅크리고 앉아 있"기만 한 '창애'가 엮어내는 기이한 논쟁 장면은 그 자체가 상호이해의 지평을 통한 합의, 또는 공감을 획득하기 위한 의사소통의 진정성과 목적성이 철두철미 거세되어 있다.

육체적 불구자 '준석'과 정신적 불구자 '달수' 사이에 벌어지는 "영원히 일치점에 도달할 수 없는" 기괴하고 우스꽝스러운 논쟁은 세계의 불가항력적인 힘 앞에서 파멸되는 자아의 절망적인 존재 방식을 환기시킨다. '준석'의 무차별적인 파괴욕, 그리고 '달수'의 퇴행적인 울음은 그 외면적 차이에도 불구하고 모두 세계의 불가해성과 적대성에 대한 왜소하고 하찮은 인간의 공허한 신음과도 같은 것이라는 점에서 일치한다. 게다가 정상적인 의사 소통으로부터 극단적으로 일탈된 그들의 논쟁이 공식적으로 되풀이되는 일상적 현상으로 제시됨으로써 해결의 가능성 역시 완전히 부정되고 있다.

정상적인 인간 관계에 대한 극단적인 왜곡은 전후적 삶의 기형적 불구성을 환기시킨다. 그리고 그들의 부적절한 삶의 희화들이 삶의 유의미성이나 행위의 합목적성의 상실에서 연유하는 것이라 할 때, 그것은 인간 및 인간의 삶을 무의미성과 우연성의 상태로 치환시키는 '운명'의 불가해하고 파괴적인 힘을 폭로한다. 손창섭 소설에서 그로테스크성의 원천은 무엇보다도 이 보이지 않는 운명의 불가해성과 불가항력성에 있다고 할 수 있다. 개인의 주체적인 의지와는 무관한 운명의 힘을 감지하게 될 때, 인간은 그저 보이지 않는 운명의 장난감, 즉 '우연히 살아남은 자'에 불과하며, 그 운명에 대한 유일한 대응은 신음하면서 견디어내는 것이거나 내용 없는 혈서를 쓰는 것일 뿐이다.

이와 같이 손창섭 소설에서 그로테스크는 운명이라는 불가항력적인 힘에 사로잡혀 생명력을 거세당한 인간과 삶의 전락을 형상화하는 원리로 작용한다. 그리고 그를 통해 삶의 유의미성에 대해 근원적인 물음을 제기함으로써 인간과 삶에 대한 우리의 관습적인 지각을 동요시킬 뿐만 아니라 의미와 결별한 삶의 공포스러움을 환기시킴으로써 '운명'이란 이름으로 나타나는 세계의 부조리성을 폭로한다.

다른 한편, 김성한 소설에 있어서의 그로테스크성은 가치 왜곡의 현실 및 인간 상황에 대한 풍자적 비판의 의도와 결부되어 나타난다. 즉 풍자의 대상에 대한 경멸적인 웃음과 혐오감 내지 거부감을 최대한으로 유도하기 위해 그 대상을 기괴화, 또는 희화화의 방법으로 왜곡하는 것이다. 그의 소설에서의 그로테스크성은 이 같은 풍자의 과격성으로 구체화된다.

풍자는 항상 현실에 대한 부정적·비판적 태도에 근거를 두고 대상의 결함, 부조리, 불합리 등을 폭로한다. 그러므로 그것은 어떤 종류의 공격을 필연적으로 내포한다.[5] 이 같은 풍자의 공격성은 일반적으로 비난의 대상을 폭로하지만, 그 이면에는 긍정적인 대상의 축이 영향을 미치고 있다. 공격의 대상과는 대립되는 긍정적 가치를 잠재적으로 상정함으로써 풍자가 자신의 본연의 목적인 계몽적 의도, 현실 교정의 의지를 실현하는 것이다. 풍자란 바람직한 <당위의 세계>에 확고한 입지점과

---

5) Nothrop Frye, "The Four Forms of Fiction", Roger Sale ed., *Discussion of the Novel* (Boston : D.C. and Compony, 1960), pp. 7-10. 참조

지향점을 두고 바람직하지 못한 <존재의 세계>에서 나타나는 여러 종류의 악덕과 부조리를 비판하는 문학 양식인 것이다.

그런데 김성한 소설에서는 이면적으로 전제되어 있어야 할 긍정적인 지향점, 당위적 이상이 매우 모호할 뿐만 아니라 상당 부분 굴절되어 있는 듯이 보인다. 그것은 그의 풍자가 급진적이고 과격하며, 그로테스크 요소와 결합되어 있는 현상과 무관하지 않다. 왜냐하면, 그로테스크를 일종의 풍자적 무기로 사용하는 경우, 풍자가의 도덕적 의도나 목적은 그로테스크의 당혹스럽고 어리둥절케 하는 압도적인 효과에 의해 흐려질 소지가 다분하기 때문이다. 그로테스크 요소, 즉 세부 묘사의 기괴성이 오히려 압도적으로 나타나므로 풍자가의 의도는 약화될 수밖에 없는 것이다.[6]

풍자와 결합된 그로테스크 요소는 인간의 전락을 충격적으로 형상화하는 데 기여한다. 김성한에게 있어서 그로테스크를 야기하는 상황은 해결의 가능성이라고는 전무한 인간 전락의 극한적 상황이라 할 수 있다. 작가는 「중생」의 서두에서 "침몰해 가는 타이타닉호에서 악대는 최후까지 연주를 계속했다"라는 카프카의 경구를 인용하고 있는데, 그것은 그대로 그의 소설에 있어서의 그로테스크성의 원천이라고 할 수 있다. 멸망의 길로 들어섰으면서도 그것을 자각하지 못하고 광란을 멈추지 않는 미망에 빠진 중생, 그것이 그의 소설이 제시하는 인간의 실상이라 할 것이다.

김성한은 '이', '빈대', '벼룩' 등과 같은 해충의 수준으로 비속화된 중생들의 가치 왜곡적 의식 및 행위 속에서 인간 악의 평범성과 편재성을 발견한다. 이 같은 점은 혼미하고 타락한 상황에 편승하여 왜곡된 가치를 적극적으로 추구하는 권력지향적 인물들(insider)을 풍자하는 일

---

6) Philip Thomon, 앞의 책, pp.59-61. 참조.

련의 작품들에서 확인되는 바다. 여기서 작가는 가치 왜곡적 인물들이 사회적 주도 세력으로 활동함으로써 야기되는 사회적 해악을 폭로한다기보다는 오히려 그들을 표리부동한 이중성과 허위의식, 위선 등으로 가장된 인간의 전형으로 묘사하고 있다. 요컨대 희화화된 인물의 속성은 인간의 근원적 비속성이나 연극성으로 귀결되고 있는 것이다.

때문에 그것은 몇몇 속악한 인물에 대한 풍자가 아니라 결국 인간 일반에 대한 강등과 격하일 것이다. 바로 이와 같은 데서 평범한 사람들에 의해서 만성적으로 자행되는 하찮은 악, 무차별적인 탐욕이거나 어리석음 등과 같은 악의 평범성과 편재성이 인간의 그로테스크 이미지를 산출하는 공포의 원천이 되고 있음을 확인할 수 있다.

특히 「풍파」와 「중생」, 그리고 「오분간」은 <악의 편재성>이란 관점에서 초점화하여 당대의 인간 현실을 묘사한다. '이'의 눈에 비춰진 비루하기 그지없는 인간 세태의 다양한 에피소드들의 병렬적 구성(「풍파」), 그리고 지상의 곳곳에서 벌어지는 간악과 교지, 혼돈과 분열의 광란으로 특징지어지는 다양한 행태들에 대한 동시묘사(「오분간」)는 그 같은 악의 편재성을 기법적으로 재현한다. 그리고 그것은 인간 전락의 인과적 논리라든가 문제 해결의 전망이 개입될 여지가 없는 인간 상황의 극단적 파행성을 효과적으로 환기시킨다.

여기서 일반적으로 믿어 왔던 '인간'은 환상에 지나지 않으며, 인간의 진짜 모습은 '이', '벼룩', '빈대', '파리'와 같은 혐오스럽고 비속한 해충이거나 또는 그보다도 못한 중생에 불과하다는 사실과 대면하게 된다. 또한 그와 같은 인간의 이미지는 가치 관여적인 인간 관계를 잃고 각자의 무자각적 충동과 욕망에 갇힌 채 서로 물고 물리는 아귀다툼으로 자멸해 가는 단독자의 표상이기도 하다. 김성한 역시 여러 단독자들의 일그러지고 왜곡된 관계를 통해 인간 삶의 그로테스크한 국면을 형상화한다.

하등동물로 전락한 인간의 삶이란 그저 죽음의 순간까지 계속되는 광란적 아귀타툼이거나 만인에 대한 만인의 투쟁 그 이상도 이하도 아니다. 「방황」과 「전회」, 「창세기」 등의 작품들에서 인간 이전의 생물로서의 자기 정체성을 주장하는 '생물'과 거짓 윤리로 치장한 '인간' 사이의 희극적인 충돌 장면은 이 점을 분명하게 보여 준다. 삶의 방식으로 약육강식적 행동 원리를 선택할 때, 그것은 또 다른 생물들과의 물고 물리는 싸움으로 전개된다. 이 과정에서 인간다움의 윤리란 '배부른 자들'의 사치스러운 장식이거나 자기 방어를 위한 최면술로 강등된다. 따라서 인간의 삶이란 거짓 윤리의 가면을 쓴 생물들의 약육강식적 폭력의 형태로 나타날 뿐이다.

또한 「개구리」에서는 인간의 삶이 동족의 살을 뜯어먹는 카니발리즘적 현상으로 묘사되고 있다. 특히 '얼룩이'가 동족 개구리의 살을 뜯어먹는 행위가 한편으로는 매우 사실적이고도 세부적으로 묘사됨으로써, 그리고 다른 한편으로는 상황의 끔찍스러움과 공포스러움이 그것과는 어울리지 않는 익살맞고 희극적인 요소들과 결합됨으로써 삶의 그로테스크한 국면은 훨씬 더 강도 높게 인지된다.

이와 같이 김성한 소설에 있어서 인간은 '이', '벼룩', '빈대'와 같은 혐오스럽고 비속한 해충의 수준으로 전락해 있고, 그 같은 인간의 삶은 생물의 약육강식적 폭력이나 카니발리즘적 행위로 기형화되고 있다. 게다가 인간의 운명을 관장하는 신이 '망령든 김좌수'(「중생」), '늙고 무력해진 제우스'(「오분간」), '인간 의식의 허구적 산물로 강등된 제우스'(「개구리」) 등으로 표상되고 있는데, 이 같은 권능과 권위를 상실한 신의 이미지는 신과 유비적 관계에 있는 인간의 전락을 상징적으로 의미한다고 할 수 있다.

(2) '피해자 – 반항자' 로서의 인간 : 정상성으로부터의 일탈

장용학, 손창섭, 김성한의 소설에 나타나는 특징적인 국면은 극한상황의 비합리적이고 악의적인 힘들과 조우한 인간과 인간 삶의 파편화되고 일그러진 이미지를 창조하는 데 있다. 여기서 주목할 만한 사항은 전적으로 적대적인 세계(a hostile universe) 속에 살고 있는 인간이 그 세계에 대해 취하는 반응의 독특한 양식이다. 극한 상황에 처한 소설적 자아의 반응 양식으로부터 우리는 피해자로서의 모습뿐만 아니라 반항자로서의 모습 또한 읽어 낼 수 있다.

말하자면, 대상 작가들이 형상화한 인간은 피해자나 반항자 중 어느 하나인 것이 아니라 피해자인 동시에 반항자로서의 형상을 띠고 있다는 것이다. 이때 피해자로서의 형상은 <세계로부터 자기 자신에게로의 위축>, 또는 <세계로부터의 소외>의 형식으로 나타나며, 반항자로서의 형상은 문명에 대한 파괴적 정력을 방출하는, <진실을 찾는 국외자>의 모습으로 나타난다.[7] 따라서 <피해 – 반항>의 인간상은 공히 <소외자 outsider>적 성격을 띠며, 부조리하거나 폭력적인 현실에 대한 폭로와 성찰의 기능을 수행한다.

세계 상황이 <인간>을 모독하고, 인간간의 유대 관계를 파괴하는 적대적인 힘으로 육박할 때, 인간이 취할 수 있는 선택의 방향은 세계로부터의 소외와 단절, 즉 <위축(萎縮)>일 수밖에 없을 것이다. 그런데 그 위축이 세계로부터의 단순한, 비겁한 도주가 아니라 자의지적 작전의 형태로 나타난다는 데서 위축의 또 다른 일면을 볼 수 있다.[8] 즉 그것은 세계에 대한 반항의 한 양식이 되는 것이다.[9] 이와 같이 위축된

---

7) Ihab Hassan, *Radical Innocence*, 이가형 역, (세계사, 1966), pp.25-45.참조
8) 위의 책, p.20.
9) <위축>은 전적으로 부당한 현실의 질서에 대한 적응, 또는 타협을 거부하는 국외자적 존재 방식의 한 표현 형태라 할 수 있을 것이고, 이 점에서 그것은 현실에 대한

자아가 세계에 대해 항거하는 방식은 현실과의 직접적인 투쟁을 통한 현실의 개조가 아니라 내성적(內省的) 시각을 통한 실제 세계의 희화화이다.

앞에서 살펴 본 단독자, 외부 세계와의 단절과 고립으로서의 존재 방식은 그 자체가 피해자와 반항자로서의 양면적 얼굴을 하고 있다. 이와 같은 야누스적 인물의 창조는 자아와 세계 사이의 극한적인 대립과 갈등을 자아의 내적 갈등과 심리적 분열로 전이시켜 구현하는 것이다. 따라서 작중인물들의 피해자적·반항자적 양면성은 자아의 의식 분열적 상태로 확인된다. 인물들의 자아분열적 혼돈은 그것이 그에게 가해지는 외부세계의 일방적인 공격으로부터 유래한다는 면에서 피해자로서의 징표라 할 수 있다. 그러나 다른 한편으로 그것은 고통스러운 자기 이해의 방식으로서 세계의 질서를 떠받치고 있는 가치 규준이나 윤리에 대한 근원적인 물음의 제기로 작용한다는 면에서 반항자적 징표이기도 하다.

장용학 소설에서는 관념적 인물들의 편집증적 시각과 죽음의 이미지를 통해 그 같은 양면적 특성을 확인할 수 있다. 장용학 인물들의 현실에 대한 관념적 해부에서 우리는 일종의 광증을 발견할 수 있다. 그런데 그 같은 광증은 그것을 "자기 이해의 형상"으로 다룬 지을코프스키의 통찰대로 "자아가 대면한 세계의 혐오스러운 실재성으로부터 자신의 자유를 고수하려는 필사적인 노력의 표현"[10])으로 이해된다. 그리고 그것의 구체적인 현현은 인물들의 <꿈꾸는 행위>로 나타난다.

장용학의 인물들, 예컨대 「인간의 종언」의 '상화', 「부활미수」의 '허준', 「요한시집」의 '누혜'와 '동호', 「비인탄생」의 '지호' 등에게서 볼

저항적 작전이다.

10) Theodore Ziolkowski, *Dimensions of the Modern Novel*, (Princeton U.P., Princeton N.J., 1969), pp.332-361. 참조.

수 있는 피해 - 반항자적 존재 방식은 이데올로기적 세계의 잔혹성과 허구성의 체험과 밀접하게 관련되어 있다. 그것은 자연스럽고 단순한 죽음에서 무자비하고 잔혹한 파괴의 경험으로 확대·변화된 인간 절멸의 현장이다. 요컨대 잔혹성의 세계는 갑작스럽고 불연속적인 경험으로서의 죽음, <부적절한 죽음>을 실존적 조건으로 수용하도록 강제한다.

이와 같은 극한상황 속에서 <살아남기(생존)>와 <인간으로 살기>는 더 이상 같은 것일 수 없다. 인간성을 지킬 수 없는 범죄적인 세계 상황 속에서 살아남는다는 것은 <인간>이길 포기하고 <인간 이하 subhuman>가 된다는 것을 의미한다. 또한 <인간>으로 산다는 것은 궁극적인 공포가 될 뿐이다. 그것은 <인간다움>을 위해 지켜 오던 윤리나 도덕이 얼마나 쉽게 생존권을 박탈하고 생명을 파괴할 수 있는가라는 사실과의 고통스러운 대면을 의미한다. 따라서 이런 상황에 직면한 자아는 자기 의식의 내부에서 <인간>과 <비인간> 사이의 끝없는 자아 분열적 갈등을 겪는다. 그것은 그대로 인간 및 인간성에 대한 전도적 재정의로 전개된다.

<인간>에 대한 관념적 재정의는 이데올로기적 세계가 규정한 인간성에 대하여 전적으로 새로운 인간성을 내세우는 저항적 도전이다. 그리고 그것은 인간에 대한 부정과 긍정이라는 역설로 이루어질 수밖에 없고, 그와 같은 특징적인 국면이 '비인'의 역설로 나타나는 것이라 하겠다. 장용학 소설 전체를 관통하는 하나의 이념은 바로 이 '비인'의 역설이라 할 수 있다. 비인의 역설이란 인간이 참다운 인간이기 위해서는 인간이 아니어야 한다는 것을 의미한다. 특히 이 '비인'은 「비인탄생」에서 보듯 동물적 형상 및 체취와 결합한, 또한 인간의 말과 이름을 버린 원시적 인간의 이미지로 나타나고 있다. 따라서 그 같은 '비인'의 역설을 통한 저항은 환상과 결합한다.

이와 같이 장용학이 제시하는 이데올로기적 세계의 폭력성 및 허구성에 대한 저항의 형식은 그 세계의 부정성과 완전한 대극에 있는 상상적 세계(imaginative cosmos)로의 초월을 꿈꾸는 것이라 할 수 있다. 장용학의 인물들의 의식과 관념을 관통하는 핵심은 '존재와 가치가 거꾸로 선 세계 / 존재와 가치가 합일되는 바로 선 세계', '선악의 대립적 세계 / 생과 악이 양립하는 세계', '이름의 세계 / 이름이 없는 세계', '지동시대 / 천동시대'의 대립이며, 이 대립은 '인간 / 비인'의 대립으로 이어지면서 전자를 부정하고 후자를 지향하는 의식으로 발전한다. 여기서 후자는 인물들의 관념 속에서 환상적으로 축조된 초월적인 이데아의 세계라 할 수 있을 것이다.[11]

따라서 '비인'의 역설, 그리고 그것이 함의하고 있는 초월적 원시 지향은 <에덴적 동기>에 의거하여 잃어버린 낙원으로 자아를 향수적으로 철수하는 방식[12]으로 나타난다. 그것은 문명과 합리란 이름으로 훼손된 인간으로부터의 단절을 자의식적으로 추구함으로써만 가능하다. 그것은 수동적인 소외화의 과정, 즉 현실 세계로부터의 패퇴 및 소외를 초월적인 단절의 의지로 역전시키는 것이다.

이와 관련해서 장용학 소설에 있어서의 '죽음'의 이미지와 의미가 이해될 필요가 있다. 폭력적 현실에 대한 반항의 극한적 형식은 광기와 자살이다. 특히 자살은 범죄적 세계 상황으로부터의 완벽한 단절의 방법이며, 삶과 죽음의 의미를 전도시켜 죽음에 초월적인 의미를 부여하

---

11) P. 랜도우는 재난 상황 하의 위기가 그것을 체험하는 사람들에게 전적으로 새로운 상상적 세계를 창조하도록 한다고 했는데, 장용학 소설의 인물들에게서 그 같은 현상을 확인할 수 있다. 이때 상상적 세계의 창조는 일차적으로는 적대적인 현실로부터 환상적 영역으로의 도피 방식이지만, 그것이 현실의 문제적 상황에 대한 비판적 성찰의 준거로 작용하면서 실제 세계를 희화화하는 힘을 행사하고 있다는 측면에서 독특한 저항의 방식이 되기도 한다. George P. Landow, 앞의 책, p.5.
12) Ihab Hassan, 앞의 책, p.60.

는 것이다. 현실이 갑작스럽고 불연속적인 죽음을 실존의 조건으로 강제한다는 점을 상기할 때, 그 같은 <부적절한 죽음>과 그것이 부화해 낸 <부적절한 삶>에 대한 저항의 한 방식은 죽음에 대한 재정의, 즉 자기 구원 및 초극으로서의 죽음을 실현하는 것일 수 있다. '누혜'의 '자유의 죽음이 생의 삶', '자유의 요한적 죽음'의 역설이 의미하는 것도 바로 이와 같은 것이다.

장용학 소설에서의 죽음은 이와 같은 훼손된 인간의 폐기이자 진정한 인간, 즉 '비인'으로의 재생, 초월로서의 죽음으로 나타난다. 때문에 그들의 죽음은 '완전한 인간' 및 '완전한 생'으로의 부활을 위한 입사적 제의로 거행된다. 특히 「인간의 종언」의 '상화', 「부활미수」의 '지호'에 게 입사적 제의로서의 죽음은 '불태우기 의식'으로 구체화된다. '불'의 정화력과 생명력에 기대어 이루어지는 죽음의 의식은 따라서 현실에 대한 부정과 새로운 세계로의 초월의 의미를 상징적으로 구현하는 것이라 할 수 있다.

또한 「요한시집」에서 양자택일의 경직된 세계의 경계선인 '철조망'에 수직으로 걸린 '누혜'의 주검, 그리고 「현대의 야」에서 기도라도 드리는 듯한 '현우'의 죽음의 자세는 초월하려는 의지의 표상이다. 여기서 '철조망'이나 감방의 문은 그들의 죽음에 하나의 돌파구, 즉 해방과 뚫림의 상징적 의미를 부여하며, 따라서 그의 죽음은 막힘이고 끝남이 아닌 새로운 세계로의 열림이고 부활로 의미화된다. 그러나 자살로서의 저항이 본질적으로는 자기 자신에 대한 부인이자 공격의 형식이기 때문에 그것은 순수한 의미에서 적대적인 현실에 대한 저항일 수만은 없다.

죽음이 피해와 저항의 양면적 의미로 작용하는 똑같은 경우를 김성한의 「바비도」에서도 볼 수 있다. 「바비도」는 개인의 진실과 그것을 통제하는 지배 이데올로기 사이의 대립적 갈등을 기본 축으로 설정하여 집단적 허위와 개인적 진실의 분열상을 풍자하는 작품이다. 여기서 '바비도'는 권위주의적 지배 이데올로기(중세 교회지상주의)의 폭력적 상황이 산출해 낸 피해자이자 반항자로서의 면모를 지닌다.

'종교 재판'을 하루 앞둔 상황 속에서 '바비도'의 의식의 추이가 도달한 극점은 진실에 대한 신념의 상실과 신경질적인 비분강개이다. 이와 같은 '바비도'의 의식의 추이는 철저한 의식의 파탄이라 할 수 있을 것이다. 그것은 진실에 대한 건실한 믿음을 소유했던 한 인간의 내면적 전락의 과정을 보여 준다. 복종 아니면 죽음의 양자택일을 강요하는 제도적 폭력 속에서 한 개인의 진실과 신념은 철저히 파괴된다. 따라서 여기서의 '바비도'는 부정적 현실의 압도적인 힘에 의해 일그러지고 파괴되는 피해자의 모습으로 부각된다.

그러나 '바비도'는 자신에게 제시된 두 가지 선택의 가능성 가운데 굴욕적인 생존이 아닌 저항적 죽음을 선택한다. 그런데 그의 죽음이 진실에 대한 신념의 수호를 위한 순교적 죽음이 아니라는 데 문제가 있다. 그것은 진실의 포기도 진실의 수호도 아니다. 그의 죽음은 한편으로는 삶의 무의미성, 자신의 신념까지를 포함한 모든 가치의 무의미성에 대한 주장이자 몰의식 지향으로서 피해의 결과를 확인케 한다면, 다른 한편으로는 거짓 기준으로 옳고 그름을 재단하는, 따라서 한 평범한 인간을 미치광이로 몰아가는 제도화된 이데올로기적 세계의 폭력성과 허구성에 대한 절대적인 부정으로서 저항을 의미하기도 한다. 이런 맥락 속에서 '바비도'의 죽음은 피해자의 왜곡된 의식과 깊이 연루되어 있는 저항적 자세라 할 수 있을 것이다.

이와 같이 왜곡된 세계에 대한 반항이 인간 및 인간성에 대한 허무주의적인 부정의 양식으로 나타나는 또 다른 예를 「개구리」의 '초록이',

「방황」의 '홍만식', 「전회」의 '남천숙' 등에게서 발견할 수 있다. 「개구리」의 '초록이'가 보여 주는 몰의식 지향이나 '홍만식'과 '남천숙'의 생물적 본능 지향은 현실에 대한 반어적인 저항의 모습으로 보인다.

개인의 자연적이고 자유스러운 삶을 파괴하고 지배와 복종의 왜곡된 관계를 절대화하는 현실의 정치적 우행과 지배 이데올로기의 경직성 및 폭력성에 대한 '초록이'의 저항은 그 현실에 맞서는 새로운 질서나 이념을 통한 대결로 전개되지 않는다. '초록이'의 저항은 '얼룩이'로 상징되는 문화적 질서로부터의 탈의미화라는 방식으로 구현된다. 따라서 그것은 모든 문화적 관념과 이데올로기적 질서 창조의 원천인 의식과의 싸움으로 전개된다. 그래서 그것은 인간 의식의 허구적 산물인 신 '제우스'를 "침을 뱉고 물어 뜯"고 "닥치는 대로 네 발로 할퀴고 갈기고 찢"는 의식에 대한 부정으로 귀결된다.

이와 같은 의식의 부정은 기성의 가치관이나 절대화된 이데올로기, 그리고 그것에 의해 유지되는 현실의 토대 그 자체를 전면적으로 부정하는 것으로서 일종의 우상 파괴, 또는 반문화적 의지로 작용하는 것이다. '홍만식'과 '남천숙'에게서 현실에 대한 비판 및 저항의 방식이 인간 다움의 근거인 윤리에 대한 부정으로 나타나는 것도 같은 맥락에서 이해된다.

「방황」과 「전회」는 가장 기본적인 생존의 가능성조차 기대할 수 없는 극한적인 가난에 허덕이는 '홍만식'과 '남천숙'이라는 지식인의 현실적 절망과 발악에 가까운 저항을 그리고 있는 작품들이다. 그들의 가난은 개인적인 무능이나 결함이 아니라 현실의 구조적 모순과 관련되어 있다. 그런데 그들이 취하는 저항의 방식은 현실에 대한 정면 대결이 아니라 자신의 생존을 위한 비정상적인 논리를 만들어 내는 것이다. 요컨대 그들은 자신들의 정체성을 '인간'으로서가 아니라 '생물', 더 구체적으로는 '동물'로 규정하고 그것에 입각한 약육강식적 존재 방식을 주장하는 것이다. 그것은 인간과 동물 사이의 위계적 변별성의 징표인 윤리적 가치에 대한 부정을 의미한다.

따라서 생물의 의미화는 생물과 인간 간의 전통적인 위계를 전도시켜 그 동안 인간에게 부과되어 왔던 '인간성', 윤리에 대한 의문의 제기이자 의미 박탈로 작용한다. 이때 인간의 윤리는 '생 이전의 가정', 배부른 자의 자기 은폐를 위한 허구적 장식으로 강등된다. 또한 그것은 '인간'의 정상적인 윤리로는 살아갈 수 없을 만큼 피폐한 현실, 요컨대 가치 전도와 왜곡의 현실에 대한 가치 배제적인 저항을 의미하게 된다.

이와 같이 김성한의 소설은 왜곡된 현실에 대한 강렬한 비판적 부정의 태도를 견지하는 저항적 인물들을 그리고 있다. 그러나 표면적인 저항의 이면에는 피해자로서의 모습이 자리잡고 있음을 볼 수 있는데, 그 같은 점은 그들의 저항적 방식의 비정상성에서 확인된다. 김성한의 인물들이 실현하는 저항 역시 장용학의 인물들과 마찬가지로 현실과의 직접적인 투쟁을 통한 현실 극복의 구체적인 전망을 제시하는 방향으로 전개되지 않는다. 오히려 가치 그 자체, 또는 가치 생산의 원천인 의식을 부정하는 관념적 저항의 방식을 취한다. 가치나 의식이 근원적으로 부정될 때, 인간 현실의 새로운 가능성 역시 부정된다고 할 수 있다.

따라서 김성한 인물들의 저항적 논리와 행위에서 일종의 광기를 보게 된다. 다시 말해서 그것은 인간 전락의 인과적 논리라든가 문제 해결의 전망이 개입될 여지가 없는 인간 상황의 극단적 파행성과의 조우로 인한 정신적 외상의 발현인 것이다. 그것은 또한 세계의 횡포에 의해 파괴된 자아의 의식 분열상을 환기시킨다. 이런 맥락에서 인간의 근원적인 토대를 부정함으로써 그릇된 현실 세계를 부정하려는 김성한 인물들의 저항의 논리는 "밖의 세계가 심히 어긋나 있어 자아의 건전한 존립이 불가능할 때 야기되는 심리적 현상"13)으로 볼 수 있다. 때문에 의식 및 가치 윤리의 부정이 현실에 대한 저항적 비판의 의미를 생성한다고 할지라도, 그것이 정상성으로부터 일탈된 억설(臆說)이라는 혐의를 벗어나지는 못한다. 이 점에서 김성한의 저항적 인물들은 피해자의 다른 얼굴이라 할 수 있을 것이다.

손창섭 소설에서 인물들은 명백한 피해자로 등장한다. 그들은 상황 속에서 상황과의 대결 과정에서 패퇴해 가는 것이 아니라 이미 패배한 인물로 등장하는 것이다.14) 이어령이 적절히 지적한 것처럼 손창섭의 인물들은 "아무 것도 하지 않는 것이 인간에게 유일한 선인 것처럼 혹은 유일한 행동인 것처럼 생각하는 인간상"으로 나타난다.15) 그들은 삶의 우연성과 무의미성에 갇힌, 삶에 대한 근원적인 욕망을 상실한 목석화된 인간이다. 그리고 그들의 존재 방식은 <행위 doing>를 통한 현실에의 참여가 아니라 <무위 undoing>로서의 소외이다.

그런데 이 무위는 표면상으로 볼 때는 세계로부터의 위축으로서 피해자의 징표가 되지만, 이면적으로 볼 때 그것은 현실에 대한 완강한 거부와 저항의 의미를 내포하고 있다. 외부 세계가 전면적으로 타락하였을 때, 그에 대한 저항 역시 왜곡된 방식으로 이루어질 수밖에 없을 것이다. 이와 관련해 볼 때 손창섭의 인물들이 취하는 정물적 무위는 개개인의 삶을 철저하게 파멸시키는 세계 속에서 개인이 겪어 내야 하는 자아상실의 극단적인 체험이자 그 불가항력적인 세계를 향해 무기력하고 왜소한 인간이 던지는 절망적 저항의 자세이기도 한 것이다.

먼저, 손창섭의 인물들은 인간으로서의 최소한의 신체적 아이덴티티

---

13) 신동욱, 앞의 논문, p.231.
14) 이기인, 앞의 논문, p.589.
15) 이어령, 「패배의 인간상」, 『신문학 60년 대표작 전집』(정음사, 1968), p.124.

인 직립성과 활동성을 대부분 거세당하고 있다. 그들은 무의지, 무의욕, 무감각 등으로 지적되듯이 방 한 구석에 하나의 사물처럼 피동적으로 놓여 있거나 남겨져 있고, 누워 있다. 그들의 가장 지배적인 존재 방식은 '누워 있기'이다.[16] 그것도 '눕다'와 같은 행위가 아니라 '누워 있다'는 상태로서 존재한다. 그것은 또한 '송장', '걸레 조각', '누더기', '목석', '물건', '무표정한 얼굴', 또는 '죽은 듯이', '그린 듯이'와 같은 비유적 묘사와 함께 생명 거세의 정물성뿐만 아니라 비속성까지도 내포하고 있다. 이런 면에서 무위와 같은 정물적 존재 방식이 생존의 비속성과 무의미를 정신적 상흔으로 간직한 인간의 자기 희화적 존재태라고 할 수 있을 것이다.

또한, 그의 소설에서 반복적으로 제시되는 '무거움'이나 '우울함'과 같은 인물들의 자각 증상은 '생'에 대한 근원적인 욕망도 없이 생명을 지속시켜 나가는 '반인반물(半人半物)'로서의 존재 체험에 대한 자의식적 징표로서, 폭력적 세계와의 대면에 의한 정서적인 불안정 상태를 보여 주는 것이다. 따라서 그것은 개인의 삶을 규정하는 파괴적 아이러니로서의 운명과 조우한 존재의 육체적·심리적 위축을 환기시킨다. 이 점에 있어서 그들은 운명의 피해자들이다.

이와 같이 위축된 자아의 세계에 대한 대응은 <행위>의 주체로서 현실에 참여하는 것이 아니라 <물음>의 주체로서 세계의 폭력적 실체와 파괴된 자아를 응시하는 것이다. 다시 말하자면, 그것은 파괴된 자아가 자신의 삶을 전면적으로 지배하면서도 전혀 이해될 수 없는 것으로 존재하는 불가항력적인 운명을 향해 던지는 비명에 가까운 질문의 형식으로 나타나는 것이다.

무위가 현실에 대한 저항적 존재 방식이 되는 것은 바로 이런 점에

---

16) 가장 전형적인 예는 「생활적」의 '동주'에게서 찾아 볼 수 있다.

있다. 행위가 일정한 행동강령으로서의 모랄이나 도그마를 전제하고 있다면, 무위는 그와 같은 행위의 근거에 대한 근원적인 회의와 부정을 함축하고 있다. 따라서 그것은 자아 분석, 자기 성찰의 내성적(內省的) 탐색일 뿐만 아니라 행위의 세계에 대한 비판적 거리 두기의 방식이기도 하며, 결과적으로는 생존의 탈의미화, 세계의 희화화를 실현한다.

소외의 극한에서 자아가 던지는 질문의 양상은 자기 존재의 근거에 대한 회의, 즉 성찰로부터 시작한다. 「혈서」의 '달수'에게서 볼 수 있는 것처럼 "자기는 왜 죽지 않고 이렇게 멀쩡히 살아 있을까", 혹은 「미해결의 장」에서 '지상'의 해답 없는 질문인 "나는 왜 사느냐"가 문제되기 시작하는 것이다. 이러한 존재 자체에 대한 회의는 살아 있는 이유도, 살아가야 하는 가치도 찾을 수 없는 자기 존재의 부정으로 귀착된다. 그것은 '우연히 살아남은 자'로서의 자기 인식이다. '나는 왜 사느냐'란 존재의 근거 자체에 대한 해답 없는 물음의 제기는 인간과 삶에 대한 허무주의적 의미 박탈로 특징지어진다. 요컨대 운명의 파괴력에 대하여 생존의 공허함과 무의미성을 내세우는 것이고, 그것이 운명의 부조리성에 대한 저항의 한 방식으로 작용하는 것이다.

그래서 손창섭 소설에서 인간은 거름더미에 서식하는 '구더기'라든가 "는적는적 썩어들어가는" 난치의 나병을 유발하는 '박테리아'로 묘사되며, 인간의 삶은 "단 하나의 확실한 장래인 죽음"을 향하여 나가는 '신음소리'이거나 희망 없는 안간힘의 희화, 또는 미해결의 축적 과정으로 희화화된다. 이 같은 인간과 삶의 이미지는 생존의 비속성이라든가 인간적 행위의 무의미성을 폭로하는 것이다.

이와 관련해 볼 때, 「혈서」에서 '규홍'이 쓴 "모가지를 / 이 모가지를 / 뎅겅 잘라 // 내용 없는 / 혈서를 쓸까"라는 시구는 손창섭 소설 전체에 걸쳐서 일종의 강박적인 상징으로 작용한다고 할 수 있다. '내용 없는 혈서 쓰기'의 역설이야말로 존재의 최후 보루인 '목숨'이 '무의미'로 치환되는 문제의 심각성을 보여 주는 것이다. 국외자적인 초점화자는 반어적인 거리를 통해 인간의 사력을 다한 생존의 노력과 행위를 기계적 단순 되풀이로 공식화된 우스꽝스러운 희화로 강등시키거나 '인간다움', 예컨대 이상이나 진실, 성실과 같은 가치를 환상적 공허함이나 위선 등으로 격하시킨다.

따라서 '무위'는 장용학의 '초월적 제의로서의 자살'이 그러했던 것처럼 불가해하고 불가항력적인 운명에 대한 절망적인 확인 방식이자 그에 대한 역설적 항거의 한 방식이라 할 수 있다. '우연히 살아남은 자'들의 자아 성찰은 자기 존재의 가치나 의미 대신에 우연성과 무의미성을 발견한다. 그것은 좌절이자 절망이다. 그리고 절망은 "일반적으로는 모든 것을 판단하고 원망하고 있는 것이지만 개별적으로는 아무것도 하지 않고 있는 것을 의미한다."[17] 뒤집어 말하자면, 무위는 바늘구멍 만한 출구도 찾을 수 없는 전망 부재의 경험을 드러내는 절망의 징표인 것이다. 따라서 그와 같은 '무위'가 내포하는 저항은 행위가 아닌 물음의 주체로서 절망으로 체험되는 운명과 자아의 위기를 응시하는 데 있다고 할 수 있을 것이다.

이상에서 살펴 본 것처럼 장용학, 손창섭, 김성한의 소설은 극한상황의 적대적이고 악의적인 힘들과 조우한 인간과 인간 삶의 일그러지고 파편화된 이미지를 창조하는 데 주력하고 있다. 그와 같은 인간 및 삶의 이미지들이 환기시키는 극한상황 속의 인간 경험의 구체적 실상은 내면 세계와 외부 세계의 철저한 괴리, 즉 자아와 세계 간의 단절, 그리고 <부적절한 죽음>의 공포와 "무시무시하고 우연적인 사건으로 위축된

---

17) A. Camus, 앞의 책, p. 27.

삶"[18]으로 나타난다.

 따라서 외부 세계와의 유대 관계를 상실한 단독자들의 자아분열적 삶을 희화적으로 형상화한 '비인', '목석', '생물'의 이미지들은 개인의 의미 있는 삶의 가능성이 원천 봉쇄된 한계 상황 속의 인간의 굴욕적인 삶을 드러내는, 그 자체가 훼손된 인간의 초상이라 할 수 있을 것이다. 이런 면에서 그것은 인간의 문화적 정체성의 위기, 즉 세계와의 의미 있는 관계 맺음의 가능성이나 미래에 대한 전망이 전무한 전후의 폐허와 그 폐허 속에서의 인간의 해체적·상실적 위기[19]를 반영하며, 결과적으로는 인간과 인간 삶에 대한 일상적이고 관습적인 이해의 관점에 대한 의문을 제기하는 것이라 하겠다.

2. 역설적 허무주의 : 영점(Zero)의 시각

 앞에서 필자는 일상의 갑작스러운 파열로 드러난 낯설고 적대적인 세계에 대한 인물들의 복합적인 반응 양상을 중심으로 하여 대상 작가들이 형상화한 전후적 인간상을 고찰하여 보았다. 여기서는 그러한 인간의 이미지를 창조함으로써 당대의 체험적 현실에 대하여 어떠한 서사적 대응 논리(counter-logic)를 제시하는가의 문제를 살펴보고자 한다.

 '거꾸로 선 세계'로 표상된 적대적 세계와 자아의 관계를 구조화함에 있어서 대상 작가들은 허무주의적 지향을 보여 주고 있다. 그런데 이

---

18) Lawrence L. Langer (1978), p.12.
19) 여기서 해체적 위기란 사회 내 인간관계가 해체되는 위기를 말하며, 상실적 위기는 해체적 위기가 가져다주는 결과로서의 제반 상실 상태를 가리킨다. 여기에는 방향 상실, 목적 상실, 윤리 의식 상실, 권위 상실, 일체감 상실 등의 상실 상태가 있다. 경희대 부설 인류사회재건연구원 편, 『현대사회의 위기와 사조』(경희대 출판국, 1984), pp.178-181. 참조

허무주의적 의미 생성의 논리는 한편으로는 <환멸>과 <냉소>로, 다른 한편으로는 <성찰>과 <탐색>으로 동기화되고 있다. 즉 그들의 소설은 문화적 규범과 인간에 대한 환멸, 허무주의적 부정의 서사화 과정인 동시에 인간 삶에 대한 역설적 성찰과 탐색의 서사화 과정이기도 한 것이다. 이와 같이 서로 상충하는 두 동인이 풀 수 없을 정도로 뒤얽혀 있는 양면적 세계가 전후소설의 세계라 할 수 있을 것이고, 이같은 특성은 그로테스크의 특징적인 면모와 관련되어 있다.[20]

먼저 허무주의적 지향이 문화적 존재로서의 인간, 그리고 문화적 규범 그 자체에 대한 환멸 및 파괴 충동과 결합되어 있음을 볼 수 있다 이 같은 반문화적 동인은 이데올로기적 세계로 규정된 폭력적 현실에 대한 반발이나 저항이라 할 수 있을 터인데, 그것이 문화적 질서와 인간 그 자체에 대한 근원적이고도 과격한 부정과 공격으로 표출되고 있다. 그리고 그것의 궁극적인 도달점은 <문화적 인간>의 폐기, <전 사회적 pre - social>, <전 주체적 pre - subjective> 존재로의 퇴행이다.

'거꾸로 선 세계'는 개인의 생존에 대한 위협과 부당한 죽음의 공포를 강제하는 문화적 폭력의 상황으로 부각되고, 그에 대한 소설적 자아의 대응은 문화적(상징적) 질서를 구성하는 본질적인 요인들에 대한 허무주의적 의미 박탈이라는 방식으로 나타난다. 요컨대 그것은 사회적 문화 규범(거시적 상징계)과 개인의 내적인 인간다움의 규준(미시적 상징계)에 대한 철저한 부정으로 나타날 뿐만 아니라 그 같은 상징적 규범을 형성하는 근원적인 토대, 즉 언어라든가 의식, 의미에 대한 회의, 가학적 파괴 충동으로까지 치닫고 있는 것이다.[21] 따라서 그것은 자아를

---

20) 그로테스크의 본질적인 성격 가운데 하나가 "양립할 수 없는 것들의 해결 안된 충돌", 또는 "양면성이 공존하는 비정상"이라 할 때, 전후소설의 '환멸과 냉소/성찰과 탐색'의 이중적 의미화는 그로테스크와의 친화적 관계 속에서 생성된 독특한 양상이라 할 수 있을 것이다. Philip Thomson, 앞의 책, p.37.

지탱해 줄 근거를 넘어선 것이기 때문에 결과적으로 자아의 파괴를 초래한다.

　장용학은 거꾸로 선 세계의 허구적 폭력성을 폭로하고, 그러한 질서를 해체하기 위한 전략으로 기존의 질서에서 보다 우월적인 지위를 차지하고 있는 '윤리적 가치', '합리적 이성', '인간성' 등의 문화적 패러다임으로부터 그 지위와 의미를 박탈하는 허무주의적 부정의 방식을 취한다. 특히 특징적으로 나타나는 현상은 '언어'(말)에 대한 근원적인 부정이라 할 수 있을 것이다.

　예컨대, 「요한시집」의 '동호'와 '누혜'에게 있어서 왜곡된 죽음과 파괴된 삶을 낳은 전쟁의 부조리성은 <1+1=3>의 가능성을 말살하고 오직 <1+1=2>의 세계만을 주장하는 이데올로기, 근원적으로는 '말'의 대립으로 비롯된 것으로 인식된다. 세계의 공포는 상대적 가능성이 부재한 양자택일적 절대성에서 기인하는데, 이 절대적 논리는 '말'의 힘을 빌어 나타난다. '말'은 절대적 사실과 무관한 것으로, 그것은 단지 세계의 상대적 우연성을 은폐하기 위한 도구일 뿐이다. 문제는 그렇게 형성된 '말'이 삶의 가능성을 억압하고 인간 그 자신을 지배한다는 데 있다.

　　그러나 깨어지지 않는 것은 내가 깨어지는 것을 두려워 하고 있기 때문인지도 모른다. 그것이 깨어지는 날에는 내가 서 있는 이 세계가 깨어져 버리는 것이다. 그래서 野合한 것이다. 두려워 하는 내 마음을 누가 벌써 내통해 주었던 것이다. 이러한 내통 위에, 달걀은 그저 쥐기만으로는 깨어지지 않는다라는 <말>이 이루어질 수 있었던 것

---

21) 재난 하의 인간의 인지적 과정은 극단적으로 양분화되는 경향을 보인다. 즉 문제가 되는 재난의 현상에 대해서만 몰입하게 되는 현상(Monopolize)과 여타의 상황에 대해서는 인지 내용의 조화로움이 깨어지는 현상(Disintergration of Unity) 의 두 가지로 분열되는 것이다. Pitirim Sorokin, *Man and Society in Calamity* (Wesport : Green Wood Press, 1968), p.14.

이다. (중략) 처음에만 말이 있는 것이 아니라 처음부터 끝까지 있는 것은 <말>뿐이었다. 인간은 그저 입에 지나지 않았다. 입으로서의 運動, 이것이 인간 행위의 전체였다.[22]

　<이름>의 유래. 서울驛에 내리자마자 걸려든 계집에게 얼을 다 뺏긴 村紳士. 하룻밤 사이에 주머니를 다 털리고 이튿날 새벽차로 도로 몸을 실을 수밖에 없게 되었던 그가, 시골에 돌아가선 툇마루에 버티고 나앉아서 「서울 계집이란 것은……」하고 수염을 쓰다듬는 것이다. 이렇게 해서 성립된 것이 세계다. <시골>과 <서울역> 사이가 그들의 <서울>인 것이다.[23]

　위 예문은 인간이 사용하는 언어(말, 이름)가 얼마나 자기 기만적이고 허위적인가를 보여 준다. 단 한 사람의 '서울 계집'에게 얼을 뺏긴 촌신사가 총괄적으로 대표해 버리는 '서울 여자'라는 이름은 그녀를 제외한 모든 여자에게는 허위에 지나지 않는다. '서울'의 실상은 사라지고 '시골'과 '서울역' 사이의 허상만이 남겨진 것이 '이름'이며, 이 이름만으로 세워진 것이 다름 아닌 '세계'라는 것이다. 따라서 그것은 허구적일 뿐만 아니라 폭력적이기조차 하다. 기만적으로 형성된 언어가 절대화되면서 그 외의 모든 가능성이 봉쇄된 세계, 따라서 실상은 사라지고 허상만이 지배하는 세계, 그것이 '법'이나 '사리(事理)'의 질서이다.

　이와 같이 '언어'가 희화화되고 부정되면 본질적으로 언어적 구성물의 형태를 취하는 윤리나 인간성, 그 밖의 이념이나 제도들 역시 의미를 잃고 무의미한 것으로 전락하게 된다. 그리고 그것은 현실적 삶의 의미를 전면적으로 부정하는 것이 될 터인데, 그 결과는 환상적 초월에의

---

22) 장용학, 「요한시집」, 『한국문학대전집 1』(태극출판사, 1976), pp.452-453.
23) 장용학, 「비인탄생」, 위의 책, p.474.

강박관념, 환상적 세계로의 도피, 그리고 자기 파괴적 자살로 나타난다.

이와 동일한 경우를 김성한의 '의식'에 대한 부정에서도 확인할 수 있다. 김성한의 소설에서도 역시 절대화된 이데올로기적 세계의 폭력에 의한 정신적 외상과 그로부터 파생되는 우상 파괴적인 충동을 상당 부분 노정한다. 특히 부당한 현실에 대한 저항적 인간을 그리고 있는 경우에 그 저항의 논리는 몰의식주의적 허무주의와 뒤섞여 있다. 김성한의 '의식'의 부정은 그릇된 의식의 운용으로 말미암아 야기된 지배와 복종의 관계를 절대화하는 이데올로기적 현실에 대한 풍자적 비판을 위한 것이었으나 종국에는 의식 그 자체에 대한 파괴로 향해 가고 있다.

> 「비극의 근원은 의식에 있다. 내가 어찌 전지전능의 신일 수 있겠느냐? 나는 오히려 의식의 세계에 돋은 독버섯이다. 의식과 더불어 운명을 같이 하는 존재다. 비근한 예를 들어 보자. 너 초록 개구리야, 고개를 들어 보아라. 네 눈에는 내가 초록 개구리로 보이지?」(중략)
> 「그러면 결국은……」
> 「결국은 나는 없는 것이다. 너희들이 만들어 낸 것이다. 의식의 조작이다. 의식에 뿌리박은 노예근성의 조작이다.」[24]

> 두 개구리는 반사적으로 돌진하여 침을 뱉고 물어뜯었다. 정신을 잃고 닥치는 대로 네 발로 할퀴고 갈기고 찢었다. 숨을 돌렸다. 크게 눈을 한 번 깜빡이고 나서 초록이는 앞을 응시하였다.[25]

이와 같이 의식에 대한 비판의 궁극적인 모습은 '몰의식'이다. 그릇된 의식의 조작물은 물론 의식 자체를 파괴해 버리는 것이다. '제우스'라는 절대성의 파괴는 '의식' 자체의 파괴와 상통하는 것이다. 인간의 의식이

---

24) 김성한, 「개구리」, 『김성한 단편집 上』, pp.58-59.
25) 김성한, 위의 작품, p.61.

모든 것을 만들어 내는데 그것이 단지 임의적이며 상대적이고 모든 비극의 근원을 낳는 그릇된 것에 지나지 않는다는 인식은 의식 자체를 거부하는 몰의식주의적 태도이다.

특히 「바비도」에서의 '바비도'의 저항은 신경질적인 비분강개, 가학적 공격 심리, 몰의식주의적 체념과 짝하여 있다.

> 이번에는 구석에 있는 궤짝이 밉쌀스럽다. 발길로 쟁겨 찼다. 문짝이 부서졌다. 잡아서 모로 쓰러뜨리고 두 발로 힘껏 구르고 문질러서 쪼각쪼각 부셔 버렸다. 사람이 꾸며낸 것은 무엇이든지 눈에 불이 나듯 원수같았다. 닥치는 대로 찢고 물어뜯고 짓밟았다. 깜빡이는 등불이 얄밉다. 문을 열어 제치고 힘자라는 대로 멀리 냅다 던졌다.
> 숨을 허덕이면서 자리에 쓰러졌다. 사람 허울을 쓴 놈이 눈 앞에서 나타나기만 하면 단번에 모가지를 비틀어서 쑥 잡아빼어 버리고 싶었다.26)

여기서 보듯 '바비도'는 지배 이데올로기의 허위의식과 제도적 폭력에 대한 맹렬한 비판적 의식을 간직하고 있긴 하지만, 그와 더불어 거대한 조직에 비해 엄청나게 미약한 자신의 현실적 왜소함과 죽음의 공포로 인한 자기 모멸감과 무력감에 의한 신경질, 그리고 인간 세상에 대한 환멸, 모든 것을 부정하는 무상주의를 보여 주고 있다. 이런 점 때문에 그의 '죽음'도 가치 판단 내지는 그런 분별 의식 자체에 대한 소멸에의 충동으로 보이게 한다.

이와 같이 김성한 소설에서의 의식의 부정은 의식의 건설적이고 능동적인 활동에 대한 부정일 뿐만 아니라 인간에 대한 부정이기도 한 것이다. 왜냐하면 인간의 의식이란 원래 인간이 인간으로 존재할 수 있게

---

26) 김성한, 「바비도」, 『김성한 단편집 下』, p.172.

해 주는 근본적인 전제 조건이라 할 수 있기 때문이다. 또한 그것은 의식의 조작으로 산출된 모든 인위적이고 문화적인 가치와 질서에 대한 강렬한 거부감의 표출이기도 한 것이다. 따라서 일반적으로 믿어 왔던 '인간'은 환상에 지나지 않으며, 인간의 진짜 모습은 '이', '벼룩', '빈대', '파리'와 같은 혐오스럽고 비속한 해충이거나 그보다 못한 중생에 지나지 않는다는 인간에 대한 혐오의 극한으로 나아가고 있는 것이다.

손창섭의 소설은 "삶의 무의미함과 존재의 무의미성이라는 절대 명제를 집요하게 반복"[27]한다는 평가를 받을 만큼 인간과 삶에 대한 뿌리 깊은 허무주의적 인식을 보여 주고 있다. 작가 자신이 '인간'이 아니라 '목석'이고 싶다고 말한 바 있는데, 이 같은 '목석'의 시각은 손창섭 소설에 있어서 그로테스크 세계를 창조하는 중심적인 동인이 된다. 그의 소설은 '목석'의 눈을 빌어 삶의 의미에 대해 무의미를, 특히 행위에 대해 무위를 주장한다. 그래서 그의 목석의 시각은 인간과 삶에 부여되어 왔던 모든 관습적인 관점을 해체하고 동요시키는 작용을 한다.

이와 같은 인간에 대한 목석의 시각에는 인간에 대한 극단적인 모멸과 냉소가 자리잡고 있다. 그것은 인간과 삶에 대한 야만적인 희화화로 나타난다. 이런 점은 배경과 인물의 설정 및 형상화에서 가장 단적으로 확인된다. 먼저 손창섭 소설에서 인물들의 주된 생활 공간인 '방'은 늘 '지린내'와 '구린내'의 악취, '구더기'와 '파리'와 '벼룩'의 똥과 먼지로 얼룩지고 다 무너져 내리는 '우중충한 동굴', '빛 없는 동굴', '거적만 깔았을 뿐인 마루방' 등으로 묘사되며, '길' 또한 '어둠'에 잠겨 있거나 '비'에 질척이는 '비탈길', '언덕길'로 묘사된다. 이와 같은 '방', '거리'의 공간적 배경과 '비'의 기상학적 상징 등이 어울려 형성하는 어둡고 음습한 분위기는 동시대적인 삶의 비속성을 남김 없이 폭로함으로써

---

27) 정호웅, 앞의 논문, p.51.

'생존' 그 자체의 무의미함을 환기시킨다.

또한 '인간'은 괴물, 귀신, 유령, 해골, 도깨비, 송충이, 송장, 뱀, 지렁이, 개구리, 두꺼비, 거미, 자라 등에 비유될 뿐만 아니라 그 자체이기도 하다. 신체의 각 부위도 대갈통, 머리통, 대가리, 이마빼기, 눈깔, 콧구멍, 모가지, 아가리, 허리통, 엉덩짝, 밑구멍 등과 같은 묘사에서 보듯 마찬가지로 비속화된다. 요컨대 그의 소설에서 인간은 '먹고, 배설하고, 자는', 정상적인 인간다움의 소유자라고는 전혀 볼 수 없는 동물들로 그려지고 있는 것이다. 때문에 그의 소설은 "가만히 놔두면 아무렇지도 않을 거름더미를 짓궂게 들쑤시어 악취를 풍길 뿐만 아니라 그것을 깨끗한 신사복에마저 문지"[28]름으로써 "인간을 구더기 보듯 비하하고 야유하"[29]는, 즉 인간 전반에 대한 원한과 혐오의 카타리스라는 혐의를 벗어나지 못하고 있다.

다른 한편으로 '목석'의 시각이 담보하는 허무주의적 특징은 '행위'의 부정에 있다 할 것이다. 장용학과 김성한이 각각 인간의 '언어'와 '의식'을 부정함으로써 인간에 대한 허무주의적 인식을 보여 주었던 것처럼, 손창섭은 행위를 부정함으로써 의미 있는 삶에의 가능성 그 자체를 부정하고 있다.

> 「에라 이 자식 똥이나 처먹고 뒈져라」 마지막으로 돌아서는 사람이 그러면서 발길로 문을 힘껏 차고 가는 것이었다. 동주는 그저 무거웠다. 온 몸뚱이가, 그리고 이 구린내 나는 공기가 무거워서 견딜수 없는 것이다. 그러나 견디어 내는 수밖에 달리 어쩔 수 없지 않느냐? 순이의 신음소리에 간신히 자기가 살아 있다는 것을 의식하며 동주는 그대로 하루가 또 저물어야 하는 것이다.

---

28) 김우종, 「야유의 人生, 야유의 문학」(사상계, 1959,4), p.317.
29) 위의 논문, p.318.

자신을 변명하거나 오해를 바로 잡기 위한 일체의 행위를 포기한 「생활적」의 '동주'가 제시하는 '그저 견디기'로서의 자세 이면에는 인간 관계에서의 진정한 이해 가능성이란 애초부터 존재하지 않는다는 허무주의가 자리잡고 있다. 손창섭의 소설에서의 인간 관계가 서로에 대한 애정이나 상호 이해의 소통이 거세되고, 철저히 사물화된 관계로만 그려지는 것도 같은 맥락에서 이해된다.

또한 「혈서」에서 '달수'에 대한 '준석'의 파괴적 공격은 '성공-공부-취직'으로 나타나는 '달수'의 인과적 · 합목적적 행위에 대한 숨막히는 거부감의 표출이다. 손창섭의 '목석'은 마치 '나는 아직 죽지 않고 살아 있다. 따라서 죽음을 기다리는 것 이외에는 아무 것도 할 수 없다', 또는 '나는 단지 살아 있을 뿐이지만 그렇다고 죽을 수도 없다. 죽는다고 세상이 달라지는 것은 아니기 때문이다'라고 말하고 있는 듯하다.

행위가 삶을 의미의 차원으로 고양시키는 근원적인 동인이라고 할 때, 그 같은 행위를 부정하고 남는 것은 무엇인가. 그것은 삶에 대한 거부, 또는 '주검과의 입맞춤'이다. 기실 손창섭 인물들의 의식 상태는 '죽음에 대한 두려움'이 아닌 '삶에 대한 두려움'으로 특징지어진다. 「공휴일」의 '도일', 「사연기」의 '동식', 「잡초의 의지」의 '유선생' 등이 결혼을 거부하는 것도 이 같은 생활, 즉 의무감의 무게와 부담감에 대한 불안과 공포 때문이다. 그래서 그들의 존재 방식은 식물적 무의지, 즉 무위일 수밖에 없는 것이다.

손창섭은 이와 같은 '목석'의 눈을 빌어 '방'이나 '감방'으로 상징되는 동물적 본능의 격전장, 또는 억압과 공포, 신음과 일탈의 현실을 마음껏 조소하고, 애국이니 책임과 의무니, 성실, 진실, 이상 운운하는 모든 삶의 명분, 즉 기존의 논리와 가치 체계에 대해 철저히 냉소하고 인간을 희화화하고 있다. 따라서 이 같은 냉소와 환멸로 가득찬 부정이 손창섭 소설을 가로지르는 한 가지 정조임에는 분명하다.

 이상에서 보듯 장용학과 손창섭, 김성한 등의 소설에서 인간 존재의 근원적 토대로서의 언어, 의식, 행위에 대한 허무주의적 부정, 세계에 대한 절망이나 그 병리적 징후에 대한 진단을 넘어선 근본적인 부정의 상황은 전적으로 '거꾸로 선 세계'의 폭력에 대한 공포의 반발적 작용으로 인한 인간과 삶에 대한 환멸 및 냉소와 결부되어 있다. 따라서 그것은 현실 변혁의 의지로 수행되는 비판이나 객관 현실의 구체적 탐구를 통한 전망의 획득과는 거리가 있다 할 것이다.[30]

 그러나 그럼에도 불구하고 그들 소설의 허무주의가 전적으로 무의미한 것은 아니다. 환멸과 냉소의 다른 한 편에는 인간 삶에 대한 성찰과 탐색의 진지함이 가로놓여 있기 때문이다. 삶에 있어 어떤 것도 절대적 확신을 보증하지 못할 때, 또한 전적으로 타락한 현실과 대면하였을 때, 기존의 질서와 가치로부터 그 외피를 벗겨 내고 진상을 폭로하는 것은 삶의 부조리의 근원을 향한, 따라서 인간 고통의 진원지를 찾아가는 진지한 의지일 수 있는 것이다. 이런 맥락에서 볼 때, 그들의 허무주의는 현실적인 전망을 찾을 수 없는 닫힌 세계 속에서 인간 삶의 조건을 성찰하는 실질적인 필요에 따라 마련된 왜곡된 현실 비판과 전망 탐색의 한 방법이라 할 수도 있을 것이다.

 그들의 허무주의적 부정 속에는 인간 삶의 조건을 하락시키는 현실의 문제적 상황을 해부하고, 근원적인 관점에서 세계와 인간의 본질을 재구성하고자 하는 의지가 내면화되어 있다. 그것은 모든 문화적 외피를

---

30) 이런 점과 관련해서 김현은 전후소설의 기본적인 특징을 구체적인 사실에 대한 냉정한 성찰이나 반성보다는 추상적이고 보편적인 개념으로 파악하려는 <논리적 야만주의>, 인식과 행위의 변증법적 결합에 의해서가 아닌 추상적인 논리와 현실에서의 일탈과 도피에 의거한 <비개성적 허무주의>로 파악하고 있다. 김현, 「테러리즘의 문학」 (문학과 지성, 1971, 여름)

벗어버린, 즉 <문화적 피조물>로서의 인간을 폐기한 그 지점에서 인간의 구원 및 재생을 기도하는 것이며, 또한 인간의 의미 있는 삶의 방향을 근원에서부터 탐색하는 원동력이 되기도 한다. 다시 말하자면, 그것은 전면적으로 타락한 현실 속에서 진정한 가치와 존재 방식의 모색은 기존의 그릇된 질서를 유지시켜 주는 모든 가치와 이념, 즉 <문화가치>로부터 의미를 박탈함으로써, 그리고 기존의 인간 삶에 <부재하는 것>을 폭로함으로써만 가능하다는 것을 의미한다.

그렇기에 대상 작가들이 제시한 '비인', '목석', '생물'은 인간의 적나나한 나상(裸像)과 동시에 새로운 인간의 가능성을 함축하고 있다. 환언하자면, 그것은 "기성적인 윤리를 발판으로 한 인간의 최후와 새로운 윤리를 바탕으로 한 인간의 출발"[31]을 의미한다. 그러나 새로운 윤리로 부활할 인간의 모습이 구체적으로 제시되지는 못한다. 다만, '거꾸로 선 세계'의 문제적 상황을 <생에 대한 폭력>의 관점에서 문제제기하고 있는 점으로 미루어 볼 때, 그것이 생명의 본질적인 근원성, 즉 생명 가치에 토대를 둔 인간에의 희구를 담고 있다는 정도를 파악할 수 있을 뿐이다.

요컨대 가장 기초적인 생물학적인 삶의 가능성조차 위협받는 극한상황 속에서 그들은 <인간다움>을 지켜오던 도덕과 윤리가 생존권을 박탈할 수도 있다는, 직접적인 삶의 고통을 외면하는 굳어진 기성의 윤리들이 얼마나 쉽게 생명을 파괴할 수도 있는가라는 고통스러운 사실과 대면하여 무엇이 진정으로 인간다운 것인가라는 물음을 제기하는 것이다. 때문에 그들이 탐색하는 새로운 인간의 윤리는 생명의 당연한 권리를 훼손시키지 않는, 그 자체가 <근원적인 충만함>으로 향유되는 삶의 가능성을 담고 있어야 할 것이다.

---

31) 김상선, 앞의 책, p.162.

인간의 언어와 의식, 행위에 대한 부정이 새로운 인간 및 삶의 윤리에 대한 탐색의 의미로 작용한다고 볼 수 있는 근거도 바로 이런 점에 있다. 행위가 전제하는 윤리나 규범, 그리고 언어와 합리적 의식은 문화적 형식들(상징적 질서)을 형성하는 요인들이자 동물에 대한 전통적인 우월성을 주장할 수 있었던 징표들이다. 그러나 생존 그 자체가 문제되는 자리에서 그것들은 오히려 <근원적 충만함>의 결핍을 드러내는, 인간의 자연적 생명력을 약화시키는 부정적인 징표로 강등된다. 따라서 언어와 의식과 행위에 대한 부정은 문화적 피조물로서의 인간 부정이자 자연적 존재로서의 자기 주장이라 할 수 있을 것이다. 그러나 그것은 인간에겐 가능한 일이 아니다. 왜냐하면 인간은 상징적 질서 속에서 <문화적 피조물>로 살아갈 수밖에 없도록 운명지어져 있기 때문이다. 장용학 소설에서 '비인'으로서의 탄생이 죽음을 전제로 한다는 것에 비추어 볼 때, 그것은 일종의 환상에 지나지 않음을 알 수 있다.

그렇다면 언어와 의식, 행위를 부정함으로써, '비인'과 '생물', 그리고 '목석'과 같은 인간의 이미지를 창조함으로써 대상 작가들이 최종적으로 제시하는 새로운 인간의 가능성이란 무엇인가. 그것은 인간의 문화적 정체성을 모조리 부정한 이후의, 따라서 아무 것도 규정되기 이전의 '질료(質料)'로서의 가능성일 뿐이다. 따라서 그 질료를 가지고 어떤 형상을 빚을 것인지는 미지의 것으로 남겨져 있다.

이런 맥락에서 전후소설에 있어서 '전후'의 문학적 의미는 아무 것도 없는 '허무' 그 자체 속에서 새로운 출발을 기약하는 <영점의 시각>에 있는 것으로 보인다. 이것이 전쟁체험을 소설화하는 전도적 상상력이 도출해 낼 수 있는 유일한 전망 부재의 전망이라 할 수 있다.

김윤식이 "영도의 좌표"[32]라는 간명한 비유로 표현했던 것처럼, 전후

---

32) 김윤식, 『한국현대문학비평사』(서울대 출판부, 1988), p.271.

는 폐허 그 자체였고, 또한 그 폐허 더미 위에서 새로운 재건의 당위와 필연성이 제기되던 시대였다고 할 수 있다. 이어령은 이러한 폐허의 시대에 전후세대의 작가들이 지녀야 할 문학적 자세를 '화전민'에 비유하고 있다. 즉 신간지를 개간하는 불의 혼을 가진 화전민처럼 "저 잡초의 더미를 도리어 풍요한 땅의 자양으로 바꾸는 … 성실한 반역과 힘과 땀의 노동"이 신세대 문학인의 운명적인 출발점이라고 본 것이다.[33]

이런 맥락에서 볼 때, 전후소설의 내적 논리로서의 <영점의 시각>은 '폐허와 재건'으로 특징지어지는 전후의 시대적 징표와 상응한다. 그것은 또한 전후소설이 전후의 역사적 시기와 더불어 단명할 수밖에 없는 과도기적 운명을 스스로 안고 있다는 점을 시사한다. 영점의 시각은 전적으로 폐허의 시대에, 가치 규범과 가치 의식의 공백 상태에 놓인 인간의 위기를 반영하는 것이기 때문에, 사회가 안정되어 감에 따라 문학적 호소력을 상실하게 됨은 자명한 이치일 것이다. 그리고 거기에 전후소설의 <전후>적 존재 의미가 있을 것이다.

---

33) 이어령, "화전민 지역" (경향신문, 1957.1), 방민호, 「전후소설에 나타난 알레고리 연구」(서울대 석사논문, 1993), p.18.에서 재인용.

제6장 결론

이 연구의 목적은 50년대 한국 전후소설의 문학적 패러다임을 1950년에 발발한 6·25전쟁 체험과 밀접하게 연관된 문학적 상상력의 특질로 밝히는 데 있다. 시대 개념으로서의 <전후>가 사회의 제반 현상들이 전쟁의 직접적인 영향력 속에 있는 역사적 과도기를 가리킨다면, 그에 상응하는 <전후소설>의 문학적 패러다임은 무엇일까? 이 연구는 바로 이런 의문에서부터 출발하였다.

1950년의 6·25전쟁은 사회 현상의 총체적 변화뿐만 아니라 정신사적 맥락에서의 <인식론적 단절>을 초래한다. 그것은 어떤 이론이나 이념 체계가 어떤 문제를 제기하고 해답을 추구할 때, 그 문제 제기와 해답의 유효성을 보장해 주는 <패러다임>의 변화를 의미한다. 환언하자면, 그것은 인간과 인간 경험 및 현실을 이해하고 설명하는 인식론적 준거 틀의 근원적인 변화를 의미하는 것이다.

이와 관련하여 필자는 <전후소설>을 전후라는 특정 시대의 소설 현상을 포괄적으로 지칭하는 시대적 개념으로 보기보다는 그 자체가 독립적인 의미 체계를 지닌 <문학적 패러다임 Literary Paradigm>으로 보고자 하였다. 여기서 문학적 패러다임은 문학 양식이 전제하는 미적 코드들을 통해 형상화된, 현실 및 인간 경험을 새롭게 보는 인식의 틀, 즉 문학적 세계관을 의미한다. 따라서 그것은 경험 현실의 단순한 반영이 아니라 경험적 현실에 대한 문학적 해석과 의미화의 논리와 관련되는 것으로 파악된다.

이와 같은 이유로 필자는 전후소설을 전후 현실을 구조화하고 의미화하는 독자적인 논리를 지닌 일종의 패러다임적 소설로 보고, 전후소설의 문학적 패러다임을 전쟁체험과 밀접하게 관련되어 있는 상상력의 특질로서 밝혀 보고자 한 것이다. 6·25전쟁은 <전후>의 역사적 특수성을 규정하는 현실적인 원천일 뿐만 아니라 <전후소설>의 문학적 새로움을 낳은 근원적인 동인으로 보이기 때문이다. 또한 문학적 상상력은 한편으로는 현실 및 작가 의식과 관련되고, 다른 한편으로는 작품의 창조적 질서와 관련되어 있다. 즉 그것은 작품을 생성해 나가는 동적인 힘으로 작용하는 것이다. 따라서 인간 경험에 대한 전후소설 고유의 문제 제기와 해결의 문학적 패러다임은 작가의 원체험이라 할 수 있는 전쟁 체험으로부터 촉발된 문학적 상상력의 특질로서 나타나는 것으로 보인다.

이런 관점에서 살펴 본 결과 필자는 대상 작가들의 작품들 속에서는 전도적 상상력(the Inverted Imagination)이 전쟁 체험을 소설화하는 가장 중심적인 동력으로 작용하고 있음을 발견하였다. 즉 대상 작가들의 소설 세계는 <인간과 비인간(inhuman), 삶과 죽음, 그리고 일상적 질서와 체계에 대한 전도적 재정의>로 특징지어진다. 그것은 기존의 일상적이고 관습적인 가치 질서의 가면 벗기기(inside out)이자 뒤집기(upside down)이다. 따라서 필자는 전후소설의 문학적 패러다임을 <전도적 상상력>과의 관련 속에서 살피기 위해 구체적인 방법론적 준거 개념으로 <그로테스크성>과 <생명중심성>을 상정하였다.

먼저 <그로테스크성 Grotesqueness>은 그로테스크 현상 및 그것에 내재된 미적 원리를 말한다. 그로테스크는 인간 삶이 어떤 위기에 직면해 있는 과도기적 상황에서 지배적으로 나타나는 미적 현상들 가운데 하나이다. 그것은 어떤 특정 문화가 확립한 '자연스러움'이나 '친숙함', 또는 '정상적임'을 왜곡이나 전도, 과장과 강등, 그리고 예기치 못한 결합과 같은 방법으로 이상하고 기괴한 것으로 변형시킴으로써 "우리가 어떠하다고 친숙하게 알고 있는 세계가 아니라 우리가 어떠할지도 모른다고 두려워하는 낯선" 세계를 발견하고 재현한다. 때문에 그것의 가장 본질적인 힘은 일상적 세계의 이면에 감추어져 있던 적대적이고 악의적인 힘을 폭로하고 풍자할 뿐만 아니라 문화 공동체의 구성원들이 공유하고 있는 관습 및 가정들, 또는 합리적이고 체계적인 사고에 대해 근원적인 물음과 이의를 제기할 수 있는 <소외 효과 alienating impact>에 있다고 할 수 있다.

또한 <생명중심성>은 M. 노리스의 <Biocentricity>에 상응하는 개념으로서, 필자는 그것을 '문화/자연', '인간/동물', '정신/육체', '의식/무의식', '합리적 이성/본능, 충동, 열정', '도덕적 가치/생존' 등과 같은 대립적 체계 가운데 후자의 계열을 삶의 원동력으로 간주하고 그것을 지향하는 관점에 내재된 원리로 보았다. 그것은 인간의 <문화적 피조물>로부터 <동물적 피조물>로의 전이를 뜻하는 것으로, 그것 역시 과도기적 위기 상황에서 나타나는 인간 및 삶에 대한 근본적으로 전도된 관점이다.

이와 같은 개념틀에 의거하여 필자는 장용학, 손창섭, 김성한 등의 작품들 속에서 그로테스크 현상과 생명중심성으로 특징지어지는 초점화자의 편집증적 시각이 어떻게 상호 교호하면서 전도적 세계를 창조하는가를 개별적으로 살펴보았다.

장용학 소설에서 전도적 상상력의 특질은 현실에 대한 관념적 해부의 과정에서 작용하고 있는 <반논리적 전도>로 특징지어진다. 그의 소설에 나타나는 작중인물의 관념의 비대화는 그의 소설이 현실에 대한 관념적 해부를 목표로 하고 있음을 시사한다. 그런데 그 같은 현실에 대한 관념적 해부에서 두드러지게 나타나는 현상이 합리적 세계의 논리와 규범적인 관점을 일그러뜨림으로써 그것을 급진적으로 전도시키는 반논리적 (anti-logic) 사유의 방식이다.

관념 속에서 반논리적으로 해부되는 일상적 현실은 친숙하고 안전한 세계에서 낯설고 적대적인 '거꾸로 선 세계'로 전이된다. 그의 소설에서 발견되는 많은 그로테스크 이미지들은 이데올로기적 세계로 규정된 일상적 현실의 폭력적 허구성을 폭로하는 데 기여한다. 뿐만 아니라 인간의 삶과 죽음의 의미도 전도된다. 이데올로기적 세계 속의 인간이 '존재적 범죄자', '인간 밖의 인간', 또는 '아홉 시 병 환자'로, 그리고 인간의 삶이 '범법'으로 강등되고 비하되는 것과는 달리, '죽음'은 자기 구원 및 초극으로서의 의미를 부여받는다. 그의 소설에서 죽음은 훼손된 인간의 폐기이자 진정한 인간으로의 부활을 위한 입사적 제의로 의미화된다.

결국 장용학의 문학적 작업은 <인간의 죽음을 통한 새로운 인간의 재생>, <세계로부터의 단절을 통한 초극>의 역설적 논리를 형상화하는 데 있다. 그러한 역설적 논리로 창조된 인간의 이미지가 '비인'이다. 이 비인은 관념 속에서 환상적으로 축조된 초월적 원시인의 형상으로 나타나며, 그의 징표는 근원적 충만함, 즉자적 총체성이다. 따라서 '비인'의 역설, '비인'의 환상적 이미지가 함축하고 있는 인간과 비인간, 삶과 죽음에 대한 전도된 인식, 특히 '언어'에 대한 편집증적 부정은 이데올로기적 현실 및 그것을 떠받치고 있는 가치 질서에 대한 전도적인 문제 제기라 할 수 있다. 그것은 전적으로 그릇된 질서 속의 삶의 조건을 성찰하는 전략적 힘으로 작용한다.

반면, 손창섭 소설에서 전도적 상상력의 특질은 인간 및 삶에 대한 야만적인 희화화의 방식을 통해 삶의 우스꽝스럽고도 공포스러운 이미지를 창조함으로써 삶의 의미 대신에 무의미를, 행위 대신에 무위를 의미화하는 것으로 나타난다. 특히 그의 소설은 육체적으로, 정신적으로 불구화된 <인간 이하 subhuman>들간의 일그러지고 파괴된 관계를 장면화함으로써, 정상적인 인간 관계나 관습적인 소통을 해체하고 왜곡함으로써 정물적 무위의 그로테스크 이미지를 창조한다.

작가 자신이 '인간'이 아니라 '목석'이고 싶다고 말한 바 있듯이 이 '목석'의 시각은 손창섭 소설에 있어서 독특한 그로테스크 세계를 창조하는 중심적인 동인이 되고 있다. 그것은 어떤 모랄이나 도그마를 전제로 한 행위의 세계에 대한 비판적 거리 두기의 방식이며, 결과적으로는 생존의 탈의미화(de-signifying), 세계의 희화화를 실현한다. 즉 '목석'의 시각은 대상과의 반어적 거리를 통해 인간의 사력을 다한 생존의 노력과 행위를 기계적인 단순 되풀이로 공식화된 우스꽝스러운 희화로 강등시키거나 '인간다움', 예컨대 이상이나 진실, 성실과 같은 가치를 환상적 공허함이나 위선 등으로 격하시킨다.

이와 같이 손창섭 소설의 그로테스크성을 특징짓는 '정물적 무위'는 장용학 소설에서의 '초월적 제의로서의 자살'이 그러했던 것처럼 개개인의 삶을 철저하게 파멸시키는 세계 속에서 개인이 겪어 내야 하는 자아 상실의 극단적인 체험이자 그 불가해하고 불가항력적인 세계를 향해 무기력하고 왜소한 인간이 던지는 절망적 물음의 제기이다. 결과적으로 손창섭 소설이 제시하는 인간 및 삶에 대한 허무주의적 전도는 인간과 삶의 유의미성에 대한 우리의 관습적인 믿음을 동요시켜 그것을 근원적으로 새롭게 성찰하도록 할 뿐만 아니라 의미와 결별한, 행위를 통한 변화의 가능성이 거세된 삶의 공포스러움을 환기시킴으로써 인간 및 인간의 삶을 무의미성과 우연성으로 치환시키는 '운명'이란 이름으로 나타나는 세계의 부조리성을 폭로한다.

김성한 소설에서 전도적 상상력은 가치 왜곡의 현실 및 인간 상황에 대한 풍자적 비판의 과정에서 작용하는 <우상파괴적 공격>으로 특징 지어진다. 그것은 그의 풍자가 급진적이고 과격하며, 대상을 극단적으로 희화화하는 그로테스크 요소와 결합되어 있는 현상과 관련되어 있다. 때문에 현실에 대한 풍자적 비판에 있어서 이면적으로 전제되어 있어야 할 긍정적인 지향점, 즉 당위적 이상은 매우 모호하거나 상당 부분 굴절되어 있다.

그로테스크 현상으로 표출되는 우상 파괴적 전도는 인간 일반에 대한 갈등과 격하로 나타난다. 그래서 일반적으로 믿어 왔던 '인간'은 환상에 지나지 않으며, 인간의 진짜 모습은 '이', '벼룩', '빈대', '파리'와 같은 혐오스럽고 비속한 해충이거나 또는 그보다도 못한 중생에 불과하다는 사실과 대면한다. 또한 하등동물로 전락한 인간의 삶은 그저 죽음의 순간까지 계속되는 광란적 아귀다툼이거나 거짓 윤리를 쓴 생물들의 약육강식적 폭력의 형태로 희화화된다. 또한 왜곡된 현실에 대한 비판적이고 저항적인 인물들을 그리고 있는 작품들에서 우상파괴적 전도는 인간의 의식 및 윤리 그 자체에 대한 부정으로 나타나고 있다. 이 작품들에서의 그로테스크성은 저항적 인물들의 비정상적인 저항의 방식과 논리에서 연유한다. 그것은 그 현실에 맞서는 새로운 질서나 이념을 통한 대결이 아니라, 모든 문화적 관념과 질서 창조의 원천인 의식, 인간과 동물간의 위계적 변별성의 징표인 윤리적 가치와의 싸움으로 전개되며, 그 결과는 몰의식적 생물에 대한 의미 부여이다.

이와 같이 가치 상실, 또는 가치 왜곡의 현실에 대한 강렬한 비판적 의식으로부터 출발한 김성한의 소설은 가치 왜곡의 현실에 대한 절망이나 병리적 현상에 대한 진단을 넘어선 근본적인 부정의 상황을 보여준다. 따라서 그의 소설은 왜곡된 현실에 대한 비판적 전망의 제시라기보다는 오히려 그로테스크 요소와의 결합을 통해 문제 해결의 전망이 개입될 여지가 없는 닫힌 상황 속에서의 인간의 전락을 충격적으로 형상화함으로써 전망 부재의 현실에 대한 근원적 문제 제기에 초점이 맞추어져 있다고 할 것이다.

<제5장>에서는 앞에서 개별적으로 논의한 것을 토대로 그들에게 공통적으로 나타나는 특징을 종합적으로 검토하면서 전후소설의 문학적 패러다임이 무엇인지를 규명하고자 했다. 특히 필자는 대상 작가들이 어떤 유형의 작중인물을 창조하는가, 그리고 그러한 인물을 창조함으로써 당대의 체험적 현실에 대해 어떤 서사적 대응 논리를 제시하는가라는 문제를 중점적으로 논의하였다.

먼저 필자는 대상 작가들의 작품들 속에 등장하는 주된 인물들이 외부 세계로부터 철저히 단절되고 고립된 <단독자>로 나타나고 있음을 발견하였다. 대상 작가들은 인간의 인간다움의 초석이라 할 수 있는 세계와의 의미 있는 관계 맺음을 근원적으로 해체하거나 왜곡함으로써 기형화된 인간 및 삶의 초상을 제시하고 있는 것이다.

이와 관련하여 장용학 소설의 작중인물들이 보여 주는 관념적 비대화, 관념적 편향성은 그 자체가 환경과의 상호작용이 박탈된, 따라서 세계로부터의 소외와 단절, 고립으로서의 세계 체험을 환기시키는 징표로 보았다. 또한 손창섭의 소설에서는 가족과 부부와 같은 가장 기초적인 인간 관계가 해체되거나 일방적인 가학과 피학의 관계로 왜곡되어 있으며, 그들 간의 일상적인 소통이 철저히 차단되어 있는 현상을 살펴보았다. 마지막으로 김성한의 경우엔 '이'나 '벼룩', '빈대'와 같은 해충의 수준으로 전락한 인간들, 또는 거짓 윤리로 위장한 '생물'들 간의 만인에 대한 만인의 투쟁의 관계로, 따라서 가치 관여적인 인간 관계를 잃고 서로 물고 물리는 아귀다툼으로 자멸해가는 단독자들로 나타나고 있음을 살펴보았다.

그리고 단독자의 외부 세계에 대한 반응의 양식으로부터 피해자와 반항자의 양면적 특성을 발견하고, 세계로부터의 단절과 소외가 어떻게 피해와 반항의 양면성으로 의미작용하는지를 살펴보았다. 명백한 피해자의 징표인 세계로부터 자기 자신에게로의 <위축>, 또는 세계로부터의 소외와 단절이 세계로부터의 단순한, 또는 비겁한 도주가 아니라 자의지적 작전의 형태로 나타나고 있다는 데서 <위축>의 또 다른 일면, 즉 세계에 대한 반항의 한 양식을 볼 수 있었다. 여기서 위축된 자아가 세계에 대해 항거하는 방식은 현실과의 직접적인 투쟁을 통한 현실의 개조가 아니라 내성적 시각을 통한 실제 세계의 희화화, 기존의 의미 체계의 전도로 나타난다. 즉 위축된 자아의 반항은 <행위>의 주체로서 현실에 참여하는 것이 아니라 <물음>의 주체로서 세계의 폭력적 실체와 파괴된 자아를 응시하는 방식으로 이루어진다.

이 같은 야누스적 인물의 창조는 자아와 세계간의 극한적 대립과 갈등을 자아의 내적 갈등과 심리적 분열로 전이시켜 구현하는 것과 관련되어 있다. 즉, 작중인물들의 피해 - 반항자적 양면성은 그들의 자의식적 분열 상태에서 확인되는데, 인물들의 자아분열적 혼돈은 그것이 그들에게 가해진 외부세계의 일방적인 공격으로부터 유래한다는 면에서 피해자로서의 징표이다. 다른 한편으로 그것은 고통스러운 자기 이해의 방식으로 세계의 질서를 떠받치고 있는 가치 규준이나 윤리에 대한 근원적인 물음의 제기로 작용한다는 면에서는 반항자적 징표이다.

이런 맥락에서 필자는 대상작가들의 인물들이 수행하는 <인간과 비인간, 삶과 죽음에 대한 전도적 재정의> 속에서 피해와 반항의 양면성을 읽어 냈다. 특히 장용학의 소설에서는 '초월적 제의'로서의 죽음의 이미지를, 그리고 손창섭의 소설에서는 '목석'의 무위적 존재방식을, 김성한의 소설에서는 인간의 근원적인 토대, 예컨대 의식과 가치를 부

정함으로써 그릇된 현실을 부정하는 왜곡되고 비정상적인 저항의 방식
을 구체적인 논거로 제시하였다.

결국 단독자의 피해 - 반항자적 초상이 환기시키는 극한상황 속의
인간 경험의 구체적 실상은 내면 세계와 외부 세계의 철저한 괴리, 그리
고 <부적절한 죽음>의 공포와 무시무시하고 우연적인 사건으로 위축
된 삶으로 나타난다. 따라서 '비인', '목석', '생물'의 표상은 외부세계와
의 유대 관계를 상실한, 삶의 유의미한 근거를 박탈당한 인간의 일그러
지고 파편화된 삶을 희화적으로 형상화한 것으로서, 현실 극복의 전망
이 전무한 폐허와 그 폐허 속에서의 인간의 해체적 · 상실적 위기를
반영한 것으로 파악하였다.

마지막으로 필자는 대상 작가들의 작품들 속에서 중심적으로 작용하
는 의미 생성의 동인을 환멸과 냉소, 성찰과 탐색의 양면성으로 파악하
였다. 이와 같은 상충하는 두 동인이 풀 수 없을 만큼 뒤얽혀 있는 양면
적 세계가 전후소설의 세계이며, 이 같은 특성은 그로테스크의 "양립할
수 없는 것들의 해결 안된 충돌"과도 관련되어 있다고 보았다.

대상 작가들의 소설에서 사회적 문화 규범과 개인의 내적인 인간다움
의 규준뿐만 아니라 인간의 근원적 토대로서의 언어, 의식, 행위에 대한
편집증적 공격을 볼 수 있다. 이 같은 세계의 병리적 현상에 대한 진단
을 넘어선 근본적인 부정의 상황은 전적으로 폭력적 현실에 대한 공포
의 반발적 작용으로 인한 인간과 삶에 대한 환멸 및 냉소와 결부되어
있다. 그러나 다른 한편으로 인간 삶의 조건을 하락시키는 현실의 문제
적 상황을 해부하고, 근원적인 관점에서 세계와 인간의 본질을 재구성
하고자 하는 성찰과 탐색의 진지함이 작용하고 있음도 볼 수 있다. 기존
의 질서와 가치로부터 그 외피를 벗겨내고 진상을 폭로하는 것은 현실
적인 전망을 찾을 수 없는 세계 속에서 인간 삶의 조건을 성찰하는,

왜곡된 현실 비판과 전망 탐색의 한 방법일 수 있는 것이다.

이런 맥락에서 전후소설에서의 '전후'의 문학적 의미는 아무 것도 없는 '허무' 그 자체 속에서 새로운 출발을 기약하는 <영점의 시각>에 있는 것으로 보이며, 이것이 전쟁 체험을 소설화하는 전도적 상상력이 생성해낸 유일한 전망 부재의 전망이라 할 수 있다. 또한 바로 거기에 전후의 과도기적 단명성과 운명을 같이 할 수밖에 없는 전후소설의 내적인 요인이 있는 것으로 보인다.

참고 문헌

1. 기본 자료

『한국문학대전집 13』, 태극출판사, 1976.

『현대한국문학전집 3』, 신구문화사, 1965.

손창섭, 『비오는 날』, 일신사, 1957.

김성한, 『김성한 단편집 上下』, 홍성사, 1981.

2. 국내 논저

강대석, 『니체와 현대철학』, 한길사, 1986.

강태근, 『한국현대소설의 풍자』, 삼지원, 1992.

고   은, 「실내작가론 - 손창섭」, 월간문학, 1969.12.

_____, 『1950년대』, 청하, 1989.

곽학송, 「김성한과 장용학」, 월간문학, 1984.1.

구인환 외, 『한국현대장편소설연구』, 삼지원, 1990.

_____, 『한국전후문학연구』, 삼지원, 1995.

구창환, 「한국현대소설의 풍자성 고찰」, 조선대논문집 1, 1975.

권영민, 「전후의 현실과 문학의 분열」, 한국문학, 1985.6.

김교선, 「심리적 지적 사색과 소설적 형성」, 현대문학, 1964.5.

김병욱 편, 『현대소설의 이론』, 대방출판사, 1983.

김병익, 『지성과 문학』, 문학과지성사, 1982.

김상선, 『신세대작가론』, 일신사, 1962.

김상일, 「손창섭 또는 비정의 신화」, 현대문학, 1961.7.

김승환·신범순 편, 『분단 문학 비평』, 청하, 1987.

김양호, 「전후 실존주의소설 연구」, 단국대 박사학위 논문, 1992.

김영수, 「실존주의와 「요한시집」의 비존」, 청대춘추 21, 1976.2.

김영화, 『분단상황과 문학』, 국학자료원, 1992.

김용성, 『한국소설과 시간의식』, 인하대 출판부, 1992

김우종, 「전쟁의 상처와 그 철학적 극복」, 『한국현대문학전집 28』, 삼성출판사, 1978.

_____, 「야유의 인생. 야유의 문학」, 사상계, 1959.4.

_____, 『한국현대소설사』, 성문각, 1982.

김윤식, 『속 한국근대작가론고』, 일지사, 1980.

김윤식·김현, 『한국문학사』, 민음사 1973.

김종회, 「손창섭론 -- 체험소설의 발화법」, 문학사상 197, 1989.3.

김치수·김현 편, 『사르트르의 문학적 세계』, 문학과지성사, 1989.

김 현, 「인간이라는 기호의 모습」, 세계의 문학 25, 87년 가을.

_____, 「신념과 체념의 인간상」, 세대, 1967.7.

김 훈, 「존재의 자각과 탐구」, 국어국문학 88, 1982.12.

문학과 논리 제3호, 『한국전후문학의 형성과 전개』, 태학사, 1993.

문학사와 비평 연구회 편, 『1950년대 문학 연구』, 예하, 1991.

_____, 『1960년대 문학 연구』, 예하, 1993.

박신헌, 「한국 전쟁 전후기 소설의 현실의식 연구」, 경북대 박사학위 논문, 1992.

박철희·김시태, 『문학의 이론과 방법』, 이우, 1984.

방민호, 「전후소설에 나타난 알레고리연구 - 장용학과 김성한」, 서울대 석사논문, 1993.

백락청, 「역사소설과 역사의식」, 창작과 비평 5, 1967.3.

서종택 · 정덕준 편, 『한국현대소설 연구』, 새문사, 1990.

송기숙, 「창작과정을 통해 본 손창섭」, 현대문학, 1964.9.

신경득, 「인간소외의 탐구」, 현대문학, 1976.5 - 6.

_____, 『한국전후소설연구』, 일지사, 1983.

_____, 「반항과 좌절의 미학」, 월간문학, 1978.12.

신동욱, 『삶의 투시로서의 문학』, 문학과 지성사, 1988.

엄해영, 「한국 전후세대 소설 연구」, 세종대 박사학위 논문, 1992.

유금호, 「김성한의 지적 풍자」, 새시대 문학, 1973.7 - 9.

유종호, 「모멸과 연민」, 현대문학, 1959.9 - 10.

유학영, 「1950년대 한국 소설 연구」, 성균관대 박사학위 논문, 1987.

윤병로, 「혈서의 내용」, 현대문학, 1958.12.

_____, 『한국현대소설의 탐구』, 범우사, 1985.

이강현, 「손창섭 소설 연구」, 세종대 박사논문, 1994.

이광훈, 「패배한 지하실적 인간상」, 문예, 1964.8.

이기윤, 「1950년대 한국소설의 전쟁체험 연구」, 인하대 박사학위 논문,1989.

이동승 외, 『전후 독일문학』, 탐구당, 1991.

이상원, 「1950년대 한국 전후소설 연구」, 부산대 박사학위 논문, 1993.

이선영, 「아우트사이더의 반항」, 현대문학, 1966.12.

_____, 「한국현대소설과 소외」, 인문과학 24 · 25 합집, 1971.6.

이유식, 「평면적 인물」, 현대문학 114, 1964.6.

이은자, 「1950년대 한국소설에 나타난 지식인상 연구」, 숙명여대 박사논문, 1994.

이재선, 『우리문학은 어디에서 왔는가』, 소설문학사, 1986.

_____, 『현대한국소설사』, 민음사, 1991.

_____, 『한국단편소설 연구』, 일조각, 1975.

이재선·조동일 편, 『한국현대소설작품론』, 문장, 1981.

이재선·김동욱 편, 『한국소설사』, 현대문학, 1990.

이준재, 「존재의 고뇌와 자유의 의미」, 세대, 1963.12.

이철범, 「장용학론」, 문학춘추, 1965.2.

이태동, 『한국현대소설의 위상』, 문예출판사, 1985

임중빈, 「실락원의 카타르시스」, 문학춘추 21, 1966.7.

임헌영, 「장용학론」, 현대문학, 1966.3.

전광용 외, 『한국현대소설사 연구』, 민음사, 1984.

전영태, 「사차원적 세계의 실상과 허상」, 광장 120, 1983.8.

전기철, 『한국 전후 문예비평 연구』, 서울, 1993.

정창범, 「손창섭론」, 문학춘추, 1965.2.

조건상, 『한국현대골계소설연구』, 문학예술사, 1985.

조남현, 『한국현대소설의 해부』, 문예출판사, 1993.

_____, 「손창섭 소설의 의미 매김」, 문학정신 33 - 34, 1989.6 - 7.

조연현, 「병자의 노래」, 현대문학, 1955,4.

진덕규 외, 『1950년대의 인식』, 한길사, 1990.

천이두, 「안타오스의 자유」, 현대문학 71, 1960.11.

_____, 「아우트 사이더 독백의 미학」, 문학춘추, 1964.8

_____, 『한국현대소설론』, 형설출판사, 1983.

한국문학평론가 협회, 『현대문학사의 재조명』, 백문사, 1991.

한국현대문학연구회, 『한국의 전후문학』, 태학사, 1991.

한상규, 「손창섭 초기소설에 나타난 아이러니의 미적 기능」, 외국문
　　　　학 76, 1993 가을.

한상무, 『한국현대작가론』, 민지사, 1984.

3. 국외 논저

Bonadeo, Alfredo, *Mark of the Beast*, The Unive. Press of Kentucky, 1989.

Clark, T.J., *Images of the Peaple*, Princeton Unive. Press, 1982.

Engelberg, Edward, *Elegaic Fiction*, The Pencylvania State U.P., 1989.

Fischl, Johannes, 『생철학』, 백승균 역, 서광사, 1987.

Frankl, Victor E., 『죽음의 수용소에서』, 김충선 역, 청아출판사, 1984.

Fuller, Edmund, *Man in Modern Ficion*, New York: Random House, 1940.

Galligan, Edward L. *The Comic Vision in Literature*, The Unive. of Georgia P, 1984.

Glicksberg, Charles I., 『20세기 문학에 나타난 비극적 세계상』, 이경식 역, 종로서적, 1983.

_____, *The Literature of Nihilism*, Bucknell U.P., 1975.

Hardy, John Edward, *Man in the Modern Novel*, Unive. of Washinton P., 1964.

Harpham, Geoffery Galt, *On the Grotesque*, Princeton, New Jersey: Princeton University Press, 1982.

Hassan, Ihab, *Radical Innocence*, Princeton U.P., 1961.

Heineman, Fritz, 『실존철학』, 황문수 역, 문예출판사, 1976.

Jasper, David, *Images of Belief in Literature*, The MacMillan P.LTD, 1984.

Kayser, Wolfgang, *The Grotesque*, Indiana U.P., 1963.

Klein, Holger, ed., *The First World War in Fiction*, the Macmillan P.LTD, 1976.

_____, *The Second World War in Fiction*, the Macmillan P.LTD, 1984.

Kuhn, Thomas, *The Structure of Scientific Revolution*, Chicago U.P., 1962.

Landow, George.P., *Images of Crisis*, Routledge and Kegan Paul Ltd, 1982.

Langer, Lawrence, *The age of atrocity*, Beacon P., 1978.

_____, *The Holocaust and the Literary Imagination*, Yale U.P., 1976.

Lowenthal, Leo, 『문학과 인간의 이미지』, 윤준 역, 종로서적, 1983.

Mc Elroy, Bernard, *Fiction of the Modern Grotesque*, The Macmillan P.LTD, 1989.

Nelson, William, "The Grotesque in 「Darkness Visible」 and 「Rite of Passage」", *Twentieth Century Literature vol 28*, 1982.

Nicholson, Norman, *Man and Literature*, London: S.C.M. Press, 1943.

Norris, Margot, *Beasts of Modern Imagination*, Baltimore and London: The Johns Hopkins Unive. Press, 1985.

Pfeiffer, "The Novel and Society", *PTL* 3, 1978.

Pfeiler, WM. K., *War and the German Mind*, New York: Columbia U.P., 1941.

Schevill, James, "Notes on the Grotesque", *Twentieth Century Literature vol 23*, 1977.

Schwarz, Daniel R., *The Case for a Humanistic Poetics*, Macmillan P.LTD, 1990

Sewall, Richard B., *The Vision of Tragedy*, Yale Unive. Press, 1980.

Smith, Willard, *The Nature of Comedy*, Boston: the Gorham press, 1930.

Sorokin, Pitirim A., *Man and Society in Calamity*, New York: Greenwood P., 1942.

Thomson, Philip, 『그로테스크』, 김영무 역, 서울대 출판부, 1986.

Torrance, Robert M., *The Comic Hero*, Harvard Unive. Press, 1978.

Vahanian, Gabriel, 『신의 죽음과 현대문학』, 변선환·고진하 역, 현대사상사, 1984.

Zijderveld, Anton C., 『추상적 사회』, 윤원일 역, 종로서적, 1983.

Ziolkowski, Theodore, *Dimentions of the Modern Novel*, Princeton U.P., 1969.

찾아보기

한국 전후소설과 전도적 상상력

인쇄일 초판 1쇄 2005년 11월 05일
　　　　 2쇄 2015년 11월 01일
발행일 초판 1쇄 2005년 11월 10일
　　　　 2쇄 2015년 11월 03일

지은이 이 부 순
발행인 정 진 이
발행처 국학자료원
등록일 1994.03.10, 제17-271호

서울시 강동구 성내동 447-11 현영빌딩 2층
Tel : 442-4623~4 Fax : 442-4625
www.kookhak.co.kr
E- mail : kookhak2001@hanmail.net
ISBN 978-89-5628-191-9
가격 18,000